Ne pas se fier aux apparences…

Stéphane Lehembre

Ne pas se fier aux apparences…

Nouvelles

LE LYS BLEU
ÉDITIONS

ISBN : 979-10-377-7401-9

Note de l'auteur

Cette histoire est une pure invention, Morain Gray, Donovan Filler, Jeanne Esberg et Barnet Rivolt sont des personnages de fiction. Toute ressemblance avec Romain Gary, Émile Ajar, Jean Seberg et Bernard Pivot n'est que fortuite.

L'île mystérieuse

And now, the end is near,
And so I face the final curtain,
My friend, I'll say it clear,
I'll state my case, of which I'm certain,
I've lived a life that's full,
I traveled each and every highway,
And more, much more than this, I did it my way

Paul Anka, *My Way*

Il est arrivé sur cette île paradisiaque sans savoir comment. L'Océan bleu azur s'étendait à perte de vue, des palmiers au bord de l'eau sortis tout droit d'une carte postale semblaient l'observer, aussi surpris de sa présence que lui-même. La mélodie des vagues sur le littoral confirmait une impression de vacances heureuses. Il se retrouvait dans le magazine publicitaire d'une agence de voyages vantant les mérites d'un endroit parfait, le cliché idyllique du paradis sur terre. Avait-il été télétransporté comme dans la série de science-fiction du gars avec les oreilles pointues ?

Il pinça son bras pour s'assurer qu'il ne rêvait pas lorsqu'il aperçut son Harley-Davidson préférée qui l'attendait, les clés posées sur la selle en cuir. Une Road King avec un moteur V-Twin de près de 1800 cc, ses chromes luisants au soleil. Faite pour tailler la route, il allait tout de suite la monter pour découvrir cet endroit inconnu et se sentait prêt à avaler les kilomètres avec bonheur comme autrefois. Par miracle, aucune arthrose, courbature ou fatigue qui l'avait ennuyé ces derniers mois ne semblait le gêner lorsqu'il enfourcha la belle de Milwaukee. Le vrombissement du moteur après un démarrage électrique l'emplit de nostalgie, le bon vieux temps des kicks où l'on s'acharnait à coup de pied, l'odeur d'huile et d'essence plombée, l'époque où il n'avait pas de prothèse de hanche était bien loin, presque oubliée. C'était mieux avant entendait-il souvent dire par ses comparses, mais l'était-ce vraiment ? Démarrer son gros cube avec une petite pression du pouce plutôt qu'en se faisant mal aux pieds à force des répétitions imposées pour lancer le moteur, on ne peut pas dire honnêtement que c'est moins bien. L'expression « le bon vieux temps » l'interpella, bon vieux temps, vraiment ? Vieux et bon ensemble, il n'y a rien de bon dans le vieux, sauf peut-être pour le vin, mais sûrement pas pour sa carcasse usée. Le sentiment de nostalgie était dirigé vers sa personne, c'est lui qui était mieux avant, jeune, la vie devant. Il avait passé les soixante-dix ans et l'idée de la fin se rapprochait. Sa mère a vécu jusqu'à quatre-vingt-sept ans, il a donc sûrement un peu de répit avant que The End ne survienne. The End plutôt que La Fin, ça faisait beaucoup mieux dans ses pensées, il adorait l'anglais, l'américain en réalité et dans sa tête, il avait un accent parfait. Il se souvint d'une phrase de sa mère concernant la vieillesse : « Tout est relatif mon JP, aujourd'hui à quatre-vingt-cinq ans je me rappelle comme j'étais jeune à soixante-quinze ! » Il sourit au souvenir de sa maman et décida de chasser ses névroses mortifères qui survenaient de plus en plus fréquemment. Un roman de Romain Gary l'avait particulièrement touché, presque prémonitoire : *au-delà de cette limite, votre ticket n'est plus valable*. Il était prêt à repousser la limite le plus loin possible, mais il partageait avec le grand auteur l'angoisse de la vieillesse et du déclin.

Les sensations ressenties sur la puissante moto étaient les mêmes que dans sa mémoire, il n'eut pas besoin de beaucoup de temps pour l'apprivoiser, enchaînant les virages le long de falaises escarpées. Cette route entre mer et montagne était magnifique, il se sentait libre, ne pensait plus à rien. La première voiture croisée à la sortie d'une légère courbe était un petit bolide bleu des années 60 avec le numéro 7 inscrit sur le côté, une Maserati. Ce véhicule plairait à n'importe quel collectionneur passionné de belle carrosserie. Un brun ténébreux sorti d'une publicité pour la gomina pilotait cette décapotable. Le genre d'homme que les femmes aimeraient tendrement, véritablement, jusqu'à la fin des temps. Celui qui resterait dans leur esprit pour toujours. À peine vue, il emprisonnerait leur cœur, leur âme, maintenant ou jamais, leur amour n'attendrait pas. Elles seraient prises dans un piège, l'esprit soupçonneux, jalouses.

Il divaguait sans raison, comment, en seulement une vision cet homme l'inspirait autant ? Charismatique en un clin d'œil, il portait une chemisette rouge à fleurs blanches et lui fit signe de la main lorsqu'ils se croisèrent. Il devait aussi piloter des deux roues et avait l'habitude de dire bonjour aux motards ou alors il l'avait reconnu. Malgré son physique avantageux, sa passagère n'était pas une belle pépée aux cheveux roux flamboyant mais une Gibson, une superbe guitare qui lui fit penser qu'il n'avait pas la sienne. Il faudrait trouver une gratte comme il aimait appeler son instrument de musique préféré car il s'imaginait déjà sur une plage jouer un peu et chantonnant avec un bon whisky face au coucher de soleil. Il ralentit, voulu faire demi-tour et rattraper la voiture de sport, une intuition l'intimait de parler à cet étranger familier. Il avait déjà vu le conducteur quelque part il en était certain mais ne se rappelait plus où, il pourrait lui demander où se procurer une guitare. Il était agacé de ne pas se souvenir d'où il le connaissait, autant que lorsqu'il cherche des clés, un prénom ou une date. Sa mémoire lui jouait des tours, encore un inconvénient d'un âge qui avance. Un voyant orange s'alluma sur le tableau de bord de la moto lui indiquant qu'il passait sur la réserve. À une centaine de mètres devant, il vit une vieille station-service et renonça à suivre la voiture bleue et son pilote énigmatique.

À son approche, il découvrit derrière les pompes à essence un dîner à l'américaine. L'établissement, qu'il aurait imaginé sur la route 66, proposait toute sorte de bières locales. La moto n'était pas seule à avoir besoin de carburant, sa gorge était sèche après les kilomètres avalés. La bécane posée sur sa béquille, il se leva pour se dégourdir les jambes. Il semblait avoir rajeuni, ses douleurs de dos ne s'étaient pas manifestées, pas de crampe non plus, ses jambes avaient retrouvé la jeunesse de leurs vingt ans. Il ouvrit le bouchon pour remplir le réservoir. Son regard fut attiré par une jolie brune assise sur une chaise haute, il ne voyait à travers la vitre que son dos dénudé laissant apparaître des tatouages colorés. Le plein terminé, c'était à son tour d'étancher sa soif, il entra dans le dîner qui sentait bon l'Amérique profonde avec ses néons phosphorescents, des posters d'affiche de vieux films de cow-boys et d'Indiens, une Ford Mustang rouge avait été découpée pour servir de table, les banquettes faisant office de tabourets. L'odeur de friture, de viande grillée et de bière se mélangeait à celle du parfum sucré de la serveuse en roller qui lui proposa un menu dès son arrivée. Il refusa poliment expliquant avoir simplement envie de boire un verre et se dirigea vers le bar.

Au bout du vieux zinc métallique trônait la brune gringalette. Cachée sous un chignon choucroute, elle finissait un énième Bloody Mary au vu des verres vides laissés à côté. Un imposant trait d'eye-liner venait souligner ses yeux verts lui donnant à la fois un côté poupée et un aspect rock'n'roll vintage. Une sorte de Betty Boop grunge car ses bras nus laissaient apparaître de nombreux tatouages : une ancre, un fer à cheval, et même une pin-up les seins nus. Son côté sulfureux intrigua notre motard. Étant fier des différents ornements accumulés sur son corps au fil des ans, il engagea la conversation sur les dessins qu'ils avaient dans la peau. L'accent londonien et la voix assurée de la jeune fille détonnaient avec son physique fluet. Il l'imaginait rebelle ou sauvage mais contrairement à son impression, elle se révélait prolixe, un vrai moulin à paroles… triste. Elle devait se sentir seule ou être un peu perdue. De grandes dents du bonheur trouvaient place derrière ses lèvres pulpeuses mais elles ne reflétaient pas une joie intense sur son visage. Elle était empreinte d'une mélancolie qu'il imagina due à un évènement traumatique dont il ne préférait pas connaître la raison. Elle n'arrêtait pas de répéter qu'elle n'était pas une bonne personne. Ses parents voulaient l'envoyer en cure de désintoxication car ils croyaient qu'elle se droguait, sa mère ne supportait pas son petit ami qui aurait eu mauvaise influence sur sa fille chérie. Face à autant d'autoflagellation, il eut l'impression d'être un curé confessant une brebis égarée et préféra aiguiller la conversation vers des sujets plus légers. Il apprit ainsi qu'elle s'était installée depuis quelque temps sur cette île et l'adorait, on y buvait les meilleurs cocktails sans jamais avoir la gueule de bois. Le cendrier se remplit rapidement de mégots de gitanes. S'ils avaient participé à un concours de consommation de tabac et d'alcool, ils auraient probablement fini ex aequo. Il était nouveau dans le coin, et lui demanda si elle savait où il pourrait passer la nuit. Elle lui indiqua un motel à quelques kilomètres suggérant la possibilité de l'accompagner pour qu'ils continuent la soirée ensemble. La différence d'âge ne l'ennuyait pas, mais il devait d'abord retrouver ses esprits, savoir ce qu'il faisait sur cette île avant de penser à s'amuser. Alors, il la quitta, presque avec regret. Une impression de déjà vu l'intrigua, un peu comme avec le gars plus tôt, il les avait peut-être connus dans une autre vie. Il reprit la route, les cheveux au vent, et trouva facilement le motel.

Arrivé à l'entrée, le réceptionniste d'un certain âge fumait la pipe et grattait une guitare Favino, un modèle classique fait sur mesure. Il chantonnait une histoire de gorille avec un fort accent du Sud. Super ! pensa-t-il, on peut fumer à l'intérieur, faire de la moto sans casque, discuter avec de jolies filles sans qu'elles s'offusquent ! Cette île est un petit paradis. Alors qu'il demandait une chambre pour la nuit, il en profita pour s'enquérir d'un lieu où il pourrait se procurer une guitare, les sacoches de sa Road King lui permettaient d'en transporter une. Le papy s'esclaffa et alla lui chercher une belle Martin D-28 qui n'avait pas beaucoup servi.

« Cadeau de la maison, s'exclama le réceptionniste, j'en ai trop et je ne peux pas toutes les utiliser, celle-ci est la même guitare acoustique qu'Elvis a utilisée lors de son dernier concert. »

« Merci beaucoup, mon ami, c'est vraiment cool », répondit-il sans savoir de quel Elvis il parlait.

« Mon ami… ça m'inspire pour une chansonnette… non je préfère copain, d'abord, c'est mieux copain » et alors qu'il reprenait sa guitare, il se rappela qu'il n'avait pas encore donné les clés de la chambre à son client. « Tenez les clés, vous êtes à la 6, vous pouvez garer votre moto devant, la spécialité du restaurant est le steak Angus, mais on a aussi un arrivage d'huîtres de Bouzigues, un régal ! Un jeune blondinet se produit également avec 4 ou 5 danseuses vers 21 h, il est un peu foufou, gesticule dans tous les sens mais les filles valent le coup d'œil ».

« Merci, mais comme d'habitude, ce soir je me coucherai tôt, je veux continuer à découvrir cette île, je ne sais pas combien de temps je vais rester, je veux en profiter. »

Un sourire malicieux emplit le visage du réceptionniste qui bourra sa pipe « Alors, je vous préviens quand on arrive ici, on ne repart plus ! Pourquoi repartir ? » « Merci encore pour la guitare, à plus tard ».

À peine parti, le papy reprit sa guitare et chantonnait quelque chose avec des copains en premier ou quelque chose comme ça.

Notre motard se régala d'un bon steak grillé à point accompagné de frites, le tout arrosé de sauces plus riches les unes que les autres. Personne au-dessus de son épaule n'était là pour lui demander de faire attention à son cholestérol. Le chanteur annoncé par le réceptionniste s'installa sur une estrade à quelques mètres de sa table. Il écouta d'une oreille distraite le jeune homme dansant sur une musique entraînante mais il regardait surtout les quatre jolies danseuses. Ce n'était pas sa tasse de thé ou de whisky si on peut dire, c'est pourquoi il ne s'attarda pas, et préféra un bon lit moelleux au spectacle proposé. Il avait passé une excellente journée, mais ne se souvenait de rien d'avant ce matin, une amnésie qui ne l'empêcha pas de s'endormir comme un bébé. Une nuit reposante comme il n'en avait pas connu depuis bien longtemps, sans rêve, pas un bruit et un lit de très bonne qualité pour un motel. Il se réveilla à l'aube en pleine forme, et se dirigea vers le restaurant prendre le petit déjeuner : saucisses, bacon, œufs et un bon café noir, pas de régime aujourd'hui.

Au fond de la salle, un gars excité invectivait son harmonica : « Elwood n'est toujours pas là, mais qu'est-ce qu'il fout ? » Costume noir, chapeau noir, lunettes noires et chemise blanche, il ressemblait à un tueur à gages de la mafia sorti tout droit de Chicago, un ami d'Al Capone peut-être. Parler à son instrument de musique, c'était plutôt un extravagant ou, un comique répétant un numéro. S'empiffrant de pancakes entre deux exclamations, il pensa à Oliver Hardy attendant son Stan Laurel. Pourquoi pas un joueur de blues ? Il l'imaginait dans une course poursuite incroyable avec des dizaines de voitures de police. Décidément, il avait une imagination débordante ce matin.

Le blondinet un peu efféminé d'hier soir finissait un jus de couleur verte, sûrement des légumes vitaminés bons pour la santé mais au goût horrible. Assis vers l'entrée, il prenait des notes ou écrivait une lettre mais semblait avoir besoin d'une pause. Il s'approcha et engagea la conversation sur la mauvaise condition du motel. La lumière de sa salle de bain avait grésillé avant de s'éteindre complètement, il avait failli se blesser en sortant de la douche. Sans réponse, il changea de sujet et expliqua que son régime alimentaire devait être très équilibré, car il voulait garder la ligne et rester au top pour ses fans, il n'était pas si jeune qu'il en avait l'air mais ne voulait pas vieillir. Il rêvait d'écrire une chanson populaire qui le propulserait au top, la chanson qui serait traduite dans le monde entier, reprise par tous les artistes du moment. Il ne pensait qu'à ça, une obsession qui semblait le tourmenter. Son ton légèrement prétentieux, limite barbant, l'ennuya rapidement, le lundi au soleil, on devrait être sur sa moto et pas écouter les bêtises d'un égocentrique qu'on ne connaît pas. Les restrictions, très peu pour lui, il veut vivre intensément, boire, manger, fumer, on n'a qu'une vie, il faut en profiter. Rester jeune pour toujours ? Pas à n'importe quel coût. Il abandonna ce chanteur en quête de chanson ultime après lui avoir souhaité bonne chance. Il était prêt à poursuivre l'exploration de cette île.

« Vous nous quittez déjà ? Quel dommage, vous m'étiez bien sympathique. Vous n'êtes qu'un oiseau de passage, reprenez votre belle moto pour la route, vous semblez être faits pour cela tous les deux. Heureux qui comme Ulysse a fait un beau voyage, vous serez comblé par cette île. » Ce réceptionniste était également un poète, songea-t-il.

Avalant les kilomètres sans compter, les paysages défilaient derrière ses lunettes de soleil. L'air marin lui emplissait de joie des poumons revigorés. Un groupe d'enfants dansait sur une plage en contrebas de la route. Il fit une pause et les regarda s'amuser, il y a bien longtemps, il était à leur place. Un drôle de professeur de danse s'amusait avec les apprentis danseurs. Un gars tout maigre, blanc ou noir, de là où il était, il ne pouvait pas en être sûr, ce dont il était certain c'est qu'il dansait comme un Dieu, et poussait par moment des petits cris amusants des « Hi, Hou ». Sûrement un excentrique, son pantalon était trop court et il portait un gant brillant sur la plage ! Un seul gant pour deux mains. Bizarre le gars. Ils dansaient comme des robots élastiques donnant l'impression de ne pas être affecté par l'apesanteur. À son époque, on se déhanchait différemment. Il resta un bon moment à les observer, hypnotisé par le spectacle, jusqu'à ce que sa vessie lui demande une vidange. Un bar de plage était en vue, il redémarra et laissa les danseurs s'entraîner. Le lieu était enfumé de ce qui ne lui semblait pas être de la fumée de cigarette, un jeune rasta sous son bonnet coloré lui proposa un verre de rhum. Il était de très bonne humeur, car il venait enfin de se séparer de sa petite amie. « Pas de femme, pas de pleurs », répétait-il sans s'arrêter. Vivre sans femme très peu pour lui, il s'imaginait marié, divorcé, remarié, re-divorcé mais sûrement pas sans une belle demoiselle à ses côtés. L'ambiance reggae, les couleurs jaune, rouge, verte de l'endroit lui rappelaient la Jamaïque. Hier, il était sur la route 66, face aux plages d'Hawaï, en Californie, mais ça avait aussi quelque chose de Tennessee. Il ne savait toujours pas où il était, mais des sensations d'endroits visités venaient taper à la porte de sa mémoire. Un peu étourdi après avoir inhalé des fumées de substances sûrement interdites, il reprit la route.

Quelques instants seulement après son départ, toujours nauséeux, il vit une Chevrolet arrêtée sur le bas-côté. Le conducteur essayait de changer un pneu à plat avec difficulté. Il s'arrêta pour lui proposer de l'aide et reprendre ses esprits par la même occasion. L'homme accueillit cette offre avec soulagement, il avait taché de beaux habits blancs avec du cambouis lors de ses tentatives infructueuses pour retirer la roue coincée. Sa chemise, col pelle à tarte et son pantalon patte d'éléphant lui donnait un air des années 70'. Il s'acharnait depuis un bon moment visiblement, en sueur après de gros efforts fournis. La température était plus haute que d'habitude pour cette époque, on pourrait parler d'été indien se justifia-t-il comme pour trouver une excuse à son état. À nouveau, notre motard cru reconnaître ce grand brun avec un léger strabisme qui ressemblait plus à un docteur, un écrivain ou je ne sais quoi plutôt qu'à un mécanicien. Ce dernier se présenta comme Joseph d'Odessa expliquant être sur la route car il devait s'en aller, attendu depuis sa naissance en Amérique. Il abandonnait pas mal de choses sur son chemin, mais l'Amérique, si c'était un rêve, il le saurait, il devait rejoindre l'Eldorado, l'Amérique, il la voulait et il l'aurait.

Il écoutait distraitement ce Joseph qui envoyait des coups de pied sur le pneu crevé. Sans être certain de comprendre entièrement le sens de ses paroles, mais l'appel de l'Amérique lui parlait aussi. La roue récalcitrante céda enfin et tomba levant un petit nuage de poussière. Joseph s'était éloigné un instant pour attraper une pomme suspendue à un pommier dans un champ d'églantine. Une bergère au loin l'observait, elle surveillait un troupeau de blanches brebis mais jetait des coups d'œil à ce voleur de pommes. Il semblait siffloter sur cette colline pour attirer son attention. Avait-il déjà oublié ses intentions d'Amérique pour rester avec cette jolie bergère ? Ce n'est qu'un homme comme tant d'autres le cœur ouvert à l'inconnu, il serait prêt à dire n'importe quoi à cette femme pour l'apprivoiser et pourquoi pas l'emmener parader aux Champs-Élysées.

Les drogues respirées plutôt devaient encore produire des effets sur son cerveau, il avait de ces idées. L'installation de la roue de secours fut bien plus facile. Il appela Joseph par son diminutif Joe qui lui allait mieux, pour le prévenir qu'il avait terminé la réparation, mais ce dernier était trop occupé à roucouler avec la jolie bergère pour se hâter à reprendre le volant. Une légère pointe de jalousie s'empara de notre motard, mais lui aussi avait sa belle qui l'attendait impatiemment prête à vrombir sous des coups d'accélérateur. Il cria « Salut les amoureux » et s'assit sur sa monture avec aisance avant de poursuivre son chemin vers l'inconnu.

Sans savoir où il allait, sans but, il continua son road trip au guidon de l'Harley Davidson, avide de découvertes. Les rencontres s'enchaînaient avec des personnages excentriques, hauts en couleur, des voix déjà entendues, des réminiscences. Lorsqu'un petit coup de blues l'envahissait, il prenait sa guitare et jouait un morceau. Quelque chose le tracassait, il était contrarié sans savoir pourquoi, toutes ces personnes rencontrées ne lui étaient pas totalement inconnues, mais il n'arrivait pas à savoir où il les avait déjà vues. Sa mémoire lui jouait des tours depuis son arrivée mystérieuse sur cette île. Avait-il été victime d'une forme d'accident vasculaire cérébral ? La rupture d'un vaisseau sanguin dans le cerveau aurait endommagé sa mémoire. Peut-être, un début d'Alzheimer ? Il cherchait à reconstituer un puzzle mais chaque fois que deux pièces s'emboîtaient, c'est un peu comme s'il les renversait d'un revers de la main, effrayé par le dessin qui pourrait apparaître. Ses réactions étaient contradictoires comme s'il ne voulait pas découvrir une vérité qui lui faisait peur. Quelques hypothèses improbables venaient à son esprit avant qu'il ne les efface tels des brouillons sans intérêt. Cet endroit avait quelque chose de particulier.

Le passé n'existait plus, et l'avenir l'importait peu, il profitait de l'instant présent sans se soucier du lendemain. Mais le temps ne s'était pas arrêté pour autant, il s'apprêtait à fêter le nouvel an 2018. Alors qu'il enfourchait sa bécane, il vit son visage plus ridé qu'il n'imaginait dans le rétro viseur. Lui revinrent des souvenirs de nuits blanches, de jours sombres « Quoi, ma gueule ? Qu'est-ce qu'elle a ma gueule ? Je m'en fous qu'elle soit belle, au moins elle est fidèle ». Il ne perdait pas la boule mais quatre prénoms revirent dans son esprit régulièrement sans raison apparente : David, Laura, Joy, Jade. Des flash-back inexpliqués remontaient à la surface mais sans les sous-titres, d'autres prénoms semblaient aussi vouloir s'inviter : Nathalie, Sylvie, Laetitia, Babeth, Adeline…

Un grand bonhomme s'approcha en chantant « Quand on partait de bon matin, quand on partait sur les chemins, à bicyclette, nous étions quelques bons copains, y avait Fernand y avait Firmin… » Et tout s'éclaira lorsqu'il l'apostropha, il comprit avec stupeur la raison de ce voyage.

« Ah que… coucou Johnny ? C'est toi, ça alors, je n'étais même pas au courant que tu étais là ! C'est Serge qui va être content, il t'attend depuis longtemps. Bienvenue au paradis des chanteurs. Mais tu en fais une tête !? »

Lola et Henri-Paul

Depuis qu'ils avaient réemménagé ensemble, c'est comme s'ils ne s'étaient jamais quittés. Lola était heureuse de retrouver son Henri-Paul et vice versa, ils pourraient à nouveau passer beaucoup de temps ensemble. La vie les a séparés mais après leurs divorces respectifs, se retrouver était une évidence. Partager leurs lectures était un de leur passe-temps favori, mais ils aimaient aussi se promener à vélo, flâner le long des quais de la Garonne ou partager une bonne bouteille de vin. Henri-Paul imaginait déjà des week-ends de découverte à visiter les châteaux de la Loire, faire du ski à Avoriaz, surfer à Biarritz, Lola était toujours enthousiaste à ses propositions contrairement à son ex-femme. Ils pourraient se remémorer leurs souvenirs avec de grandes joies et éclats de rire. Les années ne les avaient pas trop marqués, Lola est devenue chef de marketing d'une grande marque de cosmétique. Du haut de ses 43 ans, elle entretenait son physique de jeune fille un style brindille à la Kate Moss avec des courses à pied régulières. Son ex-mari avait horreur du jogging, mais Henri-Paul sera toujours le premier partant. Tout jeune quadra, il a gardé la carrure rassurante de ses 20 ans, le surf y étant sûrement pour quelque chose. Il venait de vendre son bébé, une affaire de recyclage de déchets industriels créée il y a une quinzaine d'années à la sortie d'une grande école de commerce. S'il se plaignait de la forte imposition ponctionnée à la cession de son entreprise, il se retrouvait à la tête d'un beau capital, assez d'argent pour voir venir et beaucoup de temps libre. Il devrait se trouver un nouveau challenge, mais Lola, n'était pas inquiète *HP* comme elle le surnommait était plein de ressources et son imagination débordante l'entraînerait vers de nouveaux défis.

Alors qu'ils se promènent bras dessus bras dessous, les regards envieux se retournent sur leur passage. Ils sont éblouissants, tels deux soleils, leur bonheur irradie tout autour d'eux. Ils retrouvent leurs amis communs, la plupart surpris d'apprendre qu'ils habitent à nouveau sous le même toit. Malgré quelques rides et des cheveux blancs, ils n'ont pas changé, revivre des bonheurs passés n'est pas accordé à tout le monde, mais rapidement les vieilles habitudes réapparaissent.

« Tu laisses encore traîner tes chaussettes, HP ! » « T'as pas bientôt fini dans la salle de bain, Lola ? » « HP, le frigo est vide, tu n'as pas fait les courses, je t'ai laissé une liste. » « Oh non Lola, pas ce soir, pas encore Titanic, t'en n'as pas marre, tu l'as vu 20 fois ? » « Tu en as pour longtemps dans la salle de bain ? »

On ne change pas vraiment et Lola comme Henri-Paul se rendent compte qu'ils ont les mêmes défauts qu'à l'époque où ils vivaient déjà ensemble. Ils aimaient se chamailler comme des enfants et n'étaient pas avares de compromis, mais comme cela devait arriver, ils eurent besoin d'un peu plus que ce que cette relation leur offrait. Lola rencontra Charles et Henri-Paul Nathalie le même mois. Une nouvelle séparation inévitable mais sans heurt ni pleurs. Lola emménageant dans la villa voisine d'Henri-Paul avec son futur mari. Cette fois, ils ne resteront pas trop loin l'un de l'autre, d'ailleurs, ils se retrouvent tous les deux pour fêter les soixante-dix ans de leur mère ce dimanche, ils vont chercher un cadeau commun et une carte d'anniversaire sur laquelle ils vont signer comme chaque année « ton fils préferé Henri-Paul et ta fille préférée Lola ».

Le Cow-boy

Avec son stetson sur la tête, un jean élimé, une grosse boucle de ceinture et des bottes à bout pointu, Jean a tout d'un vrai cow-boy, il ne lui manque que les revolvers Remington et le lasso. Il n'est pas né à la bonne époque ni au bon endroit et ne s'appelle pas John mais ça ne l'empêche pas de se réveiller tous les matins au son de la cavalerie en ayant rêvé de grands espaces de l'Ouest américain.

Jean habite dans un petit village du sud de la France, on le prend pour un gentil excentrique, pas méchant mais pas très intelligent non plus. Il aime se promener dans le massif de l'Estérel, la roche rouge ressemblant à celle de Bryce Canyon. Son rêve est de chevaucher un mustang sauvage à Monument Valley ou de sauver une prisonnière du désert. Les bisons de plus d'une tonne s'écarteraient sur son passage. D'ailleurs ou qu'il aille sa réputation le précéderait. Il imagine déjà son ranch entouré de prairies à perte de vue, les troupeaux de bêtes à convoyer le long du Colorado, le hurlement des coyotes lors de repas pris face à un feu de bois au milieu de contrées hostiles, des mains rugueuses aux ongles abîmés, dormir à même le sol sans enlever ses bottes. Toujours aux aguets car les peaux rouges ne sont pas loin, il est en permanence sur le qui-vive, il tient à son scalp. Même s'il sait que les Indiens sont dans leur droit et qu'il n'est qu'un colon envahissant ces sauvages. Il sait parler le Navajo ou l'Apache et peut fumer le calumet de la paix avec les chefs indiens.

Il est de la race de ces aventuriers que rien n'arrête, accompagnant les diligences. Il inaugurerait le premier chemin de fer américain : le Baltimore et Ohio Railroad sur la locomotive America. Il découvrirait les premiers gisements de pétrole en Pennsylvanie, serait avec les nordistes d'Abraham Lincoln face aux sudistes confédérés car il est contre l'esclavage et parce que le bleu foncé lui va mieux que le gris.

Il pourrait aussi aller prospecter un peu plus vers l'Ouest, on a trouvé de nouveaux filons d'or vers Jamestown en Californie. Aller gratter la terre, les pieds dans l'eau pour ce métal précieux, quel bonheur !

Ses copains s'appelleraient Billy The Kid, Butch Cassidy, Davy Crockett ou Tom Horn, ils ressembleraient à John Wayne ou Clint Eastwood. Les parties de poker s'enchaîneraient ainsi que les duels, sans oublier le whisky et les belles pépés.

Son cheval serait son meilleur ami, les grands canyons, les petits n'auraient aucun secret pour lui. Il pourrait aussi être shérif mais les pendaisons ne l'emballent pas. Il trouverait dans un saloon une fiancée qui ressemblerait à une actrice de la petite maison dans la prairie. Les grands espaces, la liberté, travailler sa terre ou partir à l'aventure selon ses envies.

Un jour, il sera un vrai cow-boy, mais il est déjà 8 h alors Jean termine son porridge, un vrai petit déjeuner d'homme, attrape son cartable et du haut de ses 8 ans file à l'arrêt de bus, l'école l'attend.

Épilogue : Jean a disparu… ce matin, les parents ont reçu un appel de l'école primaire s'inquiétant de son absence. Après avoir visionné les caméras de sécurité de la ville, les autorités sont interloquées de le voir monter dans une DeLorean avec son grand-père, un vieux scientifique un peu foufou qui rêvait de voyages dans le temps.

Au bac à sable

Tous les mercredis après-midi, un groupe de mamans se retrouvait dans un parc public du XVIe arrondissement de Paris. C'était leur bulle d'oxygène, un moment où elles pouvaient être vraies, parler de leurs préoccupations sans avoir peur d'être jugées. Un rendez-vous hebdomadaire qu'elles ne manqueraient pour rien au monde, plus important que leur soap-opera du matin. Le féminisme n'avait pas réussi à les sortir de leur condition de femme au foyer. Les sujets de conversation tournaient en permanence autour de leur appartement, leur nouvelle paire de chaussures ultra confortable, des recettes de cuisine, des défauts de leur mari – elles ne parlaient jamais de leurs amants –, ou d'une émission qu'elles avaient vue la veille. Elles critiquaient beaucoup, c'étaient des Françaises moyennes, toute à peu près du même profil, même si d'après les rumeurs l'une d'elles avait posé pour des photos dans un magazine de charme. Aucune n'avait osé en parler mais depuis, elle était un peu ostracisée. Même si la plupart faisaient comme si de rien n'était, on lui parlait moins alors qu'on mourrait d'envie d'en savoir plus. Les enfants restaient le sujet principal de ses discussions. On entendait régulièrement des :

« Le mien est vraiment très en avance sur son âge tu sais l'autre jour il s'est mis à compter jusqu'à 60 ans, puis 62 ans, et 65 ans et même 70 ans ! Par contre, je ne saisis pas, il compte seulement en année. Ce n'est pas à la crèche qu'il a pu apprendre ça. »

« Mon petit gars est très propre, très consciencieux, il fait le tri des déchets et l'autre jour il ne voulait plus de son goûter : une gourde de compote de pommes au prétexte qu'il y avait trop de plastique dans l'emballage et qu'on devait couper des arbres pour faire rentrer des pommes dedans. D'où lui viennent des idées pareilles ? Il est vraiment trop mignon, mais un peu casse-pied quand même, depuis je cuisine de vraies compotes qu'il mange dans un bol. »

« J'ai un problème avec ma fille, elle n'est vraiment pas sociable, ne se fait pas de copains ou copines en dehors de notre cercle, avec nous elle parle toujours trop fort, et veut toujours avoir raison. »

« Tu verrais mon petit dernier, il ne dit que des bobards, il embobine tous ses copains, raconte n'importe quoi, tout le monde le croit, même son père se laisse avoir ! »

« Le mien a une nouvelle lubie, il met ses habits à l'envers, ses chaussettes, son caleçon, il retourne sa veste, son pantalon et les met du mauvais côté. »

« Ne le répétez pas, c'est un secret mais mon fils a pris sans le faire exprès un paquet de bonbons au supermarché l'autre jour qu'il a mis dans son short, sans rien dire, je lui ai expliqué que ce n'était pas bien, ça s'appelle du vol et qu'il ne faut pas faire ça. On doit payer les choses, mais il a levé les épaules, tiré la langue, puis est parti en courant dans tous les sens en criant : n'importe quoi ! N'importe quoi ! N'importe quoi ! Il a mangé les bonbons sur le retour du magasin et a eu mal au ventre toute la nuit, ça lui servira de leçon. »

« Ils ont de la chance nos petits j'aimerais tant retourner à cet âge d'insouciance. *Le génie, c'est l'enfance retrouvée à volonté* a écrit Charles Baudelaire ». La maman d'Éric, un peu vieille France, ne parlait qu'avec des citations.

Pendant ce temps de riches échanges, les enfants s'amusaient dans le bac à sable. La petite fille plus ou moins asociale essayait de faire un château après deux échecs, elle allait y arriver, elle n'abandonnerait pas comme ça, et patatras, tout s'écroulait, il fallait recommencer. Elle s'énervait de plus en plus quand un des petits derniers de la bande s'est assis à côté d'elle et en a réussi un magnifique du premier coup. Ça ne faisait que quelques semaines qu'il venait de les rejoindre il savait déjà faire des supers châteaux de sable. À côté d'eux, le petit garçon – dont la maman ne voulait pas qu'on parle du paquet de bonbons – regardait autour de lui, jetait des coups d'œil de droite à gauche et quand il pensa que personne ne le surveillait, ramassa du sable qu'il cacha dans ses poches. Fier de lui car personne ne l'avait vu, il recommença plusieurs fois jusqu'à ne plus avoir de place.

Deux autres garçons jouaient à côté se poussant comme des lutteurs « j'suis le plus fort, non c'est moi, non, c'est moi, t'es plu mon meilleur ami, c'est fini, je vais aller jouer avec un autre ». Ils pouvaient rester de longues minutes face à face sans que l'un ne tombe, se fâcher et se retrouver comme si de rien ne s'était passé.

Quant au même moment ils découvrirent une balançoire nouvellement installée, ils eurent tous la même idée, être le premier dessus.

« C'est ma balançoire, non c'est la mienne, pousse-toi, moi en premier, non moi je fais deux tours et toi tu pourras y aller après », et vas-y que je te pousse, que je te fais un croche-pied, je te mets le doigt dans l'œil, tous les coups étaient permis pour grimper en haut de la balançoire en premier. « C'est ma balançoire, pousse-toi, c'est moi le chef, fais ce que je dis, non c'est moi le chef, non c'est moi, non, c'est moi, poussez-vous, moi je suis le Président », ils s'arrêtèrent et regardèrent le petit dernier qui venait de parler et tous en cœur : « c'est quoi, Président ? » Ce n'étaient pas de sales gosses mais juste des enfants.

Les mamans levèrent la tête, l'une d'elles regarda sa montre « Oh ! Déjà 16 h, il va falloir qu'on rentre ». Deux autres demandèrent aux enfants d'arrêter de se chamailler, il fallait encore préparer le dîner, laver la marmaille, et enfin les coucher.

Et donc toutes en même temps appelèrent leur progéniture pour rentrer au bercail

« Allez Marine, Nicolas, François, Jean-Luc, Nicolas (parce qu'il y avait un deuxième Nicolas celui des compotes), Éric, Emmanuel, c'est l'heure, on rentre ».

Et tous en chœur répondirent :

« Non je reste, je ne bougerai pas d'ici, je veux rester, je veux rester encore… »

J'y vais ou j'y vais pas…

Alfred sentait la fin arriver, mais le crépuscule de son existence n'en finissait pas. Ses 97 ans lui pesaient de plus en plus, il vivait dans sa petite cabane, seul depuis toujours, son cerveau était l'unique partie de son corps qui fonctionnait parfaitement et sa mémoire était intacte mais il se souvenait surtout de ce qu'il n'avait pas fait. Il avait un différend à régler avec lui-même et se remémora…

Dès la plus tendre enfance, Alfred fut un indécis, il ne savait pas quoi faire ou quoi répondre, quelle direction prendre. Déjà bébé il hésitait à marcher et parler, et si je tombe ? Et si je dis Papa au lieu de Maman ? Alors il parla peu et marcha tard.

À l'école, il ne savait jamais quoi répondre lorsqu'on lui demandait sa matière préférée ou ce qu'il voudrait faire plus tard. Il avait peur de dire une bêtise mais en réalité il n'avait pas de réponse à donner. Quand vint l'heure de tomber amoureux et d'inviter une jeune fille au bal, il hésita entre Paulette, Solange, ou Henriette ? Mais de toute façon, elles auraient pu dire : « non merci jeune homme », du coup il ne demanda à aucune. Quand il fut en âge de travailler, il réfléchit : pompier, parfumeur, pêcheur, plombier, prêtre, pâtissier ? Après avoir terminé avec les P, il se posa la même question avec les R. Ses parents désespérés, l'engagèrent dans l'armée et Alfred n'eut aucune décision à prendre. Lors de ses permissions, il rentrait à la maison de ses parents, réfléchissait à tout ce qu'il pourrait faire ou pas, mais n'osait jamais faire grand-chose. Un jour, il voulut jouer à un jeu de hasard, il fallait cocher des numéros mais il n'y arriva pas, il ne savait pas lesquels inscrire et lesquels ne pas cocher. Il aurait adoré aller voir la tour Eiffel à la capitale mais à force de se demander s'il devait y aller ou pas il oublia pourquoi il voulait y aller et n'y alla point. Quand il eut assez d'argent pour s'acheter une automobile, il avait le choix entre une voiture bleue ou une rouge, une rouge ou une bleue, le choix était cornélien du coup il marcha toute sa vie. À chaque anniversaire il ne voulait pas souffler les bougies du gâteau et si je me brûlais en m'avançant ? Et si mes cheveux prenaient feu ? Mais surtout, il aurait été incapable de faire un vœu. C'est donc sa mère qui soufflait les bougies, de toute façon c'était elle qui avait décidé de faire un gâteau et une petite fête, et le temps qu'Alfred se décide à souffler nous serions déjà à l'anniversaire de l'année suivante. Elle avait beaucoup souffert sa mère lors de l'accouchement qui avait duré plus de 24 h, Alfred n'étant pas sûr de vouloir sortir. Il était bien là où il était, pourquoi risquer une sortie ? Je sors, je ne sors pas ?

Devant son indécision légendaire, les colporteurs, vendeurs à la sauvette, ou autres commerciaux ne s'approchaient plus d'Alfred, il les mettait dans l'embarras et c'était une perte de temps :

« Alors Mr Alfred, je viens pour les étrennes des PTT, voulez-vous me prendre un calendrier ? J'en ai un avec de beaux chatons, un autre avec des fleurs, ou celui-là avec une plage et un cocotier ». Alfred hésitait un peu, beaucoup, passionnément et ne prenait pas de calendrier du tout, impossible d'en choisir un. Son facteur, n'en pouvant plus d'attendre qu'il se décide, partait, fâché.

Ne parlons pas d'aller au restaurant, sauf si le menu ne comportait qu'un plat, et encore fallait-il qu'il se décide à aller au restaurant.

Toute sa vie, Alfred s'est demandé s'il devait faire les choses ou pas mais une fois il a voulu se lancer, prendre une décision. Lors de sa visite médicale annuelle à la caserne du régiment il avait remarqué une jolie infirmière au doux prénom de Lilly. Elle était belle comme une rose, ou comme une tulipe, un lys ou comme un coquelicot et, chaque année le cœur d'Alfred papillonnait de la retrouver. C'est ainsi qu'à la cinquième visite, il décida que l'année suivante il l'inviterait à boire le thé, le café ou à boire un jus d'oranges ou de pommes. Hélas l'année suivante Lilly avait été mutée dans une contrée lointaine et remplacée par une autre charmante demoiselle. L'histoire en resta là, il n'entendit plus jamais parler de la belle Lilly mais elle est toujours dans sa mémoire jeune et magnifique. Elle n'a jamais fané.

Alfred pris sa retraite assez jeune, enfin, à vrai dire on lui donna sa retraite car il avait fait son temps. Il retourna vivre dans la maison de son enfance, ses parents lui ayant laissé cet héritage et il vécut tranquillement entre la pêche à la ligne sur l'étang du canton, une promenade à pied autour de la place du village, et quelques autres petites excentricités. C'est au moment de cette retraite qu'Alfred, retrouva son petit-neveu c'est d'ailleurs lui qui avait proposé d'aller à la pêche, il n'y aurait jamais pensé seul.

Et maintenant qu'il se demandait s'il n'avait pas raté quelque chose dans sa vie, il se souvint d'un livre qu'il avait lu au collège écrit par un philosophe italien, l'histoire d'un lieutenant, Drogo quelque chose qui attendait et attendait dans un désert mais rien ne se passait. Peut-être, ce jeune soldat avait les mêmes inaptitudes à faire un choix que moi pensait Alfred. « J'aurais peut-être dû entreprendre un peu plus, mais à quoi bon, j'étais heureux, je l'ai toujours été, je n'ai jamais fait d'erreur. Je suis content de ma vie ». Malgré son indécision, il avait toujours été un heureux optimiste mais se sentait épuisé par toutes ces choses qu'il n'avait pas faites.

Après maintes réflexions, il s'était réconcilié avec lui-même, et ne regretta pas de ne jamais avoir fait de choix, à quoi bon, Alfred pouvait partir en paix… ou pas !

Au moment où je termine, mon récit Alfred a 103 ans, va toujours pêcher à l'étang une fois par semaine avec son neveu. Une phrase qu'il lui répète régulièrement en rigolant est la suivante : mourir… j'y vais ou j'y vais pas ?

Le fan

Stéphane Roy avait un nom prédestiné.

En 1989, à 18 ans et alors qu'il venait de rentrer à la faculté, Stéphane passait son temps libre sur la dernière console vidéo SegaMegadrive, une bécane hyper puissante. Ses cours de droit ne l'intéressaient pas vraiment et la liberté acquise par ces grands amphithéâtres non surveillés lui accordait un temps libre inépuisable. Qu'il soit présent ou pas, personne n'envoyait de lettre d'absence à ses parents. Il pourrait rattraper les cours plus tard. Marie-Louise, sa petite amie avait du mal à supporter son oisiveté et l'exclusivité qu'il accordait à sa machine. Désespérée devant tant de gâchis, elle le savait intelligent mais feignant, empli de possibilités mais sans aucune motivation, il n'avait pas encore trouvé sa voie. Sans le savoir, elle lui offrit un livre qui allait tout changer, un choix de cadeau étrange car il ne lisait jamais rien d'autre que *jeux vidéo magazine*.

En pleine partie de Sonic, le petit hérisson bleu, Stéphane ramassait des anneaux dorés en faisant des cabrioles dans des univers colorés. Il ne fit même pas attention au présent qu'il venait de recevoir et continua des heures durant à découvrir de nouveaux mondes sur son écran, éternel insatisfait, boulimique d'aventures virtuelles, voulant toujours passer au niveau suivant.

Il n'avait jamais lu d'ouvrage autrement que forcé par un acariâtre professeur de français et encore, la plupart du temps il demandait aux camarades de classe de lui faire des résumés. Il avait aussi regardé quelques adaptations cinématographiques mais n'allait jamais plus loin. Il fut sauvé par les mathématiques lorsqu'il passa son baccalauréat car il n'obtînt qu'un 4/20 en français pour son sens de l'humour lorsqu'il avait répondu que le Rouge et le noir étaient deux couleurs intéressantes et que le roman était un peu comme Roméo et Juliette, les amoureux mouraient à la fin. Sans oublier d'ajouter que son personnage préféré du roman était Gérard Philippe.

Lundi matin, il somnole dans le Métro qui l'emmène à la fac après une courte nuit. Pour une fois, il y a des partiels qui nécessitent sa présence, sinon, l'administration risque de lui enlever sa bourse d'études. Ayant fait deux simulations de grands prix de Formule 1 sur sa console, entre les essais, et les courses il s'était couché vers 3 h du matin. Les graphismes sont vraiment au top, on peut choisir son pilote, son écurie, il a pris Alain Prost sur Ferrari et a fini deux fois deuxième, il fera mieux ce soir en rentrant des cours.

Il n'a pas eu le temps de prendre son petit déjeuner et fouille dans son sac à dos pour trouver une barre de céréales. Alors qu'il tâtonne au fond, les yeux mi-clos il touche le ruban du paquet cadeau reçu la veille. Sa petite amie lui avait glissé le livre sans qu'il ne s'en aperçoive. Il déchire le papier et découvre alors un roman avec en couverture la tête d'un chien méchant, ainsi qu'une femme avec un bâton. C'est nul, pense-t-il, un nouveau jeu vidéo venait de sortir avec des graphiques révolutionnaires, hyper bien noté par les critiques, et il était persuadé que c'était ça, vraiment cette Marie-Louise ne comprenait rien du tout.

En relevant la tête, il s'aperçut que la population de sa rame de métro avait le nez plongé dans un bouquin ou un journal comme le Figaro, Le Monde ou le Canard enchaîné. Il regarde alors à nouveau le livre et lit le titre et son auteur *Cujo* de Stephen King avant de le reposer et somnoler.

Après l'examen de droit constitutionnel qui l'a laissé plutôt dubitatif, le voilà sur le chemin du retour, dans un métro moins rempli que d'habitude. Un grand questionnement accapare ses pensées : Sonic, FIFA, ma revanche sur Ayrton Senna dans un nouveau grand prix ou encore mieux Streetfighter où il pourrait dégommer tous les combattants à coup de poings, de pieds ou de coup spéciaux en imaginant qu'ils avaient la tête de ses examinateurs.

Vivement l'année prochaine, il paraît qu'une console portable va sortir avec batterie intégrée, on pourra emporter ses jeux vidéo partout, jouer tout le temps. Il pense même qu'il devrait inventer un métier de joueur il dirait quand on lui demanderait sa profession « je suis *gamer* », il pourrait créer des réseaux de joueurs avec des prix à gagner ou encore animer une émission de télévision sur Antenne 2 ou il présenterait les nouveautés et montrer les passages secrets, les raccourcis et autres astuces de jeux de plateforme. Ça serait vraiment cool.

Il vérifie alors son emploi du temps pour le reste de la semaine dans son cahier de textes et fait tomber de son sac le livre *Cujo.* En le ramassant, il se dit qu'il pourrait même créer un jeu vidéo avec un chien méchant qui attaquerait les gens. Non quand même pas, ce serait trop violent. Sans y faire attention, il ouvrit le livre et commença à lire…

Il interrompit sa lecture lorsqu'il s'aperçut que son métro ne repartait plus et à sa grande stupéfaction découvrit qu'il était en bout de ligne. Absorbé par l'histoire, il avait non seulement manqué son arrêt mais avait continué à dévorer le bouquin jusqu'au terminus.

De retour à l'appartement d'étudiant qu'il partageait avec Marie-Louise, Stéphane se replongea dans sa lecture et sa copine fut surprise de voir qu'il n'allumait pas sa console de jeux vidéo. Il ne posa le livre que vers 5 h du matin après avoir terminé la 346e page.

Génial, c'était vraiment génial, est-ce que ce gars a écrit d'autres bouquins ?

Rapidement, il se procura tous les autres ouvrages du maître de l'horreur et du suspens : *Carrie, Ca, Le simetierre, Misery,* etc. Une fois la collection terminée il les relisait et regardait les adaptations cinématographiques. Il était capable de lire *Shining* en même temps qu'il regardait le film pressant sur pause le magnétoscope dès qu'il voulait vérifier quelque chose. « Non, Jack Nicholson, Jack Torrance n'aurait pas fait comme ça ! Ce Stanley Kubrick est vraiment mauvais mais pourquoi Stephen laisse faire ça ? » Lorsque *Misery* sortit au cinéma l'année suivante il était furax, le film ne rendait rien, le livre était un chef-d'œuvre de suspens, avec de la tension un climax insoutenable, la Annie du livre était magnifique alors que dans le film elle lui faisait penser à un plat de spaghetti. Un vrai gâchis. Sa réflexion n'alla pas plus loin sur la plus fervente admiratrice de l'écrivain Paul Sheldon, alors que lui-même devenait un peu comme elle.

Marie-Louise était consternée, la fixation de son petit ami s'était déplacée d'une machine de jeux vidéo à un auteur, et de par sa faute. Il lui accordait encore moins de temps qu'avant la découverte de Stephen King. Sans s'en rendre compte, Stéphane commençait à s'habiller comme lui, il portait les mêmes lunettes. Il avait rejoint un fan-club, qu'il avait rapidement quitté, les autres membres n'étant pas à la hauteur. À force de suivre les interviews du maître, il s'était mis à parler de la même manière, et à reproduire la même gestuelle, il devenait un clone de son idole. Sa nouvelle obsession l'accaparait de plus en plus, comme un transfert des mondes virtuels vers ceux de l'écrivain. Il vivait dans une secte invisible dont le gourou était l'auteur à succès.

Un jour, il quitta Marie-Louise sans explication, sa nouvelle copine ne pourrait s'appeler que Tabhita – le nom de l'épouse de Stephen King – ou Tabatah à la limite.

La fac l'intéressait encore moins qu'auparavant, il s'est mis à écrire des histoires fantastiques ou d'horreur, il voulait être publié et s'offrir un voyage dans le Maine pour retrouver son nouveau meilleur ami.

Après avoir terminé un premier roman, il envoya son manuscrit à une maison d'édition mais n'obtint aucune réponse. Il en essaya une autre avec cette fois deux histoires et après quelques mois sans nouvelle alla voir directement l'éditrice pour savoir si elle avait bien reçu ses courriers. La secrétaire fit barrage à l'accueil de la réception mais face à son insistance elle rappela sa patronne. Stéphane en profita pour filer directement dans le bureau de l'éditrice. Elle fut surprise par l'entrée inopportune de ce jeune homme et se mit à rire devant ce clone de Stephen King.

« Ah ça y est je comprends, c'est pour une caméra cachée, c'est une blague ? »

Sans comprendre et comme l'aurait dit Stephen, Stéphane lui demanda ce qu'il y avait de drôle ? Et surtout si elle avait lu les deux livres qu'il voulait publier.

Sans s'arrêter de rire, elle lui répondit que ses deux manuscrits étaient très bons, mais que ses deux livres étaient déjà publiés et des best-sellers en plus ! *Christine* et *La petite fille qui aimait Tom Gordon* s'étaient très bien vendus, il pouvait rentrer à la maison et attendre ses cachets d'écrivains.

Stéphane avait recopié mot pour mot les deux ouvrages de son auteur préféré sans même s'en rendre compte. Interloqué, humilié, il quitta la maison d'édition furieux.

Pendant quelques mois il rentra vivre chez ses parents et ne sortait plus de sa chambre, il écrivait en permanence et ne voulait pas être dérangé. Il mangeait peu, ne faisait aucun exercice physique, et même lorsque son père lui offrit une nouvelle console de jeux vidéo, il n'en voulut pas. Comme en transe devant sa machine à écrire, il tapait sur son clavier sans réfléchir, l'inspiration lui venait sans difficulté. Il vérifiait de temps en temps qu'il ne copiait pas son double, mais s'accorda l'écriture d'une suite au *Shining* son ouvrage préféré.

Et puis le 14 mars 1991, la terrible nouvelle d'un accident d'hélicoptère vint le terrasser. Une catastrophe aérienne s'était produite dans le Maine, un hélicoptère avait heurté la cime d'un arbre au décollage, l'appareil s'était aussitôt embrasé dans une explosion en percutant le tarmac de la piste. Il n'y avait pas de survivant, le pilote Mike Donnovan et son passager Stephen King étaient morts sur le coup. Le monde de Stéphane s'écroulait, ce n'était pas possible, cela devait être une erreur, pas Stephen. Sa raison de vivre venait de disparaître brutalement. Il regarda ses manuscrits avec dégoût et rage. L'homme avec qui il aurait aimé en parler, converser pour être adoubé et peut-être avoir une préface venait de quitter cette terre à jamais. Une mort stupide, un simple accident, pas même romanesque, une tragédie. Une partie de son cœur s'est arrêté de battre. Il lui était impossible de faire face à une telle réalité. Sans réfléchir, il prit alors l'irrémédiable décision de le rejoindre.

Il partit au Bourget et loua un hélicoptère pour un tour dont il ne revint jamais.

Quelques années plus tard alors que ses parents faisaient du tri dans leurs affaires, ils tombèrent sur plusieurs textes que Stéphane avait écrits avant son acte de folie. *22/11/63, Le Dôme, Joyland, Mr Mercedes, Docteur Sleep, Si ça saigne, L'outsider…* Son père, toujours incrédule devant la disparition de son fils unique, les lut sans grand enthousiasme et les jeta à la poubelle.

Les likes

Mila et Jonathan s'étaient rencontrés sur Meetic. Après une période d'essais de deux ans, ils se lièrent par les liens sacrés du mariage, c'était une évidence, leurs sentiments l'un pour l'autre n'avaient fait que grandir au fil des mois. Un bonheur qu'ils voulaient partager avec leurs familles et amis respectifs. Mila avait posé une seule condition à Jo pour accepter de l'épouser, qu'ils quittent les réseaux sociaux, elle était un peu jalouse et l'origine de leur rencontre lui fit penser qu'il pourrait être tenté un jour de recommencer. Il n'était pas question qu'elle soit une femme trompée. Jonathan avait accepté sans hésitation, il n'était pas un grand exhibitionniste de sa vie privée de toute façon. Annulation des comptes Facebook et Instagram, Mila était rassurée. En plus, ça lui donnait un genre face aux copines, elle était la seule à ne pas être en ligne en permanence, un peu comme celle aujourd'hui qui n'a pas de tatouage et qui est la vraie rebelle. Fini de poster, regarder, commenter, c'était un retour à la vie normale. Libérée de ce portable, elle n'était plus l'esclave de son appareil. On ne peut pas dire que tout s'est fait du jour au lendemain, quand elle allait boire un café avec Jenny les premières semaines, elle aimait bien lui emprunter son *phone* pour jeter un œil au mur de sa copine et demandait des informations sur les potins des réseaux sociaux. Mais elle fut rapidement sevrée et ne demanda plus de *news* virtuelles ni à Jenny ni aux autres copines.

Lors de l'enterrement de sa vie de jeune fille, Élisa la future mariée offrit une médaille d'abstinence à sa copine. Déjà un an que Mila avait quitté les réseaux sociaux. Elle glorifiait le temps gagné à ne pas consulter la vie embellie d'inconnus, mais à force d'employer un discours identique à toutes ses amies, elle donnait l'impression de vouloir s'autopersuader. Comme si à force de répéter la même chose, cela devenait vrai. Une conversation à ce sujet n'aurait jamais eu lieu vingt ans plutôt, mais tant de choses avaient changé ces deux dernières décennies. Les innovations technologiques avaient transformé la nature des relations et des comportements. Les tweets, les stories ou autres commentaires faisaient désormais partie intégrante de la vie de la majorité de la population. Insidieusement, derrière son écran, beaucoup s'inventaient une vie, d'autres critiquaient violemment. On dit souvent que la réalité dépasse la fiction, mais aujourd'hui le virtuel a remplacé la réalité. Le faux à force de répétition devenait vrai. La désinformation, les théories les plus abracadabrantes, une propagande qui ne disait pas son nom trouvaient une tribune incroyable grâce à tous ces réseaux. Ironiquement, Élisa avec la médaille, traitait Mila comme une alcoolique anonyme qui risquait de replonger sans ce petit pendentif. Sans s'en rendre compte, la symbolique de ce présent était que son amie était guérie d'une mauvaise addiction. Les autres copines passèrent la soirée à publier des photos retouchées grâce aux dernières applications des cocktails, de déhanchés sur le dance floor, ou de leurs tenues de fête. La planète entière devait savoir que Jenny, Maya, Lou et Mila avaient passé une soirée exceptionnelle pour célébrer la fin du célibat d'Élisa.

Le temps passe vite, même si on ne le perd pas devant les écrans. Mila était désireuse d'agrandir sa famille, d'être la première parmi ses copines à devenir maman. Sans réfléchir, Jonathan proposa d'ouvrir un compte Facebook familial où ils pourraient publier une liste de naissance en ligne. Quelques photos du bébé et de leur bonheur ne seraient pas trop exhibitionnistes, surtout qu'une partie de sa famille vivait à l'étranger. Il ne les appelait pas régulièrement, cela permettrait de renouer le contact.

Pourquoi pas, après trois années sans ces réseaux, Mila avait confiance en son mari, elle n'était plus jalouse, et puis tout ça ne ferait de mal à personne, il faut bien vivre avec son temps. Élisa n'aurait pas intérêt à venir lui faire la morale, mais elle était trop occupée à régler ses problèmes pour la taquiner. Ils attendraient tout de même qu'elle soit certaine d'attendre un enfant avant de renoncer à leurs vœux d'exclusion volontaire des réseaux sociaux.

Malgré leurs nombreuses galipettes, Mila n'était pas tombée enceinte. Au bout d'un an, elle consulta un spécialiste qui ne décela aucune anomalie dans ses fonctions reproductrices. Il fallait persévérer. Elle consomma des compléments alimentaires, pratiqua de nouvelles positions propices à la fécondation, se mit à lire sur le sujet, consulta sur son PC des forums sur le sujet, et ouvrit un compte Facebook pour parler de son envie d'enfant.

Après son premier post avec un #bébé, un frisson lui parcourut l'échine quand un like apparut avec un commentaire. Avant de se coucher, elle téléchargea l'application sur son téléphone et vérifia son compte. 4 likes, 2 commentaires. Un peu coupable, elle se retourna vers Jonathan afin d'oublier ce sentiment puéril face à des inconnus qui lui montrait de l'intérêt. Elle lui fit l'amour, mais sans empêcher des arrière-pensées de lui gâcher un orgasme qu'elle dut simuler. Elle regrettait ce geste anodin : regarder son mobile avant de se coucher, ça n'avait aucune importance, et pourtant elle était perturbée.

Six semaines plus tard, elle n'avait pas eu ses règles, test de grossesse en poche, elle se précipita dans les toilettes pour l'utiliser. Après quelques minutes interminables deux barres apparurent, ça voulait dire quoi ? Elle n'était pas sûre, elle relut la notice et s'aperçut qu'elle était enceinte. Elle prit la photo du test positif pour l'envoyer en message à Jonathan mais juste avant sans savoir pourquoi, elle le posta sur Facebook. 6 likes 1 commentaire.

Mila et Jonathan étaient heureux, leur rêve allait se réaliser, un mini Jo ou une mini Mila allait bientôt les rejoindre. Vers le troisième mois, à la première échographie la gynécologue annonça que tout allait bien mais le bébé était petit, il faudrait surveiller son évolution.

Mila posta la photo de l'échographie obtînt plus d'une vingtaine de likes et autant de commentaires. Au rendez-vous suivant la docteur lui indiqua que tout était rentré dans l'ordre le poids et le développement étaient normaux, ce serait sûrement un garçon. Une photo de la chambre du bébé préparée et repeinte en bleue par Jonathan fut prise et postée. 32 likes, 12 commentaires. L'accouchement se passa relativement rapidement et à peine sorti du ventre de sa mère le petit Steevy se retrouvait en ligne et dans le Cloud. 74 likes, 46 commentaires. C'est vrai qu'ils avaient plein d'amis, et ces amis partageaient leur publication, repartageaient et s'abonnaient. Les amis de mes amis sont mes amis, c'est bien connu. Ils avaient surtout beaucoup de temps libre pour souhaiter la bienvenue à un inconnu, surtout qu'il faut l'avouer un nouveau-né lorsqu'il n'est pas le sien n'est jamais vraiment d'une beauté rayonnante.

Retour à la maison et publication d'une photo avec papa et maman, click en ligne : 62 likes 21 commentaires, petite alerte Steevy perd un peu de poids mais rien de grave. Mila n'étant pas très satisfaite de son dernier post, elle réorganise une photo familiale se maquille, met un peu de rouge sur les joues du bébé, demande à Jo de mettre une belle chemise blanche. 88 likes 34 commentaires. Steevy reprend le poids tel qu'il est prévu sur la courbe de son carnet de santé.

Série de clichés faite par un photographe spécialiste des bébés, 102 likes. Jonathan a une promotion à son travail, la vie est belle tout va bien. Premières vacances à trois, on part un week-end à Arcachon 130 likes, les 1 an de Steevy 212 likes, Mila maman sexy en maillot de bain avec bébé dans les bras 337 likes. Tout va de mieux dans la vie de famille, ils déménagent pour un appartement plus grand mais à refaire. Jo se met au travail, Mila poste les photos du Home Staging avec une petite mise en scène et un avant/après 201 likes. Tiens c'est moins… Steevy tombe malade, nez qui coule, un peu de fièvre. On reposte une photo de la Maman en train de faire la cuisine pour partager son plat : Mila a une chemise ouverte laissant voir un magnifique décolleté, maquillage parfait, coiffure impeccable, la cuisine est rangée, un bouquet de fleurs sur la table, le repas est coloré 356 likes. Steevy guérit instantanément.

Mila devient de plus en plus professionnel dans ses présentations : plus beau, plus sexy sans en avoir l'air, la vie rêvée jetée au visage de ses *followers*. Aidée par une agence d'influenceur, les likes grimpent 500, 1000, 2000, 5000, 10 000 elle nourrit la bête tous les jours. Jonathan est fier de sa femme, tout le monde l'envie c'est toujours le bonheur. Un jour, Mila se trompe de photo à poster elle met un paysage quelconque même pas retouché moins de 600 likes une catastrophe ! Surtout que le même soir en rentrant du boulot son mari a un accident de voiture, rien de grave mais il doit quand même passer quelques jours à l'hôpital… Génial ! Ça va faire une super Story, on va accentuer le dramatique de la scène. Elle pense instantanément à une histoire et aux photos illustrant la tragédie, elle proposera l'idée d'un deuil évité de justesse. Elle va s'acheter un ensemble noir avec des escarpins assortis, un rouge à lèvres bien brillant et hop elle file à l'hôpital, on demande à un docteur de faire le figurant, à la plus jolie infirmière de poser avec eux, Jo doit garder les yeux fermés et donner l'impression d'avoir mal, et le tour est joué ! Le tableau est digne d'une série télé à gros budget. Mila poste la photo avec le commentaire Jonathan va-t-il s'en sortir ? Bingo 35 000 likes. #magasinducoindelarue pour un premier partenariat, elle n'a pas eu à payer ses vêtements en échange d'une mention de la boutique dans sa *story*.

Mila a compris, elle va scénariser sa vie : les vacances à Saint-Tropez photo sur un bateau de promenade avec le clocher en arrière-plan et en bikini 40 000 likes, elle croise George Clooney devant le fameux bar rouge, le Sénéquier, un selfie avec lui #georgeclooney #sainttropez #bateaux #vacances, hashtag, hashtag le sésame : 50 000 likes… les placements de produits s'intensifient, les rémunérations des plateformes grâce aux encarts publicitaires aussi. C'est devenu un métier à plein temps, poster, trouver comment faire mieux, espionner la concurrence, elle n'a que peu de répit. Les vacances à Dubaï avec d'autres influenceurs célèbres, 100 000 likes, ça monte, ça monte. Sa vie n'est plus qu'un cliché, elle promeut tout et n'importe quoi, ouvre des cadeaux ridicules en direct devant l'écran prétendant la surprise et la joie, visite des endroits sans en profiter. Ses nouveaux amis ne le sont que par intérêt, une espèce identique à la sienne pour qui le paraître est plus important que tout. Élisa après un rapide divorce s'est remariée, mais elle n'a pas assisté à la cérémonie, trop occupée à mettre un *Reel* au point, le nouveau terme pour les petites vidéos. Et puis, son ancienne copine n'a que quelques abonnés, son mariage n'avait rien d'extravagant, il n'était pas vendeur, aucun intérêt, elle n'avait rien à gagner. Donc elle l'a zappé.

Le million de followers atteint, Mila devient une superstar du néant, mais elle s'en satisfait, c'est bien rémunéré ! Les contrats avec des marques s'accumulent, les divers partenariats viennent remplir son portefeuille. De temps en temps, des remarques désobligeantes la contrarient légèrement, mais ça fait partie du jeu, il y a des jaloux, et les controverses font monter les audiences. La violence des *haters* semble aussi incompréhensible que la dévotion de ses partisans. Elle se retrouve dans la peau d'un gourou, d'un coach de vie, d'une idole. Ses phrases sont analysées, sujettes à des débats stériles, mais tant qu'on parle d'elle, toutes les publicités sont bonnes à prendre. Les abonnements à ses comptes augmentent, elle est adulée, détestée, mais elle ne laisse pas indifférent, et c'est ce qui importe. YouTube, TikTok, Vine, et toutes les nouveautés, elle ne laisse rien au hasard. L'absence serait un renoncement. Mila est un produit de consommation comme tant d'autres, la version moderne du journal de sa grand-mère *Nous Deux* qui proposait des romans-photos. Elle en est l'actrice, la réalisatrice, productrice, elle a le contrôle sur tout. On retrouve d'ailleurs des articles de sa famille dans certains magazines *people*, et des journaux locaux lors de ses déplacements. Elle est considérée comme une importante influenceuse.

Un matin après son cours de yoga, alors qu'elle s'apprête à poster la séance elle s'aperçoit que l'enregistrement n'a pas fonctionné. Horreur elle n'a rien à poster ! Elle va chercher dans ses photos précédentes mais ne trouve rien de bien. Elle est obligée de mettre quelque chose ses fans virtuels attendent, ils ont un besoin vital de recevoir les news. Elle trouve une photo « bis » pas mal qu'elle publie 82 000 likes seulement, pas terrible. Dans l'après-midi, Steevy semble atteint d'un mal étrange, Mila appelle le docteur qui l'envoie à l'hôpital aux urgences. Aucun soignant ne peut diagnostiquer ce qui arrive à l'enfant mais il va rester en observation. Ses parents vont le veiller toute la nuit. Le lendemain matin, le petit ne se réveille pas, Mila en oublie ses posts, la situation s'aggrave, Steevy tombe dans le coma. Certaines de ses capacités cérébrales ne fonctionnent plus. Le deuxième jour sans publication sa santé se détériore encore. Mila est terrifiée en voyant l'état de son fils, il dépérit à vue d'œil, elle sort son téléphone pour se remémorer les bons moments et montrer à une infirmière les photos du bonheur. Cette dernière regarde les belles prises de vue, et commente 2 ou 3 photos. Steevy semble bouger un peu, et sourire, il ouvre les yeux. L'infirmière rend le téléphone et va chercher un docteur. Mila fixe l'appareil, l'écran s'éteint faute de batterie, elle a oublié de le recharger. Au même instant, un bip retentit, un bip continu, l'électrocardiogramme sur le moniteur de contrôle devient plat. Elle hurle sur son putain de téléphone qui ne fonctionne plus lorsqu'elle comprend que l'appareil annonce la mort de son fils. C'est fini, le petit Steevy ne se réveillera plus jamais. Elle lâche le téléphone portable et l'écran se brise au contact du sol. L'enchaînement des catastrophes n'en était qu'au début d'une série ininterrompue jusqu'à sa propre fin.

L'immense douleur de Jonathan et Mila les éloigne des réseaux sociaux. La star n'a plus la force ni l'envie d'enjoliver un monde qui s'écroule autour d'elle. Une retraite s'impose, un retour en arrière, elle se sent acculée. Impossible d'opérer ce virage à 360 degrés, elle a vendu son âme au virtuel, il demande son paiement. Mila et Jonathan tombent à leur tour malades, elle perd ses cheveux, lui tousse de plus en plus. Ils vont un peu mieux lorsqu'elle se décide à publier un bandeau noir avec le prénom de Steevy et le mot « dans notre cœur pour toujours », les likes les soulagent légèrement. Mais leur descente aux enfers continue, Mila fait un blocage, elle ne sait pas quoi publier, c'est une question de vie ou de mort mais elle n'y arrive pas. Inconsciemment, elle sait ce qu'elle doit faire pour s'en sortir, mais elle n'a plus la force ni l'envie. Ses dents se déchaussent, ses ongles tombent, elle perd des followers, elle n'arrive plus à marcher, elle met un ancien post sur son mur les 3000 likes ne suffisent plus à subvenir à ses besoins vitaux, elle craque, une autre ancienne photo, 900 likes. Jo fait une crise cardiaque il ne tient plus qu'à un fil. Elle publie quelques lignes, une banale citation sans photo 312 likes. C'est un vrai cauchemar, elle va se réveiller, mais c'est Jo qui se réveille à côté d'elle, il lui murmure quelque chose comme poste, poste, poste… Ils s'enfoncent dans le néant, leurs aventures virtuelles ont disparu des écrans. Leur vie réelle va suivre le même chemin, une existence qu'ils avaient abandonné ne vivant que dans le paraître et l'illusoire. Ils ont imaginé être vivants. Les abonnés ont quitté le navire, les *followers* ont trouvé un nouveau berger à suivre. Mila qui ? Jonathan quoi ? Ils sont déjà oubliés, comme s'ils n'avaient jamais existé. Une chute encore plus rapide que leur incroyable ascension médiatique. Jonathan fait une seconde crise cardiaque, fatale cette fois. Alors l'instinct de survie de Mila lui ordonne de ressortir son portable, elle essaie de publier quelque chose, mais ne voit que l'écran brisé, l'écran tactile ne répond plus, c'est la fin. Elle tombe inanimée au sol, rejoindre Jonathan et Steevy. Quelques mois plus tard, des hébergeurs désactiveront les comptes de cette famille. Le stockage des informations est un énorme facteur de pollution, le système de refroidissement des ordinateurs stockant les données a un impact sur le réchauffement climatique de la planète. Les photos sont donc effacées, les pixels annulés, comme s'ils n'avaient jamais existé. Il faut faire de la place dans le *Cloud.* Jenny ne sera jamais mise au courant de la disparition de son amie d'enfance, elle s'était éloignée depuis longtemps et perdue de vue.

Mila, Jonathan, Steevy n'étaient que les patients zéro d'une nouvelle pandémie. Mila compris trop tard ce qui lui arrivait, elle n'avait pas eu le temps d'exprimer sa théorie, mais on l'aurait prise pour une folle. Elle était incrédule et ne voulait pas ouvrir les yeux. Des cas de mort similaires se développèrent de manière exponentielle avec la plus grande incompréhension du monde scientifique. Cette nouvelle maladie mystérieuse était impitoyable, la plupart des personnes atteintes ne se rendant pas compte de sa dangerosité. Les propriétaires des comptes Facebook, Instagram, Twitter, LinkedIn et autres tombèrent comme des mouches accélérant leur chute quand, trop tard ils délaissaient leur compte abandonnant en même temps leur source de vie. Seule une poignée d'irréductible survécu, ceux qu'on appelait les sauvages, les déconnectés. Ils ne furent pas nombreux.

Perdus

Lorsqu'ils sont partis dans la dernière génération des vaisseaux Xxr4, les membres de la famille Fullan n'imaginaient pas ce qui allait leur arriver.

Ils avaient enfin décidé de sauter le pas, de quitter notre vieille terre malade. Il n'y avait plus rien à espérer sur celle-ci qu'on avait appelé la planète bleue. Désormais, elle n'était que grise et marron. Depuis les épidémies de COVID des années 2020, les dérèglements climatiques qui s'étaient amplifiés dès 2023 avec des ras de marées à répétition, des ouragans dans des zones urbaines et le passage proche d'une comète qui a laissé derrière elle un énorme nuage de fumée sur une bonne moitié du monde, vivre sur la Terre devenait de plus en plus compliqué, pour ne pas dire impossible. Heureusement, les différentes compagnies qui effectuaient des recherches sur l'exploration spatiale avaient développé leur programme de manière exponentielle et dès 2025 on envoyait les premiers hommes coloniser Mars. Ces sociétés avaient participé à l'augmentation de dommages irréversibles infligés à notre planète, mais elles promettaient une vie meilleure, ailleurs. Il ne restait sur Terre que quelques oasis cachées, réservées aux ultra-riches qui continuaient désespérément à chercher des solutions à nos malheurs pour le bien de tous. La science devait nous sauver. Grâce à eux, les hommes ont conquis d'autres horizons, les vaisseaux spatiaux ont remplacé les voitures, et les plus aisés ont quitté la Terre pour s'installer sur la planète rouge et d'autres aux alentours pendant que les sceptiques et les indigents voyaient leur espérance de vie se réduire à vue d'œil.

Nous sommes en 2027 lorsque Les Fullan avec à leur tête la cheffe de famille Maggie, son mari Arthur et leurs triplés de 8 ans Coco, Snake et Flor ont suffisamment économisé pour s'installer sur Arquim, une petite planète à quelques années-lumière de Mars. Ils se sont offert le tout dernier vaisseau spatial le Xxr4. L'engin a tout juste obtenu les agréments des autorités compétentes. Encore plus sûr, plus rapide, plus facile, il dispose d'avancées technologiques révolutionnaires. Maggie est enthousiaste après la lecture approfondit du manuel du propriétaire : oxygenaosysteme qui permet de recycler son oxygène, donc aucun risque d'en manquer, autobouffe 3 étoiles qui promet une nourriture illimitée… le recyclo dernière génération, et toutes les dernières options loisirs, bibliothèque virtuelle, cinéma, musique, terrain de basket électromagnétique, il y a vraiment toutes les innovations qui permettraient de passer le temps au cas où ils en auraient. Elle comprend les raisons du tarif exorbitant de l'appareil. Tous les sacrifices de ces dernières années avaient une raison. Désormais, elle est confiante dans l'avenir.

Le système de pilotage est simple, il suffit d'enregistrer les coordonnées de la destination dans le GPSS le système de géolocalisation par supers satellites et le tour est joué. Snake est excité de partir, il embête ses 2 sœurs, alors son père l'attrape pour l'accompagner et faire le tour de la maison afin de couper toutes les sources d'alimentation avant leur départ.

Coco et Flor sont les premières à monter, suivies de leur frère, Arthur et Maggie, la maman qui ferme la porte sans regret face à l'abandon de leur ancienne vie et leur ancien monde.

Le tableau de bord est d'une simplicité enfantine. Quelques boutons à enclencher, deux ou trois vérifications et la mise en route des fusées de propulsion s'effectue sans accroc. Décollage parfait, peu de vibrations et après seulement quelques minutes la terre n'est plus qu'un point minuscule, les mauvais souvenirs sont laissés derrière eux sans un regard en arrière, la sensation d'apesanteur semble alléger le poids des problèmes du passé.

Alors que les réacteurs de vitesse lumière se mettent en route, le système GPSS s'éteint de manière inexplicable. Cela ne doit pas être grave mais alors que le voyage aurait dû s'effectuer en 38 minutes, rien ne se passe lorsqu'arrive la 39e minute. Arthur panique un peu mais Maggie lui demande de cacher ses inquiétudes aux enfants. Quelques secondes plus tard, la propulsion s'arrête et le Xxr4 se met à dériver dans l'espace. Les enfants n'ont pas saisi l'angoisse qui s'empare des parents. Aucun outil de navigation ou de communication ne fonctionne. Maggie prend la radio de secours et non sans humour lance un message de détresse avec un « Houston We've got a problem » mais celui-ci reste sans réponse.

« Cool s'écrit Snake, on est en aventure spatiale comme dans les films de Star Trek ».

« Oui et toi t'es Spock avec tes grandes oreilles », se moque Flor. Lorsqu'Arthur comprend qu'il vient d'engager sa famille dans un voyage sans destination, il est trop tard. Ils sont condamnés à errer dans cette machine, sans espoir, sans aucun contrôle. Submergé par un sentiment d'horreur et de désolation, il se rattache au fait de ne pas être seul, il est entouré de sa femme et de ses enfants. Cela devrait suffire pour survivre.

Et voilà les Fullan perdus dans l'espace comme les autres Xxr4 qui avaient tous le même défaut de conception, ainsi que les Xxr3, Xxr2 et la première génération. Mais, ce n'était pas un vice de construction. Personne n'ayant réussi à coloniser aucune planète, les dirigeants de tous les pays n'avaient pas voulu décourager les survivants des différentes catastrophes terriennes et avaient préféré les envoyer se perdre dans l'espace plutôt que de périr sur terre. Le tout en assurant leur propre avenir financier en profitant de leur crédulité et naïveté.

La dernière marche

Son entrée sur le court Philippe-Chatrier du stade Roland-Garros se déroule sous la clameur des applaudissements d'une foule en délire. Les spectateurs, d'habitude plutôt réservés, accueillent le prodige sans retenue. Il est La révélation de ce tournoi, celui qui fait rêver tous les petits joueurs du mercredi après-midi. En quinze jours à peine, il est devenu un modèle de réussite et s'apprête à entrer dans la légende des champions, celui des vainqueurs de tournoi du Grand Chelem.

Roy Cartright était face à l'ultime épreuve pour atteindre son rêve. Quoiqu'il arrive, il resterait le premier joueur sorti des qualifications à arriver à la finale. Sorti de nulle part, inconnu complet auparavant, sauf pour quelques initiés, il se révélait au grand public pour le plus grand plaisir des médias friands de ce genre d'histoire. *« À l'avenir, chacun aura droit à 15 minutes de célébrité mondiale »,* prophétisait Andy Warhol, Roy allait prouver qu'avec du travail et de l'abnégation, on pouvait largement dépasser ces quinze minutes. Mais rien ne relevait du hasard, il s'était entraîné durement depuis son plus jeune âge, sacrifiant sa jeunesse pour devenir le meilleur joueur et il était prêt d'atteindre son but. En première semaine, il avait notamment battu deux joueurs du top 10, et après la sensation de sa victoire au premier tour, les médias portaient toute leur attention sur ce nouveau phénomène. On l'applaudissait comme une rock star. Le personnel de l'hôtel le regardait différemment depuis cette deuxième semaine de compétition, et les sourires de la gent féminine se faisaient plus insistants. Les People des tribunes voulaient un selfie avec lui, comme si son succès pouvait être contagieux. On voulait l'interviewer en permanence, les télévisions du monde entier cherchaient des images de ses entraînements alors qu'il n'était qu'un enfant, les journaux sportifs des articles à publier, une belle histoire à raconter, des anecdotes, vendre le succès, la victoire, montrer l'exemple, ils tenaient leur nouvelle idole. Un jour, ils pourraient le brûler à l'aube d'un scandale sexuel ou d'un présumé dopage, mais il fallait d'abord créer le mythe avant de le détruire.

Roy pouvait-il leur avouer la somme des heures d'entraînement consacré à son sport, les sacrifices imposés à son jeune corps ? Ses envies de vomir à force d'obliger son métabolisme à se surpasser ? Il s'était retrouvé dans un engrenage face à un père tyrannique. Avant de savoir marcher, son géniteur lui avait offert une raquette. Il ne lui avait plus laissé aucun répit, à l'heure du goûter, il devait réviser ses gammes encore et encore, des ampoules plein les mains. Est-ce qu'un article sur l'inhumanité de sa routine serait vendeur ? Son dos qui faisait mal en permanence, ses coudes, ses poignets, ses chevilles qui avaient déjà le triple de leur âge réel et, qu'à 35 ans il aurait sûrement une prothèse de hanche, est-ce que ça ferait un bon papier ? Raconter une vie faite de privation, de sueur, de labeur, alors qu'on est un enfant écornerait un peu le conte de fées ? Il pourrait aussi leur dire avec le sourire qu'il suivait en permanence une diététique draconienne avec parfois des compléments un peu étranges. Une vraie machine de guerre, programmée dès sa création. On parlait déjà de lui comme d'un modèle. Si on voulait, on pouvait y arriver. Mais avait-il réellement voulu tout ça ? Son père l'avait modelé à son image, il était un pur produit de vainqueur.

On méprise souvent les parents des miss juniors qui exposent leurs enfants comme des trophées ou des petits youtubeurs exploités par papa-maman. Mais son père était montré en exemple : son coach, son mentor savait mieux que quiconque « tirer la quintessence de son fiston », il était porté aux nues comme les meilleurs entraîneurs de football ou de basket. La vérité était tout autre, son géniteur était un impitoyable tyran, ex-futur espoir, frustré de son manque de succès « ah si j'avais eu un père comme moi… » répétait-il souvent pour montrer combien Roy avait de la chance. Il avait lu quelque part que le père du tout jeune Michael Jackson le battait avec une branche d'arbre ou une boucle de ceinture, s'il oubliait une parole ou dansait de travers, mais n'avait pas fait le rapprochement avec le comportement de son père.

Revers, coup droit, volée, smash, service étaient les seuls mots de son dictionnaire. A seulement 10 ans son père le faisait s'entraîner contre les meilleurs 15-16 ans et malheur s'il ne jouait pas bien.

Perdre n'était pas dans son vocabulaire, le tennis était toute sa vie, il ne connaissait rien d'autre. Pas d'amis le week-end, pas de téléphone, pas de jeux. C'était tennis, jogging, musculation, diététique, étirements, 8 h de sommeil et on recommençait tous les jours la même routine, identique aux autres jours. Même sa mère lui expliquait que c'était pour son bien, comment imaginer le contraire.

Ça valait le coup, il allait gagner Roland Garros, enchaîner avec Wimbledon et deviendrait vite numéro 1 mondial.

Mais que ferait-il après ? Une fois atteint le but ultime que lui resterait-il ? Il ne connaissait rien de la vie mais son père avait sûrement déjà prévu son avenir.

Son père justement lui avait écrit son discours à prononcer après la victoire : « Je remercie mon père, Dieu, mes fans, c'est fantastique je n'en crois pas mes yeux, merci à tous mes adversaires, aux ramasseurs de balles, et blabla… » Des remerciements consensuels, hypocrites à souhait pour se montrer sous le meilleur jour possible. Un exemple de communication politiquement correct, on va leur donner ce qu'ils ont envie d'entendre même si le fond de sa pensée serait tout autre : « Vous avez vu bande d'enfoirés, on a réussi, on les a tous niqués, Cartright pouvait gagner un Grand Chelem, vous êtes tous des loosers, à nous la renommée, la gloire, on est les meilleurs, je suis le meilleur ». Il se toucherait la nouille le soir en regardant la coupe du vainqueur et dormirait avec.

Roy, à l'aube de la consécration n'en pouvait déjà plus, il se sentait lessivé, vidé et pourtant si près du but. Plus d'une fois, à l'insu de tous, il s'était auto mutilée. Les petites coupures étaient cachées par des serre-poignets qui ne servaient pas qu'à essuyer sa transpiration, mais à dissimuler son envie d'en terminer. Cette dernière ligne droite vers le succès s'apparentait à une spirale vers l'enfer. Sous le bonheur apparent, les faux sourires se cachaient un mal-être profond, mais comment faire comprendre à ceux qui le prenait en exemple, qui rêvaient d'être à sa place qu'il n'était pas heureux, qu'il avait même pensé mettre fin à ses jours. Il allait atteindre son rêve ou plutôt celui dicté par son père. Il enfila son short et son tee-shirt neuf avec un nouveau sponsor prestigieux à la poitrine, finit de préparer son sac avec 4 raquettes, vérifia les bouteilles d'eau et les snacks, ses serviettes, c'était l'heure. Il traversa le couloir empli de vide, pour arriver sur le court central, les spectateurs l'applaudissaient, il ne les entendait pas, ne les voyait pas, concentré, dans sa bulle, un vrai robot, en mode automatique. Il se retrouva derrière la ligne de cours, après quelques échanges d'entraînement avec son adversaire la finale allait commencer.

Il se mit à penser à Roland Garros ce célèbre aviateur qui avait été un héros de la Première Guerre mondiale et qui n'avait sûrement jamais touché une raquette de tennis de sa vie. Une des phrases préférées du pilote était « La victoire appartient au plus opiniâtre ». Comme la résonnance d'un écho, cette idée déclencha en lui une force supérieure qui lui intimait d'aller au bout d'un processus naturel. Il allait obtenir la victoire la plus importante de sa courte existence, il le savait et eu le déclic. Son adversaire est au service dans ce premier jeu, un ace sur la ligne.

Roy fait le vide autour de lui, il est seul dans cette arène, entouré de quinze mille spectateurs et de son adversaire. 30/0, il ne bouge pas sur le service de celui qu'il doit écraser, 40/0, il reste impassible, stoïque. Roy pose sa raquette sur la terre battue, quitte sans se retourner le cours devant des spectateurs médusés. Son père hurle, lui intime l'ordre de retourner jouer, il ne l'entend pas, n'existe plus à ce moment. Stupeur sur le cours, son adversaire reste sans réaction, le public est sans voix, l'arbitre est confronté à une situation inédite, les commentateurs cherchent à comprendre, à expliquer l'incompréhensible attitude : « ce n'est pas possible, il ne peut pas faire ça, le gamin a craqué… ». Son abandon est officialisé quelques minutes plus tard. Il ne réapparaîtra plus sur le cours. Il n'entend pas le brouhaha de la foule, enfermé dans sa bulle, il vient de se libérer de chaînes invisibles. Délivré d'un poids qui lui pesait tant, il respire pour la première fois sans appréhension.

Roy gagne sa plus belle victoire. Il laisse la dernière marche vers la victoire à un autre et passe avec succès la première marche vers la liberté.

Plus jamais il ne rejoua au tennis.

Date de péremption

C'est en terminant un pot de yaourt qu'un de nos brillants politiciens eu l'idée qui résoudrait tous les problèmes du pays et même du monde : la surpopulation, la pollution, les retraites, le système de santé, c'était si simple, pourquoi n'y avait-il pas pensé avant ?

— Dis-moi, chérie, demanda-t-il à sa jeune épouse, quel jour sommes-nous ?

— Vendredi 2 avril.

— As-tu vu que le yaourt que tu m'as servi était bon jusqu'au 29 mars ?

— Ne t'inquiètes pas chéri, en général on peut les manger encore quelques jours

— Je ne suis pas d'accord, la date de péremption sert à quelque chose, quand c'est plus bon, on jette, c'est périmé !

Eurêka ! Dans un dessin animé, une petite ampoule serait apparue au-dessus de sa tête, c'est à ce moment précis qu'il trouva la solution. Il envoya alors un message à tous ses collaborateurs pour un rendez-vous le lendemain matin à la première heure.

Jean-Edouard commença son exposé vers 9 h pour l'achever à l'heure du déjeuner, tous furent d'abord interloqués. Une alarme s'était déclenchée dans chaque cerveau présent, un mécanisme d'auto-défense naturel, sa proposition était empreinte d'immoralité criante. Leur patron était un orateur exceptionnel, de la race de ceux qui vendent du sable aux bédouins, doté d'une force de persuasion sans commune mesure, il retourna les opinions incrédules. Il symbolisait l'homme providentiel, celui qui sauverait le pays de cette crise économique, et réglerait tous les autres problèmes. Les jours suivants, il fit le tour de ses alliés pour s'assurer de leur soutien, demanda quelques informations à des scientifiques pour avoir un appui de professionnels, balayant d'un revers de la main les remarques qui n'allaient pas dans son sens. Il convoqua les médias les plus importants pour une conférence de presse qu'il annonçait spectaculaire. Rien n'était laissé au hasard, les journalistes choisis étaient acquis à sa cause, leurs patrons étant des donateurs de ses différentes campagnes, les renvois d'ascenseur étaient fréquents. En contrepartie d'un parti pris dissimulé et de leur manque d'objectivité ils étaient grassement payés, et ils n'avaient pas signé de serment d'Hippocrate non plus. Des éditos positifs viendraient persuader les sceptiques. Une proposition de loi serait rapidement élaborée, le modernisme et jeunisme de l'Assemblée nationale devrait lui permettre une acceptation à l'unanimité. Il se prépara pour l'interview avec sa cheffe de communication qui lui proposa quelques modifications, un peu plus d'empathie, et surtout le ton de sa voix qui devait être rassurant et convaincant.

« Mesdames, mesdemoiselles, messieurs, en concertation avec de nombreux experts, des scientifiques renommés et des consultations d'autres gouvernements nous avons des annonces qui vont améliorer vos vies… les experts médicaux sont arrivés aux conclusions qu'à l'origine des temps, le squelette humain était programmé pour une durée de vie de 45 ans. L'évolution de nos connaissances, des progrès techniques, et de la médecine ont fait que l'espérance de vie a augmenté régulièrement, mais dans quelles conditions ? Après un certain âge, nos capacités déclinent. Comme pour des objets ayant une obsolescence programmée, il en est de même pour le corps humain, nos cellules meurent avant nous. La planète est surpeuplée, la pollution nous tue tous les jours, nous travaillons pour survivre. La Solution est d'euthanasier toutes les personnes de 55 ans et plus. La réduction drastique de la population sur notre terre lui permettrait de respirer, les problèmes de pollution seraient réglés. Plus besoin de s'inquiéter pour les retraites ou les hôpitaux. Suppression des cotisations vieillesse, des dépenses de santé, l'économie va redécoller comme jamais, le pouvoir d'achat avec. Je vous promets une croissance à deux chiffres. Soyons réalistes, ces personnes ne sont plus utiles à la société, elles ont vécu leur temps, elles doivent laisser la place. Chacun son tour. Nous le ferons pour tous ces vieux qui souffrent, ils nous diront merci. »

L'emballement de la population dépassa toutes ses espérances, Jean-Édouard était l'homme qui avait trouvé la solution. Son charisme était phénoménal, il avait réussi à convaincre les aînés à se sacrifier pour sauver leurs descendants, en leur expliquant que pendant les guerres ce sont toujours les jeunes qui s'étaient sacrifiés, pour une fois ce serait l'inverse. A 45 ans il lui resterait les 10 meilleures années de sa vie à venir il allait en profiter au maximum et se voyait déjà Président de la République. Les élections présidentielles avaient lieu dans huit mois, et le plébiscite de sa loi de date de péremption lui permettrait d'accéder à la position suprême. Il en était certain. Il pourrait ensuite apporter quelques modifications une fois élu en signant des décrets permettant à quelques personnes exceptionnelles d'avoir une exemption. Un peu comme on décerne la Légion d'honneur, pour des services rendus, on pourrait avoir une rallonge de quelques années, une dérogation pour mérite.

Le processus s'est accéléré, malgré quelques manifestations rapidement maîtrisées. Les détracteurs avaient été bâillonnés, attaqués de toute part et humiliés avant de disparaître et de n'être plus entendus. Jean-Edouard était chez lui quand le vote de la loi fut prononcé avec une écrasante majorité, il avait débranché son téléphone, et voulait profiter de sa victoire, seul avec son épouse. Le calme avant la tempête, il pourrait célébrer plus tard avec son équipe et préparer son prochain discours annonçant sa candidature à la présidentielle.

Sa femme regardait les informations à la télévision en préparant le dîner, le champagne était au frais. « La loi a été adoptée… quelques modifications… un amendement… Bravo Mr Jean-Edouard… les cliniques de la fin sont déjà prêtes, on commence les éliminations dès ce soir… 98 % des votes positifs… » Elle ouvrit le champagne et l'apporta à Jean-Edouard quand on sonna à la porte. Furieux ce dernier haussa la voix :

— J'avais demandé qu'on nous laisse tranquilles, ce soir ! Je ferai des commentaires demain, chérie va voir à la porte mais ne laisse entrer personne, fait les partir.

Elle revint accompagnée de deux grands gaillards en blanc qui le félicitèrent pour son succès et lui expliquèrent que l'enthousiasme était tel que quelques modifications avaient été prises dans sa loi et notamment l'âge de péremption, pour régler les problèmes de manière plus radicale, il a été abaissé à 45 ans. Les parlementaires avaient été encore plus loin. Pour fêter le héros de la survie de l'humanité, on lui offrait comme honneur suprême d'être le patient zéro euthanasié. Il devait les suivre immédiatement pour se rendre dans la première clinique de la fin.

Abasourdi par ce qu'il venait d'entendre, il ne put même pas réagir. Son euthanasie retransmise en direct à la télévision quelques heures plus tard fut un tel choc que l'opinion publique réfléchit et se rendit compte de la cruauté de l'acte. Jean-Edouard et sa solution étaient une aberration, le héros devint un zéro, sa loi abrogée, mais sa mort n'avait pas servi à rien, la planète était débarrassée d'un parasite et les hommes se mirent sérieusement à réfléchir à améliorer leurs conditions en accord avec la planète qui n'avait pas de date de péremption.

La Mission

— Mais qu'est-ce que je fous là ? Putain ça canarde dans tous les coins mais c'est quoi ce bordel, je n'ai pas signé pour ça moi ! Ils sont supérieurs en nombre, Bob appelle des renforts, un support aérien, on ne va pas tenir longtemps. Et dire qu'on a formé la police irakienne pour qu'elle nous remplace, ils ne sont même pas capables de nous refourguer de bons tuyaux. Si ça se trouve, ils nous ont envoyés dans un guet-apens.

Les ruelles de Bagdad n'étaient toujours pas sécurisées. Depuis que l'autre gugusse avait fait croire au monde entier que Saddam Hussein avait fait péter les deux tours et qu'il cachait des armes chimiques, ce satané président avait lancé une guerre contre le pays tout entier. Rien n'était vrai, et pendant que Oussama Ben Laden, le véritable responsable des attentats se baladait tranquillement dans les collines du Pakistan, nous faisions une guerre contre un pays qui n'avait rien demandé pour récupérer du pétrole à bas prix. J'ai accepté cette mission que je n'avais pas choisie, elle m'était imposée. Je suis aux ordres d'une machine complexe qui ordonne aux soldats de faire leur devoir sans explication. Beaucoup ne comprennent pas, pensent à une perte de temps, ça ne servirait à rien, facile à dire mais une fois commencé, il est difficile de s'arrêter, je deviens moi aussi une machine à tuer. Mon cerveau est en mode « pause », je ne réfléchis plus, j'avance, je détruis, j'anéantis, je survis. Je suis un guerrier, un soldat, mes actions héroïques sont mes endorphines, elles me procurent des sensations de toute-puissance. Je suis dans mon univers. Un cadavre prend feu à quelques mètres, une torche humaine, son uniforme se désagrège, il n'est plus qu'un combustible en fusion. Un des nôtres, un des leurs, on ne sait même pas, il n'est qu'une masse informe. Nous sommes pris sous le feu de rafales ennemies discontinues.

— Alors Bob, tu as eu le commandant ? Il nous envoie un hélico ? Il y a au moins deux snippers dans le bâtiment en face, on peut essayer d'envoyer Tim et Roscow mais c'est hyper dangereux, je ne veux pas qu'ils risquent leur vie pour deux salopards. Attention ! Un tir de roquette vient de toucher le mur derrière nous, Matt a l'air touché, Skype va voir s'il est vivant, il n'a plus l'air de bouger.

Je t'en foutrais des Soldats Ryan, des ponts de la rivière Kwai, ou des Rambo, dans les films c'est facile, alors que là on morfle grave. On va tous y passer si ça continue.

— Bob le renfort aérien on en est où ? Accroupis derrière le reste d'un mur, mes genoux grincent, le crépitement des balles se rapproche, ces sifflements inhospitaliers sont un signal de danger mortel. Nous sommes pris sous le feu des rafales ennemies.

Mon cœur bat tellement vite que je risque d'y passer sans même être touché. Ça serait le comble de mourir d'une crise cardiaque. Je n'en peux plus, j'ai soif, je n'ai plus d'eau, bientôt plus de munitions et un camion de rebelles avec une dizaine de combattants ennemis vient d'arriver, la situation se dégrade, ça va de pis en pis, on ne pourra pas tenir notre position. Et mes soldats, tous des bras cassés, il n'y en a pas un pour rattraper l'autre. Il n'y a que mort et désolation autour de moi, le paysage est d'une tristesse sans nom, du sable, des cailloux, des bâtiments délabrés, pourquoi est-ce qu'on se bat pour cet endroit ? Raph « la tortue » ce gaillard, au long cou, apparaît dans mon champ de vision. Fort comme un bœuf mais lent comme le reptile, surnommé ainsi car il gardait toujours son sac sur le dos tel une carapace, il semblait parti dans une mission kamikaze. Debout, sans aucune protection, à découvert, il tirait des salves de mitraillettes, cible mouvante, émouvante, il allait se faire tirer comme un lapin, il a perdu la tête, il est suicidaire, je dois le couvrir, c'est un frère d'armes. Trop tard.

Putain, je suis touché, mon épaule droite pisse le sang, pas de fonction vitale touchée, mais ça sent la fin, je vais en dégommer un max avant de crever, pourquoi mon frère n'est pas là ? Avec lui, l'Invincible comme je l'appelle on ne serait pas en pleine débâcle, il aurait shooté les deux snipers avant que les renforts ennemis n'arrivent et on aurait pu se replier. Il aurait fait un carnage.

Une énorme explosion détonne à quelques mètres, à la place de Tim et Roscow, il n'y a plus qu'un cratère, quelques bouts de chair et la couleur rouge a pris le dessus sur le marron du sable. Le sol a tremblé, tout n'est que poussière et désolation, l'apocalypse. Les enfoirés… Tout ça pour un bâtiment merdique, dans une rue pourrie. Je t'enverrai des drones, moi, rien à foutre des civils, on dégomme tout et on passe à la mission suivante. Mais non, cette mission elle est pour moi, je dois la réussir, je n'ai pas le choix. Mon épaule est touchée, je perds du sang. Ma vision est déformée, je plisse les yeux, tout est difforme autour de moi, infidèle à la réalité. Pas une seconde de répit, l'adrénaline m'empêche d'avoir peur. Je me rappelle petit lorsque je jouais à la guerre au bac à sable. Je me souviens aussi des histoires de ce grand-père maquisard dès la première heure, qui a risqué sa vie des dizaines de fois, héros du débarquement allié, lui aussi sous les tirs ennemis. Je pense à mes parents qui s'indignent de ma vocation et qui ne savent pas le centième de ce que j'accomplis, ils crient au scandale, surtout depuis que j'ai entraîné mon frère dans mes péripéties. D'après eux, je gâche ma vie. J'ai l'impression de revoir l'enchaînement des opérations, ou est-ce qu'on a merdé, qu'est-ce qu'on aurait pu faire de mieux ? Reculer, fuir, abandonner, pas un instant une telle idée n'a parcouru mon esprit. Je dois avancer, tuer, réduire l'ennemi à néant. L'ennemi, cet être indéfini qui a sûrement les mêmes valeurs, qui défend sa terre. Peut-être suis-je le méchant ? Le salaud ? Non, je suis le libérateur, je détruis tout sur mon passage mais au nom du bien.

Alors que tout espoir semblait perdu, mon frère est apparu derrière moi. « Mais t'étais où ? Je pisse le sang, je n'ai plus que deux grenades, tous mes gars sauf Bob ont été déglingués, c'est une putain de mission de merde et t'arrives à la fin ! » Des carcasses d'engins brûlent autour de nous, augmentant l'intensité des combats. Des corps jonchent le sol autour de nous sur ce qui reste d'une route qui disparaît sous ces amas de chair.

Avant qu'il ne me réponde, je vois avec horreur la tête de mon frère exploser à quelques centimètres de mon visage, non ! Mon frère, l'Invincible, ce n'est pas possible ? Il l'a fait exprès ou quoi, il n'avait plus envie de combattre ? Il se fout de ma gueule. Son corps s'effondre devant moi, un corps sans tête, c'est un cauchemar. Il me laisse en plan avec Bob, ce bon à rien. De pis en pis.

« Bob, tu ne m'as toujours pas répondu, as-tu eu le commandant pour ces renforts aériens ?! On est foutu si ça continue, il n'y a plus que nous deux, je viens de lancer mes dernières grenades, je n'ai plus rien, Bob, Bob ? Bob ?

Bob ? Comment ça tu te casses, tu vas manger, ta mère est furax ?

Tu te fous de moi là ? Tu ne te barres pas comme ça on a presque fini ! J'y crois pas, il est off line, il s'est débranché. »

« Théo, tu veux bien poser ton casque, éteindre ton jeu vidéo et venir manger ça fait plus de deux heures que tu es sur ta machine. Ton frère est déjà à table. Et dépêche-toi la viande va refroidir. »

Game Over.

Une autre journée

Elle possède un regard captivant qui nous poursuit longtemps après qu'on a cessé de la dévisager. Fière, elle n'abaissera pas les yeux devant votre insistante observation. Une beauté énigmatique ajoute à l'impression indélébile qu'elle laisse à chacun. Ses longs cheveux noirs s'éclaircissent sur la longueur de quelques mèches, ils enveloppent parfaitement cette figure d'ange. Avez-vous remarqué son visage totalement épilé, ne présentant ni cils ni sourcils ? Elle adopte peut-être la pratique des femmes de la bonne société, suivant les modes comme celles qui veulent plaire. Sa robe en soie d'un vert sombre contraste avec une peau claire. Un léger décolleté laisse apparaître sa gorge parfaite jusqu'à la naissance d'une frêle poitrine. Ses origines italiennes lui confèrent une beauté classique et intemporelle. Elle ne laisse personne indifférent et pourtant, elle n'a rien demandé. Décrite comme l'archétype de la femme fatale par le marquis de Sade ou Théophile Gautier, elle ne répond pas, laissant planer le secret de sa véritable personnalité. Tout le monde dit la connaître, a un avis sur sa personne, mais aucun ne sait ce qu'elle pense vraiment. Impassible, se sent-elle victime de toute cette attention qu'on lui porte ?

Sa vie est un roman qui pourrait être écrit en plusieurs volumes même si de nombreux détails demeurent mystérieux. Beaucoup d'écrivains, de scientifiques ont essayé de noircir des pages à son sujet, combler des doutes ou élaborer des théories quant à ses origines et sa vie. À leur décharge, on reconnaîtra volontiers qu'elle a vécu d'abondantes péripéties dès sa naissance dont même la date reste incertaine. Sa vie a été ponctuée d'évènements incroyables pour le commun des mortels. Elle a voyagé en Europe, mais aussi à Washington, New York, Tokyo ou Moscou. De nombreux rois se sont pâmés devant son regard profond. Bonaparte l'a voulu dans la chambre de Joséphine, John Fitzgerald Kennedy ne s'est pas caché pour venir lui rendre ses hommages, mais contrairement à d'autres, elle ne s'est pas laissé séduire par le charmant Président. Elle a aussi fui les nazis sans se laisser corrompre, un exode dangereux avec d'autres amies la contraint à rester cachée le temps du conflit pour ne pas tomber dans les mains de l'ennemi. Parmi d'autres anecdotes, on peut évoquer un enlèvement avec une demande de rançon contre sa libération. Pablo Picasso fut soupçonné pour ce kidnapping. Il y a tant de choses à raconter qu'on ne sait par où commencer.

Née il y a bien longtemps, elle était très proche de son père, ne s'émancipant qu'à sa mort. Leur chemin commun se poursuivit jusqu'à sa fin sans jamais s'éloigner, elle était heureuse d'accompagner son géniteur toujours plein de surprises. Il faut dire que c'était un personnage assez exceptionnel, un peu touche à tout : musicien, écrivain, ingénieur, architecte, organisateur de fêtes et même artiste. Il avait de nombreux centres d'intérêt, et elle doit bien avouer qu'elle ne s'embêtait jamais avec lui. D'où son goût pour la vie de château, les grandes fêtes et les célébrations. Aucune crise d'adolescence n'est venue contrarier leurs relations fusionnelles. Orpheline assez jeune, elle aura reçu toute l'attention qu'un père puisse donner à sa fille, c'était d'ailleurs la préférée. Elle ne lui en voudra jamais de l'avoir abandonné assez tôt. Peut-on dire qu'il l'a préparé à tout ce qui allait lui arriver rien n'est moins sûr.

Malgré le temps, elle paraît toujours aussi jeune mais sa santé est plus fragile, bien qu'elle s'en défende. Son âge avancé ne lui permet plus de voyager. Souffre-t-elle de la mélancolie des fastes d'un temps révolu ? Désormais, tous les jours sont un peu les mêmes, elle vit dans une bulle, souhaiterait changer de décors de temps à autre mais sa vie reste tout de même faite de rencontres incessantes. Elle résiste impassiblement au manège des courtisans et des envieux, ne veut plus être la femme d'un seul homme, son père encore, cela passait, c'était son géniteur, elle lui était redevable mais s'en est fini de l'exclusivité. Généreuse, elle reçoit, et reçoit encore, on doit parfois se bousculer pour la rencontrer. De Chine ou du Brésil, d'Helsinki ou de Sydney, tout le monde veut la connaître. Nombreux rêvent de la voir au moins une fois dans leur vie, comme pour un pèlerinage. Observée, examinée et scrutée en permanence, elle ne se lasse pas des visites de personnes aussi différentes que nous en avons sur cette terre et prend autant de plaisir à rencontrer les hommes, les femmes ou les enfants. Malheureusement, de par sa position, elle ne pourra pas passer beaucoup de temps avec chacun de ses visiteurs.

Elle ne laisse personne indifférent. Évidemment, elle sait que certains viennent seulement pour la critiquer, on ne peut pas plaire à tout le monde, c'est bien connu. Dès qu'ils l'auront quitté, à peine le dos tourné, ils feront part de leur déception : elle est petite ! Elle n'est pas si belle ! Elle vieillit mal ! Certains ne se cachent pas pour jeter leur venin. Il y a quelques années, un jeune bolivien lui a jeté un caillou la blessant au coude, une autre fois c'est une dame russe qui lui a lancé sa tasse de thé au visage ! Elle a désormais besoin de protection, un peu comme le pape caché derrière les vitres blindées de sa papamobile.

C'est d'ailleurs l'heure pour Geoffroy de venir nettoyer la vitrine hermétique qui la protège. Elle a secrètement un faible pour lui, elle s'est habituée à sa présence, ce visage familier. Tous les matins, il effectue le même rituel avec un soin particulier, il cherche à la faire briller, la rendre encore plus belle, et pourtant il la regarde de moins en moins. Elle voudrait tant lui dire ce qu'elle ressent mais déjà, il repart. C'est le début d'une autre journée, le personnel d'entretien a terminé de nettoyer les salles, les agents de sécurité ont tout vérifié, deux gardiens se postent à ses côtés. Les premiers visiteurs sont venus de loin : un groupe d'étudiants japonais commence à parler entre eux, à commenter, sans détacher leurs regards de son visage, de son décolleté et de ses mains. Une autre journée identique aux précédentes commence il est déjà 9 h le Louvre vient d'ouvrir ses portes, Mona accueille ses premiers visiteurs, elle sourit, elle est belle, on l'appelle La Joconde.

Tristes souvenirs ou devoir de mémoire

Jonas finissait les cartons, il ne lui restait que quelques heures pour tout emballer, classer et ranger avant le grand départ. C'est fou tout le bazar qu'on accumulait au fil des années, beaucoup d'objets inutiles pouvaient être jetés mais il possède des trésors à préserver, des témoignages historiques qui auraient leur place dans les musées. C'était la dernière fois, il se le promettait, qu'il partait, mais il était obligé encore une fois, ne se sentant pas à sa place là où il vivait. Des rumeurs courraient à son sujet, il ne voulait pas être rattrapé. Son pays ne voulait pas se rappeler du passé, il ressentait un racisme ambiant qui ne dit pas son nom. On était facilement ostracisé, rejeté. Il n'était déjà pas de bonne humeur, quand en plus il tomba sur une lettre de son grand-père Wilfried mort dans les camps de concentration. Ce courrier sorti de l'enfer n'était pas pour lui rendre le sourire, mais pour lui rappeler de tristes souvenirs jamais oubliés. Enfoui dans son patrimoine génétique, il a hérité d'un fardeau, des traumatismes, une rage, et un désespoir coulent dans ses veines. Les épreuves vécues par sa famille sont inscrites dans sa personne, il se doit d'être digne de ses aïeux.

Il lit entre les lignes du courrier jauni par les années. L'encre s'efface avec le temps, pas la douleur de cette lecture « Maudits camps de concentration… j'ai l'impression d'être là depuis toujours… faire la même chose encore et encore jusqu'à l'épuisement… je suis comme une machine… C'est terrible je ne vais jamais assez vite, des conditions inhumaines, la puanteur, les nuits encombrées de cauchemars, et la fin qui se rapproche, une fin qui semble inévitable… »

C'était injuste, Wilfried était mort en 1945, quelques semaines avant la fin du conflit, il aurait pu s'en sortir, Jonas en était certain, mais c'était affreux, il avait péri là-bas, comme tant d'autres. Des millions de victimes avaient disparu dans une barbarie sans nom. Ses amis des gens bien, fiers de ce qu'ils représentaient avaient été décimés dans tous les pays voisins.

Nauséeux, il pose la lettre et termine le rangement des affaires de son aîné. Consciencieux, il garde précieusement ces reliques inestimables. Élevé dans le souvenir de ce grand-père, lui vouant une admiration sans égale. Il est incollable sur l'histoire de la Seconde Guerre mondiale, et comment les siens avaient fait autant d'erreurs, avaient fait preuve de tant de naïveté. Si seulement il pouvait remonter le temps, prévenir, éviter ce qui allait se passer, l'horreur, la mort, le monde d'aujourd'hui serait différent.

Jonas passe au carton suivant et toujours précautionneusement, il termine de classer les affaires de son grand-père, il les garde comme un trésor : une tenue similaire à celle que son grand-père avait dans les camps, des photos en noir et blanc et en mauvais états, une médaille, une montre cassée. C'était Jonas l'héritier, c'était lui, à qui on avait confié la difficile tâche de faire perdurer la mémoire de Wilfried, il ne fallait pas qu'il soit mort pour rien.

Quelle époque que cet IIIe Reich, tant de gâchis, tant de morts pour rien. Jonas eut une petite larme en repensant à Wilfried, mais aussi à sa grand-mère Franziska qui n'était pas morte dans les camps mais, qui, avait été une victime collatérale. Elle s'était laissée mourir après la disparition de son mari, n'ayant plus goût à la vie. Tant de tragédies, tant de morts, un monde qui s'écroule. Rien ne serait plus jamais comme avant. Heureusement, il était resté des survivants.

Jonas embrassa le dessin qu'il s'était fait tatouer sur l'avant-bras en souvenir de son grand-père, une marque qu'ils avaient tous dans les camps, il en était certain.

Il serait fort, il n'oublierait jamais, toujours là pour combattre, pour qu'on n'oublie pas. D'ailleurs, il n'était pas seul, de nombreuses associations l'accompagnaient dans ses démarches de souvenirs, de recherches, et de solutions pour qu'à l'avenir tout se passe beaucoup mieux dans le meilleur des mondes. La diaspora qui s'est créée à la fin de la seconde guerre mondiale avec les rescapés faisait que maintenant, ils étaient partout. Il avait espoir. Tel le Phoenix, ils renaissaient de leurs cendres, l'anéantissement n'avait pas été total.

Après toutes ses réflexions, alors que Jonas se sentait lassé, démoralisé à l'idée de ces horribles souvenirs, mélancolique d'un temps où tout aurait pu être différent il pose ses cartons, il a besoin de faire une pause, de se recueillir. Il se déplace doucement dans la pièce voisine, celle où il médite, où il se sent bien, ouvre la porte et se retrouve devant l'icône de son idole, qui ressemblait beaucoup à son grand-père. Alors il entre dans un état second, une sorte de transe, il se met bien droit, pectoraux gonflés, il lève le bras, sa chemise remonte un peu, et, il voit avec plaisir sa croix gammée tatouée sur l'avant-bras, et dit : « Heil Hitler ».

« Mais pourquoi ? Pourquoi mon Furher ? Pourquoi as-tu laissé pépé Wilfried tomber de son mirador, la chute l'avait tué sur le coup, nuque brisée nette et il s'est empalé sur son propre fusil, c'est trop injuste, il aurait pu faire encore tant de choses ! En plus ce fameux jour, il devait travailler aux fours et non pas à la surveillance. »

En ce vendredi 22 juillet 2011, quelque part vers Oslo, Jonas charge sa camionnette. Il avait terminé son grand rangement. Il roule en sifflotant tranquillement, dépose un paquet devant le parlement norvégien avant d'aller passer quelques heures de détente sur l'île d'Utoya.

Pas de bol

Je m'appelle Hector Luterne, je suis riche, extrêmement riche, mais malheureux. Je ne peux pas dépenser ce que je gagne, rien que les intérêts de mon capital s'amassent sans que je ne fasse quoi que ce soit. C'en est obscène. Évidemment, je ne devrais pas me plaindre, comment ai-je le droit alors que des millions de personnes aimeraient être à ma place. Ceux qui n'ont rien ne comprennent pas, et pourtant ma vie opulente est comme un désert, vide de sens.

Je suis plus fortuné que je n'aurais jamais osé imaginer, mais désormais ma vie est d'une tristesse infinie, je n'ai plus de challenges, plus d'envies, tout m'est donné dans la main, à la becquée si je le demande, j'ai tout mais je n'ai plus rien. Alors je vous vois venir, vous pensez : il a des problèmes de riches, c'est facile de se plaindre quand on a de l'argent, de dire que ça n'a pas d'importance quand on est multimillionnaire, mais je n'en ai pas toujours eu. L'argent ne fait pas le bonheur, c'est cliché, mais imaginez qu'on vous propose un, non deux millions d'euros contre un bras. On vous ampute d'un bras en échange de deux millions d'euros, serez-vous heureux manchot ? Le choix peut être cornélien pour certains, bon d'accord, je rajoute trois millions, on passe à cinq. C'est le bonheur cinq millions et un bras en moins ? Je n'ai pas eu à vendre mon âme au diable pour devenir riche mais mon cœur ne bat plus de la même façon, une partie de moi a disparu, a perdu sa joie de vivre.

Marie, mon épouse m'a quitté avec la moitié du magot, après trente ans de mariage. Elle m'a simplement informé par huissier de justice qu'elle souhaitait désormais profiter de son existence. J'avais l'impression que notre vie normale c'était cela profiter de la vie. On travaillait et on partait en vacances, on retravaillait, on s'achetait une voiture ou un nouveau sofa, le cycle d'une vie banale mais heureuse. J'étais fier des efforts fournis pour arriver à ce qu'on voulait atteindre. L'argent l'a transformé en une personne que je ne connaissais pas. Ce n'est pas qu'elle soit partie avec plus de cent millions qui m'a attristé, mais je me suis retrouvé seul avec tout cet argent. Tous les projets que nous avions ensemble ont disparu en même temps que le pactole est apparu, comme si après tout il y avait un prix à payer.

Du coup, depuis que je suis divorcé j'ai plein de copines, les Katia, Natacha, Ursula et Tabatha, elles s'ouvrent à moi sans réserve, elles sont toujours disponibles pour faire ce dont j'ai envie. Avec Marie, les rapports s'étaient espacés mais au moins c'était réel, alors qu'avec toutes ces filles en A j'ai parfois l'impression d'être dans un monde virtuel, ou rien n'est vrai. Elles sourient, crient, jouissent, me donnent l'impression d'être un Dieu vivant, elles sont là pour moi mais surtout pour mon porte-monnaie. Je devrais m'en foutre, j'y arrive pendant cinq minutes, mais ensuite je n'y arrive plus.

Aujourd'hui, j'ai plein de nouveaux amis, j'ai même retrouvé de la famille dont je n'avais jamais entendu parler ! Ils ont tous des problèmes ou des projets et ont besoin impératif de mon aide. Mes anciens amis m'ont délaissé comme si c'était moi qui les avais abandonnés en quittant notre vie commune. La dernière petite fête que j'ai organisée avec eux s'est révélée un fiasco, on me regardait comme un pestiféré, tout le monde était envieux et jaloux. Tout avait changé, alors que j'étais le même. Des amis de quarante ans ! J'ai été obligé de déménager, tout le monde me demandait quelque chose. J'ai même été cambriolé, et j'ai eu la frousse de ma vie.

Parce que je n'avais plus besoin, j'ai arrêté de bosser, mais mes collègues qui pouvaient être énervants me manquent un peu. C'est ce temps libre qui m'angoisse, je ne sais pas quoi faire de toutes ces heures, comment passer mes journées, je n'ai rien à faire, je ne vais pas jusqu'à dire que je m'ennuie mais en réalité peut-être un peu.

J'ai voulu me faire plaisir en achetant des jouets, comme un enfant. Imaginez que vous rentriez dans un magasin à huit ou neuf ans et qu'on vous dise prenez tous les jouets et jeux que vous voulez, vous pouvez tout prendre ! Je me suis offert une Ferrari, une Lamborghini, une Maserati mais en fait je ne peux rouler qu'avec une seule voiture à la fois et je n'y prends pas vraiment plaisir. C'est comme si elles étaient mieux dans la boutique, quand je les ai regardés dans le magasin elles brillaient, étaient sublimes, dans mon garage, elles prennent de la place et ne scintillent plus. Je me suis acheté une montre à vingt mille euros, elle n'est jamais à l'heure, des habits sur mesure, ils ne cachent pas plus mon ventre que ceux du supermarché, des vins hors de prix, je ne les apprécie pas, et je pourrais continuer à donner des exemples comme ça pendant des heures. Pour revenir à l'enfant de huit ans que j'étais, je jouais toujours avec mon camion pompier Playmobil, ça me suffisait.

Je ne parle même pas des restaurants. Ceux où je vais désormais sont hors de prix et nourrissent à peine. On me parle plus d'expérience culinaire que de véritable repas avec des menus de plus en plus technique alors qu'ils ont de moins en moins d'ingrédients. J'ai l'impression qu'on se moque des riches, ou qu'ils sont vraiment bêtes. Dépenser des fortunes pour se retrouver parqué dans des endroits avec leurs semblables à payer des trucs cent fois leur prix, parce qu'ils peuvent, si ce n'est pas du foutage de gueule, qu'est-ce que c'est ?

On apprend vite les codes. Je voyage en première classe, mais je suis arrivé à la même heure que ceux à l'arrière dans « la bétaillère » comme la nommait avec un air condescendant l'hôtesse de l'air. J'ai loué un yacht, le plus gros possible pour parader sur la Côte d'Azur. J'ai joué aux m'as-tu-vu, vécu la vie d'un Gatsby le magnifique. J'ai organisé une fête sur le pont supérieur du bateau dans le vieux port de Saint-Tropez avec à mon bras des filles magnifiques, de la musique forte, des lèche-bottes, des cireurs de pompe, une fête du feu de Dieu et un feu d'artifice. Mais en fait, j'enviais les badauds qui me regardaient en mangeant simplement une glace avec leurs enfants dans la poussette. Ils étaient véritablement heureux de leur semaine de vacances, et ne vivaient pas dans un monde de faux semblant. Le seul truc bien de la soirée était la tête des riches sur les yachts à côté, ils boudaient, mon yacht était plus gros, ma soirée plus joyeuse, les filles plus belles et dénudées, le champagne coulait à flots, je leur avais volé la vedette, il leur en faut toujours plus.

Où est la réalité ? C'est un monde d'apparence. L'argent achète tout même le mauvais goût. Cette vie d'abondance n'est qu'une illusion, face à des décors, des figurants, il n'y aucun metteur en scène pour terminer un spectacle ou tout sonne faux.

Ma prise de conscience a été un choc, après quelques mois d'illusions, j'ai réalisé la superficialité de la situation. Je n'ai plus aucun plaisir, j'ai tout perdu en gagnant.

Qu'est-ce que je regrette ce jour où j'ai coché les cinq bons numéros et les deux étoiles, ce jackpot démentiel à l'Euro Millions. Je n'ai vraiment pas eu de chance, pas de bol. J'aurais dû déchirer le ticket qui a gâché ma vie…

— Hector, Hector ! Réveille-toi, tu fais un mauvais rêve.

— Ah… Marie, tu es là ?

— Évidemment, je suis là ! Où veux-tu que je sois ? Tu n'as pas entendu le réveil ? C'est l'heure d'aller bosser. Tu étais vraiment agité dans ton sommeil, tu devrais arrêter de boire cette piquette avant d'aller te coucher, ce vin blanc bon marché ne te réussit pas. Allez, j'y vais, je suis déjà en retard, et n'oublie pas de valider notre ticket de l'Euro Million, la super cagnotte c'est ce soir et c'est pour nous ! Je sens que c'est notre jour de chance aujourd'hui.

— Oui, bien sûr chérie, je n'oublierai pas, comment veux-tu ? Ce soir, tu l'as dit c'est notre soir de chance, j'ai hâte de voir les résultats du tirage. Mais viens dans mes bras avant de partir, chaque fois qu'on se serre, j'ai l'impression d'être un gagnant, et là je suis vraiment chanceux.

— Et qu'est-ce qu'on va faire si on gagne les deux cents millions ?

Un mauvais moment à passer

« On n'est pas bien, là ? » c'est une phrase que je répète souvent, je ne peux pas m'en empêcher. Au bord de la piscine sirotant un bon rosé avec des amis, dans mon potager regardant pousser nos légumes avec mon épouse, sur notre petit bateau avec ma fille lorsque le mistral nous remue comme les manèges de mon enfance. J'aurais encore beaucoup d'exemples, je profite de chaque instant que la vie nous offre. Il s'agit d'un tic d'optimiste aimant profondément la vie, d'ailleurs on n'est pas bien là, à se détendre avec un peu de lecture ? En revanche, j'abhorre une chose : les enterrements. C'est chiant, il faut le dire franchement, oublions le politiquement correct. Qui aime les funérailles de toute façon ? C'est une lapalissade comme dirait mon professeur de français, une évidence si vous préférez. Avez-vous déjà entendu quelqu'un dire : super la semaine prochaine on va à l'enterrement de trucmuche ? En plus, ça tombe toujours mal, on avait quelque chose d'important à faire à ce jour-là, et je ne vais pas gâcher une belle matinée ensoleillée pour ce vieux schnock. Quelle perte de temps pour quelqu'un qui n'est plus là. Il valait mieux le voir quand il était vivant, le macchabée. On se sent obligé d'y aller et une fois sur place on regrette, on serait mieux ailleurs, n'importe où. Se retrouver à l'église alors qu'on n'y va jamais, devant un curé qui n'a pas connu le défunt, il nous raconte des bondieuseries barbantes, tout le monde s'en moque, et la résurrection, il y croit vraiment quand il dit que Jésus est revenu le troisième jour ? L'oraison funèbre semble durer une éternité tout comme la mort, c'est un fait et quand on croit que c'est fini, le prêtre en remet une couche, Amen !

Tiens ! Au fait, est-ce qu'il tripote des enfants lui, quand il fait le catéchisme ?

Ensuite, il faut aller au cimetière dans cette ambiance lugubre. Il fait trop chaud ou trop froid, on a mal au crâne, on a soif, on a envie d'aller aux toilettes.

Le protocole est ridicule, des gars sortis d'une série américaine habillés en agent du FBI portent le cercueil jusqu'à un emplacement quelconque. Quel métier ! Et dire qu'ils font ça tous les jours. Non mais sérieusement, a-t-on déjà vu un gamin qui rêvait d'être croque-mort ? Qu'est-ce qu'ils ont fait pour mériter ce boulot ? Au moins, ils ne connaissent pas la crise, la mort ne prend jamais de vacances, elle ne fait pas la grève, les chiffres augmentent automatiquement avec la population, nous serons tous clients un jour, et on ne discute pas les prix. On n'a jamais vu d'offre, deux pour le prix d'un : un enterrement acheté un offert, ou mourrez en janvier, c'est les soldes. Jamais.

La famille, les amis se retrouvent tous autour d'un trou, à regarder une boîte en bois déposer ce qui reste de celui qui n'est déjà plus là. Souvent, nous allons jeter des fleurs qui n'avaient pas demandé à être coupées, prononcer quelques mots ou pensées pour le défunt qui ne répond pas. La mort ne l'a pas rendu plus bavard. Les premières pelletées de terre recouvrent le cercueil. Nous sommes tous éphémères, on l'oublie facilement mais a-t-on besoin de ces pense-bêtes pour nous rappeler la précarité de notre existence ? Aujourd'hui, on est là, demain c'est fini. C'est sinistre. À force d'aller à des funérailles, d'enterrer mes amis, je me demande s'il restera quelqu'un pour venir au mien.

Toute cette tristesse est contagieuse, il n'y en a qu'un qui s'en fiche, celui dans sa boîte. Il n'est pas malheureux, il ne se rend plus compte de rien, mais ceux qui restent, sa veuve, ses enfants qui ne verront plus leur père, la petite dernière qui n'a que treize ans, y a-t-il pensé avant de mourir ? C'est un peu égoïste comme attitude, je ne devrais pas dire de mal d'un mort, mais il faut avouer que ce n'est pas très sympa de laisser les autres en plan au bord de la route. Il n'a pensé qu'à lui en mourant si rapidement.

Tout le monde pleurniche, le maquillage coule, même les belles femmes perdent leur beauté dans la posture, les yeux gonflés par des larmes que l'on cache par pudeur. Les ados trépignent, leurs portables vibrent dans la poche d'un costume acheté spécialement pour l'occasion, et pour une fois ils ne le consultent pas. Et pourquoi forcer les enfants à venir, les morts, ils préfèrent les voir dans leurs dessins animés japonais ou *Call of Duty*.

Ça ne finit jamais, quand est-ce qu'on peut partir, faut-il attendre que le trou soit complètement bouché ? J'allais oublier les quelques mots réconfortants aux proches, présenter ses condoléances. Rien ne peut consoler ceux qui ont perdu un proche aimé, seul le temps efface la douleur dit-on, c'est facile à dire tant que nous ne sommes pas concernés.

Ça y est, les plus pressés s'écartent discrètement, puis d'autres, ils s'aperçoivent qu'il n'y a plus personne derrière eux. Ça s'éclaircit de plus en plus. La plupart ne reviendront jamais se recueillir sur cette tombe, ils retournent à la vie normale et vont oublier la mort jusqu'au prochain enterrement.

Il y a bien longtemps, je m'étais promis de ne plus jamais retourner dans un cimetière, mais cette fois j'ai fait une exception. Je n'avais pas vraiment le choix. En fait j'ai toujours eu horreur des enterrements mais celui-là vaut le pompon, il est pire que tout, car cette fois, moi je ne pars pas, je reste dans la boîte au fond du trou. Au moins, c'est terminé, je n'aurais plus à assister à aucun autre ! On était bien là-haut, une vue magnifique sur les montagnes, une bonne neige, mais qu'est ce qui m'a pris de faire une crise cardiaque sur cette piste de ski. J'ai changé d'avis, est-ce possible de revenir une semaine en arrière, de rembobiner le film de ma vie de quelques jours, et je ne me plaindrai plus jamais aux enterrements.

Les Montagnes bleues

1 – Enfin

C'était leur rêve depuis une bonne dizaine d'années, et ça y est, ils y étaient enfin. Les Blue Mountains, ce canyon d'eucalyptus bleus situé sur la côte Est de l'Australie. Ils en ont tellement parlé, qu'il y avait une petite pointe d'appréhension à l'approche d'être enfin à l'endroit rêvé de nombreuses fois. À trop imaginer, on risque d'être déçu, on idéalise, et face à la réalité on s'aperçoit que ce n'est pas aussi beau ou grandiose que sur les photos retouchées des catalogues. Mais pas ici, tout est à la hauteur de leurs espérances. C'est Monica qui en a parlé en première et tout de suite Paul a été emballé. Il contredit rarement sa femme, mais cette fois il était enthousiaste dès le début. Le voyage en Australie a été minutieusement préparé avec les endroits à voir absolument comme les Pinacles au nord de Perth, la barrière de corail vers Cairns, Ayers Rock le fameux rocher aborigène, mais surtout ces montagnes bleues. Après quelques jours de découverte de Sydney, le décalage horaire ne se fait plus ressentir. Les vagues de l'Océan Pacifique ont laissé place à des reliefs de plus en plus imposants lors de l'avancée vers l'Ouest. C'est Paul qui a conduit le mini van loué pour le périple, il n'a pas eu de mal à s'acclimater à la conduite à gauche et est assez fier de lui. Les Australiens respectent bien plus le Code de la route que les Français et ne dépassent jamais les limitations de vitesse. Aucun stress lors de ces kilomètres avalés tranquillement sauf celui de se perdre, et encore, chaque nouvelle route est une aventure. Quelques carcasses de petits kangourous sur le bord de la route lui rappellent que la conduite de nuit est déconseillée dans ce pays, les accidents avec ces marsupiaux sont fréquents, ils pullulent dans le pays et sont même considérés comme des nuisibles. On est bien loin de l'idée européenne que l'on se fait de ses gentilles bestioles et de leurs bébés sur le ventre.

À peine arrivé, Paul choisit un hébergement à quelques mètres des départs de sentier de balade et face à Écho Point, le panorama est à couper le souffle. « *Stunning mate !* », s'exclame un touriste australien une bière à la main découvrant cette vue unique. Monica avait raison, c'est spectaculaire, on peut rester contempler ce paysage pendant des heures, au fur et à mesure que le soleil décline, les couleurs, les formes et les ombres changent, comme si cette forêt se transformait et s'habillait de ses habits de nuit. Ils ne voient pas le temps passer, le soleil se couche beaucoup plus tôt qu'en France et il est temps d'aller se restaurer. Monica a prévu un parcours assez long pour leur première incursion dans ces montagnes. Paul n'a pas très faim mais il doit prendre des forces en vue du trek du lendemain. Au restaurant, il entend un jeune couple de français qui semble être des expatriés. Sûrement de jeunes surdiplômés en stage, bronzés, enthousiastes, ils ont adopté le style australien et tout semble leur réussir. Une pointe de contrariété l'envahit, une sorte de jalousie incontrôlée, et même une exaspération intérieure face à ce bonheur exposé sans retenue. Une mèche de cheveux rebelle retombe devant ses yeux cachant le bonheur presque exhibitionniste de ce jeune couple. Ils ne savent pas encore que le bonheur n'est pas endurant et qu'il se fatigue plus rapidement qu'un coureur de marathon. Il a toujours aimé Monica, depuis le premier regard lorsqu'elle est arrivée dans sa salle de classe alors qu'il n'était qu'un adolescent un peu gauche, elle s'est assise à côté de lui, comme si elle l'avait choisi. Mais l'amour s'accompagne de la peur de perdre ce bonheur et Paul sait plus que quiconque que tout peut s'arrêter du jour au lendemain. Dès son plus jeune âge, il fut traumatisé par la lecture du *Petit Prince : « si tu m'apprivoises, nous aurons besoin l'un de l'autre et au moment du départ je pleurerai ».* On ne regrette pas ceux que l'on n'a jamais connus. Il quitte la table sans finir son hamburger. Il prend une douche froide pour se clarifier les idées, il parle à Monica, se livre sur ses peurs, sur ses angoisses. Avec le jet d'eau, elle n'entend peut-être pas tout ce qu'il lui dit. Elle l'écoute sûrement mais ne livre aucune réponse. Comment l'apaiser ? Elle ne le sait pas. Paul met un peu de temps à s'endormir, mais il fait un rêve merveilleux ou Monica et lui courent au milieu de ces montagnes, main dans la main, s'envolent par-dessus les arbres, ils ont à nouveau dix-huit ans. Le temps s'est arrêté. Dans son sommeil, Paul sourit.

À l'aube, la brume est déjà levée mais cela n'empêche pas les milliers d'eucalyptus d'envoyer l'essence particulière qui reflète leur couleur bleutée au soleil. Ils vont apprécier chaque mètre parcouru au milieu des gorges, des chemins sinueux, des précipices à gravir, ou des cascades à franchir. Paul a pensé à prendre des cordes ou cas où il faudrait faire un peu d'escalade ou de rappel. Dès l'entrée dans les gorges pour descendre vers le fond du canyon, Paul a la sensation d'être Indiana Jones, il s'est acheté un chapeau akubra qui lui donne un petit air d'aventurier, mais pas de fouet, plutôt un bâton pour écarter les fougères et autres branches au milieu du passage. Il passe en premier, il ne voudrait pas que Monica tombe sur une racine, une araignée, un serpent ou pire un opossum car il sait qu'elle a horreur des rats et leur cousin australien va la terrifier.

Les paysages sont à couper le souffle. Arrivés en bas, ils ont une impression d'être tout petits, comme des fourmis il y a une petite cascade, un voile d'eau s'écoule et forme une piscine naturelle, elle est d'une clarté pure. Paul ne peut s'empêcher de commenter tout ce qu'il voit, il remercie Monica de lui faire découvrir ce paradis sur terre. Il aimerait être Adam plutôt qu'Indiana Jones à ce moment et croquer la pomme avec son Eve. Les arbres sont ensorcelants, le bruit de leur feuille à chaque passage du vent est assourdissant. Ils sont dans un autre monde à des milliers de kilomètres de la France, seuls au monde. Un drôle d'oiseau, ressemblant à une dinde mais avec une tête rouge passe devant eux avec ses petits. Monica parlait de faire un enfant avant de partir, et ce souvenir envahit Paul qui envie les animaux capables d'en faire trois ou quatre à la fois. Les feuilles craquent sous leur pied, de gros lézards sont immobiles, les ignorant complètement, ils n'ont pas peur. Paul et Monica restent les observer sans bouger non plus. À quoi peuvent penser ces animaux ? se demande Paul.

Il se sent revivre, l'enthousiasme ne descend pas, Monica le suit toujours à son rythme, c'était son rêve de venir dans cet endroit, elle doit être heureuse. Après quelques heures de marche, Paul reconnaît le couple vu la veille au restaurant, à peine se disent-ils hello qu'ils comprennent qu'ils sont face à un compatriote, l'accent ne s'efface pas. Quelques mots de courtoisie échangés et voici nos deux couples repartis chacun dans leur direction.

Ces montagnes sont majestueuses, Paul est hypnotisé par les kookaburras, ces oiseaux qui ressemblent à des martins-chasseurs géants, il en compte une dizaine sur quelques mètres. Puis quelque chose le perturbe, il ressent un manque, un déchirement, il se retourne brusquement, Monica a disparu, depuis combien de temps n'est-elle plus là ? Une angoisse sans précédent l'envahit, il n'est pas prêt à la laisser partir. Intérieurement, il cri « Monica, Monica, revient ! ». Elle n'est pas loin mais il ne la voit plus, elle s'éloigne. Sa poitrine se comprime, il a mal, comme un infarctus, le soleil tape fort, la tête tourne, il manque de s'évanouir et revient à lui. Il finit sa balade la mort dans l'âme, les Blue Mountains, il y est enfin, mais seul. Monica aurait adoré, mais elle est n'est plus là. Il n'arrive toujours pas à tourner la page. Il l'imagine avec son petit short en jean et le tee-shirt blanc qu'elle adorait, son sourire, ses éclats de rire, ses yeux malicieux, elle lui manque tellement. Elle est dans son cœur, il la ressent mais une distance considérable semble se créer, un gouffre, une abîme, il ne veut pas qu'elle disparaisse alors qu'elle l'a déjà quitté.

Il rentre seul, triste, vide, et décide de boire pour oublier sa peine. En soirée, au restaurant devant son verre d'alcool fort, la jeune Française croisée lors de la promenade s'approche de lui :

« Vous appelleriez vous Paul, monsieur ? » demande-t-elle.

2 – Paul et Monica

Pendant une dizaine d'années, ils y ont pensé régulièrement. Chaque mois, Paul et Monica ont économisé pour pouvoir s'offrir le voyage de leur rêve. Passer un an en Australie, traverser le pays dans un combi Volkswagen, l'aventure, les grands espaces, les animaux sauvages, les rencontres. La liberté complète de s'arrêter ou bon leur semble, et rester dans les endroits paradisiaques qu'ils allaient découvrir.

Ils s'étaient rencontrés sur les bancs du lycée, un coup de foudre, les mêmes envies, les mêmes divagations, ils étaient fusionnels. Leur projet d'aller découvrir l'*Outback* australien avait été un de leur premier projet commun.

Monica s'est occupée de l'itinéraire, ils arriveraient à Sydney pour visiter les plages vues à la télévision avec les surfeurs et l'ambiance de vacances et de fête. Ensuite, ils feraient le tour complet en commençant par le sud avec Melbourne, Adélaïde et Perth. Ils rentreraient dans les terres découvrir le fameux rocher sacré Uluru, appelé Ayers Rock, iraient vers Darwin et redescendraient vers la barrière de corail. Ce programme n'avait rien d'impératif, il pourrait évoluer en fonction des circonstances et des rencontres.

Paul avait suivi sa scolarité dans la banlieue lyonnaise depuis la maternelle alors que Monica venait d'emménager avec ses parents. Lorsqu'elle est apparue en milieu d'année scolaire dans la salle de classe, Paul était assis seul, elle est naturellement venue s'asseoir à côté de lui. Il a littéralement craqué devant cette belle blonde qui venait de Dunkerque et avait un drôle d'accent. Il n'a pas du tout écouté le cours de français, son esprit était capturé par la petite nouvelle. De son côté, Monica était ravie qu'il soit seul, elle avait eu de la chance, le plus sexy garçon de la classe et elle allait pouvoir faire connaissance avec ce brun au look de beau gosse.

L'Australie, c'était l'endroit le plus éloigné de chez eux, la liberté sans limites. Ils avaient vu le film *Crocodile Dundee* et avaient rêvé d'aller dans ce pays où vivent les animaux les plus dangereux de la planète, ses crocodiles, ses requins, et autres serpents ou araignées.

Une aventure remplie de dangers et de romance, car les paysages étaient à couper le souffle et étaient propices à l'amour. D'ailleurs, les deux principaux acteurs étaient tombés amoureux et s'étaient mariés comme dans le long métrage.

Une semaine après son arrivée en seconde, Monica avait embrassé Paul. Un simple petit baiser innocent mais inaugurant de grands changements : ils étaient au milieu de la cour du lycée après deux heures de maths ou elle n'avait pensé qu'à ce moment. Elle avait délicatement posé ses lèvres au goût de cerises sur celles du grand timide lui prenant les joues de ses mains froides pour l'empêcher de se dérober bien que la possibilité d'un refus de son prétendant ne lui ait jamais traversé l'esprit. Elle en avait envie depuis le premier regard posé sur Paul. L'amour est une alchimie qui n'a pas de recette exacte, il n'y a rien à comprendre. Le garçon était comme tant d'autres mais elle avait l'impression qu'il était unique. Ce baiser au milieu des autres lycéens, elle n'aurait jamais osé le faire dans sa précédente école, alors qu'ici, c'était une évidence, comme de respirer pour vivre, il lui avait fallu l'embrasser pour rester en vie alors même que son cœur avait failli exploser. Elle ne connaissait quasiment personne dans ce nouveau lycée, et elle se fichait complètement du quand dira-ton. Plus rien n'existait mise à part la sensation d'être heureuse. Tout autour d'eux avait disparu. Paul aussi en mourrait d'envie mais il n'aurait jamais osé faire le premier pas, il serait donc reconnaissant toute sa vie à Monica d'avoir été audacieuse.

Avant d'aller affronter l'Australie sauvage, ils commenceraient par Sydney, Paul était persuadé à tort que c'était la capitale, mais c'était surtout la ville la plus connue avec ses icônes que sont le pont et l'opéra. La tour Eiffel est à Paris la capitale de la France, alors c'est pareil pour l'Opéra House et Sydney disait-il, Monica ne le contredisait pas. La véritable capitale Canberra n'était pas sur leur plan de voyage, Monica n'y voyait pas d'intérêt à moins de faire un détour sur la route de Melbourne.

Leurs parents avaient vu d'un bon œil l'évolution de leur relation, Paul et Monica avaient le même âge, étaient du même niveau social, la classe moyenne comme on dirait, et tous les feux étaient au vert. Ils se sont soutenus dans leurs études et ont fêté leurs deux ans et demi avec un bac et une mention chacun. Ils ont poursuivi la faculté côte à côte chacun avec ses matières. Tout était trop beau pour être vrai et pourtant c'était réel. Sans passer par la case chômage, ils trouvèrent un bon boulot à peine le diplôme en poche.

Monica avait vu un reportage sur les Blue Mountains, les montagnes bleues, un peu à l'ouest de Sydney à une ou deux heures de route en voiture depuis l'aéroport. De grands eucalyptus aux feuilles bleues, peut-être des koalas, elle avait trouvé un petit trek à faire pour commencer le périple, quelques cours d'eau à traverser, des canyons, des falaises de grès, des légendes aborigènes. C'était comme s'ils allaient commencer par le meilleur.

Ils se marièrent à vingt-trois ans, six ans jour pour jour après leur premier baiser, un mariage simple une cinquantaine d'invités, surtout de la famille, aucun cadeau sur une liste de mariage, seulement une cagnotte pour leur voyage prévu dès qu'ils auraient assez d'argent. Ils respiraient le bonheur, aucun nuage à l'horizon, comme sur le pays continent qu'ils iraient bientôt visiter. Encore trois ans à travailler sans compter les heures afin d'économiser assez pour pouvoir profiter au maximum. Six mois avant le départ, Paul réserve les billets d'avion, avec un retour « open », ils pourront repousser si nécessaire, d'ailleurs voudront-ils revenir ? Monica parle de son désir de maternité, pourquoi ne pas faire un bébé en route ? Quel plaisir que de faire un enfant qui soit conçu en Australie, Paul n'y voit aucune objection, au contraire.

Les Blue Mountains comme les appellent les australiens, c'est le sujet de conversation principal de Monica et Paul ce matin fatal. Monica est d'avis de garder ces montagnes pour le retour, la fin du voyage. Elle a lu la légende des Three Sisters, les trois montagnes étant nommées d'après trois sœurs, elles seraient tombées amoureuses de jeunes hommes d'une tribu voisine, mais leur mariage étant interdit par les lois tribales, elles auraient été transformées en montagne. Une des sœurs s'appelait Wimlah, et ce prénom lui plaisait bien au cas où elle ait une fille. Donc, l'arrivée se ferait à Sydney, les amoureux feraient le tour de l'Australie et au retour, ils finiraient par les Blue Mountains. Après s'être mis d'accord, Monica reprit un dernier café. La machine n'arrivait pas à percuter la capsule, elle pesta contre la modernité de tous ces gadgets inutiles. À leur retour de vacances, elle achèterait un moulin pour moudre le grain, et refaire le café comme son grand-père. Paul se souviendra de cette conversation avec tous les détails. Elle l'embrassa sur le front, sans imaginer que ce baiser serait le dernier et, mis son casque de scooter pour se rendre à la banque dont elle était sous-directrice. La vie a été parfaite jusqu'à ce jour-là pour Monica et Paul qui n'avaient jamais eu à affronter le moindre drame. Monica n'eut pas le temps de voir un fou du volant qui doublait un autobus arrivant en face d'elle, il l'a percuté de plein fouet, elle fut tuée sur le coup sans se rendre compte de ce qui lui arrivait. Paul était sur son ordinateur à la maison à regarder les images de ces montagnes bleues quand le téléphone retentit, la police lui demanda s'il était bien l'époux de Monica et lui annonça la terrible nouvelle, il fallait qu'il vienne à la morgue pour identifier le corps. En un instant la vie de Paul s'arrêta, il crut qu'il venait de mourir, ce n'était pas possible, il y a encore quelques minutes, Monica discutait avec lui, l'embrassait, il sentait encore son odeur dans l'appartement, sa présence. Son monde s'écroulait, ce n'était pas possible, il devait y avoir une erreur. Il regarde les montagnes bleues sur l'ordinateur et hurle. Il prend son téléphone portable et le fracasse dans l'écran de l'ordinateur. Non, non, non, ce n'est pas possible.

Trois mois plus tard, Paul atterrit seul à Sydney. Ses parents, ceux de Monica lui ont imposé le voyage. Il n'en avait plus envie, c'était leur rêve à eux deux, seul, il n'y voyait plus d'intérêt. Pourtant comme pour ressentir encore la présence de sa femme, Paul avait abdiqué et ce voyage pourrait être salvateur, cela lui permettrait de faire son deuil.

Après une nuit à Bondi Beach où la jeunesse insouciante profite de l'instant sans savoir que tout peut s'arrêter en une seconde, il prend la direction des Blue Mountains. Il commencera son périple par les montagnes bleues et le trek que Monica avait préparé. Il est seul, mais il a l'impression qu'elle est avec lui.

3 – Sortie du week-end

Benji avait préparé ce week-end depuis trois ou quatre semaines. Expatrié français à Sydney, il était en poste au consulat depuis assez de temps pour poser deux jours de congé.

Il avait rencontré Katy la première journée à son poste aux visas, une Française comme les autres qui ne souhaitait plus repartir et voulait savoir comment rester une fois son visa de tourisme expiré. Après lui avoir expliqué qu'il n'y pouvait rien, et lui avoir indiqué qu'elle devait se rendre au service de l'immigration australien, il lui proposa d'aller boire un verre. Ils en burent plus d'un et finirent tous les deux assez alcoolisés pour s'affranchir de la bien séance d'un premier rendez-vous. Ils découvrirent leur corps sur une plage de la North Shore avant de rentrer pour récupérer de leurs ébats dans l'appartement de fonction de Benjamin. C'était il y a trois mois, et Katy vivait toujours chez lui, malgré son visa périmé. Elle était en attente d'une réponse des *bloody australians* qui n'étaient pas plus rapides que l'administration française. Benji savait qu'elle pourrait partir du jour au lendemain mais il était content de profiter de l'instant présent. Katy avait le look d'une australienne, grande blonde, elle était bien bronzée, adorait le surf et le beach-volley, courrait tous les matins à la plage et sa peau avait toujours ce goût salé de l'Océan qui lui plaisait tant. Une fille comme il n'en voyait que dans les magazines. Son corps de sportive allait l'inciter à se mettre à l'exercice, car il ressemblait toujours au diplomate parisien qu'il était il y a quelques mois. Il avait tellement peur des requins et autres méduses qu'il n'avait pas encore osé se baigner. Mais à côté de Katy, il allait devoir se mettre à la musculation ou à un autre sport pour ne pas avoir l'air ridicule.

Il ne connaissait rien de l'Australie mis à part Manly où il vivait et son quartier du consulat. Katy avait fait le tour du pays en trois mois et se moquait gentiment de son boy-friend qu'elle imaginait plus facilement dans un bureau parisien plutôt qu'en expat à l'autre bout du monde. Elle avait un petit boulot de serveuse en attendant d'avoir ses papiers et fut surprise lorsqu'elle apprit que Benji avait préparé un week-end de quatre jours vers Katoomba dans les Blue mountains. Ce n'était qu'à deux heures de la City, mais ça semblait déjà une grande première pour lui qui ne sortait pas sans se tartiner de crème solaire dès qu'il sortait de chez lui pour aller au bureau.

Le vendredi après-midi, il était un peu nerveux, pour la première fois depuis son arrivée, il allait quitter sa zone de confort. C'était déjà un exploit pour lui d'avoir accepté ce poste à l'autre bout du monde, mais partir à l'aventure avec une fille rencontrée quelques semaines auparavant relevait d'un acte de bravoure incroyable. Ils prirent la route en direction des fameuses montagnes bleues. Après s'être échappés des embouteillages urbains, ils roulèrent près de deux heures jusqu'au Mountain Heritage Hotel qu'avait réservé Benji pour la première nuit. Katy n'en revenait pas du luxe de l'hôtel ! Elle était plutôt habituée aux *backpakers hostels*, des établissements modestes pour les jeunes qui vivent sans aucun besoin de confort. Elle se moqua gentiment de Benji pour l'idée qu'il se faisait de l'aventure. Le standing de l'établissement avec sa piscine, sa salle de sport, son restaurant gastronomique, la chambre Deluxe et son lit King size, le tout offert par Benji montrait qu'il devait tenir à elle, personne ne lui avait jamais offert un si beau cadeau. Elle allait profiter au maximum de ces quelques jours.

Le samedi matin, réveil aux aurores pour admirer le lever de soleil sur ces fameuses Blue mountains, il y a un inquiétant brouillard qui donne une illusion d'irréalité à ce panorama que Benji n'imaginait pas aussi magique. La salle du restaurant de l'hôtel offre une vue magnifique sur ces montagnes bleues, elle surplombe un labyrinthe de canyons qui semblent sans fin. Après un petit déjeuner australien avec des toasts au *végémite*, des œufs et du bacon Benjamin et Katy repassent par leur chambre pour une rapide toilette avant de partir pour leur expédition de la journée. Benji a prévu une randonnée d'une quinzaine de kilomètres en bas des fameuses three sisters, les trois montagnes jumelles. Il n'y a pas mal de dénivelé, et les guides parlent de huit heures pour ce parcours. Leurs deux sacs à dos sont prêts, avec des sandwichs préparés par l'hôtel, des bouteilles d'eau, et une carte des sentiers.

Le chemin débute à moins de cinq cents mètres du Mountain Heritage Hotel. Ça commence par de nombreuses marches à descendre pour se retrouver au fond du canyon. Le brouillard toujours épais blanchit toutes les couleurs de la forêt, lui donnant un côté délavé, la première pensée de Benji est qu'on aurait dû appeler ces montagnes blanches et non pas bleues. Katy qui aime prendre des photos ne sort pas son smartphone de sa poche, on ne voit pas à vingt mètres devant, elle va attendre que ça se lève. Un serveur, au petit déjeuner, lui a indiqué que ce nuage se dissipait toujours dans la matinée. Étrangement, il ferait presque frais, les eucalyptus géants dansent sous le vent qui n'a pas l'air de souffler si fort. On ne voit que leur tronc mais on entend leurs feuilles comme si un orchestre composé de centaines d'instruments jouait une symphonie. Au bas du canyon, la luminosité a changé, il fait presque sombre, on est sous le nuage de brouillard, il est déjà dix heures du matin, mais on a l'impression que le soleil est en train de se coucher. Les deux promeneurs font leur première pause et boivent un peu d'eau, Benji n'en a pas envie, mais Katy l'oblige à s'hydrater, ses courses à pied l'ont habitué à se réhydrater régulièrement sans attendre d'avoir soif. Elle en profite pour prendre une photo des arbres majestueux et un selfie avec son chéri. Il lui semble qu'ils ne sont pas seuls, tout près, elle ressent une présence, se sent observé, c'est idiot, il n'y a personne et pourtant elle demande à Benji s'il n'a rien remarqué d'étrange. Une insidieuse angoisse lui parcourt l'échine. Malgré la chaleur, elle frissonne, une véritable chair de poule. Il rigole doucement, lui, l'habituel froussard face à sa copine casse-cou, la voilà angoissée par de petits bruits. Les rôles sont inversés, la nature reprend ses droits, et sa supériorité de mâle se révèle finalement. Avec un air paternaliste, il la rassure :

— C'est tout à fait normal qu'il y ait des sons inhabituels, nous sommes entourés d'oiseaux exotiques, de grands troncs d'arbres craquent sous la force du vent, des feuilles tombent, et nous sommes entourés de petits animaux sauvages.

Katy, vexée par son inquiétude, repart en accélérant la cadence de ses pas, comme si elle cherchait à fuir sa réaction ou une menace invisible. Benji la suit avec difficulté sans comprendre les raisons de ce soudain changement d'humeur. Après trois heures de marche, ils rencontrent un premier promeneur solitaire qui n'a pas l'air d'être dans son assiette. Par une étrange coïncidence, il est également français. Prénomé Paul, ce voyageur semble être en pèlerinage. Après deux trois amabilités, ils se quittent dans des directions opposées. Katy est touchée par la tristesse de cet homme, elle imagine qu'une rupture amoureuse, ou qu'une grande déception l'empêche de profiter de cette forêt majestueuse. Benji se plaint d'une ampoule au pied, s'arrête pour poser un pansement, il a pensé à tout et a pris une petite pharmacie de poche avec de l'anti-venin, et quelques médicaments au cas où. C'est bientôt midi mais ils n'ont pas encore fait la moitié du parcours, et Katy sait bien que tout ce qu'ils ont descendu, il va falloir le remonter. Elle prend quelques photos, il n'y a plus du tout de brouillard, mais la luminosité est toujours faible, les grands eucalyptus forment des parasols qui empêchent les rayons du soleil de les atteindre, et c'est tant mieux, car il fait de plus en plus chaud. Elle a de nouveau l'impression d'une présence, d'un danger proche, il n'y a aucun monstre dans cette forêt, aucune légende de bête féroce dévorant les touristes, et pourtant elle n'est pas rassurée. Benji lace sa chaussure et se sent prêt à faire encore une petite heure de marche avant le déjeuner. Au moment où il se relève, une énorme branche tombe, Katy lui crie de bouger, le bout de bois s'abat à moins d'un mètre, il s'est jeté sur le côté et a eu beaucoup de chance. Katy le relève et l'enlace en lui disant pour la première fois je t'aime. Benji sourit, il serait à nouveau prêt à risquer sa vie pour entendre ces mots-là. Leur histoire n'est peut-être pas qu'un amour de vacances après tout. Il en a presque oublié qu'il a failli être ratatiné par cette branche. Il éclate de rire, un rire sûrement nerveux, essaie de se remettre de ses émotions. Elle lui a dit je t'aime. Ils reprennent la marche en faisant attention aux racines d'arbres. De moins en moins entretenu, le chemin est obstrué des troncs, par moment, ils sont obligés de se contorsionner pour se frayer un passage. Des branches basses écorchent les jambes de Katy mais elle n'y prête pas attention. Elle imagine les premiers colons découvrant cette terre riche mais hostile à la fois, les bagnards envoyés de force loin de leur Angleterre natale ne devaient pas être rassurés non plus. Alors que le chemin est à nouveau dégagé, ils se retrouvent à quelques mètres d'une falaise, ils pensaient être tout en bas du canyon, mais on peut encore descendre. Benji s'arrête d'un coup, juste devant eux, en plein milieu du chemin un serpent dort enroulé sur lui-même. Ils ont croisé pas mal de gros lézards, mais cette fois, c'est certain, il n'a pas de pattes. Katy se met à taper du pied sur le sol, l'animal devrait ressentir les vibrations, prendre peur et déguerpir mais il ne bouge pas. Peut-être est-il mort ? Quoi que soit son état, il va falloir passer, elle attrape un long bâton et titille le reptile pour le réveiller. Avec une vitesse incroyable, il lève la tête, les regarde et file sous un tas de feuilles sur le côté du chemin. Ils décident d'avancer encore un peu avant le déjeuner préférant mettre un peu de distance avec le serpent. C'est le genre d'expérience dont on rigolera par la suite, mais sur le moment, ça fait plutôt peur. Benji s'imagine raconter l'histoire de l'attaque du serpent mortel à ses petits-enfants. Un groupe de loriquets à tête bleu prend son envol à quelques mètres. Ils sont magnifiques, toutes les couleurs de l'arc-en-ciel se retrouvent dans leur plumage, ils émettent des cris aigus, et puissants en décollant d'immenses broussailles. Katy se retourne subitement, elle a ressenti une pression sur son épaule. Il n'y a personne, mais son rythme cardiaque s'est emballé. Elle n'en dit rien à Benji toujours subjugué par les perroquets multicolores.

Un petit cours d'eau se découvre derrière des rochers, ils s'aspergent le visage pour se rafraîchir après tant d'émotions. C'est un bel endroit pour manger les sandwichs, Benji enlève ses chaussures pour mettre les pieds dans le ruisseau. Elle est fraîche, ça lui fait un bien fou. La température est montée. On ne voit toujours pas le soleil caché par les arbres et les fougères géantes. C'est la Nouvelle-Zélande qui a pour emblème ces fameuses plantes, mais dans cet état de Nouvelle-Galles-du-Sud, il y a une quantité incroyable de ces plantes qui atteignent quinze mètres de haut. Katy frémit en mouillant ses pieds dans l'eau froide. Elle ouvre son sac à dos et ne peut s'empêcher de s'exclamer « *Bugger* ! Putain de fourmis ! » Ces dernières ont attaqué toute la nourriture, il n'y a que deux petits paquets de chips qui ont été préservés. Elle jette les deux sandwichs dans l'eau sous les yeux médusés de son compagnon. « Ce sera régime aujourd'hui, on se rattrapera ce soir au restaurant », dit-elle un peu désabusée. Une petite diète ne fera pas de mal à Benji, et tant qu'ils ont de l'eau, il n'y a pas de problème. Ça leur évitera la fatigue de la digestion. Katy ressent à nouveau une présence, les fantômes n'existent pas, pense-t-elle, et pourtant, une force invisible lui tourne autour, elle n'a rien de menaçant, mais cette sensation la suit. Elle repense au français croisé ce matin, il semblait avoir perdu quelque chose, est ce que cette sensation ressentie, comme une espèce d'aura à un rapport avec ce touriste ? Surgie de nulle part, une voix de femme lui parle comme par télépathie, elle lui conseille de profiter de l'instant présent au maximum, de vivre, d'aimer comme si chaque jour était le dernier. Katy secoue la tête, la faim n'explique pas tout. Y a-t-il des essences hallucinogènes dans cette forêt ? Cartésienne, elle ne croit pas aux voix venues d'ailleurs, et pourtant elle n'a pas inventé ces mots. Benji essaie d'extirper les dernières miettes de son paquet de chips, impassible. Elle a tendance à se moquer des films de fantômes, mais cette fois elle n'est pas simple spectatrice, cette voix était réellement dans sa tête. Elle demande quand même à Benji s'il a entendu quelque chose, mais à part le petit cours d'eau et les branches d'eucalyptus qui craquent, il répond par la négative.

Ils reprennent leur expédition, la température a encore augmenté, et rapidement ils regrettent le petit ruisseau.

Tout autour d'eux est vert, bleu et marron, végétal, comme si le reste du monde moderne n'existait pas. Des arbres à perte de vue, ils sont dans la nature originelle, aucune trace d'homme. De gros lézards ressemblant à des varans se sauvent en les entendant s'approcher, pas de koala en vue, mais ils tombent sur des sortes de dindons sauvages. Benji ne se plaint pas des kilomètres parcourus alors que Katy commence à sentir la fatigue. Le soleil doit se faire bas, la luminosité est de plus en plus faible. Ils arrivent en bas d'une falaise, des marches ont été taillées dans les rochers, c'est le début de la remontée, la fin de la boucle. Benji passe devant, Katy se retrouve seule et retourne sur ses pas quelques mètres. Il l'appelle pour savoir ce qu'elle fait, mais elle lui crie d'y aller, elle le rejoindra dans un instant. Katy se retrouve alors face à une jeune femme d'à peu près son âge, elle n'est pas réelle, plutôt comme un hologramme, elle lui demande de ne pas avoir peur. Cette apparition s'appelle Monica, elle est morte il y a quelques mois mais son mari ne veut pas la laisser partir, elle est coincée entre le monde des vivants et celui des morts. Elle s'approche de Katy comme pour la prendre par le bras mais sa main lui traverse le corps. Monica supplie Katy de parler à Paul, l'homme qu'ils ont croisé plutôt, de lui dire de passer à autre chose, de la laisser reposer en paix. Il doit continuer sa vie sans elle, ne plus la retenir dans cet entre deux mondes. Elle est coincée mais personne n'a sa place très longtemps dans cet endroit, elle va bien mais ne doit pas rester. Cette demande est comme une supplique, elle a l'air bouleversée et de véritables larmes coulent depuis ses joues blanches sans laisser d'empreinte au sol.

« Tu arrives ou t'es perdue ? » entend-elle au loin. Katy sursaute, ouvre les yeux et répond en criant qu'elle arrive. Rien autour d'elle, aucune présence, aucune trace de cette Monica, peut-être a-t-elle rêvé, la faim, la soif lui ont fait tourné la tête et pourtant tout cela semblait bien réel. Elle se met à courir sur les marches, son cœur pompe rapidement le sang qu'elle envoie dans ses muscles, elle a l'impression qu'il va exploser. Elle rejoint Benji, l'embrasse et lui dit je t'aime pour la deuxième fois de la journée. Épuisés, ils arrivent enfin en haut de la falaise, le soleil n'était pas encore couché. Les quelque cinq cents mètres à plat pour rejoindre l'hôtel semblent extrêmement faciles. Ils prennent une glace dès qu'ils voient le petit magasin de la réception. Ils vont au bar et commandent chacun un cheeseburger et une bonne

Victoria Bitter la bière locale. Katy n'ose pas parler de l'étrange expérience qu'elle a vécue pendant la randonnée. Benji parle déjà du serpent, des kilomètres avalés, de la beauté du site. Demain, ce sera plus cool, il a prévu un tour dans un téléphérique et une réserve d'animaux, pas de petite marche, sauf pour aller au *lookout*, le point de vue sur les Three Sisters. Katy se lève pour aller aux toilettes, laissant quelques instants, Benji qui commande une deuxième tournée de bière. Elle aperçoit le touriste français, seul à une table fixant son verre, elle s'approche sans réaliser ce qu'elle est en train de faire et lui demande :

« Vous appelleriez vous Paul, monsieur ? »

Surpris, il lève le regard et répond surprit « oui, on se connaît ? »

Alors Katy s'assoit et commence à lui parler. En quelques secondes, des larmes de tristesse ou de joie coulent sur les joues de Paul. À la fin du récit, elle entend Monica lui dire merci et la voit s'élever au-dessus d'eux. Elle part en paix. Katy ouvre la main qui contient un petit bracelet sorti d'on ne sait où. Il appartenait à Monica qui le portait le jour de l'accident, le bijou avait disparu dans la chute du scooter. Elle souhaite bonne chance à Paul et prend congé.

Katy se lève bouleversée. Elle vient de vivre une expérience vraiment étrange, ne sait pas quoi en penser mais elle est contente que ce soit fini. Elle n'en dira rien à son compagnon. Benji l'attendait patiemment, il a dû boire les deux bières, il a l'air un peu ivre. Face à lui, elle sourit, délestée d'un poids, elle lui attrape une main. Elle se retourne pour jeter un œil à Paul, mais il a déjà quitté sa table.

« Allez viens, on va faire un petit tour à la piscine pour récupérer », dit-elle à Benjy. Ils remontent tous les deux dans la chambre pour prendre une douche et leurs maillots de bain. Sortie la première, elle se regarde nue dans le miroir, ses jambes griffées par la randonnée, Benji est encore sous le jet d'eau chaude, la vapeur envahit la salle de bain.

H E L P M E apparaît sur le miroir, écrit dans la buée, et elle entend dans sa tête un murmure, une voix « My name is Becky, I need your help ».

On s'habitue à tout

Je m'apprête à mourir, je crois que ce sera la soixante-douzième fois, j'ai arrêté de compter. Aujourd'hui, je vais être défenestré du haut d'un immeuble d'une vingtaine de mètres, une chute d'un balcon au septième étage. C'est une première, je ne suis jamais mort de cette façon. Un accident, un meurtre avec préméditation, peut-être même un suicide, je vous avoue que cela ne change pas grand-chose au résultat.

D'habitude, c'est plutôt dû à des armes à feu, je suis mort d'un coup de revolver, d'une mitraillette, d'un char d'assaut et même d'un bazooka. Des nazis, des talibans, des gangsters de Chicago ont été mes bourreaux et ont mis fin à mes jours. Je ne sais pas si je compte le lance-flamme dans les armes à feu car techniquement je suis mort brûlé vif.

J'ai à mon actif quelques noyades, tombé d'un bateau de pêche, assommé par la bôme d'un voilier, bêtement dans un lac en train de nager, j'avais fait une crise cardiaque. J'ai même été dévoré par un requin lors d'une compétition de surf en Australie. Les dents acérées du grand blanc m'ont arraché une jambe, puis un bras avant de laisser couler mon corps dans les profondeurs de l'Océan, c'était visuellement horrifique.

Ma mort la plus spectaculaire était dans l'explosion d'un avion, le souffle de la déflagration me propulsait à l'intérieur de la cabine avant de me désintégrer. Les accidents de voiture sont assez impressionnants, je me rappelle cette glissade sur une plaque de verglas ou après un carambolage je finissais au milieu de la route percuté par un poids lourd, j'étais comme une boule de flipper éjectée à une vitesse incroyable. Il ne restait plus rien de la voiture fracassée contre un arbre. Je finissais en bouillie.

J'ai été guillotiné aussi, j'allais oublier, je n'étais pas très rassuré cette fois-là, j'avais un peu peur que le mécanisme ne fonctionne pas. Mon cœur a failli exploser lorsque la lame est descendue. Je me souviendrai de la clameur de la foule jusqu'à la fin de mes jours. Elle semblait apprécier le spectacle.

Une seule fois, j'ai été tué à main nue, lors d'un combat de boxe, je gagnais jusqu'au quatrième round, et je me suis pris un uppercut, un choc qui a éteint mon cerveau, je me souviens ma chute au ralenti, comme une poupée désarticulée, mon corps rebondit sur le ring, c'était beau et triste à la fois. Le jeune champion me tourne autour, il n'a pas réalisé qu'il m'a définitivement écarté de la ceinture mondiale, il attend que je me remette sur mes jambes, mais je ne me relèverai plus.

Mes deux filles à l'école primaire sont embêtées lorsqu'elles remplissent la fiche de renseignements sur leurs parents, profession du père : mon père, il fait le mort. Ma femme trouve ça très drôle, un de ses jeux favoris est d'imaginer ma prochaine mort, ça l'amuse car je reviens tout le temps, elle m'appelle l'immortel. Mais depuis quelque temps, je fais des cauchemars, et si un jour je ne me relevais pas après mon décès. Il y aura bien une fois ou après le mot fin, ce sera vraiment fini. Je me suis habitué à mourir, mais surtout ne faites pas comme moi, c'est un art de finir sous les roues d'un camion, ou poignardé dans le dos.

Il faut que j'avoue, une fois j'ai failli ne pas revenir, ma mort m'a cassé les deux tibias-péronés. J'ai été bon pour deux semaines d'hôpital et des béquilles pendant presque deux mois. Ce n'était pas prévu, une imprudence, je devais simplement mourir après quelques tonneaux de ma voiture qui prenait feu, mais mes membres inférieurs ont été projetés vers l'avant pour percuter l'habitacle avec une telle force que mes os se sont brisés. J'ai eu besoin d'une convalescence de près de six mois avant d'être autorisé à mourir de nouveau. On ne tue pas les blessés quand même, il y a une certaine éthique, on n'achève que des personnes en bonne santé.

Mais, je dois vous laisser, la mort m'attend, elle m'appelle, tout le monde est prêt à me voir tomber du septième étage. Je passe la main sur ma boucle de ceinture à l'effigie de l'association des Stuntmen's de Hollywood, un rituel avant chaque mort.

— Hé, Cliff, tu es passé au maquillage ? Ils ont fini la scène avec Rick, c'est à toi dans quelques instants.

J'adore mon métier de cascadeur et de doublure mais j'ai un peu le vertige, donc cette fois j'échangerais bien ma place. Ça existe une doublure de doublure ?

Seul dans les voiles

Le torse bombé, fier, je pavane à la sortie du port de Saint-Tropez. L'air marin est empli d'iode, les pores de ma peau s'imprègnent du soleil de fin d'été. Je ne ressens aucunement mes 80 printemps, j'ai l'impression d'en avoir 20, je suis toujours vivant, enfant des mers et océans, aujourd'hui comme hier. Je dois rejoindre la zone de régates, c'est encore un moment de décontraction avant que les choses sérieuses ne commencent. À la barre de mon dernier-né, moi, le grand architecte de plus de mille voiliers, je suis comme un enfant avec son nouveau jouet ou un père fier de sa progéniture que j'emmène pour sa première participation aux Voiles de Saint-Tropez, ce rassemblement unique de bateaux de traditions.

C'est le grand jour, après quatre longues années de gestation, Recluta est sur l'eau, le voilà prêt à se mesurer à d'autres voiliers de légendes. Sur le plan d'eau, il y a le Manitou, autrefois barré par John Fitzgerald Kennedy lors de sa présidence, un voilier qui a vu le Président américain faire des galipettes avec Marilyn Monroe, on croise aussi le Marge commandé par le roi du Danemark en 1936 qui servit au film Plein Soleil avec Alain Delon, sauvage et venimeux à la barre, d'autres voiliers de traditions pourraient raconter des histoires dignes de romans, certains ont vécu d'incroyables péripéties. D'ailleurs, mon voisin d'amarrage n'était autre que le voilier PenDuick, un cotre légendaire de par son ancien propriétaire Éric Tabarly. J'ai étrangement ressenti sa présence, comme si son aura rôdait toujours autour de son premier bateau. Ces voiliers de traditions ont une âme. Bateaux de rois comme l'Hispania ou Tuiga du Yacht

Club de Monaco, de l'América's Cup comme Velsheda, le grand Class J ou le France. Ils sont beaux, avec leurs vernis impeccables, leurs bois exotiques, leurs chromes lustrés, incomparable aux nouveaux bateaux volants tout en plastique, en carbone ou en résine, le plaisir de barrer a laissé place à la technologie de pointe des dernières innovations de l'aéronautique. On est aujourd'hui dans le sport extrême, où l'on oublie le plaisir. C'était mieux hier comme disent les anciens, retour vers les basiques, le plaisir pur de voir ces poids lourds voguer à nouveau.

Le Recluta que je barre aujourd'hui est une réplique, l'original, s'est échoué en Argentine il y a plus de quatre-vingts ans pas très loin du petit chantier naval de mon père. Alors qu'il était en régate, un équipier est tombé à l'eau, le bateau s'est déporté pour porter secours au marin mais s'est fracassé sur un récif pendant le sauvetage. Le propriétaire a demandé à mon père d'arranger le voilier, mais par manque de moyens et de matériaux, la réparation s'avéra impossible. L'histoire aurait pu s'arrêter là, mais 75 ans plus tard je suis tombé sur une correspondance de mon père avec le propriétaire du Recluta, ainsi que les plans et j'ai décidé de construire une réplique conforme à l'idée originale du voilier.

Aidé de charpentiers de marine amoureux de leur travail, dont mon fidèle ami Tito, des fondeurs de plombs, des experts en matelotage, il a fallu quatre années de dur labeur pour arriver à la perfection de ce magnifique ketch. J'ai fédéré des compétences complémentaires et comme un chef d'orchestre, je menais mon monde à la baguette. J'ai respiré avec mes compagnons la sciure de bois, garnis d'étoupe goudronnée les interstices de la coque pour la rendre étanche, scié de vulgaires planches qui allaient devenir une œuvre d'art vivante.

Aujourd'hui, tout est parfait à bord, et pour cette régate je suis accompagné de ma famille : mon fils, ma fille et mon petit-fils sont à bord ainsi que quelques coéquipiers qui sont tous des amis. Je ne pourrais rêver mieux.

Un petit vent de Nord-Ouest souffle sur le plan d'eau, le Mistral comme ils l'appellent dans ce Golfe ou Guy de Maupassant ou encore le peintre Paul Signac ont également navigué à la voile. Les premières vagues éclaboussent le pont, mouillent mes cheveux à la couleur de l'écume, comme si le sel s'était incrusté et leur avait donné cette couleur blanchâtre qui dénote d'un certain âge. Il est d'ailleurs amusant de voir que de nombreux capitaines ont l'air plus vieux que leur bateau centenaire.

Le comité de course indique un parcours pour la régate, il ne fait que quelques milles nautiques, après un départ devant le vieux port de pêche de Saint-Tropez et sa tour du Portalet, on se dirigera vers l'Est jusqu'aux Issambres avant de revenir. On devrait pouvoir lancer le spi à peine passé la ligne de départ, j'ai hâte de me confronter aux éléments et aux autres compétiteurs. La grande voile est hissée ainsi que le génois, on va tirer quelques bords avant d'entrer en procédure, le bateau répond bien, il est rugueux, demande à se faire dompter, il ne faut pas le brusquer, son poids nous rappelle combien les innovations de ces dernières décennies ont fait évoluer les bateaux de courses. J'ai construit des Swans, des Beneteaus, des Wallys, mais c'est celui-ci dont je suis le plus fier. Est-ce parce que c'est le dernier-né ? Un retour aux bases, une aventure humaine exceptionnelle, un témoignage du passé, un héritage paternel, les possibilités sont multiples pour expliquer mon état d'esprit, mais je suis l'homme le plus heureux du monde à la barre de ce bateau. Il glisse sur l'eau, remonte au vent, et après quelques réglages de voiles, il prend de la vitesse. Nous sommes entourés d'autres voiliers, tous prêts à en découdre, des bateaux suiveurs avec leurs spectateurs qui nous mitraillent avec leur téléphone ou des téléobjectifs derniers cris.

À la radio VHF, j'entends le comité de course nous préciser l'heure d'entrée en procédure pour le départ de la régate. Nous sommes quatorze dans notre groupe baptisé époque Marconi A.

Je suis plus vivant que je ne l'ai jamais été, un bonheur optimal, l'apaisement d'un travail bien accompli, comme si j'étais arrivé à l'aboutissement de ma vie avec ce bateau.

Au moment de virer, je me retourne pour vérifier s'il n'y a pas de voilier derrière moi, et je me rends compte qu'il n'y a pas un seul bateau, à l'arrière. Mon cœur s'emballe. Ma vision semble s'être dégradée, il y avait des dizaines de voiliers autour et lorsque je regarde devant, il n'y a plus aucun navire, nous sommes seuls sur l'eau. Mais, il n'y a plus de nous non plus, ma fille, mes équipiers, tous ont disparu, une étrange brume entoure Recluta, je crie pour appeler ma fille mais aucun son ne sort de ma bouche. Je me sens léger, ne ressens plus aucune douleur au dos ou dans les genoux qui grincent habituellement comme les poulies du grand mât. Le temps s'arrête, je fais corps avec Recluta. Ma cécité me permet d'échapper aux perturbations du visible, je vois l'imperceptible. Je m'évanouis dans l'horizon, je me sens comme englouti dans cette mer. Une sensation étrangement définissable, comme si j'étais devenu mon bateau je ressens l'écoulement de l'eau le long de la coque, le passage d'air dans les voiles, le craquement de la bôme et du mat d'artimon. Je ne fais plus qu'un avec Recluta.

Soudainement, je retrouve ma vision, Penduick s'avance vers moi, je vois mon ami Éric Tabarly qui me fait des signes pour le rejoindre. Je me rapproche doucement sans comprendre ce que je fais. Une grande voile imprimée du numéro 88 se joint à nous, à bord du cotre Moombeam le mythique architecte écossais William Fife, puis Charles Nicholson sur Oiseau de feu, Nathanaël Herreshoff sur Spartan, Olin Stephens sur Stormy Weather, tous ces concepteurs de voiliers exceptionnels qui semblent s'être réincarnés dans leurs créations. Ce sont les témoins de l'âge d'or du yachting, leurs histoires semblent traverser les décennies sans avoir pris une ride. Ces êtres exceptionnels, ces génies de l'architecture navale sont autour de moi et me font signe de les rejoindre dans leur club. Je suis attiré comme par un chant de sirènes. Une partie de moi veut y aller, une autre ne semble pas prête. Suis-je en train de rêver ? Je n'ai jamais eu d'hallucination de ma vie, je vois ces hommes bien réels, eux qui comme moi ont laissé des voiliers exceptionnels, habités par leur passion. Mais, leur point commun est qu'ils ne sont plus de ce monde, ils sont tous morts ce qui voudrait dire que moi-même… Eric Tabarly me touche presque la main, il cherche à m'attirer vers lui, vers cet inconnu qui a l'air agréable.

Soudainement, j'entends ma fille qui me secoue les épaules : « Papa ! Papa, qu'est-ce qui t'arrive ? » Elle appelle son frère : « Vite ! Papa a l'air absent ».

Je vois mes collègues s'éloigner, ils repartent dans la brume, un petit clapotis me secoue, je ressens encore le Recluta, les bastaques, les bordés, les poulies, le grand mât ont remplacé le sang dans mes veines. J'ai une envie irrésistible de rester mais la voix familière de ma fille me fait quitter le navire, non sans amertume. Je suis le capitaine du Recluta, je ne dois pas abandonner mon embarcation. Je reviendrai, j'en suis certain, mais ce n'est pas encore le moment.

J'ouvre les yeux, on passe la ligne d'arrivée, mon fils est à la barre, la régate est terminée c'est la fin de la course. Ma fille me prend dans ses bras « Papa, tu m'as fait peur, ça va ? » Je souris, j'ai envie de lui parler de l'expérience que je viens de vivre. Mais je n'ai pas le temps d'ouvrir la bouche, mon fils et les coéquipiers commentent : « envoi du spinnaker parfait ! Réglages des voiles impeccables, on a eu chaud lors bord à bord avec un concurrent impétueux au passage de la bouée de la Rabiou, le bateau est d'une dextérité incroyable ». Recluta semble vivant, heureux d'être en compétition, un équipier à part entière. Mon aîné m'annonce qu'on est troisième, mais qu'on fera mieux demain.

Demain ? Ce n'est donc pas terminé… J'ai encore des choses à faire sur terre ou je devrais dire sur l'eau. Je vais attendre un peu avant de rejoindre Éric, William, Nathanaël et les autres.

Rendez-vous chez le médecin

Depuis quarante-huit heures, Jérôme ne dort plus. Il attend le rendez-vous que son médecin lui a donné avec un tel état de stress qu'il ne pense qu'à un mot : tumeur. Tumeur ça peut aussi s'écrire tu meurs. Son médecin lui en parlé lors de sa dernière consultation. Tumeur, ça veut dire que tu vas mourir ! Quand on a vingt, trente ou quarante ans, on n'y pense pas mais à cinquante-trois ans, les perspectives ne sont plus les mêmes. Jérôme a déjà perdu un ou deux amis en route. L'accident, la maladie, c'est un peu comme la loterie, on ne sait jamais à l'avance si on va tirer le mauvais numéro. Pourquoi lui et pas moi. Non, évidemment ça n'arrive qu'aux autres. Quand il a reçu le premier faire-part de décès, il s'est rappelé : j'étais l'enfant de quelqu'un, ensuite le parent, et maintenant le grand-père. Je recevais des invitations pour un goûter, puis un mariage, et maintenant pour des funérailles. Un enterrement, c'est un peu comme un post-it qui vous rappelle que vous êtes chanceux, vous êtes toujours là. Il laisse un goût amer, on se rend compte qu'on est aussi sur la liste, on est peut-être le prochain. Et quand son docteur lui a parlé de la possibilité d'une tumeur, il n'a pu s'empêcher de réfléchir au fait que, oui, tout peut s'arrêter demain.

Jérôme a croisé la mort assez jeune, il n'avait qu'une dizaine d'années lorsque son grand-père est parti au ciel. Une notion assez abstraite pour un enfant.

À l'école, on lui explique que tout ce qui naît est amené à disparaître, les plantes, les animaux, les humains. Il apprend l'espérance de vie des différentes espèces, avec des inégalités. Une sorte de papillon, les éphémères ne vivent qu'une journée alors que des tortues peuvent vivre jusqu'à plus de 120 ans. Ce n'est vraiment pas juste, mais où est la justice sur cette terre. Pour les humains, il y a une différence entre les hommes et les femmes mais aussi l'endroit où l'on naît. Ces notions sont développées avec l'enseignement supérieur, la philosophie mais ça ne reste que théorique, le sujet semble lointain, on ne s'en préoccupe pas plus que ça.

Bac en poche Jérôme célèbre l'obtention du diplôme avec des amis. Sylvain, un petit dur qui avait déjà raté deux fois l'examen le fête de manière un peu trop alcoolisée. Il se tue le soir même dans un accident de voiture. Ce n'était pas un grand-père c'était un jeune de son âge, ça vous rappelle que ça peut arriver à tout le monde, mais on trouve des circonstances à l'accident. Sylvain conduisait toujours trop vite, il ne faisait pas attention, il avait trop bu, ça devait arriver, peut-être l'avait-il cherché un peu. C'était presque normal pour lui, mais pas pour Jérôme et ses autres amis, eux ne risquaient rien. Le sujet de discussion entre les copains peinés n'était pas la mort, mais celui du don d'organe et de la vie après la mort, de la réincarnation. Le fait que la vie de Sylvain s'était arrêtée à tout jamais ne les avait pas interloqués au point de se rendre compte que la vie s'arrête un jour pour tout le monde.

Quelques années plus tard alors que Jérôme ski sur une piste noire du côté d'Avoriaz, c'est la fin de journée mais il veut faire une dernière descente malgré le froid et la fatigue. Il se casse une jambe à quelques mètres de l'arrivée. Le choc n'est pas trop important mais il a une fracture ouverte. Pas une seconde il ne pense qu'il aurait pu mourir mais une fois aux urgences, on lui indique qu'on va l'opérer. Il se retrouve dans la salle de chirurgie et réalise qu'on va l'endormir, et là il panique, et s'il ne se réveillait pas ? C'est déjà arrivé il en est sûr, mais non pas lui, ce n'est pas possible. L'anesthésiste lui demande de compter jusqu'à cinq. Un, deux, la lumière s'éteint. Au réveil il a oublié ses pensées, on l'a réparé, un peu de rééducation et il repartira tout neuf. On est née à une bonne époque pense-t-il, c'est pas mal la médecine aujourd'hui.

Plus tard dans la vie, sa mère est diagnostiquée d'un cancer du sein. Après dix-huit mois de traitement, elle est complètement tirée d'affaire. Ça a été une épreuve mais pas une seconde il n'a pensé la perdre, elle est forte sa mère, elle a combattu la maladie avec courage et quand on veut on peut, c'est sa devise.

Quand on avance dans la vie, on fait un peu plus attention à sa santé, Jérôme a arrêté de fumer il y a bien longtemps, il surveille sa consommation d'alcool, finis les excès, surveille son cholestérol, il fait du sport une fois par semaine. Il mange de plus en plus bio, fait attention à son sommeil. Bref, il s'économise inconsciemment. Il ne veut pas faire vieillir prématurément ses cellules.

Et puis un jour du mois dernier, il a eu comme un voile sur l'oreille, il a déjà eu quelques problèmes d'équilibre et d'audition mais jamais la gêne n'est restée trop longtemps. Après quelques jours avec cette sensation, il va voir son généraliste qui lui indique que ce n'est pas grave, sûrement un bouchon dans l'oreille, mais en l'auscultant, il ne voit rien. Le docteur pose alors quelques questions sur son travail, sa femme, les enfants, est-il stressé, se sent-il fatigué ?

Mais quelles questions à la con se dit Jérôme, quel rapport avec ma perte d'audition, est-ce que je me suis bouché l'oreille moi-même pour ne plus entendre ma femme ou mon patron ? Il est couillon ce docteur, il ne peut pas me donner des pilules et que ça aille mieux !

Et puis le praticien lui donne une ordonnance pour aller passer un scanner ou une IRM ! « Ça ne doit être rien mais on va quand même vérifier qu'il n'y a pas une tumeur près de l'oreille ».

Une tumeur ? Une tumeur ! Il sort ça comme ça, juste comme s'il parlait d'une tarte aux fraises ou de la météo ! Mais il est vraiment abruti ce docteur. Jérôme intérieurement fulmine, quel imbécile ce médecin et après quelques instants de dénégation, arrive l'acceptation et le questionnement.

« Mais de quoi parlez-vous docteur ? »

« C'est juste un examen de contrôle, ne vous inquiétez pas. »

Tu parles, il a déjà vu ça des dizaines de fois dans des films ou séries : ne vous inquiétez pas ! C'est un signal d'alarme pour dire qu'il faut s'inquiéter : possibilité de tumeur dans sa tête.

Une tumeur on en meurt, non ? Que va devenir ma femme sans moi, et les enfants, et je veux voir grandir mes petits-enfants. L'heure n'a pas sonné. Pas déjà. Son monde s'effondre avec un seul mot. Rien n'est plus pareil, en une fraction de seconde, le docteur lui a retourné le cerveau.

Depuis l'annonce, il cogite, dort mal, ne bande même plus, il n'a goût à rien, comme si la mort était déjà en lui, entrée par son oreille. Il est obsédé par ce fichu mot : tumeur. Ce n'est pas raisonnable, il craint même d'attirer la maladie s'il y pense trop.

Il n'en a parlé à personne, déjà assez inquiet pour ne pas en rajouter mais il ne pense plus qu'à ce fichu examen qui va peut-être révéler quelque chose.

L'IRM n'est pas trop longue, on ne lui pose aucune question sur la raison pour laquelle il vient passer cet examen et ce n'est pas douloureux. C'est terminé avant qu'il ne s'en rende compte mais personne ne lui commente les résultats, il doit voir avec son docteur.

Putain ! mais ce n'est pas vrai, c'est une torture cette histoire pense-t-il, c'est positif ou négatif. Ils ne veulent rien dire. Ils ne sont pas payés pour annoncer de mauvaises nouvelles ils laissent cela au docteur.

Dans la salle d'attente, il trépigne, il a toujours cette petite gêne sur l'oreille mais s'y est habitué.

C'est son tour, il entre avec résultats d'examens, son cœur bat plus vite que la normale. En face de lui, derrière son bureau, le docteur le regarde comme si de rien n'était. Jérôme sait qu'il n'est qu'un patient permis tant d'autres. Il n'a pas l'air très emphatique ce médecin, ils n'apprennent pas ça dans leurs dizaines d'années d'étude à être un peu plus sympa, plus humain, on n'est pas des machines quand même. Jérôme a l'impression d'être face à la roulette russe, ce satané spécialiste de santé a le revolver dans la main et dans quelques instants il va tirer à blanc et lui indiquer qu'il n'a rien, ou le perforer d'une mauvaise nouvelle dont on ne se remet pas.

La tension est terrible lorsqu'il lui passe les résultats qui vont décider de son avenir. Les secondes, que le docteur passe à regarder les documents, semblent interminables, il fronce les sourcils, scrute le moindre détail sur les images.

Et puis comme dans un film au ralenti, il ouvre la bouche pour annoncer son verdict.

« Vous n'avez rien, pas de tumeur, tout va bien de ce côté, je ne sais pas d'où vient cette perte de l'audition, peut-être des canaux auditifs endommagés, c'est irrémédiable, mais ce n'est pas la mort, dit-il en rigolant, c'est simplement une usure habituelle, il va falloir vous habituer et éviter les sources sonores trop fortes comme les concerts et écouteurs à puissance maximale directement dans les oreilles. Et si jamais la perte continue, vous pouvez vous faire appareiller, ils font des prothèses miniatures aujourd'hui, on ne les voit pas », il en sort justement une de son oreille pour la montrer à Jérôme.

En face, Jérôme fulmine, mais quel con ce docteur, il m'a fait vivre un enfer depuis qu'il a prononcé ce mot, pourquoi ne m'a-t-il pas dit simplement les choses sans m'alarmer pour rien ?

Il ressort soulagé, heureux, la journée est magnifique, le soleil brille, pas un nuage à l'horizon, il va s'offrir une glace, s'acheter un bouquin, se faire plaisir. Rapidement, il va abandonner ses idées noires, laisser derrière lui ce traumatisme qui l'a empêché de dormir, oublier qu'il est mortel.

À la maison, il raconte à son épouse son expérience, elle rigole un peu, « tu ne serais pas un peu hypocondriaque quand même ? tu as fait toute une histoire de pas grand-chose, il nous reste de longues et belles années à vivre sans se soucier de la fin. »

La vie est vraiment plus belle quand on ne sait pas qu'on va mourir. Il ne s'efforce même pas d'oublier cette mauvaise expérience, elle s'évapore d'elle-même, comme si elle n'avait pas existé. Il va profiter de la vie. Il range profondément l'idée de mourir dans une case de son cerveau, ferme celle-ci à double tour, et l'oublie presque complètement.

Jérôme ne s'embête plus avec des questionnements inutiles, encore quelques années et c'est la retraite, il a plein de projets. Mais ce matin, il tousse un peu, il a mal à la poitrine. Peut-être devrait-il consulter un pneumologue ou son cardiologue, on ne sait jamais… mais veut-il vraiment savoir ?

L’hôpital psychiatrique

Lorsqu’ils sont venus me chercher, je suis resté muet, interloqué par le débarquement de ces trois molosses habillés de blouses blanches. Un peu en retrait, des policiers armés attendaient en renfort au cas où je ne me montre pas coopérant. Qu’imaginaient-ils ? Que j’offrirais une importante résistance et ferais preuve d’une violence inouïe ? Mais pour quelle raison ? Je me retrouvais au centre d’une pièce de théâtre absurde. C’étaient d’excellents figurants, ils connaissaient parfaitement un synopsis dont je semblais le seul ignorant. Évidemment, je me suis laissé faire attendant une explication, et surtout des excuses devant cette impardonnable méprise. Au moment de cette interruption, je somnolais tranquillement dans le jardin sous un agréable soleil de printemps, allongé dans une chaise longue. En pleine digestion, après un délicieux repas, je venais de m’assoupir laissant tomber dans l’herbe un bouquin peu intéressant.

Je fus réveillé en sursaut par l’intrusion de ces énergumènes, sans comprendre la nature de leur agitation. Ils sont brutalement entrés chez moi en terrain conquis, ont hurlé des inepties : « vous êtes en état d’arrestation, ne bougez pas » et malgré mes timides protestations, leur détermination me laissait pantois. Je n’arrivais même pas à ouvrir la bouche pour demander des explications. Je me suis un peu débattu lorsqu’ils m’ont posé des menottes mais c’était sans espoir. Ma vie tranquille basculait en un instant dans l’incompréhension la plus totale.

Autour de nous, tout continuait comme si de rien était, quelques abeilles butinaient les fleurs que j’avais fraîchement plantées, un groupe d'étourneaux volait au-dessus du jardin, des fourmis marchaient en rang à travers le petit chemin de cailloux blancs. Personne ne semblait dérangé par l'invasion de cette meute sauvage venant troubler ma quiétude en ce banal samedi après-midi. Mais que se passait-il ? J'avais l'impression d'être transporté dans un roman de Kafka, un simple pion victime de l'erreur d'un implacable logiciel. Je ne contrôle plus mes actions ni mon destin.

Rapidement transporté dans un véhicule mi-médicalisé mi-sécurisé, personne ne parlait, mais les quelques regards de mes gardiens n'indiquaient rien de bon. Je ne sais pas combien de temps nous avons roulé, même ma montre s'était arrêtée. Cette perte de repère est nouvelle, tout devient flou, je n'ai plus de certitude. Le véhicule ralentit devant les immenses grilles d'un établissement psychiatrique. Je n'ai aucune idée de l'endroit où je me trouve face à ce nouveau décor, je pourrais être dans ma ville ou à mille kilomètres. Je suis totalement perdu.

Mais c'est une blague, ils me prennent pour un fou. Comment peut-on décider de m'envoyer dans cet endroit ? Je n'ai plus de famille, peu d'amis, je n'ai consulté aucun médecin récemment, qui a pu décider de m'envoyer dans cet endroit et pourquoi ? Qui a pris la décision de me faire enfermer ? Ce doit être une erreur. Je veux voir le responsable de cette supercherie ! On me demande de garder le silence, les réponses arriveraient assez rapidement, ne soyez pas pressé, vous allez rester ici un bon moment me dit on sèchement en ajoutant quelques insultes. Mais ce sont eux les fous ! Ils ne savent pas que demain, j'ai prévu de repeindre le salon de ma petite maison, qu'après ma sieste je devais tondre la pelouse du jardin. Et qu'allait devenir George, le chat sauvage que j'essayais d'apprivoiser en disposant sur une petite assiette les restes de mes repas. Je m'inquiétais aussi pour mon frigidaire empli à rebord de victuailles périssables.

Les portes s'ouvrent sur un grand jardin, je vois des gens marcher lentement, comme des automates qui se déplacent au ralenti, est-ce une vision de ce qui m'attend les jours prochains ? Vais-je être lobotomisé et rejoindre ce groupe qui n'a plus d'existence ? Je n'arrête pas de me poser des questions. Ces pantins doivent être gavés de tranquillisants. J'en vois un qui bave, ça me rappelle le film Vol au-dessus d'un nid de Coucou. À peine le temps de voir mes futurs camarades qu'on m'emmène dans une chambre. Je traverse un long couloir blafard qui aurait besoin d'un bon coup de rafraîchissement. Le bruit de nos pas résonne dans un silence inquiétant. On m'abandonne dans une pièce sinistre avec pour seule compagnie un lit quelconque. Un des gardiens m'y attache et quand je demande pourquoi, il me pique dans le bras. Une sensation froide s'installe, je ne me rappelle pas m'être allongé, tout est blanc, puis noir, je lutte, mes paupières sont lourdes. Lorsque je me réveille, je suis toujours attaché, ce n'était pas un cauchemar. J'appelle à l'aide, je crie de toutes mes forces. Une appétissante infirmière entre soudainement, c'est la première personne qui a l'air normale depuis qu'on m'a extirpé de mon jardin. Je balbutie quelques questions, mes paroles sont trop rapides, elle me sourit comme une mère à son enfant, me demande de me calmer, d'attendre le docteur. Il va venir dès qu'il peut. Elle ne me dit rien de plus, et tourne les talons, pas plus humaine que les autres en fin de compte. L'ennui m'envahit autant que l'incompréhension. Il n'y a rien à voir, pas de fenêtre, tout est blanc. Je suis prisonnier, seul avec mon imagination. Quelqu'un s'est trompé quelque part, il faut que je parle au responsable, on me prend pour un autre. Des pas lourds résonnent dans le couloir, je vais enfin avoir des réponses, mais le son s'éloigne, ils ont passé ma chambre et continuent, ce n'était pas pour moi. C'est une torture qu'on m'inflige, l'espoir d'une explication disparaît. La manière dont on traite les gens aujourd'hui est incroyable. Je suis oppressé, broyé par une société inhumaine.

Je n'ai rien à faire là, c'est une erreur. Et puis je commence à avoir faim, et soif, et si je veux aller aux toilettes, je ne vais quand même pas me faire dessus, ils seraient capables de croire que je ne peux pas me contrôler et m'en tenir rigueur, me prendre pour un malade !

J'aimerais rembobiner la cassette, revenir dans mon jardin, être assoupi sur ma chaise longue, profiter de ce petit soleil pour finir ma digestion. Ce vol d'oiseau était magnifique, il faisait bon vivre. Il y avait du bleu, du vert, des couleurs. Je suis maintenant dans un désert de blanc face au néant, il n'y a rien, le temps s'est arrêté comme ma montre, peut-être suis-je mort. Mais non, je sens mon cœur battre doucement, c'est d'ailleurs la seule chose que je ressens dans mon corps, le reste a l'air apathique, endormi. J'essaie de penser à quelque chose d'excitant, mais mon membre ne durcit pas, même mon sexe qui est toujours fidèle ne fonctionne plus. Les liens qui me tiennent attaché me font mal au poignet, je souffre en silence. On s'approche à nouveau, la porte s'ouvre, je ne distingue qu'une forme blanche, je n'arrive pas à parler, j'ouvre la bouche mais aucun son ne sort alors que j'ai envie de hurler. Par contre, on me dépose un cachet sous la langue, je m'endors.

Je me réveille avec un fort mal de crâne, je ne suis plus attaché mais la pièce dans laquelle je me trouve ressemble à une cellule. Je n'ai plus mes habits, je n'ai qu'une blouse blanche, on m'a déshabillé. J'ai envie de me pincer, mais je sais que je ne rêve pas. Je ne comprends toujours pas ce que je fais dans cet endroit. Je n'ai aucune idée de l'heure mais il fait jour, j'ai une fenêtre scellée avec des barreaux, une ouverture vers un peu de normalité. Je vois un espace vert, du gazon bien coupé, entouré de bâtiments blancs. Personne à l'horizon, il y a sûrement des heures de sortie pour se promener comme on peut l'imaginer dans les prisons. Lorsque je suis arrivé, il y avait des hommes et des femmes qui se promenaient au ralenti, maintenant plus rien.

J'ai l'air d'avoir toutes mes capacités, je pense normalement, j'arrive à me déplacer de manière coordonnée dans ma cellule qui doit faire neuf mètres carrés. Un peu d'exercice me ferait du bien, je m'allonge au sol pour faire quelques pompes. J'arrive à dix sans problème. Je n'ai pas l'air drogué. Il y a un lavabo et des toilettes dans cette pièce et je remarque dans un angle au plafond une sorte de boule noire qui doit être une caméra. Quelqu'un peut m'observer ou me surveiller. Je dois communiquer avec cette personne qui me regarde à travers cette machine, je dois absolument expliquer que ma place est ailleurs, je n'ai rien à faire dans un établissement pour les fous. Par contre, je vais le devenir si on ne m'explique pas ce qui se passe. La caméra de surveillance n'a pas de don de télépathie, elle ne réagit pas, tout autour de moi est silencieux, aucun bruit. J'ai envie d'hurler pour briser le vide qui m'entoure.

Est-ce que j'ai été enlevé pour qu'on me prenne un organe ? J'ai entendu des complotistes parler de prélèvement pour des personnes aisées. Mais non, vu mon âge et ma condition physique, on ne m'aurait pas choisi. Est-ce une expérience ? J'aimerais tant savoir, j'ai toute ma tête, j'en suis certain. De l'eau coule dans une canalisation, quelqu'un utilise des toilettes pas très loin, je ne suis pas seul. Je me rattache à chaque détail. Une mouche vole dans ma chambre, elle fait un bruit agaçant. Par où est-elle entrée ? Son bourdonnement m'exaspère de plus en plus, je tente de l'écraser et j'y arrive à la cinq ou sixième occasion. Cela m'apaise complètement et j'ai l'impression pour la première fois depuis mon enlèvement d'avoir repris le contrôle. Je m'allonge sur mon lit et j'attends. Quand je rouvre les yeux, je vois un plateau repas posé devant ma porte, je n'ai rien vu, rien entendu, j'ai dû somnoler. Un peu de jambon, de la purée encore chaude, une pomme, un fromage et un bout de pain, tel est mon festin. Ils ne cherchent pas à me faire grossir, c'est certain. Je mange sans faim, je n'ai rien d'autre à faire. Les aliments n'ont pas de goût, ils sont insipides. Plus rien ne se passe jusqu'à la fin de la journée.

Le soleil est déjà bas lorsqu'un homme en blouse blanche entre dans ma chambre. Il est accompagné par les trois costauds qui sont venus m'enlever chez moi. Je balbutie quelques mots demandant pourquoi je suis là, protestant contre ce qui m'arrive, mais celui qui doit être le docteur me répond que je connais la raison de ma présence, je vais rester un bon moment, et je ne devrais pas jouer à l'innocent. Je proteste, mais il me demande de me calmer, ou il m'administrera un sédatif. Il me donne la même nourriture que plutôt dans la journée et me renferme en pestant contre la suppression de la peine de mort.

Ne pas jouer l'innocent ? On me croit coupable de quelque chose de très grave, méritant la mort ! Je vais devenir vraiment fou, on ne me dit rien de ce qu'il en retourne, coupable de quoi ? Je me retrouve seul avec mes questionnements, n'ai-je pas le droit à une explication ? Je me retourne vers le plateau-repas, je n'ai pas faim. Surtout pas pour ces aliments fades qu'ils appellent de la nourriture.

Les jours passent, les semaines, j'ai perdu la notion du temps. Isolé, je ne sors pas, ma seule distraction est de regarder une heure par jour à travers une petite ouverture des souffrants marcher doucement dans ce jardin si proche mais si loin à la fois. Je donnerai tout ce que j'ai pour sortir avec eux rien que quelques instants. Je tape sur la vitre lorsqu'ils passent proche de ma fenêtre essayant de créer un lien, d'échanger un regard, mais jamais ils ne lèvent les yeux. Ma vie est devenue le néant total, aucune visite, je parle seul, j'ai presque abandonné, l'esprit de révolte a disparu, je n'ai plus d'espoir.

Même celui qui m'apporte la nourriture n'ouvre pas la bouche lorsqu'il dépose mes rations quotidiennes à travers une petite ouverture au bas de la porte. D'ailleurs en regardant cette pitance qu'on me donne comme à un chien pestiféré je suis envahi d'un sentiment de nostalgie, j'étais un épicurien amoureux de la bonne chair, et maintenant je ne suis plus rien. S'ils veulent continuer à me garder en vie, et me torturer, ils ont intérêt à me donner de la vraie nourriture un de ces jours ! Un bras, une jambe, une main à la limite, sinon je vais dépérir. D'ailleurs si jamais une personne entre dans ma cellule, je lui sauterai dessus pour la dévorer, même cru, ça leur apprendra à ne pas me dire ce que je fais là et à me traiter comme un fou.

Je ne suis pas une erreur…

Non seulement, ma mère prenait la pilule lors de ma conception mais mon père avait également un préservatif, il avait tellement peur des maladies vénériennes qu'il n'aurait jamais introduit son engin sans protection, et pourtant je suis arrivé, un accident comme on dit. Alors, l'enfant du bonheur ? Pas vraiment, ils avaient déjà du mal à savoir quoi faire de leur vie, comment appréhender un petit nouveau ? Ils s'en sont voulu réciproquement se rejetant la faute mutuellement.

L'avortement a flirté dans leur esprit, m'anéantir avant que je naisse aurait été une solution simple pour tout le monde mais mes grands-parents maternels étant de fervents catholiques, ils ont interdit mon euthanasie à leur fille. La honte est acceptable, l'assassinat inexcusable. La future maman a caché son ventre grandissant aussi longtemps que possible, comme pour retarder au maximum la réalité d'une grossesse.

Qui était fautif de mon arrivée impossible ? Il n'y avait pas vraiment de coupable, par conséquent, pas d'innocent non plus.

J'ai toujours ressenti ces non-dits d'être l'enfant non désiré, l'accident, l'erreur, l'horreur.

Ils avaient 18 et 16 ans, c'étaient encore deux enfants qui allaient avoir un enfant.

Évidemment, mon créateur a pris la poudre d'escampette, ses parents ont déménagé à l'autre bout de la France. Ils avaient même voulu porter plainte contre ma mère pour détournement de mineur. Alors que le jeune était trop content de tirer son coup avec une fille de deux ans son aîné, ses vieux retournaient la situation. Je n'ai jamais vu mon père en chair et en os, mais je me souviens de toutes ces conversations que nous n'avons pas eues, je lui ai tellement parlé dans mes pensées.

Trois semaines, il leur a fallu trois semaines pour trouver mon prénom. Les vingt et un premiers jours de ma vie, j'étais le truc, la chose, le machin. Ma mère ne pouvait pas me voir, elle ne voyait que cette difformité sur son bas ventre, une cicatrice qui l'a marqué à vie. Je suis arrivé par césarienne, le bassin de ma génitrice étant encore celui d'une adolescente, je n'ai pas pu passer par les voies naturelles. À peine née, je laissais une trace indélébile.

J'étais en trop, un peu comme un paquet de linge sale lorsque la machine à laver est en panne. On me posait à un endroit, me laissait, me déplaçait quand je gênais et ainsi de suite. On m'envoyait à droite ou à gauche, j'avais plein de tantes et d'oncles tous aussi heureux de me rendre dès qu'ils pouvaient.

Toute mon enfance, je ne me suis senti à ma place nulle part, je n'aurais pas dû être là. Et quand on vous répète que vous êtes un accident, on finit par le croire. Mais quand on a un accident de circulation, on va chez le garagiste et on répare la voiture, comment rectifier ma situation ? J'ai trouvé ! J'ai essayé de leur montrer que je valais quelque chose, j'ai voulu être le premier, à l'école j'ai toujours travaillé plus que les autres. Mais du coup, je n'avais pas beaucoup d'amis, car j'étais en avance, mais ne l'ai-je pas toujours été ? Je voulais qu'on soit fier de moi, mais qui est-ce on ? Un père invisible, une mère absente ou les autres, tous les autres ?

J'ai eu mon bac à seize ans, l'âge ou mon père avait jeté sa gourme avant de disparaître. Je suis tombé amoureux de la professeure de français en qui je cherchais inconsciemment une mère de substitution. Elle était mariée avec des enfants de mon âge, mais quelque chose l'a touchée en moi, mon parcours, mon origine. Du coup, c'est elle qui m'a touché et j'ai découvert le bonheur, la jouissance, l'acte sexuel. Il arrive un moment ou plus rien d'autre ne compte, une envie irrésistible, incontrôlable prend possession de nos sens, de notre volonté. J'espérais que – au moins pendant cet acte – mes parents avaient pris du plaisir en me concevant. La jouissance est comme une délivrance, quelques instants magique, on ne pense plus à rien, un sentiment de liberté totale, de bien être absolu. Mon cerveau arrête de ressasser le fait que je suis une erreur.

Cette professeure m'a initié, elle m'a fait découvrir que j'étais vivant, à ma place, je n'usurpais l'identité de personne, j'avais le droit de respirer l'air qui m'entourait comme tout le monde.

Grâce à mes bons résultats scolaires, j'obtins une bourse d'études et poursuivis mon enseignement dans une grande école. Je voulais toujours être le premier, et j'étais aussi le plus jeune, toujours en avance. Mon ancienne professeure de français a divorcé et me voyait autant qu'elle le pouvait. Incompréhensiblement, elle est aussi tombée amoureuse de moi, j'aime bien le terme « tomber » un peu comme un accident encore une fois : tomber enceinte, tomber amoureuse, tomber dans les pommes, tomber du camion mais ça peut aussi être tombé à pic. Je ne pouvais m'empêcher de croire que j'étais tombé sur cette terre comme par hasard, je n'avais pas à ma place. Puis un jour, j'ai lu que le hasard est la forme que prend Dieu pour rester discret. J'ai eu un déclic, je suis sûrement arrivé pour accomplir quelque chose.

Devenu très bon orateur, je disais à mon public ce qu'il voulait entendre, du coup on m'a apprécié, une popularité jouissive m'envahissait. Sans prétention, je peux dire que mon intellect épatait la galerie : si jeune, si doué ! J'avais une revanche à prendre. Allez dans le sens de quelqu'un, il vous estime, sourire, acquiescer, et il vous mange dans la main. Vous montez, montez, attention à ne pas se brûler comme Icare, car malgré tout, j'avais l'impression d'être une imposture, je n'avais pas été voulu, comment voulais je m'imposer maintenant ? Mes ailes allaient sûrement brûler.

Et non, incroyablement, à moins de quarante ans, je viens d'être élu Président de la République française, je suis le père de la nation, moi qui me suis juré de ne jamais avoir d'enfant. J'ai été plébiscité par 70 % des électeurs, j'avais raison, je n'étais pas une erreur…

L'étalon

Nina rentrait du Grand Prix d'Amérique depuis l'enceinte mythique de l'hippodrome Paris-Vincennes, qui cette année encore avait réuni les 20 meilleurs cracks de trot attelé. Elle ne se lassait pas de ces compétitions hippiques. Enthousiasmée par ce véritable show à l'américaine avec des chevaux magnifiques, des pompons girls, des acrobates, des cracheurs de feu, et plein d'autres animations, elle ne l'aurait loupé pour rien au monde. Le cheval était sa passion, « elle vivait cheval », tout tournait autour de son animal fétiche.

Nina mariée avait 30 ans, sans enfant, elle avait une relation fusionnelle avec sa jument Capucine, qui était son bébé, comme sa fille chérie. Si elle avait eu un garçon, elle l'aurait imaginé Cow-boy, il aurait eu l'air terrible son petit gars qui comme elle passerait tout son temps sur son cheval.

Dès le plus jeune âge, elle a commencé l'équitation, sa mère disait souvent avec nostalgie qu'elle savait monter avant de marcher. Ses héros n'étaient pas Lucky Luke mais Jolly Jumper, Tornado et non pas Zorro. Une véritable passion dès le plus jeune âge. Aujourd'hui, elle roulait en Ford Mustang avec un max de chevaux sous le capot.

À peine rentré de sa manifestation hippique, elle alla rejoindre Capucine pour un petit entraînement. Celui-ci terminé, elle brossa la jument dans son box, et comme d'habitude elle lui parlait doucement en la nettoyant.

— Ça fait longtemps, tu sais, que je pense à une descendance, il faut penser à l'avenir, il est temps, je vais chercher un étalon pour une procréation.

Capucine bougeait ses oreilles d'arrière en avant, émit un petit hennissement comme si elle comprenait sa cavalière et lui répondait. Nina pris cette réaction comme un accord, elle aussi savait parler avec les chevaux, ce qui lui fit penser que ce soir elle regarderait avec plaisir ce vieux classique avec Robert Redford *L'homme qui murmurait à l'oreille des chevaux*.

Elle y réfléchissait depuis un bon moment et quand elle en parla à Tom qui s'en doutait et se demandait quand cela arriverait, ce dernier fut un peu réticent mais s'y attendait. Elle ne passait déjà pas beaucoup de temps avec lui alors avec un membre de plus dans la famille, Nina aurait encore moins d'espace pour son mari. Après quelques réflexions, il accepta mais demanda des détails comme le coût de l'opération, la manière de procéder ou l'endroit où cela se passait. Il lui donna son accord non sans lui donner les points négatifs, notamment, le fait que pendant la grossesse elle ne pourrait pas monter la jument. Vu le prix et il ne fallait pas risquer de perdre la progéniture.

Nina reçut rapidement la brochure de MacEtalons, la compagnie avait le monopole en France

« Pour toute saillie achetée d'un étalon confirmé, bénéficiez du solde gratuit sur la saillie d'un de nos jeunes étalons »

« MacEtalons vous propose un ensemble d'étalons de sport, répartis dans différents centres en France »

Le catalogue indiquait tous les pédigrées, l'origine de la race pure était fondamentale : normand, arabe, argentin. La lignée, son arbre généalogique, tout était détaillé, la disponibilité de la semence, son taux de fertilité et enfin des photos permettaient de se faire une idée. Le choix était limité mais Nina n'arrivait pas à se décider. Elle imaginait ces pur-sang sauvages, en liberté, aujourd'hui réduits à leur rôle de géniteur : Arturo de Talma, Casal, Crunch, Dunken… la sélection était difficile.

Après avoir résolu les problèmes de logistiques, elle se rendit dans le Haras du Pin, en Normandie, le siège de MacEtalons, c'était un des tout premiers établissements publics dans lequel étaient entretenus et gardés les reproducteurs. Reconnu nationalement et même au-delà des frontières. La liste d'attente pouvait atteindre plusieurs mois mais Nina avait eu de la chance et allait utiliser leur service dès aujourd'hui. Le personnel du Haras était hautement qualifié, très professionnel et elle se sentait rassurée. Tom n'avait pas voulu l'accompagner. Elle avait choisi l'étalon Aramis et ne fut pas déçue en le voyant de ne pas avoir pris l'insémination artificielle. Elle en connaissait une qui allait passer un bon moment. On la laissa seule un petit moment avec l'étalon pour l'ausculter. Et l'heure de la procréation arriva.

Quelques semaines plus tard, Nina apprit avec joie que la procédure avait fonctionné, elle était enceinte, elle allait enfin avoir bébé, un garçon, son petit cow-boy.

Depuis qu'un virus créé par un laboratoire pour limiter la surpopulation du pays s'était échappé du bâtiment de recherches et s'était répandu sur toute la terre, quasiment tous les hommes étaient devenus stériles. Seuls quelques-uns qui pour une raison inconnue ne furent pas atteints devinrent des hommes recherchés, traqués, emprisonnés et transformés en Étalon pour garantir la survie de notre espèce.

Nina heureuse alla annoncer sa grossesse à sa Capucine, et décida de faire de même pour sa jument, elle pourrait aussi lui trouver un étalon.

Le tremblement de terre

San Francisco, Los Angeles, et les autres villes de la côte ouest des États-Unis d'Amérique ont été complément détruites, des millions de morts sont à dénombrer. La faille de San Andreas avait bougé de manière inopinée, sans prévenir. Les plaques tectoniques pacifique et nord-américaine s'étaient décrochées, la faille géologique était devenue un gouffre. Un tremblement de terre d'une magnitude de 10,5 sur l'échelle de Richter, le plus gros jamais arrivé. Aucun rescapé, c'était fini. Le raz de marée et le Tsunami engendrés par le séisme ont rayé de la carte la Californie entière. On aurait pu s'y attendre, des scientifiques l'avaient prévu mais sans jamais donner de date, toutes les victimes savaient qu'elles courraient un risque hypothétique, mais elles sont restées.

Ce n'était pas possible, pas comme ça. Marie-Paule était inconsolable, elle ne se remettrait jamais d'un choc pareil. C'était d'une telle violence, une catastrophe si soudaine. Elle ne voulait pas y croire, comment penser qu'un jour elle les perdrait : Éric, Cathy, Steffy et les autres. La disparition d'un être aimé est déjà difficile, mais tous d'un coup, non, encore une fois ce n'était pas possible. Terminé à jamais, son monde s'effondrait dans le trou béant laissé par cette tragédie.

Pourtant Marie-Paule habitait à plus de 9000 km de Los Angeles, elle n'y avait jamais mis les pieds. Depuis son canapé, dans la banlieue de Strasbourg, elle était face à son petit écran lorsqu'elle apprit la nouvelle, elle n'avait ressenti aucune secousse autre que celle de la dévastation de sa vie et la perte d'êtres chers. Il n'y avait pas eu beaucoup d'images, mais pas besoin non plus, l'idée de tous ces morts était insupportable.

Depuis plus de trente ans, elle considérait ces amis disparus comme une véritable famille. Elle ne les voyait réellement que très peu, seulement lorsqu'ils venaient en France pour le travail. Ainsi Marie-Paule les avait croisés à Monte-Carlo et Paris. Mais ça ne l'empêchait pas de prendre de leur nouvelle cinq fois par semaine.

Elle se mit à pleurer, c'en était trop, elle téléphona à Jacqueline sa meilleure amie pour lui apprendre la nouvelle et trouver du réconfort. Sa copine était bien sûr déjà au courant et tout aussi inconsolable mais cette discussion lui fit du bien. Comme pour une thérapie, parler de la catastrophe était la première étape du deuil. Après avoir raccroché avec Jacqueline, elle voulut appeler Julie pour recommencer à parler de ce fichu tremblement de terre. Avoir un autre avis, une autre épaule sur laquelle se pencher. Marie-Paule se sentait comme une victime de guerre, elle avait besoin d'extérioriser ses émotions, un choc post-traumatique allait la hanter pendant longtemps. Le téléphone de Julie était occupé, elle devait savoir et était sûrement en ligne avec une autre amie à parler du sujet principal de cette journée. Jean-Paul, l'époux de Marie-Paule, rentra de la boulangerie avec la baguette quotidienne. Il était au courant, la boulangère et quelques commères commentaient l'évènement. Elle ne pourrait pas compter sur lui pour des démonstrations d'empathie, il dévoilait rarement ses sentiments étant peu démonstratif et elle soupçonnait qu'il était jaloux du lien qu'elle avait créé avec ceux qu'elle ne verrait plus. D'une grande cruauté elle l'entendît s'esclaffer « bon débarra, ils devaient l'avoir mérité ! » et il repartit dans son établi, bricoler au fond du jardin.

Rien ne serait plus jamais comme avant. Inconsolable, seule dans sa cuisine avec la baguette, les souvenirs qu'elle avait partagés avec eux lui revinrent en mémoire : les mariages, les balades à cheval sur la plage, les enfants, les beaux habits, tout était très clair, comme s'ils étaient encore là. Elle se mit à pleurer sans pouvoir s'arrêter, tous morts ? Tous morts ?

Un tremblement de terre avait gâché sa vie. Maudit séisme.

Marie-Paule retourna dans son canapé, elle ne préparerait pas à manger ce midi, elle n'avait pas faim, alluma son poste, fit le tour des programmes et reteignît la télévision. Un sentiment de déprime l'envahit, une envie soudaine de vomir, le manque se faisait déjà ressentir comme une droguée en manque de sa dose quotidienne. Elle fixait le poste, l'écran noir, triste.

Les jours suivants, elle n'était plus la même, traînant son vague à l'âme entre sa chambre, la cuisine et le petit salon, elle n'avait plus goût à rien, même pas à sortir dans le jardin. Elle n'imaginait pas que ces disparitions lui manqueraient autant, et pourtant la mélancolie planait dans la maison. Le temps était le seul ami pour faire son deuil, mais chaque matin, à la même heure le manque se faisait ressentir. Quelques semaines plus tard, toujours inconsolable, elle reçut vers 9 h 30 un appel de Jacqueline

« T'es au courant ? Incroyable, ce n'est pas possible ! Génial, mais non je ne te crois pas, ce n'est pas vrai ? tu ne me fais pas une mauvaise blague, t'es sur et certaine ?! c'est un miracle, ils ne sont pas morts ? »

Elle raccrocha en criant de joie se précipita sur la télécommande pour vérifier l'information, appuya sur le bouton numéro 2 et comme par miracle le générique et la chanson étaient devant ses yeux, elle en pleura de joie.

« Amour, gloire et beautééé, des mots qui font rêver… il faut en hériter… » Son feuilleton, c'était son feuilleton ! Son soap-opera préféré.

Les premières images : Ridge était sous sa douche en train de se savonner, Brooke entrait dans la salle de bain, entendait du bruit et stupéfaite elle voyait Ridge lui sourire, elle avait rêvé. Scène suivante, Steffy et Éric faisaient comme si de rien n'était, Cathy, Hope, Bill, Taylor, ils étaient tous là, miraculés. Aucun n'était mort il n'y avait pas eu de séisme.

Dès la fin, elle rappela Jacqueline, « ils nous ont fait le coup du rêve comme avec Bobby dans Dallas, ils ne sont pas croyables ces scénaristes » « mais pourquoi tuer tout le monde et arrêter la diffusion pendant un mois et demi, pour créer un manque ? » « Non, en fait, les acteurs s'étaient mis en grève pour des augmentations salariales et la production qui n'en pouvait plus de leurs caprices a décidé de tous les éliminer d'un coup et d'arrêter la série. Les auteurs du script ont imaginé une fin catastrophique et ce tremblement de terre, mais face à la vague d'émotion dans le monde entier et un revirement des acteurs ayant accepté une baisse des salaires la production et les tournages ont repris grâce à cette pirouette scénaristique. »

Marie-Paule était plus heureuse que jamais, elle revivait, l'appétit lui revint, elle alla se préparer une tasse de thé, des tartines de confiture, un petit bout de chocolat – il fallait fêter ce retour – et s'installa de nouveau dans le canapé. Elle appuya sur le bouton 1 de la télécommande et regarda ensuite Les Feux de l'Amour, en feuilletant la grille des programmes de télévision.

13 h le journal avec Jean-Pierre Pernaut, 14 h, l'inspecteur Derrick, 15 h des chiffres et des lettres 16 h 30 Question pour un champion 18 h les informations régionales, et en soirée elle hésitait entre Thalassa et un nouveau jeu sur TF1 où on envoie des inconnus sur une île déserte, ils doivent survivre sans rien et s'éliminer pour qu'il n'y ait qu'un gagnant, « ça pourrait être pas mal », pensa-t-elle.

Marie-Paule était vraiment heureuse, elle allait passer une super journée. Quand le téléphone sonna et qu'elle vit le numéro de son fils, elle ne répondit pas, elle le rappellerait plus tard quand elle aurait le temps, « il est bête ou quoi ? Il sait bien qu'il ne faut pas me déranger pendant mon feuilleton ! ».

« Un tremblement de terre, un rêve, ils sont trop forts ces scénaristes, vraiment ils sont trop forts. »

Le violoniste

Une journée semblable à tant d'autres, Martin emprunte le couloir du RER B direction son bureau. Métro boulot dodo, ce n'était pas un cliché c'était sa vie, une existence ordinaire, il s'est fondu dans le moule comme tant d'autres. Toujours pressé, toujours en retard, pas même le temps de réfléchir au pourquoi du comment ? Est-ce que c'était sa vie rêvée ? Il ne se souvenait plus de ses rêves d'enfant, ses ambitions, elles avaient disparu sans qu'il ne s'en rende compte. Il était coincé dans une existence, mais c'est le cas pour beaucoup de monde, on survit plus qu'on ne profite réellement de la vie. Martin, anonyme, telle une fourmi parmi tant d'autres, zigzague dans les tunnels qui le mènent à son moyen de locomotion.

En ce lundi, comme d'habitude, il y a la cohue dans les transports en commun, c'est l'heure de pointe, il regarde sa montre quand il entend une mélodie. Décontenancé, il s'arrête automatiquement, fasciné, il cherche d'où vient ce son envoûtant. Il est comme un serpent hypnotisé par un charmeur. Instantanément, il se sent bien en l'entendant. C'est un artiste jouant du violon, il cherche quelques pièces de monnaie dans une poche pour lui donner mais ne voit aucun récipient pour déposer un peu d'argent. Il reste l'écouter un moment. Une rame de train passe, puis une autre il perd la notion du temps. Ce violoniste est comme un magicien, ensorcelé, Martin est heureux, il oublie tout, ces quelques notes de musiques le ramènent en enfance, une époque où les soucis n'existaient pas, un temps où il pouvait s'arrêter, ne rien faire, s'ennuyer, avoir du temps.

Un coup de téléphone brise l'envoûtement. Son patron visiblement énervé veut savoir s'il venait aujourd'hui ! Un rapide coup d'œil sur sa montre, Martin réalise qu'il est resté plus d'une heure à écouter le violoniste. Il part alors à regret et doit trouver une excuse pour son retard. Une surprenante parenthèse vient de bouleverser son quotidien, ce violoniste doit être un enchanteur.

Quel sentiment incroyable, une sérénité qu'il n'avait pas ressentie depuis longtemps.

Arrivé au bureau, son patron lui passe un savon qui aurait dû le laisser de mauvaise humeur mais il repense à la mélodie du violoniste. Tous les reproches et l'agressivité de son chef lui passent au-dessus, cette petite musique agit comme un talisman.

À la machine à café lors de la pause du matin il voit son collègue Bernard, le bougon de service. Étonnement ce dernier a un large sourire, Martin qui le connaît depuis quelques années ne se souvient pas l'avoir déjà vu joyeux, Bernard était un pessimiste né, avec lui le verre n'était même pas à moitié vide, il était au bord d'une table, prêt à tomber et se fracasser en mille morceaux. Bernard est solaire ce matin, c'est incroyable, il est transformé. À peine arrivé, Martin se voit offrir un café et l'écoute parler d'un violoniste croisé en venant travailler. Depuis il est heureux, comme transformé.

Incroyable ! Ce même matin, mais à une distance d'au moins trente stations, presque à la même heure un autre violoniste avait rendu la bonne humeur à Bernard. Il paraissait être un nouvel homme. Étrange coïncidence tout de même.

Martin profite de sa pause pour jeter un coup d'œil à son portable, il a reçu un SMS de sa banque au sujet de son compte débiteur. Il ne peut pas indéfiniment repousser l'inévitable, il doit expliquer les raisons de son découvert. Anxieux, il appelle son conseiller mais après un court échange et quelques explications, à sa grande surprise une solution est trouvée. Il repense à l'air de musique sorti de ce violon et sourit.

Sybille la collègue dont il est secrètement amoureux l'ignore complètement aujourd'hui encore, ce n'est pas grave du tout… la mélodie dans la tête, il positive. Ça ira mieux demain pense-t-il, c'est elle qui loupe quelque chose, et puis il n'y a pas que Sybille sur cette terre !

Quelle journée exceptionnelle. Que du positif. Il espérait recroiser son violoniste mais ne le voit pas lors de son retour. Pourtant il entend toujours la douce mélodie de l'artiste quelque part dans sa tête.

En début de soirée sa mère qui l'appelle habituellement pour se plaindre, parle de son jardin, des voisines qui sont venues boire le thé, et de la partie de cartes qu'elle a gagnée. Et cerise sur le gâteau, le matin au marché elle avait croisé un violoniste qui jouait merveilleusement bien.

Stupeur de Martin, qui avale sa salive de travers et manque de s'étouffer ! Un violoniste ? Il demande à sa mère à quoi ressemblait ce musicien, mais se rend compte que lui-même n'a aucune idée de son aspect physique. Il était tellement absorbé par l'air de musique qu'il n'y a pas prêté attention.

Le lendemain, il doit déposer sa voiture chez le concessionnaire avant d'aller travailler, des alarmes clignotent sur le tableau de bord et évidemment, la garantie vient juste d'expirer. Il y a des embouteillages, mais Martin à la petite musique dans la tête et garde sa bonne humeur. Le mécanicien, après un rapide diagnostic indique que le véhicule n'a trois fois rien, il serait prêt avant la fin de la journée et que ça ne coûterait qu'une petite heure de main-d'œuvre. Le garagiste est de très bonne humeur et se met à fredonner la mélodie entendue la veille par son client dans le métro. Surpris, Martin lui demande quel était cet air mais il n'en a aucune idée, il l'a entendu ce matin dans la rue, un violoniste faisait la manche et depuis il ne peut s'empêcher de siffloter ces quelques notes incrustées dans son crâne.

Ce musicien, un enchanteur, pense encore Martin, il veut le retrouver, connaître son secret, en a-t-il besoin ? Oui, il sait que son violon est magique et qu'en jouant quelques notes, les gens retrouvent la joie de vivre.

Il se lance alors à sa recherche. Une quête incessante, presque obsessionnelle. Martin espère le voir au détour d'une rue, en sortant de la boulangerie, chez le coiffeur, dans le jardin de sa mère, intérieurement, il sait qu'il va le retrouver, même si la musique est toujours présente dans sa tête, il a besoin de plus sans savoir pourquoi. Il va le poursuivre sans cesse, regrettant même de l'avoir croisé la première fois. À quoi bon ressentir cette musique qui l'avait transporté si c'était pour ne plus jamais l'écouter. Il y avait goûté, il en redemandait, il en avait besoin, mais où se cachait ce violoniste ?

Et puis lors d'une belle soirée de début d'été, le soleil se couche laissant de magnifiques couleurs dans le ciel. Martin, à la terrasse d'un restaurant en compagnie de sa nouvelle petite amie Céline, entend fortement la musique. Perdu dans ses pensées, il se rend compte que le violoniste est partout. Autour de lui, il était en lui, il suffisait de se baisser pour le ramasser, et l'attraper à bras le corps.

Simplement parce que le violoniste n'est rien d'autre que le Bonheur, on le croise au détour d'une rue, quand on ne l'attend pas, il faut le saisir, l'écouter, le garder avec soi, ne pas le négliger. Il est partout mais on ne le voit pas. Il est en nous, il suffit de ne pas l'oublier en grandissant. Alors, retournez-vous, regardez dans la forêt, sur la route, dans votre maison, il est là le violoniste… mais vous ne le savez pas toujours, pourtant vous aussi vous fredonnez ce petit air de temps en temps, c'est la mélodie du bonheur.

La télé

D'après les données statistiques, nous consacrons en moyenne en France, plus de trois heures par jour à notre poste de télévision. Une véritable histoire d'amour, une liaison dangereuse pour nos artères et notre surpoids. Une habitude lors du retour à la maison après le travail ou l'école, affalé sur son canapé, on zappe entre The Voice, une série policière et BFM. La télévision est un compagnon, un véritable membre de la famille. Elle est un remède efficace contre l'ennui, un relaxant efficace. Aujourd'hui concurrencée par les smartphones ou les tablettes plus sexy, plus jeunes, elle offre une résistance acharnée avec des chaînes de contenu à la demande, elle se réinvente depuis sa naissance, du noir et blanc à la couleur, la 3D, le son stéréo. Tel un phœnix elle est à l'aube d'une nouvelle révolution, la crise d'adolescence étant passée, elle entre dans l'âge adulte…

Tout a commencé lorsque j'ai trouvé ce recommandé avec accusé de réception dans ma boîte aux lettres. J'avais pourtant croisé le facteur ce matin alors que je sortais mon chien Milou appelé ainsi en hommage au compagnon du jeune reporter Tintin. Le préposé des postes m'avait fait un signe de la main en m'indiquant que je n'avais pas de courrier aujourd'hui, et pourtant en rentrant du travail, je regarde machinalement la boîte et découvre ce papier jaune ! Un paquet m'attend au bureau de poste. Mais pourquoi ce maudit facteur ne me l'a pas donné ce matin, je vais devoir me déplacer, trouver une place de parking, faire la queue, et vu le boulot que j'ai cette semaine, je ne sais pas quand je pourrai y aller. Le doute s'installe, pourquoi est-ce que je reçois un recommandé, est-ce une amende pour un excès de vitesse ? Un contrôle fiscal ? Mon ex qui me demande officiellement de payer les arriérés de pension ? Mais non suis-je bête, c'est un paquet, pourtant je n'ai rien commandé et je n'attends rien, je vérifie sur le récépissé, c'est bien mon nom qui est inscrit noir sur blanc, pas d'erreur je suis le destinataire.

Quelle ne fut ma surprise lorsque deux jours plus tard, dans l'agence, deux préposés m'apportent un énorme paquet de forme rectangulaire assez plat. Peut-être ai-je hérité d'un tableau, je n'arrive pas à déchiffrer l'adresse de l'expéditeur. Il est écrit fragile sur l'emballage. Je me fais aider pour le porter jusqu'à mon véhicule, il entre à peine dans mon SUV qui pourtant a de beaux volumes.

Le colis est plus lourd que je ne le pensais. Arrivé chez moi, Fred, mon voisin pose son sécateur, il était comme d'habitude en train de tailler ses roses et me donne un coup de main pour le décharger. Milou aboie sans discontinuer. Il connaît Fred depuis toujours, mais il ne peut s'empêcher de se faire entendre ! Fred l'ignore, j'aimerais savoir ce qu'il pense de Milou, a-t-il envie de l'étrangler ? Je doute qu'il ne se porte encore volontaire, si c'est pour se faire invectiver par mon fidèle compagnon.

Une paire de ciseaux dans les mains, l'ouverture des cartons entourant la surprise qui m'attend est plus compliquée que je ne l'imaginais. Je découpe méticuleusement le paquet par le haut, enlève le polystyrène et le papier d'emballage pour découvrir une télévision grand écran XXL. Sans crier gare, je me retrouve avec une nouvelle compagne pour le salon, mon petit écran a l'air ridicule à côté de cette géante. Je cherche partout mais ne trouve aucun mot, aucune lettre expliquant d'où elle vient. J'ai peut-être gagné un prix à un jeu auquel je n'avais pas participé. Quoi que ce soit je vais en profiter, je branche le nouvel appareil à l'antenne de la maison, connecte ma box à la télé car elle est connectée et reçois les bouquets des différents opérateurs.

Sans trop réfléchir, je dépose une pizza surgelée au four et commence à zapper sur mon nouvel écran sans me préoccuper de son origine. À ce moment, ma fille Charlotte m'appelle sur mon portable pour me prévenir que sa mère va faire une crise si je ne paye pas la pension ce mois-ci, elle me parle de son nouveau petit copain, du boulot qu'elle n'a pas eu, et de son envie de retourner à Rome cet été. Je raccroche, elle ne m'a pas demandé si j'allais bien. Inconsciemment, je regarde les nouveautés Netflix, je tombe sur *Sophie, l'affaire Toscan du Plantier,* je me souviens vaguement de cette histoire ou la femme du producteur Daniel Toscan du Plantier avait été assassinée en Irlande un jour de Noël. Avant même d'avoir réfléchi, le programme se met en marche tout seul, et me voilà parti pour une heure d'enquête autour de l'affaire non résolue. C'est vraiment prenant, ils sont forts les producteurs et scénaristes avec des interviews des différents protagonistes, des pistes sans issues et comme pour un bon polar un suspect apparaît progressivement dans l'œil du téléspectateur : Ian Bailey un journaliste sur l'affaire qui en fait un peu trop. Comme souvent le programme s'arrête sur un « cliffhanger » avec un suspens qui donne envie de voir la suite. Ce programme était en trois épisodes, et je vais regarder les deux suivants, absorbé par des personnages qui deviennent le temps d'une soirée le centre de mon univers et que j'aurais sûrement oubliés dans deux ou trois jours. Sophie la belle Française sauvagement assassinée, Daniel, le mari étrangement absent, Ian le journaliste mégalomane parfait suspect, et les villageois dont une pourrait être la Murielle Bolle de l'affaire Grégory tant elle accuse le gars puis se rétracte, et le fils de la victime Pierre-Louis Baudey-Vignaud qui cherche la vérité, il n'était qu'un enfant lorsque sa mère est partie mais depuis, recherche la vérité sur le sordide meurtre. Ces documentaires sur des faits divers éveillent notre curiosité morbide. La chaîne propose un nombre indécent de programmes sur les mêmes sujets et je m'aperçois qu'ils en ont des tonnes : La disparue de… l'affaire… l'assassinat de… sacré fonds de commerce. En plus de la pizza dévorée en entier, j'ai sifflé la moitié de la bouteille de Whisky en me tapant trois heures de petit écran, je vais avoir un peu mal au crâne demain matin.

Au réveil, j'ai quasiment oublié le documentaire sur Sophie Toscan du Plantier, je pars travailler sans aucune pensée pour elle et réfléchis à la longue journée qui m'attend. Au détour d'une ruelle je croise un grand brun avec une barbe naissante, j'ouvre les yeux en grand et l'interpelle :

— Pierre-Louis ? Vous êtes le fils de Sophie ?

— Oui, me répond-il gentiment

— Ça alors !? J'ai regardé hier soir un programme sur la terrible histoire qui est arrivée à votre maman, c'est terrible ce qui vous est arrivé, et le gars, que tout accable est toujours en liberté !

— Effectivement, c'est terrible, je vous remercie pour votre considération, j'espère que justice sera faite un jour.

J'acquiesce et lui souhaite une bonne journée. Quelle coïncidence ! Je regarde un programme quelconque et le lendemain je croise le fils de la victime que j'ai écouté pendant trois heures la veille dans ma nouvelle télévision. Il avait l'air vraiment sympa le Pierre-Louis et touché par ce que je lui ai dit. Je parle de ma rencontre à Janet, ma collègue de travail, elle se souvient de l'affaire de la Française mystérieusement assassinée, elle habitait en Irlande en 1996, l'assassinat et ses rebondissements avaient fait les gros titres pendant longtemps. C'était sûrement le journaliste qui avait fait le coup, un crime sexuel, il avait l'air sadique mais la police n'avait pas pu trouver de preuve pour l'inculper. Par contre, elle ne dit rien sur le fait que j'ai rencontré le fils ce matin alors que j'ai regardé le programme sur l'affaire hier soir.

Ma journée de travail se déroule sans surprise. Rentré à la maison je me pose sur le canapé devant cet écran qui semble m'hypnotiser. Charlotte me téléphone pour savoir si je peux lui prêter ma voiture le week-end prochain, elle veut faire du camping dans les gorges du Verdon et partir vendredi soir, comme je n'ai rien prévu, je lui indique qu'elle peut l'avoir dès que je rentre du boulot. Je zappe un peu et tombe sur *Rencontre du troisième type*, un classique de Steven Spielberg. Ce soir, c'est quiche et je finis la bouteille de Whisky car le frigidaire est toujours vide. Un bon film sur les extraterrestres qui débarquent, un sujet universel, mainte fois traité, mais j'adore le réalisateur. Les effets spéciaux étaient vraiment mauvais à l'époque et j'aurais préféré Steve McQueen à la place de Richard Dreyfuss pour jouer Roy, il paraît que Spielberg l'avait casté mais le king of cool avait refusé le rôle. Même vu plusieurs fois, ce film est toujours un chef-d'œuvre.

Alors que je monte me coucher, Milou a l'air perturbé, il est nerveux et tourne en rond dans le salon sans vouloir se calmer. Je le laisse faire et m'assoupis rapidement. Tout à coup, je suis réveillé par les hurlements de mon chien, il hurle à la mort comme un loup. Je descends les escaliers de ma chambre, j'attrape une raquette de tennis qui pourrait me servir d'arme, il y a de la lumière en bas, peut-être des cambrioleurs, je suis nu, je prends conscience du ridicule de la situation, je risque de me battre à poil contre une bande de malfrats. Je dormais il y a quelques instants, mais la lumière a l'air anormalement puissante, je me retrouve aveuglé, ma peau est d'une pâleur maladive. Il y a dans mon jardin une soucoupe volante qui éclaire ma pelouse comme un terrain de football. D'une rampe descendent du vaisseau spatial des petits hommes verts, non mais c'est une blague ? C'était quoi ce whisky ? J'hallucine, il y a des aliens dans mon jardin, je n'ai même pas peur, je suis tellement ahuri que je reste ébahi à les regarder s'approcher. Les cinq notes de musiques du film résonnent dans ma tête, je suis en plein délire, ce n'est pas possible, mon cerveau refuse d'analyser ce que je suis en train de vivre, j'ai trop bu c'est certain, il n'y a pas d'autre explication. Pourtant je compte trois formes qui s'approchent de moi, entourées de vapeur dans un halo de lumière surnaturelle, elles me touchent, me portent et me reposent dans mon lit. Je n'ai pas bougé, pas ouvert la bouche, de peur ou de stupéfaction, c'est moi qui suis en arrêt sur image, je suis immobile comme statufié. J'entends quelques sons sortant de ces choses qui n'ont pas de nom, elles communiquent et doivent parler de moi, du sort qu'elles me réservent. Je commence à trembler, pris de convulsion, une forme s'approche de mon visage, m'envoie un souffle d'air ou plutôt un gaz apaisant, je n'entends plus Milou, ma dernière pensée va à mon voisin, quelle discussion nous allons avoir demain, je m'endors.

Mardi matin, je suis dans mon lit comme si rien ne c'était passé, j'allume la radio pour écouter les nouvelles, on va sûrement parler de cette nuit, de l'arrivée d'extraterrestre sur notre bonne vieille terre, ils existaient vraiment, ça y est on en a la preuve, mais rien. Aucune information sur l'OVNI de cette nuit, c'est incroyable, vu la taille de la soucoupe et la lumière produite, je ne peux pas être le seul à l'avoir vu. Fred est en train d'arroser ses roses quand je m'approche de son portail.

— Salut voisin, quelle nuit, c'était incroyable, non ?

Il me regarde avec de grands yeux interrogateurs. Il n'a pas le temps d'ouvrir la bouche que je continue, mais son visage et toute sa posture démontre une incrédulité certaine, il me prend pour un fou, ou pire un affabulateur, il doit penser que j'ai trop bu. Je ne peux m'empêcher de rire et de lui faire croire que je faisais une blague. S'ensuit une banale conversation de voisinage, j'apprends qu'il s'est couché tard, il a bricolé ses motos dans son garage jusqu'à deux heures du matin, n'a pas entendu Milou hurler à la mort, rien. Il a sûrement raison, j'avais trop bu hier soir, c'est le film visionné qui a dû influencer mes songes. Dans mon jardin il n'y a aucune trace d'un quelconque passage, je scrute la pelouse, mais aucun n'indice ne vient corroborer mes élucubrations.

Au bureau, je demande à Janet si elle croit aux extraterrestres, elle se moque gentiment de moi, à sa façon, j'ai l'impression d'être un petit garçon perdu, je ne reconnais plus la réalité. Janet prend parfois le ton de ma mère lorsqu'elle me faisait la leçon. Je ne l'écoute plus jusqu'à ce qu'elle pose sa main sur mon épaule.

— Les extraterrestres, c'est un truc des médias pour faire vendre, allons, Sébastien, arrête de raconter des balivernes et retourne à tes dossiers, on doit rendre le projet Mac Broad avant la fin de la semaine.

Je n'ose plus parler de cette nuit à quiconque et j'essaie même de l'oublier. À la pause déjeuner, je marche le long des quais du port, je vais jusqu'à la petite plage, poser mes pieds dans l'eau, me rafraîchir les idées, ça avait l'air sacrément réel quand même. Rien à voir avec les effets spéciaux du film. J'oublie de déjeuner, et retourne travailler en prenant la décision que j'avais rêvé toute cette incroyable nuit.

Après avoir fait quelques courses alimentaires, mon frigo est à nouveau plein, mais ce soir je mets au four une tarte aux poireaux, je préparerai une salade demain. J'ai trouvé un whisky à la cannelle, j'ouvre la bouteille, j'allume la télé quand le match de foot commence. France-Suisse en huitième de finale de la coupe d'Europe. C'est gagné d'avance, pour les commentateurs, ce n'était pas la peine de jouer cette compétition, les Français pouvaient déjà rapporter le trophée à la maison, ils sont tellement supérieurs avec leur ligne d'attaque, ils sont champions du monde, le doublé coule de source. Ce n'est pas de l'arrogance française, c'est juste qu'on est les meilleurs. Pourtant, les matchs de poule n'ont pas reflété un jeu brillant, les individualités de certains montrent un manque de cohésion face aux adversaires, nos joueurs ont l'air de plus penser à leur propre statistique plutôt qu'au collectif. Quinzième minute, les Suisses marquent 1-0 pour eux. Après la pause, les Helvètes obtiennent un penalty. Mais c'est une blague, on est vraiment mal embarqué. Le penalty est miraculeusement repoussé par notre gardien et dans la minute qui suit, l'ex-banni français marque pour la France, 1-1. Seulement deux minutes plus tard, il inscrit un deuxième but, un doublé, ça y est, on mène 2-1. Il est pas mal ce whisky, un peu sucré, je suis obligé de rajouter des glaçons. 3-1 à la 75' notre joueur métronome s'est réveillé, la France déroule, on est les champions, on est les champions, on est, on est, on est les champions, allez un autre petit whisky pour célébrer ça. Il reste 9' avant le quart de finale quand les Suisses réduisent l'écart. Il ne faut pas se relâcher les gars, ce n'est pas fini tant que ce n'est pas fini disait le grand philosophe Rocky Balboa. Et catastrophe apocalyptique, nos adversaires du soir égalisent à la dernière minute, il y aura prolongation, ce n'est pas possible… 30 minutes plus tard, le score est toujours de parité, ce seront les tirs au but. Notre capitaine a déjà arrêté un penalty dans le cours du jeu, ce ne devrait être qu'une formalité que cette séance. Je reçois un message sur mon portable de Charlotte : n'oublie pas de faire le plein de la voiture. Smiley. Je relève les yeux vers le match et, l'impossible se produit, notre prodige, notre chouchou national, ce jeune millionnaire, gendre idéal qui a toujours les pieds sur terre, qui ne vit que pour le football, pour le palmarès, le futur ballon d'or manque son tir et élimine la France ! C'est fini, contre les petits Suisses, quelle honte. Je n'arrive pas à y croire, tous les Français vont avoir la gueule de bois demain, je n'ose pas imaginer la tête de Fred, mon voisin qui malgré ses origines asiatiques est un fervent supporter de l'équipe de France. J'éteins directement la télévision, Milou est calme ce soir, j'avais presque oublié la nuit dernière et repense aux envahisseurs qui pourraient revenir ce soir. Je dois me rappeler de faire le plein d'essence vendredi matin. Le marchand de sable passe rapidement, et je m'endors sans avoir pris de douche.

En ouvrant les volets ce mercredi matin, j'entends Fred siffloter dans son jardin, il a l'air d'excellente humeur et tient un panier rempli de tomates. La cueillette a l'air abondante ce matin. Je descends lui parler de cet horrible match et de cette élimination.

— Salut Fred, t'as vu ce match de merde hier soir ?

— Bonjour Seb, non ? de quel match parles-tu ?

— Du huitième France-Suisse ! La honte…

— Mais Seb, c'est ce soir le match, qu'est-ce que tu me racontes ?

— Fred ! On a perdu, c'était hier soir, aux tirs au but.

— Arrêtes tes conneries, Seb, tu vas nous porter malheur.

Avant de répondre, j'écarquille les yeux, Fred n'a jamais été un blagueur, je ne suis pas fou, j'ai bien vu le match à la télévision hier soir. Je détale sans un mot de plus, laissant mon voisin inquiet de ma santé mentale. La télévision… il ne m'arrive que des choses étranges depuis que cette télévision est entrée dans ma vie, et si Fred ne se moquait pas de moi.

Quelle n'est pas ma stupéfaction lorsque j'achète le quotidien sportif qui titre sur la présentation du match de ce soir entre la Suisse et la France ! Janet qui n'est pourtant pas une fan est également au courant du match couperet de ce soir. Je ne sais plus quoi penser, ce n'était peut-être pas de la cannelle dans le whisky, c'est décidé ce soir je ne bois pas une goutte d'alcool. Du coup, la très bonne nouvelle c'est que la France n'est pas éliminée. Je gamberge toute la journée.

Je ne pense qu'à trouver une explication rationnelle à tout ce qui m'est arrivé ces derniers jours et j'oublie complètement mon boulot. Je n'ai pas avancé sur le dossier Mac Broad, le boss ne va pas être content.

Au retour à la maison, j'emmène Milou faire une longue promenade, je ne veux pas me retrouver devant cette télé, si le match est ce soir et qu'il se déroule comme je l'ai vu hier je vais être déboussolé, je vais devoir aller consulter un psy. Je n'ai pas faim, j'ouvre juste un paquet de chips, et je regarde la bouteille de whisky qui m'appelle mais je prends un verre d'eau à la place. 21 h, le match commence, j'ai l'impression de déjà vu et à la quinzième minute les Suisses ouvrent le score. J'hallucine, c'est la même action qu'hier soir, tout est identique, je n'y crois pas, ce n'est pas possible. J'éteins la télé je me frotte les yeux, elle se rallume seule et je tombe sur le générique d'un film avec Bruce Willis, ça s'appelle *Incassable*, et dans la première scène il y a un spectaculaire accident de train ou tout le monde meurt sauf Bruce, je suis capté par ce film, et regarde un héros échapper à de nombreuses péripéties sans le moindre accroc, il est incassable ! Je n'ose pas zapper sur la chaîne du match de peur d'avoir raison sur le score final. Bip sur mon portable, message de Charlotte : as-tu envoyé la pension à maman ? Et n'oublie pas de faire le plein.

Finalement, le film de Bruce était un peu mou, un peu à l'ancienne, c'était lent, il ne se passe pas grand-chose, la meilleure scène était celle d'introduction avec le déraillement du train. Je suis assez fier de moi je n'ai bu que deux verres de mon eau-de-vie écossaise préférée ce soir. Milou ne bouge pas dans son panier lorsque je quitte le salon.

Déjà jeudi, il ne me reste que deux jours pour terminer le dossier Mac Broad, je n'ai pas encore ouvert le PDF envoyé par la firme américaine, je ne sais pas de quoi ça parle. Fred n'a pas l'air de bonne humeur ce matin, il n'est pas coiffé et ressemble à un hirsute, il bêche hargneusement sa terre comme s'il lui en voulait. J'allume la radio en me faisant un café, France Info parle du désastre footballistique qui anéantit le pays, une défaite au tir au but cruelle, surtout pour l'unique fautif, le seul qui a raté son penalty. L'autre titre de l'actualité est le déraillement d'un train en Italie qui s'est fracassé en bas d'un pont, il y a des centaines de morts, aucun survivant, je sursaute, je me tourne vers la télé, elle me regarde, me jauge, comme si elle voulait me tester, elle a l'air encore plus grande que la veille. Putain de télé, c'est invraisemblable tout de même, qu'est-ce que c'est que cette machine. Je file au boulot, dans les embouteillages, les conducteurs font tous la tête, le résultat du match de football est sur tous les visages. Janet me demande si je ne suis pas trop surpris du résultat d'hier soir, et je me rends compte que j'aurais dû parier ma maison sur un tel résultat je serais riche aujourd'hui.

Je récapitule les faits de la semaine : la télé arrive lundi sans explication, et chaque fois que je la regarde, il y a une conséquence, je sais ça n'a pas de sens, mais c'est pourtant ce qui se produit, et j'ai alors une idée. Janet me demande si j'ai terminé de remplir les documents que le client attend pour demain soir. Je n'ai toujours rien lu, mais il me reste toute la journée de vendredi. Je pars du boulot agacé, je vais aller faire un petit jogging avec Milou en rentrant, ça lui fera du bien. À la maison, j'enfile mes Asics qui ont vraiment l'air neuves, j'enfile un short et un tee-shirt de sport, prends la longue laisse et commence à trottiner pour m'échauffer, au bout de deux cents mètres, je suis chaud, trop chaud en fait, quelle idée de courir en été, je ralentis la cadence qui n'était déjà pas très rapide, je toussote un peu et décide de simplement marcher, je reprendrai la course à pied demain, les conditions climatiques ne sont pas favorables aujourd'hui. Milou a l'air fatigué de toute façon. Je vais me préparer un repas équilibré ce soir, je fais chauffer de l'eau, ce sera pâtes au gruyère.

J'allume la télévision, je vais mettre mon plan à exécution pour avoir un début de réponse à mes questions, je mets un de mes films préférés : Tango et Cash avec Sylvester Stallone et Kurt Russell, un classique des années 80, un buddy moovie avec deux protagonistes que tout oppose et qui vont devoir faire équipe pour résoudre une enquête sur une affaire de drogue. J'adore ces deux acteurs à la filmographie inégalée et qui sont réunis dans le même film. Ma bouteille d'alcool a dû être mal refermée, elle est vide, tout s'est évaporé, je me rabats sur un rosé local, j'ai l'impression de boire du sirop mais le film est toujours aussi bon, je vais me coucher et attends le lendemain avec impatience. Tiens, c'est bizarre Charlotte ne m'a pas appelé pour me demander quelque chose aujourd'hui.

Ce matin, je prends juste un jus d'orange. Pas de Fred dans son jardin, il fait beau, comme tous les jours dans ce village méditerranéen, le soleil est déjà chaud. Rien d'anormal on est le 6 juillet, les vacanciers sont déjà là, les touristes se pressent à la plage et vont visiter l'ancien petit village de pêcheur devenu le repère de la jetset depuis une certaine B.B, les quelques kilomètres que je dois avaler pour aller au bureau prennent encore plus de temps que d'habitude. Je ne trouve pas de place de parking et décide d'aller me garer à la Citadelle où je devrais trouver un endroit, les touristes ne vont pas jusque-là. En plus, le voyant de carburant s'est mis en réserve, elle consomme de plus en plus cette voiture. Comme par hasard je reçois un message de ma fille : Peux-tu passer au bar du port, j'ai oublié ma CB hier soir, je leur dois 70 €. Merci Smiley. Au moins, elle ne me rappelle pas de faire le plein, elle ne pense pas encore que j'ai Alzheimer. J'ai trouvé une place face au cimetière marin sous des pins parasols, j'espère que le mistral ne soufflera pas, l'arbre est rempli de pomme de pin, la carrosserie du SUV est intacte, si je dois le vendre un jour pour payer mes arriérés de pension alimentaire il ne faut pas qu'il soit endommagé. Je scrute le Golfe de Saint-Tropez, je vis dans un bel endroit, peut-être le plus beau du monde. J'ai quasiment oublié mon idée de la veille quand j'entends derrière moi deux Américains discuter, ils arrivent rapidement depuis le sentier du littoral, ils ne courent pas, mais font de la marche rapide, je me retourne avec un pressentiment et je me retrouve face à deux costauds en tenue de sport et bingo, c'est Sylvester Stallone et Kurt Russell qui discutent en faisant leur sport du matin. J'écarquille les yeux comme le loup de Tex Avery, interloqué, j'avais raison, cette télévision a quelque chose de particulier, les deux acteurs du film que j'ai vu hier soir sont maintenant devant moi. Alors qu'il passe à côté, Sylvester se tord la cheville, manque de tomber et se rattrape à moi, il s'excuse dans un médiocre français, je lui réponds en anglais que ce n'est pas grave, c'est plutôt un honneur qu'il m'a fait, je suis un fan de la première heure, je pourrais en parler à mes petits-enfants si j'en ai un jour. Il éclate de rire et demande à Kurt de nous prendre en photo pour un souvenir. Il veut prendre une photo avec moi ? C'est le monde à l'envers, Sly exécute quelques mouvements de boxes pendant que Kurt nous prend en photo en se moquant de lui « T'en as pas marre de jouer Rocky ? T'as bientôt 80 ans, Pépé. » et les deux acteurs s'éclatent de rire, Stallone enregistre mon e-mail pour m'envoyer les photos, me remercie encore, et les deux acteurs repartent vers le port.

J'ai besoin de quelques minutes pour reprendre mes esprits, j'étais avec Stallone et Russell, mes deux acteurs préférés, grâce à cette télévision. Est-ce un bien, est-ce un mal ? Ce vieux dicton bouddhiste dixit ma mère me revient à l'esprit, il y a plusieurs manières de voir les choses, cette télé que je pensais maudite après l'accident de train ou l'apparition d'extraterrestres peut s'avérer intéressante si je regarde les bons programmes. Quand je vais dire à Janet que je viens de rencontrer deux superstars d'Hollywood, elle ne va pas me croire.

Lorsque j'arrive au bureau, elle a l'air de mauvais poil, c'est vrai qu'il est presque 10 h, je repense à Coluche et sa blague sur les retards des fonctionnaires mais je ne vais pas la raconter à ma collègue, elle risque de mal prendre mon sens de l'humour. Je m'excuse pour cette évidente absence de ponctualité et lui promets de lui rendre le dossier attendu avant la fin de la journée. Je lui glisse que j'ai croisé Sylvester Stallone et Kurt Russell ce matin, c'est pourquoi je suis un peu en retard, elle me regarde et me dit qu'elle a croisé la reine d'Angleterre et Lady Di mais ça ne l'a pas empêché d'être à l'heure et elle me pointe son majeur, elle me fait un doigt d'honneur ! Puis tourne les talons vers son bureau en claquant ma porte. Qui aime bien châtie bien, elle doit m'adorer Janet.

Lady Diana… cela me donne une idée, ce soir je vais regarder un film avec Elvis Presley, non plutôt un concert de Michael Jackson, ou un film avec John Wayne ou Steeve McQueen, quelqu'un qui n'est plus de ce monde, comment va faire la télévision pour me renvoyer d'outre-tombe une de ces idoles ? Je vais devoir me décider, mais je suis impatient d'être à ce soir.

J'ouvre enfin le dossier Mac Broad, il s'agit d'autoriser l'importation sur le territoire français de ces nouvelles télévisions connectées de la marque Yuàn wàng. Je lis rapidement les feuillets d'informations techniques et les préconisations de mes collègues parisiens. L'importateur américain est prêt à financer une nouvelle aile du musée du Louvre, il insiste sur le caractère innovant de ces nouveaux produits construits à partir de matières recyclées et très faibles en consommation d'énergie. Ce sont des téléviseurs révolutionnaires qui vont bouleverser nos manières de regarder les programmes. Yuàn wàng, je vais surfer sur internet pour trouver des informations sur cette société, rien, je tape Mac Broad : rien non plus. Mais… ma nouvelle télévision, c'est de cette marque Yuàn wàng, je crois, c'est quoi cette histoire, je reste interloqué, et quitte précipitamment mon bureau pour rentrer chez moi vérifier. Janet n'a même pas le temps de me demander la raison de mon départ. Je repasse d'un pas rapide sur le vieux port de Saint-Tropez ou une fête bat son plein sur un énorme yacht ancré face à la statue du bailli de Suffren. Sylvester célèbre son anniversaire avec Kurt et d'autres amis. Je croise la gentille vendeuse d'excursions en mer tout habillée de rouge qui me fait un clin d'œil en me demandant si je suis en retard pour la fête avec son charmant accent anglais. Ça va être dur pour elle de vendre des tours en bateau pour aller voir les maisons de célébrités alors qu'ils sont sur le port en train de s'amuser devant tout le monde. Mais son bateau est rempli de touristes qui prennent des photos des stars sur le bateau à côté. Je me fais la réflexion qu'on est dans un drôle de monde quand même. Au moment où je me rappelle son prénom, Victoria, je crois, elle m'informe que ma fille lui a emprunté 50 € hier et que je devais passer les rembourser aujourd'hui. Je lui dis gentiment que je suis pressé et que je repasse demain régler les dettes de Charlotte. C'est drôle, Charlotte ne m'a même pas envoyé de texto pour me prévenir ! Sly me reconnaît, d'un signe de la main, il semble me proposer de le rejoindre sur le yacht, je lève mon bras pour qu'il voie ma montre et fais un mouvement qui dans toutes les langues signifie que je suis pressé. Je viens de refouler mon idole.

Lorsque j'arrive à ma voiture, un couple de personnes âgées me demande si je connais l'emplacement de la tombe d'Eddy Barclay. C'est drôle quand même ces personnes qui viennent en vacances en pèlerinage dans un cimetière. Poliment, je leur indique la direction, il y a un grand 33 tours visibles de loin sur son caveau. S'ils avaient ma télévision, ces personnes n'auraient qu'à le regarder pour le voir en chair et en os le lendemain, d'ailleurs j'ai décidé, je vais visionner Rio Bravo ce soir, je ne sais pas comment la machine va réagir et encore me surprendre demain. Je rentre facilement, les touristes sont encore à la plage, il n'y a pas de bouchons. Je réalise alors que je suis en train d'imaginer qu'après la vision du western je verrai l'acteur décédé depuis 1979 ! Mon cerveau a intégré l'inimaginable, je veux comprendre ce qui se passe, et je dois en parler à quelqu'un qui ne demandera pas à me faire interner dans un hôpital psychiatrique. Je vais peut-être demander à Fred de regarder le film avec moi ce soir, et essayer de lui expliquer ce qui arrive.

Au jardin, Milou est tout heureux de me voir rentrer plutôt que d'habitude, il remue la queue en pensant à la possible longue promenade qu'on pourrait faire ensemble. Après une petite caresse sur le museau, je fonce sur ma télévision qui effectivement est de la marque Yuàn wàng, je cherche le western Rio Bravo, c'est bon, ils ont ça dans leur catalogue. Mais alors que je m'apprête à chercher Fred pour l'inviter dans la soirée, la télévision se dérègle et commence à fonctionner à l'envers, comme lorsqu'on rembobine un film sur un vieux magnétoscope, le retour en arrière se fait de plus en plus rapide *Cash et Tango, Incassable,* les images défilent à toute vitesse, le match de football qui me fait rire tellement les joueurs sont drôles à courir en arrière ultra rapidement, *Rencontre du troisième type*, ça accélère encore, une fumée s'échappe de la télévision, *Sophie, l'affaire Toscan du Plantier* encore plus vite, un retour en arrière inexorable, j'appuie sur la télécommande, rien ne se passe, elle se fond dans ma main, ne fait plus qu'une avec mon corps. Je suis pris de tournis, j'ai comme des vertiges, je n'arrive pas à éloigner mes yeux de l'écran, je suis attiré vers l'appareil, comme hypnotisé par le poste. La pièce tourne autour de moi, je suis comme happé dans l'écran, je regarde mes mains qui se pixélisent, je suis attiré dans la télévision, et je la traverse, je suis dans le poste.

J'ouvre les yeux, John Wayne est à côté de moi, je les referme pense à Elvis, je me retrouve sur scène en plein concert à Hawaï à côté de lui, je cligne des yeux, je suis avec Rocky sur un ring, mes pensées sont comme une télécommande. Je suis dans les programmes, connecté, je me sens bien, très léger. Je n'ai pas envie de me réveiller, mais le fait de me poser la question m'intrigue, si j'étais endormi, je ne penserais pas être dans un rêve. Je peux aller ou je veux, tiens, je pense au Grand Bleu et je me retrouve à nager avec les dauphins. Dans ce monde, toutes les figurantes sont jolies, je voyage à la vitesse de la télé transportation, plus de pension alimentaire, plus de soucis.

Je ne sais pas combien de temps a passé lorsque j'entends mon portable sonner de l'autre côté de l'écran. Je ne vois pas le message que Janet m'écrit pour me demander où j'ai disparu depuis une semaine, elle voudrait savoir si je suis souffrant, et m'annonce que le projet Mac Broad a été approuvé, les télévisions révolutionnaires vont envahir la France et l'Europe.

J'aperçois Fred ouvrir ma porte, Milou aboie, il a l'air d'aller bien, mon voisin est accompagné de deux policiers municipaux, ils inspectent ma maison, ils doivent être à ma recherche. Je n'ai plus envie de penser à ma vie d'avant, je veux courir à Monument Valley avec Forrest Gump, et hop en une fraction de seconde je me retrouve à trottiner derrière Tom Hanks sur cette longue ligne droite entourée des rochers des Indiens Navajo.

La télévision s'est allumée toute seule dans mon pavillon, Fred sursaute en entendant Forrest Gump annoncer qu'il s'arrête de courir, il ouvre grand les yeux quand il croit me reconnaître derrière l'acteur principal. Il appelle les policiers municipaux pour leur montrer ma présence dans l'écran mais je me cache derrière une hippie qui courait juste à côté. Il n'ose pas leur dire qu'il a cru me voir, il éteint le poste.

Tout a commencé lorsque j'ai reçu cette télévision magique, je ne sais pas comment cela va se terminer, mais je profite de chaque instant : une petite faim, je vais dans un programme culinaire, une envie osée, je vais dans un film interdit aux moins de 18 ans, Milou me manque un peu, je vais chez Rintintin, et je pourrais continuer à donner des exemples comme ça à l'infini. D'ailleurs, je vous laisse, je pars au Texas, vers Dallas, dans un ranch du nom de Southfork, j'ai toujours voulu rencontrer le méchant J. R.

Le tournage

Ce tournage s'annonçait sensationnel avec des acteurs plus vrais que nature. Les nouveaux studios de la côte Est le changeraient des habituels plateaux de Hollywood. Stanley Kubrick était enthousiaste.

À peine achevé le tournage 2001 l'Odyssée de l'espace, il repartait pour de nouvelles aventures cinématographiques. Quatre ans de travail pour faire ce film avec l'auteur Arthur Clark, leur projet commun remontant à 1964. Le film venait de sortir, c'était un énorme succès critique et commercial et déjà Stanley se sentait nostalgique. Certains réalisateurs sortent épuisés d'une production telle que celle-ci, un film révolutionnaire, de gros moyens, une pression énorme, des intérêts financiers importants, mais lui se sentait triste, cette atmosphère dans l'espace allait lui manquer. Il se sentait comme une femme qui vient d'accoucher, une sorte de baby blues l'avait envahi, il était déjà nostalgique, son bébé ne lui appartenait plus. Lorsqu'il fut contacté pour tourner un court métrage à nouveau dans l'espace, il n'a pas hésité très longtemps. On lui proposait une fortune, et son nom n'apparaîtrait nulle part, il pourrait juste s'amuser sans pression, vivre encore quelques semaines dans l'espace, et filmer de vrais astronautes, avoir accès à de véritables installations de la NASA, et on lui a promis une diffusion planétaire. Seulement quelques jours de tournage pour ce qui s'apparentait plus à un documentaire qu'à un véritable film d'auteur.

Quand il est arrivé à Washington, il fut surpris par les installations des studios, rien de comparable avec ce qu'il avait connu jusqu'alors. On lui a fait signer tout un tas de papier de confidentialité. Il a récupéré le scénario qui ne faisait que trois pages, et fait le tour des décors et accessoires. Il rencontrerait les acteurs le lendemain.

Logé sur place, il entra dans sa chambre pour lire les quelques lignes du script, il n'y avait vraiment pas grand-chose. Le vaisseau spatial, les astronautes, l'atterrissage sur la planète. Rien de bien original, ni d'extraordinaire, de plus les décors semblaient vraiment très sombres, avec beaucoup de sable peint en gris pour ressembler à de la poussière, des combinaisons d'astronaute un peu kitch – ça lui rappelait une bande dessinée d'un auteur belge ou un blondinet partait dans l'espace avec son chien et un capitaine de bateau –, et même la capsule semblait en toc. Il allait devoir faire des miracles pour proposer quelque chose de crédible. Son enthousiasme s'évanouissait déjà un peu. Il prit un cognac du minibar de sa chambre et commença à prendre des notes, il était stipulé sur son contrat qu'il pouvait faire des ajouts de texte ou quelques scènes supplémentaires. Le téléphone sonna, son interlocuteur voulait savoir si cette première journée s'était bien passée, s'il avait des questions et lui indiqua qu'il y aurait un briefing le lendemain vers 9 h avec les trois acteurs dans une salle en apesanteur.

À peine raccroché que le téléphone sonnait encore, un appel en PCV du Maine, un auteur voulait lui proposer un scripte. Comment le gars avait-il eu son numéro ? C'était improbable, mais curieux, il accepta. Une voix toute fluette se présentait sous le nom de Stephen King, le jeune homme avait pensé écrire un livre sur un écrivain, gardien d'hôtel qui deviendrait fou, et tuerait sa famille. Il voulait que Stanley le réalise. Poliment, il demanda à son interlocuteur d'envoyer le scénario à sa secrétaire mais celui-ci répondit qu'il ne l'avait pas encore écrit, il l'enverrait dès qu'il aurait terminé si ça l'intéressait. Vraiment étrange ce jeune homme comme cette première journée de travail. Il se resservit un verre et s'assoupit avec ses documents à la main.

Réveillé en sursaut vers quatre heures du matin, il avait plein d'idée à soumettre au producteur, il nota des répliques, pensa à des angles de vue et commença à imaginer à quoi pourrait ressembler le film. Il était à nouveau excité par la journée à venir. Deux collaborateurs ayant travaillé sur les effets spéciaux du précédent film devaient le rejoindre.

Matt Turner le producteur lui apporta le petit déjeuner au lever du jour, il voulait lui donner quelques détails sur la première scène à tourner rapidement, le temps pressait, il fallait absolument filmer la scène d'atterrissage et la découverte de la planète cette semaine. L'idée était que les astronautes filmaient eux-mêmes comme s'ils faisaient un documentaire. Il ne voulait pas d'effets spéciaux impressionnants ni de grandiloquence, il voulait que ça fasse vrai. Ce n'était pas vraiment original, assez pauvre visuellement, un peu banal, mais ses émoluments et le chèque d'acompte qu'il avait déjà touché firent taire ses critiques. Si ce n'était pas réussi, personne ne saurait que c'était lui de toute façon.

À l'heure prévue, il rencontra les trois acteurs qu'il ne trouva pas très crédibles, il ne les imaginait pas dans l'espace et encore moins devant la caméra, mais il pourrait toujours les faire remplacer après avoir tourné les premières scènes si urgentes s'ils s'avéraient aussi médiocres qu'il imaginait. Sur le plateau de tournage, une pièce en apesanteur avait été installée, il demanda à l'essayer pour ressentir les sensations. Les trois acteurs entrèrent avec lui et Stanley dut avouer qu'ils étaient beaucoup plus à l'aise que lui. Des professionnels de l'espace à défaut d'être des acteurs crédibles, c'était mieux que rien.

Matt expliqua ce qu'il attendait de Stanley pour la journée. Le réalisateur lui donna les quelques lignes de texte qu'il avait écrit à l'aube pour la découverte de la nouvelle étoile, et tout le monde se rapprocha du plateau de tournage. Étonnamment, il y avait peu d'assistants, peu de lumière, peu d'accessoires. Peu de tout, comme si tout le budget était dans son salaire. En arrière-plan, la terre apparaissait toute petite, la planète découverte semblait morte, désolée, froide, sombre. Rien d'accueillant. Il imaginait une musique funèbre en fond sonore.

Stanley fait le tour de la scène. Une grue maintient la capsule au-dessus du désert de sable gris, un panneau tombe à côté de lui au moment où il observe l'engin spatial, un machiniste arrive tout de suite avec un rouleau de papier aluminium et du scotch pour réparer le bout de plastique décroché. C'est alors que Stan a l'idée de placer une caméra à l'endroit du trou. On va filmer l'arrivée sur la planète depuis cet angle. Il s'approche encore et fait tomber quelques gouttes de la tasse de café qu'il a en main sur le sable, apparaît alors un cercle ressemblant à un cratère ! Un effet qui donne un peu de relief à cette planète désolée, il demande alors aux assistants de reproduire ces petits ronds un peu partout sur la surface qui sera dans le champ de la caméra, la rendant plus réelle avec tous ces trous. L'idée de noirceur l'obsède, il décide de tourner en noir et blanc, sans aucune lumière autre que sur les cosmonautes, on ne doit rien voir mis à part les acteurs, leur vaisseau et le sable qui ressemble à de la poussière, et puis on coloriera le drapeau américain qu'ils vont poser sur la planète colonisée. On fera des retouches en studio de montage si besoin au cas où on veuille coloriser d'autres éléments. Leur visière doit être comme un miroir, les acteurs ne sont vraiment pas photogéniques, on va les cacher.

Stanley Kubrick a retrouvé son enthousiasme à quelques instants de commencer le tournage de la première scène. Il rappelle, les deux acteurs de cette scène leur indiquent ce qu'il attend d'eux.

« Alors, tu descends doucement de la capsule par l'échelle, tu fais un petit saut, tu seras maintenu par un câble qui donnera l'impression que tu es en apesanteur, tu feras quelques sauts. On va faire comme si c'est ton collègue qui te filme, tu dois jouer avec gravité comme si tu venais de réaliser un exploit, que tu avais risqué ta vie, tu viens de réaliser une prouesse inédite, je veux ressentir l'émotion, ta voix doit être essoufflée, chancelante. Après, tu es rejoint par ton collègue et vous plantez le drapeau américain ».

« OK, Mr Kubrick, et je dis quand mon texte ? »

« Quand tu poses le pied sur la planète, c'est là que tu dis : un petit pas pour l'homme, un grand pas pour l'humanité. »

« Bon allez tout le monde en place. Neil, Buzz dans la capsule. Scène 1 atterrissage, première, et… action. »

Matt Turner assiste à cette première journée de tournage avec délectation, si JFK était là il serait fier de lui. Son chef actuel, Nixon sera ravi, avec ce film tout le monde va croire que les Américains sont les premiers à marcher sur la Lune, ils auront battu les Russes et surtout ils vont faire croire qu'il n'y a rien sur la Lune, absolument rien. Cela va dissuader les autres pays à aller visiter ce satellite de la Terre.

Les dernières images de la fusée qui a tourné autour de la Lune avant d'être pulvérisée comme un vulgaire insecte ont montré que sur sa face cachée il y a des manifestations de présence hostile extraterrestres. À peine ont-ils vu la fusée qu'ils l'ont détruite. Personne n'est prêt à affronter des ennemis venus de l'espace, ni nous ni les Russes. Chacun chez soi, on ne va pas aller s'embêter. Il vaut mieux faire un petit montage innocent pour nous préserver, et on va faire de ces deux gars plus l'autre qui est censé rester dans Apollo 11 des superstars ! Plus connus que Steve McQueen et Paul Newman réunis. Seul Stanley et les quelques militaires sur le plateau seront au courant. Tout sera crédible, on arrive à faire voler des navettes dans l'espace, à les placer en orbite, la seule chose qu'on n'arrive pas est de les faire atterrir, surtout si elles sont attaquées lors de leur descente.

Matt se retourne vers le réalisateur qui excelle dans sa direction d'acteur, il vient d'avoir l'idée de filmer en gros plan de la trace de la semelle de Neil Armstrong sur la soi-disant Lune. On l'a vraiment bien choisi.

Quelques jours plus tard dans un lieu tenu secret, nous sommes le 21 juillet 1969, Stanley Kubrick mis au courant de la supercherie, les acteurs et les soldats présents lors du tournage regardaient ensemble la retransmission en direct des premiers pas de l'homme sur la Lune. Un appel du Président à Buzz et Neil est même organisé en direct. Stanley a un peu honte mais tellement fier de la supercherie qu'il n'en dira jamais rien.

Le réfugié

La mort dans l'âme, il s'est résolu à quitter sa terre. Comme tant d'autres, il va traverser la Méditerranée. Il n'y a plus rien de bon chez lui : pauvreté, misère, insécurité, alors qu'il sait que de l'autre côté la vie sera plus belle, plus facile, il trouvera du travail. Tout ne sera pas rose, mais il y arrivera. L'espoir d'une vie meilleure est ailleurs.

Il a économisé pour se payer la traversée, travaillant plus que sa santé ne l'y autorisait, acceptant tout et n'importe quoi pour quelques pièces, il a un peu honte de ce qu'il a été obligé d'endurer. Il va laisser derrière lui sa femme et ses enfants. Dès qu'il pourra, il leur enverra de l'argent et les fera venir. Il n'a pas réussi à économiser assez pour toute la famille, c'est un déchirement mais il n'a pas le choix. C'est ça, ou crever à petit feu, il doit tenter sa chance. Les conditions du voyage, cette aventure périlleuse serait sûrement trop difficile pour eux. Une fois qu'il aura assez d'argent, il pourra les faire venir.

Il sait qu'une fois arrivé dans la terre d'accueil il aura à gérer le racisme de certains. Il n'est pas le seul à émigrer de la sorte de manière illégale, clandestinement, comme un sous-être qui par sa naissance n'a pas le droit de profiter d'un pays développé par ce qu'il n'y est pas né. Le droit du sol est un terme créé par ceux qui sont nés du bon côté. Les locaux commencent à rejeter ses semblables avec vigueur et parfois violence. Il faudra qu'il trouve sa place. Mais il est prêt à accepter n'importe quel travail pour prouver qu'il peut leur être utile. Ils ne veulent pas être éboueurs, lui se fera un plaisir de ramasser leurs ordures.

Et puis, il est intelligent, il saura s'intégrer, expliquer pourquoi il est venu, qu'eux à leur place auraient fait la même chose, si les rôles étaient inversés, ils émigreraient également, ils auraient tort de ne pas le faire. Il a bon espoir. Il rêve d'une vie meilleure, d'un Eldorado.

L'heure du départ a sonné, il abandonne son épouse, embrasse les deux bambins et part vers l'inconnu. Le début d'un voyage périlleux, où il va risquer sa vie. Extorqué par des passeurs sans scrupules, il n'a pas de garantie de succès. Un chemin angoissant vers l'inconnu, seul, entouré de tant d'autres comme lui. Après quelques heures, empilé comme du bétail dans un camion, il se retrouve entassé dans un canot qui malgré le mauvais temps prend la mer. Il doit passer sans se faire attraper par des patrouilleurs qui à coup sûr le renverraient chez lui, il perdrait tout alors. Il ne veut pas y penser.

Le canot est secoué dans tous les sens, il est trempé. Même la photo de sa famille dans la poche de son blouson est abîmée pendant cette traversée, mais il se dit qu'au moins les bateaux des gardes-frontières ne seront pas tentés de sortir avec cette mauvaise mer. Il est malade, salit ses uniques vêtements et arrivera sans le sou, mais il saura se relever. Un voyage dans des conditions inhumaines, mais n'est-il pas considéré comme un sous-homme ?

Enfin, la terre ferme est en vue, il connait sa chance et sait que d'autres ne sont pas passés, sont morts noyés durant la traversée. Il fait partie des chanceux, il va maintenant s'en montrer digne. Le canot échoue sur une plage en pleine nuit, il est sauvé. Bientôt, la faim, la misère, et le désespoir ne seront qu'un mauvais souvenir, il est à l'aube d'un nouveau départ avec cette arrivée dans ce nouveau pays.

Laurent pose le pied sur le continent africain, cette terre promise. Il ne pouvait pas rester en France plus longtemps, les famines, les guerres civiles, il laisse tout cela derrière lui. Sa couleur, il est blanc, sera un handicap au début, mais il va s'intégrer, il le sait, il va apprendre la langue locale le plus rapidement, et sera un réfugié exemplaire si on lui en laisse la chance.

Les dernières minutes…

25 avril 1792

Je me dirige vers la guillotine, une foule avide de sang attend avec impatience cet évènement, une manière originale de mise à mort, révolutionnaire. Dans quelques instants, ils seront déçus de la rapidité de l'exécution. Les progrès techniques aussi ont leurs inconvénients.

Notre monde resté figé si longtemps semble évoluer trop rapidement depuis ces deux ou trois dernières années. Bientôt, certains diront : c'était mieux avant ! C'est la première fois que cette nouvelle machine sera utilisée, de nombreux curieux se joignent aux habitués de ce sinistre spectacle qu'est la peine de mort. Involontairement, mon pas est lent, mes pieds ne veulent pas avancer, je ne suis pas pressé. Mon esprit se déconnecte de mon corps, je ne suis pas prêt. Je reçois des projectiles qui ne m'atteignent pas, sûrement des pelures de pommes de terre, l'odeur de la mort nous entoure, elle rode déjà. Je n'entends plus les cris, les huées d'hommes, de femmes et même d'enfants sur mon passage. Je ferais tout pour ne pas être là. Le ciel bas et des nuages remplis d'eau imposent une couleur grise, sinistre, en accord avec l'évènement. Il fait frais mais ma chair de poule n'a rien à voir avec les basses températures.

Quelques mois plutôt, le député Joseph Guillotin, docteur de son état, avait suggéré à la tribune de l'Assemblée constituante que soit introduite l'égalité de tous les citoyens devant le juge. « Les délits du même genre seront punis par le même genre de peine, quels que soient le rang et l'état du coupable. Dans tous les cas où la loi prononcera la peine de mort, le supplice sera le même la décapitation, et l'exécution se fera par un simple mécanisme. »

Liberté, Égalité, Fraternité devant la peine capitale également. Avant la Révolution, une mort honorable est donnée à même le sol, elle est virile, guerrière, elle fait couler le sang, les nobles étaient décapités à l'aide d'une épée. À l'inverse, les gueux subissaient une mort infamante sans que le corps ne soit en contact avec la terre qu'ils risquaient de souiller, ils étaient pendus, sauf quelques exceptions les faux-monnayeurs étaient ébouillantés, les homosexuels brûlés vifs et les femmes enterrées vivantes.

Aujourd'hui, on rétablit l'égalité devant la mort, plus de privilèges, nous sommes tous logés à la même enseigne. Devant moi marche un garçon tapissier, Nicolas-Jacques Pelletier condamné à mort l'année dernière. Il a blessé rue Bourbon-Villeneuve de plusieurs coups de couteau un passant pour lui voler 800 livres en assignats. Sa chemise rouge est en raccord avec le sang dont elle se remplira dans quelques instants à l'échafaud, il ne tremble pas, avance vers une fin écrite par un magistrat à moitié sourd qui n'a pas écouté ses justifications, il n'est plus maître de son destin.

Nous nous rapprochons de cette guillotine, un châssis en chêne de 4,5 mètres de haut, une lame de 40 kilos qui tombent de 2,25 mètres sur le cou du condamné. Elle serait presque belle si elle n'était pas destinée à ôter la vie. Une exécution rapide et sans histoire, pas de soubresaut, la mort est instantanée dès la moelle épinière touchée, le condamné à mort ne doit pas souffrir. Je vois une foule dense place de Grève, des murmures grandissants détaillent la nouvelle machine.

Mon père avant moi s'est trouvé dans la même situation comme si la charge de l'infamie pesait sur l'enfant qui l'a reçu en héritage de ses aïeux. Je suis à mon tour frappé d'ostracisme. J'ai été rejeté dès ma plus tendre enfance, ma vie était tracée, je n'avais pas d'autre chemin à prendre. J'ai toujours été considéré comme une mauvaise fréquentation.

Nicolas-Jacques Pelletier se retourne et me dit savoir mériter la mort, et que même s'il jugeait la loi sévère, il la trouvait juste.

« J'aimerais qu'on me coupe les cheveux très courts, rajoute-t-il, et qu'on remette les mèches à ma veuve pour qu'elle se souvienne de moi ». Comment fait-il pour rester aussi calme ? Je ne comprends pas sa résignation, aucune révolte, rien. Il a une femme, peut-être des enfants. Je ne pense à rien, incapable de faire fonctionner mon esprit, je n'arrive pas à lui répondre, je baisse les yeux, avançant toujours péniblement derrière lui. Je crois reconnaître parmi la foule le tavernier qui me servait une piquette, un vin mélangé inspirant le dégoût, c'est lui qu'on devrait envoyer à l'échafaud ou ce boulanger qui garde la moitié de ses pains pour sa famille et ses amis. Ils sont tous coupables.

Nous montons les marches qui mènent à l'échafaud, cette faucheuse nous contemple fière et puissante. Le combat s'annonce inégal. Elle s'est entraînée, paraît-il, sur des cadavres, alors que nous sommes des novices, sans aucune préparation. Je regarde cette lame encadrée de ses poutres, elle ressemble à une grande bouche avide, elle a faim de corps vivant, une ogresse affamée. Nicolas-Jacques Pelletier pourra se targuer d'être le tout premier homme à avoir été décapité par la guillotine, mais ça lui fait une belle jambe à défaut d'un beau décolleté, il ne sera plus là pour en parler. D'autres le feront à sa place, il sera sûrement dans les livres d'histoires, et moi, qui le suit se rappellera-t-on de moi ? Je suis pris d'une angoisse mortifère, des frissons me parcourent l'échine, je peux quasiment toucher la bête. Une fois le couperet tombé, c'est terminé. Un prêtre s'approche et murmure quelques paroles incompréhensibles. Ce ne sont que des balivernes, il n'y a rien après la vie sur terre, j'en suis persuadé, pas de paradis ou d'enfer, c'est un point final à une vie misérable. Une mort inutile, je n'ai pas dit injuste, seulement absurde, cela servirait d'exemple ai-je entendu. D'exemple ou de spectacle ? On se croirait revenu quelques siècles en arrière à l'époque des jeux du cirque quand je vois ce déchaînement autour de nous, ces hurlements incessants, cette foule hostile expiant ses propres péchés en les rejetant sur les condamnés à mort. Ces maréchal-ferrant, fariniers, marins, domestiques ou courtisanes, se sentent chanceux, une auto-persuasion malsaine : ces hommes qu'on envoie à l'échafaud sont mauvais, moi je suis bon, je n'ai rien à me reprocher, je suis à ma place.

Mais si on se trompait, si on décapitait un innocent et qu'on s'en aperçoit bien après qu'on lui a coupé la tête, comment va-t-on remédier à l'erreur ? Ce n'est pas une question de guillotine, en réalité, c'est une question de peine de mort. Alors qu'on est à quelques secondes de sa toute première utilisation, je pense déjà à la retraite de la guillotine. Sûrement, dans un avenir proche, on abolira la peine de mort, nous ne sommes plus des barbares.

Nicolas-Jacques Pelletier se tourne vers la foule et s'écrie clairement : « Je meurs comme j'ai vécu, fidèle à Dieu et à mon Roi. » Il me regarde droit dans les yeux, la fin est proche, il ne vacille pas. Il est attaché les mains dans le dos, allongé à plat ventre, sa vision est limitée au sol qu'il va bientôt rejoindre.

Je prends conscience d'être un paria, un exclu, l'instant se grave dans ma mémoire, c'est un moment historique. J'inspire profondément, l'inévitable se rapproche, je prends la corde dans la main droite, d'un faible mouvement vers l'arrière, le loquet, une vulgaire tige vient libérer la lame qui descend instantanément pour raccourcir sa victime décapitée « je vous fais sauter la tête en un clin d'œil », promettait Joseph Ignace Guillotin, il n'avait pas tort. Nicolas-Jacques Pelletier est désormais dans l'autre monde, je ramasse sa tête tombée dans un panier, l'exhibe à une foule frustrée par la rapidité de l'exécution, le spectacle est déjà terminé trop rapide et donc décevant.

Pour moi, le bourreau, Charles-Henri Sanson de par mon état civil, cette nouvelle machine n'altère en rien mon sentiment de dégoût face à ma tâche ingrate. Je devrais me sentir soulagé d'être à ma place et non à celle d'un accusé, mais je ne peux m'empêcher de me projeter, de m'identifier à ma victime, à chaque peine capitale, c'est un peu de moi qui meurt. Une malédiction qui se transmet dans les gênes, issues d'une famille de bourreaux, mon fils, mon petit-fils officieront dans un registre identique. D'ici là, je vais décapiter le roi Louis XVI, Danton, Camille Desmoulins ou Robespierre. Je vais administrer la peine capitale durant près de quarante années et exécuter 3 000 condamnés.

Le phare

Le Feu blanc scintillant garde inlassablement son rythme de trois éclats groupés en 12 secondes. Depuis plus d'un siècle, le phare de la Jument s'élève sur un roc à seulement deux kilomètres du dangereux littoral de l'île d'Ouessant. Proche de Brest, le phare indique le danger aux navigateurs qui peuvent descendre de l'Angleterre ou d'Irlande. Avant sa construction, les naufrages étaient fréquents mais grâce à ses indications, les marins repèrent les dangereux récifs. Il en a connu des tempêtes avec de vagues relevés à 25 mètres. Jean-Claude y était entré pour la première fois à seize ans, comme apprenti. Son chef, Paulo était le gardien principal depuis une vingtaine d'années, il lui apprit toutes les caractéristiques du phare, son histoire, et ses légendes, même les plus farfelues incluant des récits de sirènes et autres monstres marins. Depuis 1991, les gardiens ont laissé place à l'automatisation et personne ne s'en plaint, pas même ceux qui y ont passé leur vie et sont maintenant à la retraite. Jean-Claude a épousé la fille de Paulo, la belle Jeanne, une vraie fille de la mer qui ne se sentait bien que près de l'Océan.

À la première heure, ce matin Jean-Claude et Jeanne vont se faire vacciner ensemble contre ce fichu virus. Il ne veut pas être en retard au travail, car même s'il n'est plus gardien à poste, Jean-Claude travaille maintenant aux phares et balises et doit prendre le bateau de service vers onze heures. L'entretien du phare nécessite tout de même le passage d'agents spécialisés. Il est à quelques mois de la retraite mais s'occupe toujours de l'entretien de la Jument, il en est fier, perpétue la tradition et chaque fois qu'il se retrouve à l'intérieur du phare, il se rappelle avec nostalgie les bons moments passés en compagnie de son beau-père Paulo. Il faut dire que le raffinement des intérieurs du phare reste exceptionnel. À l'époque de sa construction, les choses étaient faites avec soin, de manière à ce que les équipements résistent à l'épreuve du temps. La salle de quart des gardiens située au milieu de la tour est ornée de boiseries précieuses, elles favorisaient notamment l'éveil et l'étude des gardiens.

Malgré le médicament donné par l'infirmière, Jean-Claude se sent un peu fébrile après l'injection de cette nouvelle dose de vaccin, un mal de crâne se fait de plus en plus persistant. Au port du Ligoudou, il hésite à monter sur le bateau mais il ne veut pas laisser son jeune collègue Noël aller seul contrôler le phare. Le vent d'Ouest oblige le bateau à monter les régimes moteurs. La houle, les vibrations du navire, le vent et les odeurs de gazole n'arrangent pas son mal de tête. Noël le regarde amusé, il doit croire qu'il a le mal de mer.

Malgré le mauvais temps, et un accostage chaotique, Jean-Claude et Noël viennent de poser le pied sur les premières marches du phare. Les vérifications ne devaient pas durer plus d'une heure et ils seraient partis avant que la vraie tempête ne se lève. Jean-Claude se sent de moins en moins bien. Il a désormais une petite fièvre, ses pas mal assurés pour monter et contrôler le foyer lumineux, lui demandent un énorme effort. Il laisse Noël dont c'était la première fois sur ce phare aller vérifier seul le feu. Il l'attendrait à mi-distance, dans la salle de quart. Assis devant une table à carte, il contemple un compas, une règle cras servant à tracer des routes maritimes, il se sent un peu mieux, il a retrouvé une zone de confort dans cet endroit. Il somnole et n'entend pas l'appel radio du bateau qui leur demandait d'évacuer le phare, la houle se levait, ce dernier ne pouvait pas rester plus longtemps pour des raisons de sécurité. Le retour au port était impératif. Plus haut, Noël fait méticuleusement son inspection, tout fonctionne correctement, aucune fuite de mercure, tout est parfait. Il profite un peu de la vue à 360 degrés, le panorama est exceptionnel du haut des 47 mètres mais il s'aperçoit qu'il ne voit plus les rochers, désormais recouverts par les grosses vagues. Plus surprenant le bateau qui venait de les déposer s'éloigne, l'abandonnant sur le phare. Il descend précipitamment les marches, glisse, et fait un roulé-boulé jusqu'au niveau où il retrouve Jean-Claude assoupi. Un peu sonné, il s'est foulé la cheville dans la chute et blessé au visage, mais rien de grave. Il prend la radio et appelle le bateau qui l'informe qu'il n'avait pas pu rester, de grosses déferlantes imprévues arrivent, il devait s'éloigner et reviendrait les chercher lorsque ce serait plus calme. Ça ne devait pas durer plus de six heures prévient le capitaine, ils devraient venir les récupérer avant la nuit.

Jean-Claude se réveille en sursaut lorsque le phare se met à vibrer sous le poids d'une énorme vague avec un fracas assourdissant. Il crut que c'était l'effet de la fièvre, mais réalise qu'il ne délire pas quand il voit son collègue tout égratigné, se tenant la cheville à côté de lui. Il n'y avait pas de tempête prévue, peut-être un petit séisme sous-marin avait déplacé des tonnes d'eau sans prévenir. Noël l'informe qu'ils vont devoir passer quelque temps au phare comme à la belle époque, seuls face aux éléments. Le bateau viendrait les récupérer dès qu'il pourrait.

La tour de la Jument semble vivante sous les déferlantes de plus en plus puissantes, elle craque, vibre, réagit à chaque impact. Leur radio VHF portative n'était pas assez puissante pour émettre à terre mais ils reçoivent à nouveau l'information que les courants violents, la marée et les énormes paquets de mer empêchaient leur navire de revenir avant quelques heures.

Les vagues se font de plus en plus fortes. Une déferlante encore plus puissante que la précédente brise la lanterne, emportant tout sur son passage. La lampe dévale les escaliers et passe à quelques centimètres de nos gardiens avec une pluie d'eau salée, obligeant Jean-Claude et Noël à se réfugier dans la cuisine, après avoir ouvert la porte de la salle de quart pour évacuer l'eau. Une opération qui allait se répéter à chaque nouvelle vague. Des alarmes de sécurité se mettent à sonner informant d'un dysfonctionnement du phare, puis s'arrêtent, le générateur doit être noyé. Il n'y a plus aucune lumière. Les rafales de vent sont terribles, elles soufflent dans toutes les directions. On se croirait au milieu d'une tempête tropicale ou d'un ouragan. En quelques instants, la mer était devenue déchaînée, le vent soufflait de puissantes rafales, accompagnées d'un bruit assourdissant.

Les conditions météorologiques étaient dantesques, le phare en avait vu d'autres mais ni Jean-Claude et encore moins Noël n'étaient préparés à affronter ce déluge. Le phare tenait mais pour combien de temps encore. Jean-Claude se souvint des histoires de son grand-père lors des bombardements nazis, lorsque terré comme il le pouvait pour se protéger à la cave, il attendait sans savoir quand les bombes allaient s'arrêter. Il se sentait victime, incapable de réagir face aux éléments, il ne pouvait rien faire qu'attendre que ça passe. Paulo lui en avait raconté des histoires de tempêtes, mais celle-ci serait sûrement sur le podium des plus impressionnantes. Si seulement son beau-père pouvait être là avec lui, il se sentirait plus rassuré. Le sel sur les blessures de Noël lui pique le visage, mais il ne s'en rend pas compte, pensant à sa nouvelle épouse qui pourrait devenir veuve seulement six mois après leur mariage. Il doit se ressaisir. Chaque nouvelle déferlante telle un raz de marée fait entrer des paquets de mer qu'ils doivent évacuer par une porte risquant de céder à tout moment. Dans ce cas, l'eau entrerait aussi par le milieu. Ce n'était pas l'enfer sur terre car ils étaient sur l'eau mais ça y ressemblait. Quel gagne-pain pense Noël qui se jure de changer de boulot s'il en réchappe.

Un banc de lieu noir est projeté dans le phare par une des multiples vagues, Jean-Claude a l'impression d'être dans un aquarium, la scène aurait été comique si la situation n'était pas aussi périlleuse. Les poissons frétillent autour d'eux avant de trouver un peu d'eau et de repartir. Bien qu'il ne soit pas croyant, il prie le ciel pour que le phare tienne bon et ne s'effondre pas.

La porte cède d'un coup disparaissant dans l'eau en une fraction de seconde, Jean-Claude est happé par l'eau et faillit être emporté, il boit la tasse ou plutôt un seau d'eau, mais une main l'attrape au dernier moment, Noël le tient de toutes ses forces et réussit à le faire entrer dans la tour du phare. Son cœur a failli exploser, il est trempé, la fièvre a augmenté et il n'est pas loin d'abandonner, recrache de l'eau avalée dans les poumons. L'instinct de survie et l'image de ses petits-enfants apparus sur la rétine lui ont donné l'énergie du désespoir pour rentrer à l'abri. L'eau monte irrémédiablement, ce n'est pas possible, et pourtant, c'est comme si une marée d'une quinzaine de mètres était arrivée en quelques secondes. Les deux hommes flottent maintenant dans l'eau. Ils sont à bout de force, ils ont froid. La situation semble sans espoir. Jean-Claude toujours accroché à Noël semble voir une sirène, elle est magnifique d'une beauté venue de l'Océan, seule sa queue de poisson semble sortir de l'ordinaire. Il ferme les yeux et voit Paulo qui se moque de lui « tu vois le jeunot, tu ne croyais pas mes histoires, ce n'étaient pas des légendes, elles sont réelles ». Il s'évanouit.

Noël le retient boit la tasse une fois, puis deux, il coule, s'enfonce vers le néant quand il se sent attrapé sous les bras et remonte vers la lumière. Il semble voir de longs cheveux blonds flotter dans l'eau autour de lui, un visage d'ange, une très belle femme, il doit déjà être au paradis, puis une autre vient l'embrasser et lui envoie de l'air dans les poumons. Le temps s'est arrêté. Il a l'impression d'être dans un film de super-héros où son pouvoir est de respirer sous l'eau, il est accompagné de sublimes créatures fantastiques et les effets spéciaux sont vraiment très réalistes. Puis tout s'arrête, elles s'éloignent après l'avoir déposé, repartent vers le fond. Il perd connaissance.

À leur réveil, les deux hommes sont en haut du phare dévasté, certaines marches ont disparu. Ils sont coincés au sommet de la tour, mais vivants. Le phare de la Jument n'est plus qu'une ruine. La salle de quart ou ce qu'il en reste, quelques mètres plus bas, est complètement dévastée. Ni Jean-Claude ni Noël ne comprennent comment ils sont arrivés là. Ils n'osent pas parler de leur vision fantastique de peur de passer pour des fous. La mer est redevenue presque calme, ils entendent le bruit d'un rotor d'hélicoptère en approche. La sécurité civile a envoyé les sauveteurs. Un filin descend avec un secouriste, il attache Jean-Claude en premier puis le monte dans l'appareil. Noël affaiblît se relève doucement. Il regarde en bas, du phare, semble apercevoir des dauphins dans les vagues, plisse les yeux, et distingue parmi eux une forme étrange. Un homme volant au bout d'un câble de l'hélicoptère l'attrape sans ménagement, cette fois c'est lui qui est attaché pour être rapatrié sur la terre ferme, sa jeune épouse ne sera pas veuve tout de suite. Aucun son ne sort de sa bouche lorsque le sauveteur lui demande s'il va bien. Il fait signe de la tête un oui hésitant, il se sent épuisé. Étrangement, il ne veut pas quitter le phare, il a l'impression d'un échec, d'un abandon.

Le survol de l'Océan en hélicoptère ne dure que quelques minutes.

À l'atterrissage sur la base militaire de Brest, les épouses inquiètes attendent leurs maris, ils ont l'air choqués, épuisés mais ils sont vivants. Emmenés à l'hôpital militaire pour recevoir les premiers soins, les deux miraculés sont scrupuleusement auscultés mais mis à part une grosse fatigue et une hypothermie, ils ne semblent pas en mauvais état. Noël devra soigner sa cheville, et ses égratignures, il aura le droit à quelques jours d'arrêt de travail. Jean-Claude embrasse Jeanne comme au premier jour, il pense à ses enfants, ses petits-enfants et au père de sa femme Paulo qu'il a cru voir lorsqu'il croyait la fin arriver. Il regarde vers le ciel et murmure « Merci ».

Jean-Claude et Noël sont côte à côte dans leur lit d'hôpital, aucun ne parle des incroyables évènements survenus sur le phare. L'aîné va prendre une retraite anticipée et le second va se lancer dans la boulangerie, ce sera leur seul sujet de conversation lors des quarante-huit heures en observation. Ils ont vu la mort de prêt, ils sont maintenant liés à vie comme des soldats qui ont combattu sur le même front.

Noël au moment de quitter l'hôpital enlace Jean-Claude, il ne sait pas s'il va le revoir bientôt et ne peut s'empêcher de lui poser une question : « Crois-tu aux sirènes JC ? » Ce dernier pose son index sur sa bouche comme pour lui signifier de ne pas parler puis détourne les yeux vers la poche de la parka qu'il avait sur le phare et en sort une mèche de longs cheveux blonds. « Et toi, crois-tu aux chimères ? », lui répond-il en acquiesçant de la tête.

La fin du voyage

Même moi ! On pense toujours que ça n'arrive qu'aux autres, pendant longtemps on ferme les yeux, mais la fin est inéluctable. Sur cette terre, chaque instant passé nous rapproche du terme de notre existence. Quelques-uns passent à travers, se régénèrent comme certaines méduses immortelles, hélas, ces exceptions ne doivent pas faire oublier la règle. C'est mon tour, j'arrive au bout de mon aventure, c'est bientôt la fin mais avant un nouveau départ, car je fais partie de ceux qui ne s'éteignent pas complètement. Je suis comment pourrait-on dire… éternel.

Une sorte de voyage initiatique s'achève, où ma vie n'avait qu'un but, celle d'arriver à une destination inconnue, là où le vent me pousse, avant de recommencer. J'en aurais vu du pays cette fois, traversant d'innombrables frontières, de grandes étendues désertes, de majestueuses montagnes que j'ai tutoyées avec honneur, des villes plus modernes les unes aux autres avec des gratte-ciels rivalisant avec la tour de Babel : l'Empire State Building, le pont de San Francisco – où je suis d'ailleurs resté quelque temps, j'ai adoré Alcatraz –, la tour Eiffel. C'est drôle car je n'ai pas de passeport, j'arrive à passer incognito les frontières, je voyage tel un clandestin, je pourrais vous expliquer comment je procède mais je le garde pour une prochaine fois. Je vous rassure, il n'y a rien d'illégal bien que je n'aie aucun papier en règle.

J'ai atteint la maturité, grandissant parfois rapidement, me délestant aussi de quelques rondeurs disgracieuses. J'ai rencontré beaucoup de mes semblables tous des voyageurs identiques à moi, quoiqu'on puisse les classer sous d'autres appellations. On est tous un peu nomades dans ma famille. J'adore partager mes points de vue avec eux, connaître leur ressenti, leur manière de voir le monde, leur façon de penser.

Il m'est arrivé d'aller à la vitesse d'un cheval au galop ou de me poser, de prendre mon temps afin d'admirer le paysage. J'ai visité des endroits improbables où l'on ne m'attendait pas, j'ai d'ailleurs voulu m'y poser, mais poussé par des forces plus fortes que moi, je n'ai pas eu le choix, je n'ai pas pu rester. La sédentarisation n'est pas dans mon dictionnaire. J'étais condamné à continuer mon chemin, lorsque je me pose définitivement, c'est terminé.

Cela n'a pas été tous les jours facile. J'ai parfois eu peur lors d'orages apocalyptiques, le claquement des éclairs me terrifiant au plus profond de mon être. Je me suis retrouvé séparé de mes amis, seul au milieu de nulle part. D'ailleurs, la solitude m'a pesé, je n'aime pas être seul. Et l'union fait la force, d'après certains.

J'ai vécu des tempêtes ou des océans déchaînés envoyaient des navires par le fond, témoin de catastrophe dont je ne pouvais rien faire, impuissant face à la force du vent. Chaud, froid, je me suis enrhumé plus d'une fois, éternuant, m'affaiblissant, cherchant du réconfort comme je le pouvais, mais je suis orphelin, je n'ai jamais connu mes parents, j'ai grandi seul, sans véritable modèle. Il m'est arrivé de monter très haut, puis de redescendre. Je sais seulement d'après mes rencontres qu'un jour notre voyage se termine, mais ce n'est pas vraiment la fin, tel le phœnix je renaîtrai de mes cendres, enfin, façon de parler.

Fruit du hasard, suivant une destinée tracée par je ne sais qui, j'avance, je peux retourner sur mes pas, certains pensent que je suis en constante évolution, mais malgré mes déguisements je suis toujours le même. Éléphant, chien, j'adore modifier mon apparence pour me faire remarquer. Je n'aime pas l'anonymat. L'autre jour, j'étais à côté d'une école maternelle, les enfants étaient stupéfaits de me voir tel un dragon, ils me montraient tous du doigt, appelant leur maîtresse pour partager leur enthousiasme. J'étais une superstar ! On s'arrêtait pour me photographier, j'ai été la star d'Instagram, posté et partagé à l'infini. Je me suis retrouvé dans le Cloud. Comme dirait Andy Warhol, j'ai eu mon quart d'heure de célébrité. Tel un caméléon, je change également de couleur suivant mon humeur ou l'heure de la journée. Je me retrouve associé à un moment romantique ou sinistre, je peux être beau ou monstrueux. Je préfère être témoin d'un baiser sur une plage avec des cocotiers plutôt qu'un élément de grand stress lors d'un concert en plein air. Mon instant préféré est le coucher de soleil, le crépuscule ne me fait pas peur, au contraire, la nuit m'apaise quand tout le monde se couche. J'adore voir les étoiles, si j'avais un rêve, ce serait de partir dans l'espace découvrir d'autres planètes, courir sur les anneaux de Saturne, me fondre dans des horizons jamais visités. Il m'est d'ailleurs arrivé de croiser ce fameux astronaute français : Thomas Pesquet, je l'envie, je l'aurais bien accompagné.

Certain m'attendent comme le Messie, pas celui du football, l'autre celui qui donne la vie ! D'autres font la tête dès que je m'approche et n'attendent que mon départ. On ne peut pas faire l'unanimité, mais sans moi, ils seraient bien embêtés quand même ! Je reste un mystère pour beaucoup, un peu à la mode en ce moment, on m'étudie et parfois des sommités débattent à mon sujet.

Un retour en arrière me rappelle cette rencontre improbable avec un peloton de cycliste se disputant le Tour de France. Ils ne m'attendaient pas, ma présence fut une surprise. Je me frottais à eux dans ce col de montagne mythique, je ressentais toute leur excitation, cette force qui les faisait se surpasser, ils me dépassaient sur leurs bicyclettes qui semblaient motorisées, me laissaient derrière eux après un âpre combat qui inclut quelques chutes.

Je me rappelle aussi cette famille de touristes français qui à l'approche du volcan Arenal au milieu du Costa Rica ont eu la mauvaise surprise de me rencontrer à la place du cratère. Je n'étais pas vraiment désiré cette fois mais la nature est telle qu'on ne décide pas tout.

J'ai des exemples à foison de moments joyeux et d'autres un peu moins, mais il est temps de redescendre un peu sur terre. C'est la fin de mon périple, le terme de mon voyage. Je ne suis pas triste, je me sens plutôt chanceux. Demain est un autre jour pour celui qui est toujours là. Je serai là, différemment, je le sais.

Je me prépare pour une explosion de joie, j'ai retrouvé beaucoup de mes comparses, on se serre les coudes, comprimés comme jamais, nous voilà prêts, c'est notre destiné, notre raison d'être.

La désintégration commence, doucement puis fortement, je m'écoule puissamment, verticalement d'abord puis au gré du vent, chacune de mes particules se disperse. Je disparais à vue d'œil. Mes gouttes de pluie font plaisir aux paysans qui dansent à ma venue. Comme lorsque les Indiens faisaient des incantations pour me voir apparaître. Rejoint par d'autres, notre disparition s'étend en longueur, trois jours durant nous allons nous désagréger jusqu'à disparaître complètement.

Ça y est je ne suis presque plus, déjà le soleil à fait son apparition je suis quasiment invisible à l'œil nu. C'est la fin de mon voyage, jusqu'à la prochaine fois. Je n'ai pas eu à attendre longtemps, un mécanisme de convection dû à la chaleur du soleil envoie une masse d'air chaude, je suis en train de me reformer. Mes gênes ne sont plus tout à fait les mêmes, je me sens léger, je monte dans l'atmosphère, je me refroidis et ça y est j'éclos, je viens de renaître. Je suis prêt pour de nouvelles aventures, mais elles feront l'objet d'un autre livre, alors n'hésitez pas à guetter dans toutes les bonnes librairies la sortie de : Nuage 2, Le retour, mais je dois d'abord vivre un peu pour avoir quelque chose à raconter, si je vous manque en attendant, levez la tête, je ne suis pas bien loin.

Tic-Tac

Quelque chose ne tournait pas rond. Un incompréhensible chamboulement avait dû se produire dans sa vie, je ne le reconnaissais plus. Tout était différent, je partageais désormais la chambre avec un inconnu. Ses rituels avaient changé, des habitudes inédites avaient remplacé les règles quotidiennes du jour au lendemain sans préavis. Il s'imposait une nouvelle routine, était méconnaissable. Contrarié, de mauvaises prémonitions m'envahissaient de sentiments pessimistes. Notre avenir s'assombrissait, pas de simples nuages gris annonçant un orage mais une obscurité plus profonde, une noirceur annonciatrice d'un anéantissement total. Aucune lumière au bout du tunnel. Nous n'étions plus ces rails de chemin de fer avançant parallèlement sur une route commune, notre éloignement était synonyme d'un déraillement inéluctable. La fin s'annonçait de plus en plus proche. L'agitation de ces derniers jours était un signe avant-coureur d'une catastrophe imminente. Incapable d'agir, de faire quoique ce soit pour arrêter la transformation de celui que je croyais connaître, j'étais résigné. Tic-tac, tic-tac.

Rien à signaler auparavant, Luc était ce que l'on peut appeler un bon garçon. Gentil avec ses parents et ses relations, courtois, discret. Des études presque brillantes, jamais dans le peloton de tête mais pas trop distancé. Une enfance heureuse, fils unique, il n'a manqué de rien, et depuis ses vingt ans il renvoyait l'image du gendre parfait. Sa licence d'économie en poche, il avait trouvé un travail dans une grande Banque Nationale, un peu ennuyeux, mais ça lui convenait, Luc n'était pas ce qu'on appellerait un aventurier, plutôt un casanier et ça me convenait parfaitement. Levé tous les jours à 7 h précise pour aller travailler du lundi au vendredi, il n'avait jamais manqué un jour de travail, il était de ceux que l'on pourrait garantir des plus fiables, on pouvait compter sur lui. Les samedis et dimanches, c'était un réveil à 8 h pour ses deux sorties à vélo de la semaine, qu'il pleuve, qu'il vente, il sortait pour de longues sorties, au minimum de 50 kilomètres. Il était réglé comme du papier à musique, rien ne venait contrarier la régularité de ce sportif du week-end. Et pourtant un jour il a quitté son travail sans explication et abandonné son vélo sur la route. Un changement radical. Tic-tac, tic-tac.

Cela faisait près d'un an que cette transformation avait commencé. Ou est-ce que tout avait déraillé ? Nul ne le sait. Les jeunes d'aujourd'hui sont précoces mais une crise de la quarantaine à vingt-cinq ans, ça me semblait prématuré. Des rencontres sur le net, dans un café, de la lecture prosélyte, une révélation, les bulletins des chaînes d'informations, les causes pouvaient être multiples, mais les conséquences étaient en route, inévitables. L'heure du réveil avait changé suivant la saison, à l'aube ou au crépuscule du matin, peu avant le lever du soleil pour la prière du matin qu'il appelait Sobh. Il pensait à une lubie passagère mais elle s'était intégrée dans leur vie commune et perturbée leurs habitudes. Son apprentissage d'une langue étrangère incarna son nouveau passe-temps, presque une obsession, alors qu'il fut toujours médiocre en anglais sur les bancs de l'école. Tous les soirs, son rituel pour s'endormir était la lecture de romans d'aventure, des classiques, ou même des bandes dessinées. Ses paupières s'alourdissaient pour laisser place à un sommeil réparateur. Tous ses bouquins avaient disparu, il relisait sans cesse le même livre, mais ce dernier ne lui offrait pas d'apaisement, ses nuits étaient désormais agitées. Il se mit aussi à apprendre l'électronique et la conception d'objets étonnants. J'aurais préféré qu'il prenne des cours d'aéronautique, je n'aurais pas été impliqué dans ce cas-là, mais je n'avais pas mon mot à dire. Son mécanisme interne devait être déréglé, tout me bouleversait dans ses coutumes inédites. De nouveaux amis vinrent à l'appartement de plus en plus souvent, ils chuchotaient, comme s'ils ne voulaient pas que je les écoute, et pourtant même si j'avais entendu quoi que ce soit de compromettant, je n'aurais rien dit. Luc a changé de prénom, il se faisait appeler Ali, ce qui signifiait le champion dans sa nouvelle langue, mais des Luc champions il y en avait aussi en français : Luc Alphand au ski de vitesse, ou Luc Montagnier, le champion de la lutte contre le VIH. Pourquoi changer de prénom après un quart de siècle ? Luc, ou Ali mangeait différemment, ne se rasait plus la barbe, il semblait imprégné de nouveaux idéaux. La barbe lui allait bien et c'était à la mode, il gagnait du temps dans la salle de bain tous les matins, bien qu'il se taille tout de même la moustache. Mais on ne voyait pas une fille à l'horizon, donc je suppose que ce n'était pas pour embellir son physique. Ses anciens amis avaient disparu. Ses costumes cravates avaient aussi été remplacés par de grands draps blancs, une simple ouverture laissait dépasser son visage désormais fermé, il ressemblait à un fantôme. Ses parents n'étaient pas informés de tous ces bouleversements dans la vie de leur fils. Ils ne s'étaient pas aperçus de son éloignement ni de son évolution, trop occupés à leurs activités de jeunes retraités. Ils n'ont rien vu. Alors que, moi, j'avais l'impression de vivre avec Gregor Samsa, le personnage de Kafka, Luc aussi vivait une complète métamorphose. Tic-tac, tic-tac.

J'avais raison, je le savais, un truc se tramait, ce matin il m'a attrapé doucement et fixé pendant de longues secondes. Il a reproduit des gestes répétés ces derniers jours, m'a attaché avec des fils de couleur bleu, vert, jaune et noir à des bâtonnets qui ressemblaient à des saucisses de Strasbourg d'un rouge vif. Ils étaient durs et froids, pas très accueillants. Quelques gouttelettes de sueurs perlaient sur le front d'Ali, comme lorsqu'il rentrait de ses longues sorties à vélo, alors qu'il n'avait fait aucun effort, j'entendais son cœur battre fortement sans aucune raison. Avant que je ne puisse réagir, je me suis retrouvé vulgairement posé dans un sac de sport. Je suis sorti de la chambre pour la première fois depuis bien longtemps mais sans pouvoir en profiter, il faisait trop sombre dans le sac pour que je voie la moindre chose. Je commençais à comprendre, hier des batteries neuves, j'avais été gâté mais non sans raison. Ali voulait être certain que je n'ai pas de défaillance. Quel manque de confiance, je ne l'avais jamais laissé tomber, pas un matin, jamais une panne, il pouvait compter sur moi qu'il s'appelle Luc ou comme il le veuille. Tic-tac, tic-tac.

J'entends de plus en plus de bruit, il y a des gens autour de nous, il ouvre la fermeture éclair du sac, me regarde discrètement, nous sommes dans un aéroport ou une gare, mais j'ai bien peur d'un voyage avec un aller simple, il n'y aura pas de retour possible. Il pose sa main glacée sur mon dos remonte délicatement vers le petit mécanisme qui sert à me régler, décale l'aiguille de l'alarme dans cinq minutes exactement et vérifie les connexions. Notre histoire ne peut pas se terminer de cette manière, il ne va pas m'abandonner, après tout ce temps passé ensemble. Je me retrouve déposé dans une consigne avec les saucisses, il ne verrouille pas la porte. J'entends une annonce « le train à destination de Bruxelles quai numéro quatre va partir dans… » Je n'écoute plus. Quel salaud, il se débarrasse de moi comme d'une vieille chaussette trouée. Toutes ces nuits passées côte à côte n'ont plus d'importance. Dix ans balayés sans explication, j'ai compté plus 315 millions de petits mouvements de mon aiguille la plus fine, et même pas un au revoir. Je panique quand je réalise que c'est la fin, j'aurais dû m'y préparer, ne pas me voiler la face, ou le cadran. Si je pouvais m'arrêter, défaillir, je n'ai pas envie d'entendre ma dernière sonnerie. Il y a beaucoup de monde autour de moi, des bribes de conversations, des courants d'air, je ressens une énergie débordante, la vie. Je voudrais tant mourir pour sauver ceux qui m'entourent, mais l'aiguille des secondes avance inexorablement vers sa destination, personne n'arrête le temps. J'aimerais tant que quelque chose ne tourne pas rond, mais à chaque tour, la grande aiguille avance vers sa destinée, son chemin est tout tracé, elle n'arrive pas à se perdre. Pour une fois je pourrais retarder, offrir encore quelques instants supplémentaires à ceux autour de moi qui ne savent pas que ce sont les derniers, mais, non, je n'y arrive pas, c'est plus fort que moi, maudite fiabilité. Il ne reste qu'une poignée de seconde. Tic-tac, tic-tac, tic…

Au Feu !

North-Bend, dans l'État de Washington, n'est pas très loin de Seattle. Une petite ville tranquille, ou tout le monde se connaît. Des paysages bucoliques, la région est entourée de lacs, de montagnes escarpées – les Snoqualmies – et de grandes forêts. C'est l'hiver, particulièrement sec et froid cette année, la neige est abondante, elle recouvre les collines à des kilomètres, un manteau blanc à perte de vue.

Harry, bûcheron depuis toujours, rentre tranquillement du travail. Le poids du temps se voit sur sa carcasse épaissie au fil des années, les rides au front se creusent un peu plus tous les jours, presque des crevasses, un visage s'apparentant à un parchemin. Le froid conservait jusqu'à une certaine limite. La retraite se rapprochait à grands pas, dans quelques semaines, ce serait « la quille », lui avait annoncé fièrement son collègue Bobby qui avait lu ce mot dans un livre français cela signifiait le départ à la retraite, la libération, et la joie d'une période qui s'achève. Harry ne voyait pas la retraite comme un soulagement, mais comme une source d'inquiétude, une petite mort. Il n'avait aucune idée de comment passer le temps une fois qu'il dirait adieu à la scierie. L'odeur du bois coupé, le bruit des scies à ruban, des dégauchisseuses, les raboteuses, tout allait lui manquer, c'était sa vie depuis ses seize ans, il n'en connaissait pas d'autre. Il espérait être bientôt grand-père, et pourrait s'occuper d'un petit fils, lui transmettre ses connaissances. À cet instant, il pensa à sa fille. Donna voulait lui parler de quelque chose d'important, il croisait les doigts pour qu'elle lui annonce une bonne nouvelle et réveillât une arthrose jamais véritablement endormie. Il ne devrait pas oublier de changer son jean élimé, de raser les poils blancs qui le vieillissaient et pourquoi pas aller chez un *barber* pour se faire beau. Il ne voyait plus beaucoup sa fille, donc à chaque fois qu'il avait ce plaisir, il se voulait irréprochable.

Au volant de son pick-up rouillé, un antique Dodge qui devait avoir le même âge que son propriétaire, et consommait de plus en plus de carburant, comme lui avec le whisky, il effectue le trajet quotidien qui le ramène à sa cabane en dehors du village. Il aurait dû faire le plein, il était déjà sur la réserve mais le ferait le lendemain quand il irait voir Donna. Ce retour, après une dure journée de labeur – ses mains lui font de plus en plus mal- est calme, paisible, il n'y a jamais personne sur cette route déserte. La nuit tombe tôt à cette époque de l'année, il a l'impression d'être dans un vieux film en noir et blanc, entouré de neige et d'obscurité, seules quelques étoiles scintillent dans un ciel sans nuage. Tout à coup, surpris, il voit au milieu de nulle part apparaître à l'horizon un éclairage vert. Comme une lumière blanche au bout du tunnel, il ne se pose pas de question et continue d'avancer à faible allure, la route est sûrement verglacée et ses pneus ne sont pas en très bon état. Avec la longue ligne droite, il estime que ce point vert doit être à un kilomètre devant lui, sûrement à l'intersection de Riverside Drive.

Il pense à un feu de circulation, mais ça lui paraît vraiment étrange, c'est impossible. Il n'y en a pas à cet endroit, il n'y en a jamais eu et il n'y avait aucune raison qu'on en installe un, personne ne passait sur ces routes. En s'approchant, il se rend compte qu'effectivement sa première impression était la bonne.

Alors qu'il allait passer, le feu passe à l'orange. N'importe qui d'autre aurait continué son chemin, mais pas Harry, il avait été élevé avec une éducation stricte, et toute sa vie, il ne s'était jamais écarté du droit chemin. Il suivait les règles à la lettre, n'avait jamais enfreint la loi. Il freina et s'arrêta au feu qui passa au rouge.

Stoppé à l'intersection, il regarde fixement la lumière qui lui donnait l'ordre de s'arrêter. Que faisait-il sur cette route déserte ? Qui l'avait installé ? Il n'avait aucune légitimité à cet endroit. En plus, il ne semblait pas neuf, ce qui signifiait qu'on avait posé un vieux feu. Étonnamment, il ne voyait aucun fil électrique relié à cet insolite objet, il devait y avoir une explication, peut-être des panneaux solaires. Pendant la pause déjeuner, il avait mangé son sandwich avec Bobby, la conversation avait porté sur son père, Benjamin atteint de la maladie d'Alzheimer, il oubliait tout. Je suis peut-être atteint du même mal se dit-il, peut-être ce feu est là depuis toujours… Il se remémora le trajet quand ce matin il était passé vers sept heures, il se souvenait bien des cerfs qui avaient traversé la route devant lui, du verglas dans certains virages… Non il avait toute sa tête, le feu n'était pas là. Une légère angoisse s'empara de lui, comme si une présence, une ombre rôdait autour, une menace invisible. Il secoua la tête pour reprendre ses esprits, mais ne put s'empêcher de repenser aux histoires de fantômes que lui racontait son père autour d'un feu de camp lorsqu'avec son grand frère, ils allaient bivouaquer au bord du Chester Morse Lake. Il devait rationaliser l'apparition de ce feu de circulation désormais bloqué sur le rouge. Peut-être vont-ils faire des travaux sur la route ? On prépare des signaux de passage, mais ça semblait peu probable. Quand il rentrerait chez lui, il appellerait James ou Ed deux amis, conseillers municipaux qui pourraient le renseigner, à condition que les lignes téléphoniques fonctionnent.

Le feu était toujours rouge, il profita de l'arrêt pour s'allumer une cigarette, baissa la vitre malgré le froid et inhala la première bouffée de nicotine avec un plaisir coupable. Harry avait drastiquement réduit sa quantité de tabac depuis que le docteur Hayward lui avait conseillé de diminuer sa consommation en lui faisant un peu peur. Bien sûr, c'était son rôle et à chaque visite annuelle, il avait l'impression d'écouter la même rengaine, un peu comme si le doc était un disque rayé. Mais cette fois, il avait décelé une petite tache sur ses poumons, ce n'était pas grand-chose, mais quelques examens de contrôles l'attendaient le mois suivant. Pourvu que le satané crabe ne se soit pas installé. Il ressentit une vague oppression dans la poitrine. Cette cigarette serait la première et la dernière de la journée. Il voulait chasser ces idées noires et regarda à nouveau le feu rouge. Il remonta la vitre, cette cigarette s'était consumée rapidement sans qu'il réalise le plaisir qu'elle était censée procurer. Le feu n'était pas passé au vert.

— Mais c'est quoi ce bazar ? il est cassé ce signal ou quoi ? Il est bloqué sur le rouge ? Mais non, quand je suis arrivé il était vert, il est passé à l'orange puis au rouge, donc il fonctionne. Bon, encore trente secondes et je passe, s'exclame-t-il à haute voix, se parlant à lui-même.

Il compte dans sa tête, un, deux, trois, quatre… arrivé à trente le feu était toujours rouge.

— Bon, j'y vais… Il relâche la pédale de frein avance un peu et s'arrête brusquement. Il ne pouvait pas griller un feu rouge, son éducation stricte imprimée dans son être l'empêchait de passer, il était programmé pour ne pas tricher, ne pas mentir et respecter les lois. Impossible d'enfreindre le Code de la route, c'était plus fort que lui, c'en était pathétique. Un frisson remonte le long de son échine, il ne manquerait plus qu'il attrape la grippe. Il monte le chauffage du pick-up, l'air chaud dégage une odeur familière d'essence et de veille mécanique qui provoque automatiquement une toux rauque à ce bon vieux Harry.

— Bon, on y va ! Cette fois, je passe. C'est ridicule, ce feu ! se dit-il à voix haute comme pour s'encourager. Au moment où il appuie sur l'accélérateur, le moteur cale, il ne manquait plus que ça, le véhicule ne veut pas passer non plus. Il tourne la clé, le moteur ratatouille, puis se rallume. Alors qu'il repasse en première un grizzli de plus de trois cents kilos passe devant la voiture, il est accompagné de son petit. Leur fourrure de couleur brun foncé dénote avec le blanc du manteau neigeux. Il ne voit plus qu'eux dans le halo de ses pleins phares. C'est drôle, était-ce pour eux le feu rouge ? Ils regardent dans sa direction et s'approchent de son véhicule. Harry n'est pas rassuré mais il sait que s'il reste immobile les mammifères ne lui feront rien, ils ne se sentiront pas agressés. Le petit est devant la voiture, il ne bouge pas, le fixe pendant que sa mère tourne autour. L'habitacle est un peu secoué, elle semble se frotter contre la carrosserie puis se décale légèrement lorsqu'elle arrive au niveau de sa fenêtre. Elle le fixe quelques instants. Il ne sait pas combien de temps les animaux restent à l'observer, les minutes s'écoulent, Harry est comme figé. Il y a bien longtemps, il avait abattu un ourson par erreur lors d'une partie de chasse, de mauvais souvenirs remontaient à sa mémoire. Ces animaux se ressemblent mais il croirait revoir sa petite victime. Comme ils sont apparus, ils disparaissent dans les bois. Il se retrouve à nouveau seul, c'était étrange comme un mirage, une illusion, un instant spécial, avait-il rêvé cette rencontre ? Normalement, ces animaux hivernent, à cette époque, ils devraient somnoler au fond d'une grotte ou d'un abri. L'enchaînement de moments surréalistes continuait après l'apparition du feu. Il n'avait même pas fait attention si pendant ce laps de temps il était passé au vert, mais maintenant qu'il est à nouveau seul, il est toujours rouge. Mais pourquoi ce feu ne voulait pas le laisser continuer sa route, et pourquoi ne pouvait-il pas passer outre les interdictions, c'est comme si quelque chose ou quelqu'un le testait, voulait voir ses limites, passerait-il la ligne ? Est-ce que quelqu'un jouait avec lui ? Braverait-il l'interdit ? Ce stop l'empêchait de continuer sa vie tranquillement. D'ailleurs toute son existence, il avait été freiné, limité par des règles visibles ou non, il n'avait pas osé les transgresser, aller plus loin que là où on l'autorisait. Toutes ses choses qu'on lui avait interdites, encadrées, qu'il avait respectées comme un élève modèle, un bon fils, un bon époux – ça n'avait d'ailleurs pas empêché sa femme de partir –, un bon père, un travailleur consciencieux. Je respecte les ordres, les protocoles, je suis ce que l'on attend de moi, le respectueux.

Et puis non, il allait passer, il allait franchir la ligne imaginaire de l'interdit. D'ailleurs pour la première fois, il se demande qui définit les règles qu'il suit et pourquoi ? Dans ce qu'il considère comme inviolable, quelle quantité n'est qu'aléatoire et sans fondement ? Il a comme une révélation, une illumination, une curieuse panique l'envahit, une remise en question que son cerveau a du mal à assimiler : toutes les règles ne sont pas bonnes à suivre. Il se sent tout petit, minuscule, impuissant comme une fourmi qui devrait déplacer des montagnes.

— C’est bon j’y vais, il démarre à nouveau accélère mais le pick-up n’avance pas, il reste derrière le feu, les roues ont l’air de tourner, le régime moteur monte à 1500 tours par minute mais il ne bouge pas. Il se retrouve comme dans l’œil d’un cyclone, en apesanteur, il flotte dans le calme alors que tout s’effondre autour. Cette apocalypse devrait être accompagnée d’un fracas assourdissant, mais il n’entend rien d’autre que le son du moteur, comme si la bande-son des évènements était défectueuse. Harry se sent léger, il n’a plus mal au dos ni aux bras, le bruit du véhicule se fait plus doux. Il pense à sa fille Donna, son ex, il voit ses parents lui faire signe de le rejoindre. Une certaine mélancolie l’envahit. Le bruit du moteur s’estompe, il n’entend plus rien, un silence étourdissant. Doucement, avec apaisement, les pulsations de son cœur ralentissent, il cesse définitivement de battre. La nuit tombe soudainement. Ses paupières se ferment pour ne plus jamais se rouvrir… Sa dernière vision est le feu qui passe au vert. Il peut enfin avancer, mais cette fois vers l’inconnu. Le lendemain matin, inquiète de ne pas avoir de nouvelles de son père avec lequel elle devait prendre le petit déjeuner en ville afin de lui annoncer une excellente nouvelle, Donna appelle sa mère. L’ex-femme d’Harry, Shelly lui propose de l’accompagner chez son père si ça peut la rassurer. La neige était tombée toute la nuit, les routes difficilement praticables, elles demandèrent au shérif Cooper de les accompagner avec son gros 4X4, et tous les trois roulèrent dans la direction de la cabane d’Harry.

Après un virage dangereux, les trois passagers virent au bout de la longue ligne droite un véhicule arrêté au milieu de la route. C’était celui d’Harry, il avait dû avoir un accident, ou un problème mécanique, mais en s’approchant à une dizaine de mètres, Cooper qui avait demandé aux deux femmes de rester dans le 4X4 ne vit aucune trace d’accident, le pick-up recouvert d’une fine couverture de neige s’était simplement arrêté là, sans raison, aucune trace de freinage, aucun impact. En s’approchant côté conducteur, il vit Harry, blanc, les yeux fermés, un léger sourire sur le visage, il ouvrit la porte, prit le pouls, mais il savait déjà avant de le toucher qu’Harry n’était plus de ce monde. Il s'était arrêté au milieu de la route sans raison pour mourir. Cooper ressentit une grande tristesse, il devait aller annoncer la nouvelle à Shelly et Donna qui attendaient dans la voiture. Avant cela, il regarda autour de lui, la neige d'une blancheur immaculée, les arbres de plus de 50 mètres de haut, les montagnes environnantes, le cours d'eau, c'était un bel endroit pour mourir. Il n'y avait aucune trace d'un quelconque feu de circulation. Cooper eut l'impression d'entendre le bruit d'un passage piéton qui permet aux non-voyants de savoir qu'ils ont le droit de traverser. Il tourna la tête pour voir d'où venait ce son improbable et vit un aigle déployer ses ailes et s'envoler au-dessus de la route.

La disparition

New York Time
26 juillet 1977
Un mois après sa disparition,
toujours aucune nouvelle d'Elvis Presley

Cela fait désormais un mois que nous sommes sans nouvelle du chanteur. Le King a disparu du Market Square Arena à Indianapolis, le 26 juin 1977, après son concert. Pas une trace d'Elvis depuis ce fameux soir. La police, ainsi que le FBI et la CIA n'écartent aucune hypothèse : kidnapping, accident, suicide, fausse disparition à but commercial, certains parlent même d'enlèvement par des extraterrestres, ou par les Russes. La piste privilégiée est celle de malfrats qui vont sûrement demander une rançon. Est-ce que Mr Presley avait des ennemis ? *Was he Looking for Trouble* comme l'indiquait un de ses tubes ?

Mais où est Elvis ? Le monde retient son souffle depuis trente jours, ses fans sont désespérés, ils prient pour le retour de leur idole. La police ne fait aucun commentaire, ils ne semblent pas progresser dans leur enquête. À la fin du concert, Elvis a signé quelques autographes à des groupies déchaînées puis il est retourné dans sa loge et s'est évaporé. Lorsque son chauffeur Steve Coogan inquiet du retard de son patron est allé le chercher une heure après la fin du concert, il n'était nulle part, c'est lui qui a averti les forces de l'ordre qui ont d'abord cru à un canular et ont perdu de précieux moments. Sa fille de neuf ans vient d'adresser un message télévisuel bouleversant ou elle demande à tous ceux qui auraient des renseignements sur son père d'appeler le numéro de la police au 555-264-451.

The Wall Street Journal
26 juillet 1977
Des ventes au plus haut

Les ventes d'album d'Elvis Presley battent des records depuis sa disparition, les 5 premières places des charts sont prises par des albums du King. Des disques qui n'avaient pas trouvé leur public sont pris d'assaut par les fans. En Europe, les ventes de ses disques ont également explosé. Certains commentateurs remarquent que cette « disparition » est vraiment bien tombée, tant l'artiste était sur une pente descendante, à bout de souffle littéralement. Cette publicité gratuite est très bénéfique à ses affaires. Nombreux sont ceux qui pensent à un coup de marketing et que le chanteur va revenir d'ici peu. Sa disparition était tellement parfaite qu'elle en était soupçonnée. Son manager, le Colonel Parker a longtemps été auditionné par la police d'Indianapolis mais a été libéré sans être inquiété. Des tensions persistantes existent depuis quelques mois entre le chanteur et son imprésario. Les rumeurs de séparation ont été confirmées par de nombreux témoins issus du show-business. Des querelles suite aux mauvais choix de rôle à Hollywood et une gestion de carrière ou l'argent compte plus que les projets sont les causes de cette brouille. La question est de savoir maintenant quand le King va revenir et où est-il actuellement ? En attendant, ses comptes en banque se remplissent de millions de dollars.

Shirley lit tout ce qui s'écrit sur son idole depuis un mois, toutes les informations sont bonnes à prendre, même les plus farfelues qui la font parfois sourire. Habitant à moins de deux kilomètres du Market Square Arena, elle avait obtenu un billet pour le dernier concert d'Elvis, ce n'était pas le meilleur mais elle sait qu'il va revenir plus fort, elle en est persuadée. Deux bonnes amies viennent boire le thé cet après-midi, elles vont parler de l'absence de celui sans qui elles n'imaginent pas vivre. Trina et Katy sont d'un grand soutient ces derniers temps, elles partagent la peine de Shirley et n'arrêtent pas de demander des détails de cet ultime concert comme pour être encore un peu avec leur idole. Un peu jalouses, elles n'ont pas obtenu le sésame pour assister au concert. Quand Shirley raconte ses émotions ressenties devant le chanteur, elle a l'impression de remonter le temps et d'être face à lui, de le toucher lorsqu'elle lui a demandé son autographe, elle est une des dernières personnes à l'avoir vu, et en est très fière. Elle trouve d'ailleurs étrange que la police ne l'ait pas interrogé, ni aucun journaliste. C'est mieux ainsi, elle préfère rester dans l'anonymat et de toute façon, elle n'aurait rien à leur dire. Ses amies, surtout Katy qui traverse une mauvaise période, ont besoin de cette dose d'Elvis que sont ses récits, et Shirley rajoute des détails à chaque nouvelle version du concert qu'elle décrit avec enthousiasme.

La petite demeure de Shirley est à mi-distance entre la salle de concert et l'usine Rolls-Royce ou l'on fabrique des moteurs d'avion et de belles automobiles. Elle se situe face à la White River dans le centre d'Indianapolis, toujours d'une propreté incroyable, telle une maison témoin, on ne trouve même pas un poil de Ronron, le gros matou de Shirley qui semble déprimer depuis un mois lui aussi. Le jardin est dans un état impeccable, la pelouse bien tondue, aucune herbe ne dépasse, et la petite cabane au fond du jardin a été repeinte il y a peu de temps. Shirley serait presque maniaque, elle veut surtout passer pour une maîtresse de maison parfaite, dans le quartier, elle est la seule femme célibataire, et des bruits courent sur ses penchants car aucun homme n'est jamais vu chez elle, alors qu'elle est une très belle femme de trente-cinq ans.

Une bonne odeur de soupe de légumes embaume toute la cuisine lorsque Trina arrive à la porte avec une boîte de cookies encore chauds. Après une accolade pleine de réconfort, elle demande à son amie de passer par le salon, la pièce réservée à l'idole, pour se recueillir quelques instants devant les innombrables objets à l'effigie d'Elvis. Rideaux, coussins, disques, tasses de thé, poupée, les affiches des films King Créole, Love Me Tender, Speedway cachent le papier peint de la pièce. Tout est Elvis dans cette pièce, Trina fait une petite prière, elle ressent la présence du King proche, elle ne sait pas comment se l'expliquer, mais au plus profond d'elle-même, elle sait qu'il va bien, qu'il va revenir. Elle a reçu de sa sœur Mary, les dernières nouvelles d'Hawaï, un endroit qu'appréciait beaucoup le chanteur, elle ne croit pas ce qu'elle a lu mais donne le journal à Shirley pour avoir son avis.

Hawaï Tribune Island
22 juillet 1977
The King aperçu à Honolulu

Presque quatre semaines après la disparition inexpliquée du chanteur Elvis Presley, des rumeurs courent sur la possibilité que le chanteur se cache sur une de nos îles. Il aurait été vu à Honolulu et sur l'île voisine de Maui. Karen McKenzie, une habitante d'Honolulu est persuadée de l'avoir vu manger un hamburger à la plage le week-end dernier, « il se promenait tranquillement avec un sandwich à la main » John Bucket guide a la base navale de Pearl Harbour est formel : Elvis a visité le site ces jours-ci, il a essayé de l'approcher mais Elvis se sentant repéré est parti « je mettrais ma main à couper que c'était Elvis, il ne se cachait pas vraiment, mais ne voulait pas être dérangé ». La liste des témoignages s'allonge de jour en jour, mais il semble qu'Elvis Presley ait aussi été vu en Californie, dans le Maine, à Washington DC et beaucoup d'autres endroits, des témoins britanniques l'auraient vu à Londres. Des enquêteurs privés recoupent les témoignages, mais c'est sûr qu'Hawaï est un de ses endroits préférés.

Shirley sourit en lisant le journal des îles du Pacifique, Elvis a des fans dans le monde entier, ils le voient partout, mais ce ne sont que des balivernes, et le pire c'est qu'il n'y a même pas une photo accompagnant l'article. Elle n'a pas le temps d'exprimer son désaccord avec ce qui est écrit qu'on sonne à la porte, c'est Katy qui arrive avec deux bouteilles de champagne français. Depuis que son mari l'a quitté, elle a comme gagné à la loterie. Elle n'a pas divorcé, mais le laisse libre de ses actes en échange d'une rondelette pension qui lui permet de gâter ses copines. Shirley est un peu inquiète face à la consommation d'alcool de son amie, mais peut-être veut-elle noyer ses chagrins dans son vin mousseux préféré. En attendant, il semble que les tasses de thé vont être remplacées par des flûtes à champagne.

Katy a sûrement commencé à boire avant d'arriver, son haleine est suspecte, et lorsqu'elle enlève ses lunettes de soleil, son maquillage a coulé. Sans même avoir dit bonjour à ses amies, elle se lance dans une diatribe contre les hommes :

— Tous des salauds ! Ils me laissent tous, ce bon à rien de Bob qui se tape sa secrétaire, je m'en fous de ce mari qui bandait mou, mais pas Elvis, comment peut-il me faire ça ? J'avais réussi à me procurer des tickets pour son prochain concert, et il n'est pas là, quel salaud lui aussi, comment peut-il me faire ça ? Comment peut-il me laisser seule ? Je le laisserais être mon Teddy bear, Elvis revient, don't be cruel, et toi Shirley qui ne t'es jamais marié pour rester fidèle à Elvis, t'es pas encore plus furieuse que moi ? Comment peut-il nous faire ça à nous toutes ? Et Trina tu ne dis rien ? Tu penses qu'il est à Hawaï toi aussi avec des vahinés et des colliers de fleurs ? C'est n'importe quoi, il lui est arrivé quelque chose de terrible j'en suis certaine. Les journaux écrivent n'importe quoi pour vendre du papier !

— Katy, entre, ne reste pas à faire une scène sur le palier de la porte, les voisins vont jaser. Viens t'asseoir, tu as besoin de te reposer, tu as pris trop de soleil.

Les trois amies se dirigent vers la cuisine, Shirley sort un seau à champagne, le remplit de glaçon, ouvre une bouteille de champagne et range la seconde dans le réfrigérateur. Ronron se pose sur les genoux de Trina, ce qui relance Katy dans ses monologues interminables :

— Ils me laissent tous ! Même ton chat préfère une autre que moi ! Mais qu'est-ce que j'ai fait pour mériter autant de désamour ? Et Elvis, Elvis, où es-tu ? Fais-nous un signe…

Katy est interrompue par un fort bruit venant du fond de la petite propriété, de la cabane où Shirley range ses outils de jardinage, la tondeuse à gazon et qui lui sert de débarras.

— Trina, ressers une coupe à Katy, je vais voir ce qui se passe, ce doit être encore un chien, j'arrive tout de suite.

Elle laisse précipitamment ses amies comme si sa vie en dépendait, laissant même perplexe Katy qui reste bouche bée devant le comportement étrange de la maîtresse de maison. Cette dernière profite d'ailleurs de son absence pour demander à Trina son avis sur le fait que Shirley aurait pu avoir une aventure avec Bob.

— Shirley ?! Avec ton mari ? Mais tu es folle, mon amie ! Ou alors tu as trop bu, je n'ai jamais vu Shirley avec un homme, elle ne vit que pour Elvis, et on ne peut pas dire que ton Bob soit son style.

Le téléphone sonne mais Shirley n'est pas revenue du jardin, Katy titube jusqu'à l'appareil et répond sans gêne comme si elle était chez elle.

— Allo, Shirley, comment ça se passe avec Elvis ? Comment va-t-il ? Shirley ?

Katy interloquée n'ouvre pas la bouche, Trina lui prend le téléphone des mains.

— Bonjour, nous sommes des amies de Shirley, elle arrive dans un instant.

— Bonjour Trina, je reconnais ta voix, c'est Stuart, j'appelais pour savoir comment allait ma fille, pour savoir si elle est toujours aussi triste depuis la disparition d'Elvis. Dans le Tennessee, c'est toujours le sujet numéro un de conversation. Si vous êtes entre amies, je vous laisse, je rappellerai ce soir.

Trina n'avait pas eu le temps de répondre que Stuart avait déjà raccroché, tout le monde agit bizarrement aujourd'hui, Katy interloquée n'a toujours pas bougé.

— Katy ? Katy ? Je crois que tu devrais arrêter de boire un peu, tu déprimes ces temps-ci, il faut te reprendre en main.

— C'était qui au téléphone ? Il croyait parler à Shirley et demandait des nouvelles d'Elvis.

— Non mais Katy, il faut vraiment que tu arrêtes, même de bonne qualité, l'alcool monte à la tête, c'était son père, il voulait avoir des nouvelles de sa fille, il s'inquiète de son état depuis la disparition d'Elvis.

Shirley revint comme si de rien était avec un grand sourire, et prend un cookie alors que Trina met de l'eau à chauffer pour finalement préparer un thé anglais. Elle est de plus en plus préoccupée pour Katy qui se laisse aller depuis que son mari l'a quitté et descend dangereusement une pente qui l'a conduit doucement mais sûrement vers une cirrhose en plus d'une grosse dépression. Si maintenant, elle ne comprend plus les conversations téléphoniques, ça devient inquiétant.

— Allez, on s'écoute une chanson du King en prenant notre thé les filles ? Laquelle ? demande joyeusement Shirley, et sans attendre se dirige vers son tourne-disque et prend la pochette de Elvis is back, le premier à sortir à la fin de son service militaire en Allemagne.

— Avec un titre pareil, vous allez voir qu'il va nous revenir bientôt, répond Trina en versant l'eau chaude dans la théière.

— Vous savez qu'il y a une marche de soutien à Memphis la semaine prochaine ? On pourrait y aller toutes les trois, ça te ferait du bien Katy de changer d'air, et Shirley, tu pourrais en profiter pour aller voir ton père. Ah ! En parlant de ton père, il a téléphoné quand tu es partie dans ta cabane, il te rappelle ce soir.

— Une marche ? En soutien d'Elvis, c'est une blague, il n'a besoin d'aucune marche, je suis sûr qu'il va bien là où il est, il faut lui laisser un peu de temps, il va revenir de lui-même quand il sera prêt.

Katy s'est endormie sur le canapé, Ronron l'a finalement choisi et se couche sur elle, mais elle ne s'en rend pas compte, elle est profondément assoupie. Trina relance Shirley sur un séjour à Memphis, elles pourraient prendre sa nouvelle Ford Mustang cabriolet, un petit road trip entre copines leur changerait les idées, surtout pour Katy. Shirley reste évasive avant d'opposer un refus catégorique devant la persistance de son amie, elle aurait trop de choses à faire, elle est sur un projet important dont elle ne peut pas encore parler, mais bientôt, elle en fera part à ses copines.

Trina est déçue, elle aussi s'éloignerait bien de son mari quelques jours, elle n'en a pas parlé, mais son couple n'est pas au beau fixe depuis qu'elle a appris qu'il est stérile, et un éloignement de quelques jours lui ferait du bien.

— Ce n'est pas grave, je vais peut-être y aller avec Katy, je vais d'ailleurs l'a ramené chez elle, on va te laisser Shirley.

Les amies parties, Shirley allume la radio, c'est l'heure d'American Top 40, elle espère que Way Down, le dernier tube d'Elvis soit toujours numéro un. Dick Clark, le présentateur à une voix grave :

« Il semblerait qu'on ait retrouvé le corps sans vie d'Elvis Presley dans une maison appartenant au Colonel Parker, son manager à Las Vegas. Des investigations sont en cours pour confirmer l'identité du défunt, mais les premiers indices laissent penser que c'est Elvis. De nombreux désaccords existaient entre le chanteur et son manager, Parker est à nouveau interrogé par la police, il nie toute participation, il estime même que le corps retrouvé, qui est défiguré et abîmé n'est pas celui du King, c'est un piège qui lui a été tendu. Nous attendons plus d'informations rapidement du Shérif du comté de Las Vegas. Nos programmes sont interrompus ».

Shirley sourit, elle attend impatiemment la suite mais n'est pas inquiète, elle sait que ce n'est pas possible.

« D'après des sources hospitalières, le corps n'est pas celui d'Elvis Presley, je répète, les dernières informations reviennent sur ce qui avait été annoncé précédemment, l'homme retrouvé mort ne serait pas Elvis Presley, le mystère reste entier quant au corps retrouvé, et sur la disparition du chanteur qui n'a pas donné signe de vie depuis un mois. »

Shirley monte le son et s'éloigne vers la cuisine, elle remet à chauffer la soupe de légumes, sort un plateau, des assiettes et couverts pour deux, deux verres, une bouteille d'eau minérale d'Evian qui est un luxe pour elle, mais qu'elle achète régulièrement depuis un mois.

« Nous avons la confirmation de source policière que la personne retrouvée morte au domicile du Colonel Parker n'est pas Elvis Presley, c'est une bonne nouvelle pour tous les fans du chanteur, c'est officiel, le corps sans vie n'est pas celui d'Elvis Presley. Nous allons reprendre nos programmes avec la diffusion d'Undercover Angel de Alan O'Day, numéro six cette semaine, la bande originale des Drôles de Dames remonte de quatre places dans notre classement. »

Shirley éteint la radio et se dirige avec son plateau-repas dans le jardin, Ronron se met en travers de son chemin et risque de la faire trébucher, elle l'éloigne avec un petit coup de pied.

Elle entre dans le cabanon et retrouve avec plaisir l'homme attaché sur le lit, bâillonné, qu'elle garde depuis près d'un mois.

— Elles ne partaient plus les copines ! Pauvre Elvis, tout seul toute l'après-midi dans le cabanon. Tu seras bientôt remis sur pied mon chéri, avec mon régime tu auras perdu les 30 kg que tu avais de trop, je t'ai sûrement sauvé d'une crise cardiaque ou d'un infarctus, tu ne le sais pas encore mais tu me remercieras un jour. Tu as déjà meilleure mine. Allez, je vais t'enlever ce tissu autour de la bouche pour que je puisse te donner à manger, promets-moi d'être gentil, de ne pas crier. Ensuite, ce sera l'heure de nos galipettes, c'est la bonne période d'ovulation pour moi, je sais que tu n'es pas une machine, mais une troisième fois aujourd'hui après ce matin et cet après-midi ne doit pas être de trop pour toi, je sais que tu aimes ça autant que moi. Dans quelques semaines, je serai enceinte et je vais enfanter Elvis Junior, je vais te donner un fils, moi j'en suis certaine. Ah ! Au fait aux dernières nouvelles ils t'ont cru mort, ils ont retrouvé un corps chez Parker, ils ne savent pas qui c'est, sinon, on te voit un peu partout aux États-Unis et même en Europe.

Et pendant qu'elle raconte sa journée à Elvis, elle le nourrit comme un enfant, fait sa toilette et monte sur lui à califourchon. Après quelques minutes, elle sent un liquide chaud en elle, se retire et va faire le poirier face à son prisonnier incrédule. Il ne se débat plus comme au début depuis qu'elle ajoute des calmants à sa nourriture, mais il est toujours vigoureux quand elle lui monte dessus. Shirley rigole intérieurement, quand elle racontera tout ça à Trina et Katy, elle espère que ses copines ne lui en voudront pas, et ses voisins qui la prennent pour une folle ou pire une lesbienne verront bien la vraie face de Shirley.

En sortant du cabanon, elle ne voit pas son chat derrière la porte. Elle trébuche sur Ronron, perd l'équilibre et tombe fortement au sol, se cognant la tempe sur un pot de fleurs. Le choc est terrible entraînant une perte de connaissance instantanée. Un saignement à peine visible coule de son front. Elle ne se relève pas, victime d'une commotion cérébrale d'une gravité inouïe et d'une hémorragie interne, l'onde de choc entraînant une mort cérébrale immédiate. Dans un enchaînement tragique, son cerveau n'intime plus l'ordre à son cœur de pomper, ce dernier s'arrête aussi de fonctionner. Le stupide accident a été si rapide qu'elle n'a pas vu la mort arriver, elle n'a même pas souffert. Le chat reste à côté d'elle des heures à miauler, mais elle ne se réveille pas. Le téléphone sonne, Stuart ne le sait pas encore mais il n'entendra plus jamais la voix de sa fille.

Le lendemain matin, Trina revient chez son amie afin de la faire changer d'avis, certaine du bien fondée d'un road trip dans le Tennessee, Shirley ne peut pas manquer une marche pour Elvis. Elle sonne à la porte, personne ne répond, la voiture de Shirley, une vieille Cadillac est garée devant l'allée, elle devrait être là. Trina pousse la porte d'entrée qui n'était pas fermée, entre doucement, mais ne voit aucune trace de son amie, par contre elle entend son chat Ronron qui miaule dans le jardin à l'arrière de la maison. La porte arrière est restée ouverte, elle avance doucement et voit Shirley, inanimée par terre. Sa première impression est terrible, elle a l'air morte, sûrement assassinée par un cambrioleur, Trina retient un cri, s'approche avec précaution, s'agenouille et touche son amie qui est déjà froide. Alors qu'elle s'apprête à appeler la police, elle entend du bruit dans le cabanon, comme si quelqu'un essayait de se débattre. La curiosité étant plus forte que sa peur, elle entre et voit menotté sur un lit de camps Elvis Presley torse nu recouvert seulement d'un drap. Incrédule, elle enlève le bandeau qui lui recouvre la bouche. Elvis faible, toujours sous l'effet des drogues, raconte une curieuse histoire d'enlèvement, de viols répétés, d'enfantement, de remise en forme, dont l'épilogue est l'accident de sa ravisseuse. Trina est abasourdie par ces révélations. Elvis demande faiblement à être libéré. Avec l'intention de le détacher, elle se lève pour chercher les clés des menottes, elles sont sûrement dans l'entrée de la maison avec les autres trousseaux. Elle va appeler les secours et revenir vite. Elle est bouleversée, l'impression de vivre un cauchemar et un rêve au même instant : son amie est morte mais Elvis est vivant. Elle vient de lui parler, elle l'a touché, son idole, celui dont elle a toujours rêvé, elle va devenir sa sauveuse, celle qui a résolu l'énigme tenant le monde entier en haleine depuis des semaines. Son imagination s'emballe. Elle voit Elvis l'embrassant, donnant un coup de poing à son mari jaloux, elle se voit passagère d'une grosse moto conduite par le King, les cheveux au vent roulant vers l'inconnu. Tout se bouscule dans son esprit, comme si elle était dans un épisode de la série La Quatrième Dimension. Elvis Presley sans défense, attaché dans un lit chez sa copine Shirley, c'est incroyable. D'ailleurs m'a-t-il vraiment demandé de le libérer ? Son ton semblait équivoque… Le monde entier est à sa recherche mais il n'est qu'à quelques mètres de l'endroit où il a disparu, en ma possession, à ma disposition.

Elle titube, comme ivre, en état de choc vers la maison principale, elle s'approche du téléphone, compose le 911, reste muette un instant, puis raccroche. Recompose le même numéro, entend « Police secours, comment puis-je vous aider ? » Raccroche à nouveau.

Elle appelle ensuite Katy, tombe sur le répondeur de son amie qui doit être en train de dessouler, et laisse un message laconique expliquant qu'après avoir réfléchi, elle part au Tennessee avec uniquement Shirley et qu'elles vont être absentes plusieurs semaines, sans donner plus de détails.

Trina retourne alors au cabanon, enjambe le corps inerte de son amie sans même un regard, entre dans une transe incontrôlée, arrache ses habits et se jette à califourchon sur le King en le bâillonnant à nouveau. Après avoir ressenti un puissant orgasme, elle sourit.

— Mon mari n'a jamais pu me donner d'enfant, et j'aime bien l'idée de Shirley, je vais te remettre sur pied comme elle l'avait prévu, et je vais la remplacer pour tout, mais c'est moi que tu vas enfanter. D'ailleurs, que vais-je faire de son corps, je vais l'enterrer dans le jardin, en attendant tu pourrais me chanter une petite chanson ? Nous allons vivre heureux, tu vas voir.

Mais où est passée la Lune ?

1 – Marée basse

Malgré l'heure matinale, le cerveau d'André était en ébullition. Les pensées se bousculaient dans son esprit sans aucune logique comme si une télécommande infernale avait pris le contrôle de ses idées. La pêche s'annonçait bonne, les restaurateurs locaux attendaient le bar de ligne avec impatience, il en tirerait un bon prix. Le fils de son frère, un célèbre spationaute, devait atterrir sur la Lune, devenant ainsi le premier Français à accomplir cet exploit gravant leur patronyme dans les livres d'histoire. Le tournage d'un long métrage chamboulait la vie tranquille du village, mais la possibilité de rencontrer son actrice favorite valait tous les dérangements. Il a d'ailleurs un flash ou il se voit embrasser la sublime Monica Palmy en lui caressant les seins sans avoir la moindre culpabilité vis-à-vis de son épouse. Il ne devait pas oublier de poster la lettre contenant le chèque de la facture d'eau. Acheter une tarte aux pommes pour dîner, ils étaient invités chez sa sœur. Tommy allait suivre les pas de Neil Armstrong, c'était incroyable. Il se voit avec son ciré jaune, le pantalon sur les genoux, sur une Monica complètement nue… Tout défile à une allure bien supérieure à celle de sa voiture.

Il freina brusquement lorsqu'une famille de lapins de garenne traversa devant les feux de route de son utilitaire, il dérapa et se déporta pour s'immobiliser à quelques centimètres d'un platane. Un réflexe qui l'avait presque encastré dans cet arbre planté il y a plus de deux cents ans pour faire de l'ombre aux soldats de Napoléon. Il savait pourtant qu'il ne risquait rien à écraser ces petites bêtes mais venait de risquer sa vie dans un réflexe stupide. Il prenait ce chemin tous les matins, la répétition du trajet avait réduit sa concentration au minimum mais il était surtout perdu dans ses multiples pensées. Une conduite presque automatique, sans réfléchir. La route devrait être la même tous les jours, sans surprise. Heureusement qu'il n'avait pas tapé la voiture contre l'arbre, il aurait pu se blesser et Mimi, sa femme n'aurait pas apprécié le coût des réparations et l'augmentation du malus de l'assurance. Un rien l'exaspérait, mais cette fois encore elle aurait eu une bonne raison d'être de mauvaise humeur. Avec l'arrêt brusque, le moteur a calé, par réflexe, André éteint les phares pour redémarrer sans trop tirer sur la batterie. Avant de tourner la clé, il jette un œil à travers la vitre pour voir la Lune, et peut-être une petite lumière qui serait la fusée de Tommy.

Étonnamment, il ne voit rien. Une couverture nuageuse cache peut-être le ciel, mais les prévisions météorologiques annonçaient une matinée ensoleillée sans l'ombre d'un nuage. Tout est étrangement noir, il est dans l'obscurité la plus totale. Il regarde sa montre : 4 h 30. Il doit arrêter de rêvasser et aller au bateau. La marée ne l'attendra pas, il ne lui reste qu'une heure pour sortir du port sans risque, sinon il perdra la matinée de pêche.

À l'entrée du bourg, une étrange lumière orange clignote. En s'approchant de l'église, il comprend que ce sont les feux de détresse d'un poids lourd coincé entre l'église et la mairie. La remorque n'avait aucune chance de passer dans cet étroit passage. Il devrait faire demi-tour mais s'arrête pour parler au conducteur. C'est sûrement un camion de production du film, ils ont prévu de tourner au port aujourd'hui, il pourrait demander si l'actrice principale serait présente. Personne ne semble être dans le camion, André monte sur les marches de la cabine mais effectivement, celle-ci est vide. Comment a-t-on pu abandonner son véhicule de la sorte ? Et où est parti le chauffeur ? Il n'a pas le temps de s'appesantir sur ces questions. Il retourne garer sa voiture sur le parking de la boulangerie encore fermée. Il n'est qu'à cinq minutes à pied du port, il finira en marchant, ça fera du bien à son embonpoint comme dirait Mimi.

Stupeur en arrivant à son bateau posé sur la vase, c'est la marée basse ! 4 h 45, ce n'est pas possible, il ne s'est pas trompé dans les horaires de marée quand même. Qu'est-ce que c'est que ce bordel ? Impossible de sortir pêcher, et la mer à l'air assez loin, c'est incompréhensible. Il sort son portable pour appeler sa femme mais évidemment il a encore oublié de le recharger. Il ne lui reste plus qu'à rentrer chez lui, la tête que va faire Mimi quand il va lui raconter. Heureusement qu'il n'a pas pris de calvados dans le café ce matin, elle le traiterait d'ivrogne.

Le camion fantôme n'a pas bougé, la scène semble surréaliste, de ses feux de détresse émane un effet stroboscopique perturbant. André est content de le dépasser. La boulangerie n'ouvre que dans une demi-heure, il attendrait bien pour faire la surprise à sa femme d'apporter des croissants chauds, mais il est trop impatient de partager sa stupéfaction. Depuis trente-cinq ans qu'ils sont mariés, c'est la première fois qu'il va rentrer aussitôt, le vent, la houle, la mécanique de sa barque, rien ne l'avait jamais empêché de mener sa barque vers les eaux poissonneuses. Il eut une pensée pour Naël son turbulent fils décédé depuis une décennie. Seize ans, c'était trop jeune pour mourir. Une matinée où la mer ressemblait à un lac, il était tombé de la barque et coula à pic, attiré au fond de l'Océan, c'était incompréhensible. André avait immédiatement alerté les secours sur le canal 16 de la radio VHF, mais personne ne le retrouva. Ses connaissances imaginaient qu'André retournait sur l'eau dans l'espoir de le retrouver, qu'une profonde culpabilité le rongeait et qu'il ne se sentait bien que sur son bateau. Il ne faisait aucun doute qu'il était coupable, responsable de cette tragédie. Quelque chose s'était brisé avec Michèle, leur fils unique disparu, son chagrin l'avait transformé en une femme dure, cassante, distante. L'absence était trop forte pour lui pardonner. Elle le tenait pour fautif.

Les premières lumières de l'aube éclaircissent la lande et les tourbières familières. Un héron cendré s'immobilise en le voyant, un petit poisson gigote dans son bec, l'oiseau aura eu la chance de pêcher son petit déjeuner ce matin. Enfin, un peu de normalité, le paysage au moins ne l'a pas laissé tomber. La voiture encore chaude démarre facilement, dans quelques minutes, il pourra parler de ses mésaventures matinales avec Mimi. Il roule à près de cent kilomètres à heure lorsqu'il passe devant la maison de son frère Christian. Il est encore tôt mais la lumière brillait déjà. Il faudra qu'il se rabiboche avec cette vieille tête de mule un jour, ils ne vont pas rester fâchés toute leur vie. Ça fait déjà trois ans que leur mère est décédée et qu'ils ne se sont plus adressé la parole pour des broutilles sur l'héritage. C'est décidé, cette après-midi, lorsque son fils aura atterri sur la Lune, il viendrait avec une bouteille de cidre et du kouign-amann pour faire la paix, célébrer l'exploit de son neveu et parler de cette marée détraquée. Moins de trois cents mètres plus loin, il arrive devant sa maison.

— Mimi ! Mimi ! Réveille-toi, tu ne vas jamais me croire ! Il remplit une casserole d'eau pour lui préparer un thé dans un silence total. Elle doit dormir profondément. La machine à café est plus rapide à lui préparer une boisson chaude. Après avoir mis deux sucres, il boit avec un plaisir habituel cet arabica venu d'on ne sait quel pays d'Amérique centrale ou d'Afrique. Il se détourne de l'eau bouillante pour regarder la fenêtre à travers de laquelle il observe un ciel sans l'ombre d'un nuage. Quelque chose ne tourne pas rond, c'était la pleine lune hier soir, pourquoi ne l'a-t-il pas vu ? Et la marée basse, il n'en revient toujours pas. Il n'a pas de viennoiserie, mais beurre quelques biscottes. Puisque des choses invraisemblables se passent en ce moment, il apporte sa pierre à l'édifice de l'étrange en apportant un petit déjeuner au lit à sa femme. Lorsqu'il entre dans la chambre commune, et allume la lampe de chevet, le lit est vide, Mimi, Michèle, n'est pas là ! Les habits préparés pour le matin qu'elle pose toujours sur la chaise ne sont pas à leur place. Sa voiture était devant la maison, elle ne doit pas être loin. Il branche son portable au câble d'alimentation pour appeler son épouse, mais tombe sur le répondeur. Son regard se pose sur la tasse de thé en train de refroidir, il attrape une biscotte qu'il avale d'un coup renversant des miettes sur le dessus de lit. Est-ce que le Bon Dieu qui lui joue un tour ? Mais que se passe-t-il ce matin ?

2 – C'est sérieux là ?

Bertrand sait déjà que la journée va être compliquée. Il a été trop loin hier soir avec Monica. Il aurait dû s'arrêter lorsqu'elle a repoussé ses avances, mais aidé par un alcool fort dont il a oublié le nom, il s'est entêté, et l'a embrassé avant de se prendre une gifle et de la voir partir en courant. Il aurait voulu la poursuivre et s'expliquer mais envahit d'un sentiment de honte et peut-être aussi par peur d'avoir réalisé l'irréparable, il était resté immobile et l'avait laissé partir. S'il avait été producteur, elle aurait sûrement réagi différemment, mais il n'est que le metteur en scène, il n'a aucun pouvoir de séduction et n'est là que pour faire briller les étoiles. Il ne comprenait pas ce qui s'était passé, jamais il n'aurait imaginé se comporter de la sorte. Que dirait sa femme si Monica lui racontait, et ses enfants, lui qui prône toujours la bonne conduite. Elle l'avait ensorcelé, poussé à agir ainsi avec ses lèvres appétissantes et ce décolleté interminable, avait-il mal interprété des suggestions qui n'en étaient pas ? Il n'avait jamais été très malin avec le sexe opposé et s'était marié avec sa première relation sérieuse d'où un manque d'expérience flagrante. Un baiser, ce n'était pas grand-chose mais avec l'hystérie des mouvements #metoo et les pseudos féministes radicalisés jusqu'à demander la peine de mort pour les porcs qui ne savaient pas se retenir, il n'était pas rassuré. Se répéter que ce n'était pas grave atténuerait forcément cet acte anodin. Ce matin, il frappe à la porte de sa chambre d'hôtel pour s'excuser et lui demander d'oublier son geste déplacé de la veille mais elle ne répond pas. Il réitère de petits coups dont la résonnance l'incommode mais n'ose pas taper trop fort, on pourrait prendre son attitude pour de la persécution, ou une tentative d'intimidation. Il veut rester discret, il pourrait toujours nier si l'affaire allait plus loin. L'actrice doit encore dormir, elle avait un peu bu elle aussi hier soir. Elle joue une scène importante en fin d'après-midi, il la verrait donc plus tard. Le téléphone vibre dans sa poche annonçant un SMS, ce n'est pas Monica, c'est Hector l'assistant-réalisateur, le message est laconique. *Impossible de filmer au port, il n'y a pas la mer comme prévu.* Qu'est-ce que c'est que cette connerie, quand il ne pleut pas c'est la mer qui nous joue des tours ? Il redescend à la salle de petit déjeuner de l'établissement qui est entièrement réservé par l'équipe de tournage. Tout le monde a les yeux fixés sur l'écran de télévision devant une chaîne d'information en continu. L'espace d'un instant, il s'imagine déjà dans les gros titres : le célèbre réalisateur Bertrand Tatord accusé de viol par l'actrice principale de son nouveau long métrage. Submergé par la honte, il n'ose regarder personne. Une pression sur l'épaule le fait sursauter. Il va se retourner pour voir des policiers le menotter et l'envoyer au cachot. Ce n'est qu'Hector avec ses yeux encore plus exorbités que d'habitude, les cheveux hirsutes et sa ridicule petite moustache lui donnant presque un air de dictateur. Il vient porter le coup fatal et annoncer qu'il va le remplacer à la réalisation, il savait depuis le début qu'il n'était qu'une espèce de salaud, avec son regard lubrique sur les actrices, il ne pouvait pas résister à ses pulsions. Bertrand est interrompu dans ses divagations par des phrases accompagnées de postillons dont il ne comprend pas la portée :

« La lune a disparu ! Volatilisée, il n'y a plus de marée non plus ! Personne ne comprend rien ! C'est hallucinant ! » Hector parle comme un télégraphe : la lune a disparu. Stop. Volatilisé. Stop. Quel soulagement, Monica n'a rien dit, son honneur est sauf, personne n'est au courant de sa mauvaise conduite. Mais qu'est-ce que c'est que cette histoire de lune, quelqu'un l'a enlevé comme dans le dessin animé avec le méchant gentil moche ? Elle a été détruite ? S'est éloignée de sa trajectoire ? Non, ça ne doit être qu'une Fake News, un canular comme lorsqu'une émission de radio sur les ondes de CBS dans les années 30' avait fait croire à l'arrivée des extraterrestres sur Terre. Les foyers américains possédant une radio avaient suivi sidérés le reportage créant une panique généralisée. Il avait feuilleté un scénario pour le tournage d'un long métrage sur le sujet il y a quelques années, mais avait passé son tour et le projet avait disparu. Bertrand pense à autre chose que sa méconduite pour la première fois depuis la veille. Des claquements de doigts devant ses yeux le ramènent face à son interlocuteur.

« Bertrand, ça va ? Tu comprends ce que je te dis ? La marée est basse ce matin, on ne va pas pouvoir tourner la noyade, il n'y a pas d'eau dans le port, si on veut tuer Mike aujourd'hui, il va falloir qu'il tombe dans la vase et se fasse bouffer par les bigorneaux, c'est sérieux là. Et, l'autre, là, le cascadeur américain Cliff quelque chose ne peut pas rester, il a été rappelé à Hollywood. Et j'allais oublier, le semi-remorque apportant les décors et accessoires ne peut pas accéder au lieu de tournage, j'ai envoyé des figurants donner un coup de main aux machinistes pour aider à porter les canoës, mais je t'avoue qu'avec cette histoire de lune, tout le monde a la tête dans les nuages. En plus les canoës sans la mer ça ne va servir à rien. Bon qu'est-ce qu'on fait maintenant ? »

Bertrand ne sait pas quoi répondre, toutes ces informations sans queue ni tête débitées à la vitesse d'une mitraillette s'entrechoquent dans son esprit accaparé par la culpabilité de son baiser. Rien ne se déroule comme prévu, il doit se concentrer : le tournage. Il ne peut pas changer l'endroit de la scène. Il a déjà fait tous les repérages pour la scène de la noyade, le port est l'endroit parfait : Hanna voit depuis la terrasse du café son mari partir en mer, elle sourit, elle l'aurait bien accompagnée mais est indisposée ce matin. Il lui fait un signe de la main mais victime d'une crise cardiaque le canoë se retourne, elle crie, un touriste se jette à l'eau pour aider Mike, mais il est déjà mort, en réalité empoisonné par son épouse. Le pittoresque petit port est parfait pour mettre en boîte des images bucoliques contrastantes avec l'horreur de l'action d'Hanna. On doit tourner uniquement les scènes avec le canoé et Gaspard ce matin, les scènes de contre-plongée avec Hanna/Monica ne seront que cette après-midi mais s'il y a eu erreur sur la marée on peut les remplacer. Une boule au ventre réapparaît à l'idée d'une explication imminente avec l'actrice principale.

3 – Kourou, on a un problème

Autrefois l'emplacement du bagne ayant inspiré le film Papillon avec Steve McQueen, Kourou n'abrite plus de prisonniers aujourd'hui, mais des pionniers de l'espace. La base scientifique de Guyane est en effervescence, la fusée Ariane 12 ayant à son bord deux Français et un Russe a décollé depuis quatre jours et devrait atterrir sur la lune dans quelques heures. George arrive aux grilles de la base, montre machinalement son laissez-passer au garde en faction et se gare à la place de parking qui lui est réservé. Il ne s'habitue pas à l'humidité de la région de Cayenne. Les quelques pas à l'extérieur jusqu'au centre spatial climatisé produisent tous les matins des auréoles sous les bras tachant sa chemise. Lorsqu'il était à Toulouse, il imaginait Kourou comme l'endroit de ses rêves malgré de nombreux moustiques, mais il avait tout faux. Il n'y avait quasiment pas de ces horribles insectes, les alizés présents sur la cote soufflant d'Est en Ouest les renvoyaient à l'intérieur des terres. Le véritable problème était bien cette chaleur humide. C'était le jour J, celui où Ariane se poserait sur le satellite naturel permanent de la Terre. Aujourd'hui, on va marcher sur la Lune, il aimait cette expression, titre de sa bande dessinée préférée. L'ingénieur en chef, grand fan de Tintin, aurait préféré incarner le jeune reporter plutôt que le professeur Tournesol mais des problèmes physiques l'avaient écarté de son ambition première de devenir spationaute. Il était secrètement jaloux de Thomas LeGuen, ce breton qui allait devenir le premier français à poser son pied sur la Lune. En entrant dans le hall principal, une agitation anormale semblait habiter le personnel, son portable se mit à émettre des messages d'alerte, *Urgent, problèmes techniques, votre présence est requise immédiatement*. La fusée ! Non pourvu qu'il ne soit rien arrivé. *Perte de contact avec Ariane*. Lors du dernier entretien avec Jacqueline, sa collègue qui officiait également au rôle de maîtresse, il y a moins d'une heure trente, tout était normal, toutes les données correspondaient aux calculs revus des milliers de fois. Il accélérait le pas vers le centre de commandement transformé en cellule de crise. Ding ! *George dépêche de rappliquer, on a un gros problème, magne-*

toi. Nous sommes dans un métier ou les risques sont maîtrisés, il n'y a plus d'incertitude. Il réalisa qu'il avait pris la réussite de l'expédition pour acquise, dans un excès de confiance, sûr du succès du projet, pourtant critiqué pour son inutilité et son coût astronomique. Il avait sûrement merdé quelque part. Ding ! *Ariane et la Lune n'apparaissent plus sur nos radars.* Au moment où il lisait le message, il se retrouvait face à son expéditrice. Ahuri, il hausse les épaules.

« Qu'est-ce que c'est que cette blague ? »

« Personne ne comprend », répond Jacqueline.

« Il y a quarante-cinq minutes, la Lune et notre fusée ont disparu des radars. On a tout contrôlé, et recontrôlé, tous nos instruments fonctionnent parfaitement. J'ai appelé Houston, Cap Canaveral, la station spatiale, les Chinois, les Russes, c'est la même stupéfaction partout, pour ne pas dire la panique totale. Tout était normal et en une seconde ils avaient disparu, volatilisé, comme s'ils n'avaient jamais existé. Le Président attend ton appel pour s'exprimer à la nation, il est furieux d'avoir été prévenu par les Russes, il a d'abord cru à une blague, et est extrêmement remonté contre nous. »

George regarde autour de lui, cherche des caméras cachées, on lui fait une sacrée blague. La fusée disparue représentait une catastrophe impossible à se pardonner, mais la Lune effacée de l'espace, elle était bien bonne celle-là. Déconnecté, il sourit bêtement face à sa collègue qui perd patience. Il n'avait pas sa place ici, ses capacités avaient été surestimées, il n'était pas à la hauteur. Il se voyait déjà à la place de cet ingénieur ayant laissé décoller la navette Challenger alors que les joints toriques du propulseur étaient endommagés entraînant une explosion et sa destruction. Il serait montré du doigt, lui, l'ingénieur de l'année reconnu par ses pairs, l'éditorialiste du magazine Science et espace, son vrai visage était démasqué, il n'était qu'un usurpateur. Il aurait juste voulu aller dans l'espace, c'était son rêve d'enfant.

« Mais, mais… »

Elle le secoua par les épaules « Eh, George, tu es avec nous, ce n'est pas le moment de penser à ta putain d'actrice ! » Jacqueline et George entretenaient une liaison épisodique. Elle désirait approfondir cette relation, mais avait été vexée que son amant ait une panne sexuelle lors d'un rapport. Elle avait d'abord pensé à une surcharge de travail, mais l'avait ensuite surpris dans la salle de bain et se tripoter sur son téléphone devant l'image de cette Monica chez pas quoi. Une actrice superficielle, complètement refaite qui devait avoir trente ans de moins que lui, l'excitait plus qu'une scientifique aussi intelligente que belle pour son âge, quel goujat.

« George, George, tu es avec nous ? »

Le chef de mission ne réagissait plus, mutique, il semblait s'être déconnecté, ses jambes flageolantes ne tenaient plus le reste de son corps. Il s'affala sur une chaise. Son logiciel saturé d'informations impossibles à comprendre ne répondait plus. Pris d'un puissant mal de crâne, il n'arrivait pas à ouvrir la bouche, une migraine paralysante l'empêchait de réagir.

« Jacqueline, on a le Président sur la ligne une, il veut des explications tout de suite ! »

George ne réagissant toujours pas, elle prit le téléphone sans savoir ce qu'elle allait répondre, elle n'avait aucune idée de ce qui se produisait devant ses écrans.

« Allo ? Kourou, on a un problème ! »

Intérieurement, Jacqueline sourit, d'habitude on dit Houston We have a problem. Qu'avait bien répondu le centre de contrôle de mission de la NASA lorsque l'astronaute Jack Swigert a découvert l'explosion qui a paralysé le vaisseau au cours de la mission spatiale Apollo 13 en 1970 ? Elle aimerait connaître la réponse de l'ingénieur. Elle allait être la plus honnête possible.

« Monsieur le Président, nous n'avons aucune information, nous sommes dans l'incompréhension la plus totale, je suis désolée, je ne peux vous apporter aucune réponse pour l'instant. »

« Notre fusée a disparu, la lune aussi ! Ce sont bientôt les élections, que vais-je dire aux électeurs ? Vous vous rendez compte dans la position où vous me mettez ? Déjà que l'opposition me tombe dessus pour des dépenses extravagantes avec vos projets mais je vais en plus avoir le syndicat des pêcheurs sur le dos. Ça ne fait pas une heure que la mer ne bouge plus avec cette histoire de Lune qu'ils demandent déjà des aides d'État ! C'est de ma faute, évidemment. Vous allez me régler ça rapidement, je vous rappelle dans quatre heures. »

Il avait raccroché au nez de son interlocutrice sans qu'elle n'ait le temps de lui répondre. Quel était le plus incroyable dans cette histoire, la disparition de la Lune ou la réaction du Président ? Et dire qu'elle avait voté pour lui ! Quel abruti ! Elle se précipita dans les toilettes pour hurler, se jeta un peu d'eau froide sur le visage, le miroir lui renvoyait l'image d'une femme sonnée, abasourdie, comme si elle s'était pris une série d'uppercuts en pleine mâchoire. Elle se sentait tel un boxeur confiant face à son adversaire mais, qui après quelques rounds ne sait plus où il est, ce qu'il fait là. Elle a envie de baisser les bras, tous ses repères et ses certitudes viennent de disparaître. Pas étonnant que George préfère la petite starlette, elle avait vraiment une sale tête. Jacqueline essaie de reprendre un peu de constance avant de sortir des sanitaires. De retour dans la salle de contrôle, George n'a toujours pas bougé de son fauteuil, fixant dans le vide un écran. Il a l'air encore plus sonné qu'elle, K.O. complet. Et dire que c'était avec lui qu'elle voulait refaire sa vie. À cet instant, elle n'est plus sûre de rien, absolument rien.

4 – Son monde n'allait pas s'écrouler si facilement

Il y avait sûrement une explication logique à l'absence de Mimi, elle ne s'était pas volatilisée par magie. Elle aurait pu partir il y a dix ans, lorsqu'elle avait perdu son fils, il avait même eu peur qu'elle se suicide, mais de l'eau avait coulé sur le toit de leur maison depuis, des mètres cubes d'eau, la douleur de cette perte ne s'était pas estompée, mais elle avait appris à vivre avec. Depuis ces trois dernières années elle semblait avoir repris goût à la vie et parlait de moins en moins de Naël. André se prépara un autre café qui l'accompagnerait dans sa réflexion. Il ne pensait même plus à cette marée basse qui l'avait empêché de sortir à la pêche. Dans un automatisme qui répondait plus à un réflexe qu'à une prise de décision réfléchie, il alluma le poste de télévision et s'arrêta sur une chaîne qui donnait les nouvelles. Flash spécial clignotait en haut de l'écran, une jeune femme se trouvait devant le Palais de l'Élysée, un gros micro cachait sa poitrine. André aimait commenter le physique ainsi que les tenues des présentatrices, surtout les miss météo qui n'étaient comme par hasard jamais moches. Il lui arrivait d'être tellement hypnotisé par les speakerines qu'il en oubliait de se concentrer sur les vents et les précipitations annoncées alors qu'il devait prendre la mer. La journaliste disait attendre les commentaires du Président de la République française, aucune réaction sur le plan international, non plus. L'information principale arriva enfin après des phrases sans queue ni tête : la Lune avait disparu !

Elle était bien bonne celle-là pensa André qui sorti sur le perron pour voir si le soleil ne s'était pas volatilisé non plus. En Bretagne, parfois on avait des doutes quant à son existence, mais ce matin, ses rayons réchauffaient agréablement l'atmosphère. Il ne réalisait pas ce qu'il avait entendu, la Lune avait toujours été là, à sa naissance, lors de son mariage, à sa mort elle serait toujours présente, c'était immuable. Il y a des certitudes qu'on ne remet pas en question, ça doit encore être un coup des médias pour vendre du papier ou des encarts publicitaires, ils vont nous vendre la disparition de la lune pendant une semaine et après on passera à autre chose. Par contre, la marée basse de ce matin, c'était beaucoup plus inquiétant, ça le touchait personnellement, si ces balivernes étaient vraies, et qu'il ne puisse plus sortir son bateau de la vase, comment irait-il pêcher ?

Au bout de la rue, il vit Mimi sortir de chez son frère. Voilà une énigme résolue, elle n'avait pas disparu, mais qu'est-ce qu'elle foutait chez Christian à une heure aussi matinale ?

Michèle a paniqué en voyant la voiture de son mari passer devant la maison de son amant. Tous les matins où André partait à la pêche depuis trois ans, elle rejoignait celui qu'elle avait toujours aimé depuis la maternelle. Christian avait quelques années de plus et lors de son adolescence, alors qu'elle essayait d'attirer son regard c'est son petit frère qui avait été séduit et qu'elle avait épousé par défaut. Quelques années plus tard, l'aîné de la famille avait divorcé, cette gourde de

Clarice était partie vivre en Normandie quand leur fils Thomas a quitté le nid. Elle avait prétexté un besoin de respirer, de retourner à ses racines. Michèle était furieuse, on ne peut pas respirer en Bretagne ? Une colère intérieure la rongeait depuis la mort de son fils, la fuite volontaire de cette imbécile qui avait tout pour être heureuse la dégoûtait, mais cela ouvrait des perspectives. Elle avait encore attendu avant de déclarer sa flamme sachant que prendre le frère de son mari comme amant ne pouvait qu'entraîner des catastrophes, mais comme la Lune avec la Terre, son attirance fut guidée par une force d'attraction invisible. L'irréparable se produit au décès de sa belle-mère. Christian était particulièrement vulnérable à cette époque, et comme une araignée se jetant sur une proie coincée dans sa toile, elle ne lui avait laissé aucune chance. On n'a qu'une vie, et elle peut s'arrêter à n'importe quel moment, elle n'avait plus de temps à perdre. Elle avait eu son lot de drames et de projets contrariés, elle ne laisserait plus rien l'empêcher d'être heureuse. Trois ans déjà que cinq ou six fois par semaine, elle filait chez son amour de jeunesse dès son mari parti, il ne rentrait pas avant deux ou trois heures de l'après-midi. Son amant jeune retraité s'accommodait de ses rendez-vous bien qu'il ait essayé de rompre plusieurs fois. Des remords que Michèle savait parfaitement faire oublier avec quelques trucs connus des femmes depuis la nuit des temps. Les hommes étaient vraiment faibles, mais ça l'arrangeait.

Lorsqu'elle est arrivée ce matin, Christian écoutait la radio pour avoir des nouvelles de son fils, un véritable héros, le fils qu'elle aurait tant aimé avoir, un spationaute Breton, elle l'imaginait d'ailleurs planter sur le sol lunaire le Gwenn ha Du, le fameux drapeau de leur région. Il semblait angoissé, quelque chose ne tournait pas rond, ne tournait même plus du tout autour de notre planète, l'astre lunaire aurait disparu d'après la voix sortie du poste. On parlait encore au conditionnel, « aurait », l'avait-elle rassuré devant son visage blême. Pas un mot sur la fusée Ariane 12 ni de son équipage. Il avait appelé la ligne directe de la station en Guyane, étant le père d'un membre d'équipage, il avait un accès privilégié avec un numéro dédié aux familles, mais on ne pouvait rien confirmer. Malgré son insistance de parler avec un des chefs de mission, sa demande restait veine. Christian n'avait donc pas l'esprit à la bagatelle ce matin ni à rien du tout. Il savait que la profession de son fils comportait des risques. Un pilote de formule 1 peut avoir un accident, un militaire peut être blessé ou pire, une idole de la chanson peut subitement mourir à 27 ans, et, un spationaute aussi prend des risques. Évidemment, tant que rien ne se produit, les incidents restent hypothétiques, personne n'y pense. Ils avaient passé la matinée à zapper les chaînes de télévision qui ne parlaient que de la mystérieuse disparition de la lune, à écouter la radio en même temps et téléphoner au centre spatial pour avoir de véritables informations. La lune était le cadet des soucis de Christian, seul son fils comptait. Michèle l'avait pris dans ses bras pour le réconforter quand elle vit passer la voiture de son mari. Que faisait-il de retour aussitôt, il ne rentrait jamais de si bonne heure. Peut-être une panne de bateau, mais il serait resté pour réparer, ou alors il était au courant pour la Lune. Comment allait-elle expliquer son absence à la maison lorsqu'il rentrerait et ne la verrait pas endormie dans le lit conjugal ?

La disparition de la Lune tombait parfaitement bien comme excuse, elle pourrait simplement dire que Christian avait appelé son frère mais qu'elle avait répondu et se serait rendue à son domicile pour partager son inquiétude. Son monde n'allait pas s'écrouler si facilement, elle était plus maline que ça. Elle fut pourtant inquiète, quand en ouvrant la porte de son amant, elle vit André qui l'observait depuis l'entrée de leur maison.

5 – Nouvelles possibilités

Monica avait bien préparé son coup. Ce pauvre Bertrand était d'une naïveté impardonnable, il méritait ce qui allait lui arriver. Si son monde s'écroulait, tant pis pour lui, il n'était qu'un pion. Lui ou un autre, elle n'avait aucun doute quant à la facilité d'embobiner n'importe quel homme. Ça l'embêtait un peu que ce soit tombé sur lui car il n'était pas vraiment méchant, ce qui en faisait par essence le pigeon idéal. Elle se moquait totalement des conséquences de la machine qu'elle s'apprêtait à mettre en route. Depuis quelque temps, les appels de son agent n'étaient plus aussi enthousiastes. Quelques demi-échecs au box-office avaient entaché sa crédibilité d'actrice bankable. Ce n'était pas normal qu'un producteur ou un réalisateur n'ait pas essayé de lui sauter dessus comme toutes les autres, elle allait réparer l'erreur par une petite entourloupe. Elle s'était presque persuadée d'être une victime, un peu de préparation avait été nécessaire et ses talents d'actrice feraient le reste, tout le monde dirait une de plus, comment mettre sa parole en doute. Il lui avait mis sa langue dans la bouche, ça doit bien compter pour un viol espérait-elle, il m'a pénétré mais sans entacher ma profonde intimité, je n'aurais pas à rougir. Son viol, cette histoire allait lui assurer la une des journaux pendant quelque temps, une publicité gratuite sur le long terme, le public reverrait son nom en haut de l'affiche. Des collègues l'appelleraient pour prendre des nouvelles, elle en profiterait pour se vendre dans de nouveaux longs métrages.

Elle allait téléphoner à un journaliste de la presse people, puis à la police lorsqu'on frappa à sa porte. Monica reconnut la voix de Bertrand chuchotant d'incompréhensibles apitoiements. Elle ne répondit pas mais nota l'heure sur un post-it pour ajouter le harcèlement aux griefs de son agresseur si besoin. Elle voulait être certaine qu'il soit parti avant d'informer Bébert, un chroniqueur de seconde zone mais fan de la première heure. Il relaierait l'acte odieux du réalisateur avec conviction. Un peu d'air frais lui ferait du bien avant l'appel, l'aidant à se concentrer. Elle ouvrit la fenêtre donnant sur le petit port de pêche. L'air marin de l'Océan la transporta en enfance, ses parents l'emmenaient chaque été à La Baule. Des souvenirs de vacances entre Guérande et Saint-Nazaire ressurgirent, l'époque où tout était simple, sans aucune pression sauf à avoir quelques bons résultats à l'école. Elle se fichait de son apparence, de ses vêtements. C'était facile pour la petite Monica répétait souvent sa mère, elle était naturellement gracieuse, enjouée, sa présence était comme un rayon de soleil, elle brillait sans effort. Combien de fois avait-elle entendu dans la bouche de sa mère : même habillé d'un sac à patates, tu as l'air d'une princesse. Son père évitait de la flatter mais parlait élogieusement de son trésor dès qu'il en avait l'occasion. Au fil des ans, ils l'avaient placé sur un piédestal un peu encombrant. Une pression sournoise l'avait submergé sans qu'elle ne contrôle cet envahissement, elle devait réussir. Pour ne pas décevoir ses parents, elle n'avait pas ménagé ses efforts. Repérée sur une plage à treize ans pour tourner une publicité vantant les qualités d'un dentifrice, de nombreux contrats avaient suivi, on l'a même vu vanter les mérites d'une luxueuse automobile alors qu'elle n'avait que quinze ans et pas encore le permis. Elle obtint un petit rôle dans une série mais vola la vedette à l'héroïne. À dix-sept ans, elle tournait trois longs métrages et obtint le césar de meilleur espoir féminin pour l'un d'eux. Deux ans plus tard, elle recevait le césar de meilleure actrice. La spirale du succès était devenue la règle, une habitude. Ou devait-elle s'arrêter ? Elle enchaîna les succès et les rôles marquants, la célébrité la changea profondément sans qu'elle ne réalise la perfidie de ses nouvelles habitudes. Monica tenta sa chance à Hollywood mais perdit pied dans un univers qu'elle ne connaissait pas. L'herbe n'est pas toujours plus verte ailleurs, elle l'apprit à ses dépens. La relève n'avait pas attendu son retour pour prendre sa place. Devant le miroir, elle ne voyait que les quelques rides naissantes aux commissures des lèvres, des petites poches sous les yeux, les premiers cheveux blancs des détails imperceptibles pour tous sauf pour la principale intéressée. Has Been lui criait son reflet, tu appartiens au passé ma petite, tu as fait ton temps. Elle n'allait pas rester sur la touche et enchaîner les navets comme ce Coup de foudre à Concarneau. Le scandale de son agression la replacerait au centre de l'échiquier cinématographique et repousserait un peu son passage chez un chirurgien esthétique. Au fond, elle en avait assez de cette vie ressemblant à des montagnes russes, mais ne savait pas comment s'en sortir.

Sous sa fenêtre, une agitation inhabituelle semblait s'être emparée des membres de la production. Rico le machiniste en chef criait sur son équipe. La costumière dont elle avait oublié le nom faisait de grands gestes à Chloé la maquilleuse, Gaspard et deux autres acteurs regardaient le ciel comme des imbéciles. Ils devraient tous être déjà en place, prêts pour la scène du canoé. C'est alors qu'elle réalisa qu'il n'y avait pas d'eau dans le port, il était impossible de tourner la scène prévue. Gaspard l'interpella :

« Hé ! La veuve noire » comme il aimait la surnommer depuis qu'il avait lu le scénario, « qu'est-ce que tu en penses toi de la Lune qui a disparu ? »

Monica n'avait jamais vu dans cet acteur raté un roi de la blague, son comportement s'expliquait sûrement par son penchant pour la bouteille, il buvait pas mal, d'où cette improbable explication, la Lune a disparu. Il était sûrement en plein délire, mais les autres, pourquoi n'étaient-ils pas au travail ? Elle alluma le poste de télévision pour tomber sur un flash spécial : aucune explication sur ce phénomène. Nos spécialistes se penchent sur la question : faille temporelle, illusion collective, trou noir, restez sur notre antenne, après une courte pause publicitaire nous revenons en direct de l'Élysée ou le Président va faire une déclaration d'un instant à l'autre. La chaîne suivante parlait également de la disparition de la Lune, elle zappa encore et encore pour revoir les mêmes images du satellite de la Terre. Consternée, incrédule, abasourdi par le choc, elle se remémora ce matin de 1990 ou l'Irak avait envahi le Koweït – elle avait pensé au début de la troisième guerre mondiale –, elle pensa également aux attentats du 11 septembre 2001 quand les États-Unis avaient été frappés, personne n'était plus à l'abri d'une attaque terroriste, pas même les plus grands immeubles de New York. La déflagration était identique, le monde se réveillait bouleversé par l'impensable. Rien ne serait plus comme avant, ça fait réfléchir. Des certitudes que l'on pense immuables comme la paix, ou deux immeubles peuvent disparaître en un claquement de doigts, les déflagrations sont différentes selon notre perception, notre vécu ou nos sensibilités. Cette fois, elle ne pensa qu'à son stratagème, le téléphone portable toujours dans les mains elle regarda le numéro de Bébert et secoua la tête comme pour dire non. Cette Lune allait occuper l'espace médiatique reléguant son agression à un simple petit bandeau en bas d'écran, personne n'y ferait attention.

Elle reposa le téléphone, ce n'était vraiment pas de chance, ce n'était pas le bon timing, elle aurait pu choisir un autre moment pour se faire la malle cette Lune, qu'est ce qui l'avait fait fuir ? Était-ce un signe ? Elle aussi devait-elle partir ? Comme une étoile filante, disparaître dans la voie lactée pourrait être une solution. Refaire sa vie ailleurs, oublier la pression du paraître, de l'éternelle jeunesse, la course aux rôles. A tout juste quarante ans, elle pourrait enfin avoir un enfant, redevenir Monique Palladus laisser Monica Palmy derrière. La Lune est partie pour lui ouvrir les yeux, cette disparition est un message personnel. Elle aussi devrait changer de vie, découvrir d'autres horizons, ne pas graviter en permanence dans un milieu hostile qui ne lui apporte rien, seulement des faux semblants. Dans un éclair de lucidité, elle réalisa qu'un évènement aussi important que la disparition d'une planète la ramenait à sa propre personne. D'ailleurs la Lune était-elle une planète ? Elle n'avait jamais été très bonne en sciences, ça ne l'intéressait pas. Cela ne l'empêcha pas de prendre une décision aussi brutale que la disparition de cette planète ou satellite ou je ne sais quoi.

6 – Ça change quelque chose ?

Nathalie lisait beaucoup pour échapper à la réalité d'une vie monotone. Elle s'évadait facilement en tournant les pages, bien plus qu'en regardant des séries télévisées. Elle se passionnait pour ce dernier roman fantastique découvert grâce à son libraire : La Dreamcatcheuse, l'histoire de Sophie une professeure de sport parisienne devenue sorcière indienne qui vivait désormais des aventures incroyables dans le monde entier. Elle n'avait pas été insensible à la photo de l'écrivain sur la quatrième de couverture, un inconnu qui publiait son premier roman d'où son choix pour acheter le bouquin. Le réveil sonnait 7 h 30 pour la prévenir qu'elle devait poser son livre, c'était l'heure d'aller à l'école. La journée allait être longue avant qu'elle ne puisse continuer à suivre les aventures surnaturelles de Sophie dans les cauchemars de personnages folkloriques. Ce matin, elle devait emmener ses élèves au port, ils allaient faire de la figuration dans un film de cinéma, les petits seraient vraiment excités. Une journée incroyable pour des gamins de dix ans, et aussi pour leur maîtresse qui avait toujours rêvé de tourner dans un film. Ensuite dans la cantine, un grand écran avait été installé pour voir en direct l'atterrissage de son neveu sur la Lune. Quel exemple pour tous, Thomas, un Breton du village, sera le premier français à poser son pied sur la Lune. Elle devrait aller féliciter son frère aîné un peu plus tard pour les exploits de son fils et essayer de le persuader de venir dîner avec leur autre frère et sa belle-sœur pour enfin régler un différend incompréhensible. Après le repas, enfin elle pourrait reprendre son bouquin et chevaucher avec Sophie et Anoki sur les plaines sauvages du Nevada. Nathalie aimait s'organiser à l'avance. Tout était prêt pour ce soir, elle avait déjà dressé la table, le plat principal, un bœuf bourguignon, mijotait depuis la veille, André et Michèle apporteraient le dessert, elle aurait peut-être un peu de temps pour lire avant l'arrivée des deux ou trois invités. Elle espérait vraiment que ses deux frères enterrent la hache de guerre et que tout redevienne comme avant. Sa belle-sœur serait la première heureuse, elle adorait Christian.

Par habitude, Nathalie chercha son parapluie avant de quitter la maison, une averse l'attendait sûrement sur le chemin de l'école. Elle n'avait que dix minutes à marcher, mais la bruine, le crachin, les petites ondées l'accompagnaient régulièrement, des compagnons de route pas toujours agréable. Elle ne comprendrait jamais son frère André sur son bateau avec les vagues, le vent et la houle en plus de la pluie. Cette proximité de son lieu de travail l'empêchait de demander une mutation dans un lycée ou même un collège plus éloigné, et depuis une vingtaine d'années elle était maîtresse Nathalie des primaires de l'école élémentaire Jean Jaurès. Elle aurait aimé changer un peu, découvrir de nouveaux horizons, changer de programmes, être une professeure de français ou de mathématiques, mais elle ne voulait pas déménager du village de son enfance et le collège était à plus de trente minutes en voiture ou une heure et quart en bus. La gentille maîtresse n'avait jamais passé son permis de conduire. Cette année, elle ne s'occupait que des CM1 et CM2. En ouvrant les grilles de l'école à 7 h 45, il n'y avait pas foule. Quelques parents semblaient préoccupés, ne faisant pas attention à l'ouverture de l'établissement scolaire, ils étaient absorbés par leur conversation. Il n'y avait pas le dixième des enfants habituellement présents. Certains garnements s'engouffrèrent pour sauter directement dans le bac à sable et vers le toboggan de l'école, tandis que d'autres tenant les mains de leurs parents semblaient attentifs aux conversations des adultes. Le papa de Maxime, jeune divorcé ressemblant vaguement à l'écrivain de son roman vint demander son avis à la maîtresse. Il parlait si vite qu'elle ne comprit pas ses paroles. La marée s'était déréglée, comme mise en pause avec la disparition de la Lune qui s'était éloignée sans raison de la Terre. La Maman de Sonia parlait d'un complot ou des Arabes auraient fait sauter la Lune, une autre d'extraterrestres qui auraient récupéré leur planète, Martha, la mère de Mathieu nouvellement arrivée du nord de la France parlait d'un bug de la matrice comme avec le film avec Keanu Reeves, ils ont oublié de replanter le décor disait-elle. Avaient-ils tous carburé au chouchen ce matin ou fumé des substances gravement nocives pour la santé mentale ? Ils déliraient complètement, il n'y en avait pas un pour rattraper l'autre. La sonnerie de huit heures retentit mais de nombreux petits ne voulaient pas aller à l'école, les parents étaient venus pour discuter entre eux, une communauté sous le choc se rapprochait pour surmonter une nouvelle épreuve. Après la fermeture des usines de volailles, la pandémie de COVID, il fallait un nouveau drame à leur petit village pour se sentir vivant. Mais la disparition de la Lune, c'était un peu gros. Elle fut appelée dans l'école par la surveillante, Mado avait en ligne un régisseur du tournage du film qui annulait le déplacement des enfants ce matin, la scène prévue ne pourrait pas être tournée sans la mer. Nathalie ferma la porte du bureau, demanda à nouveau quelques explications, et laissa tout son corps s'affaler dans la chaise de la directrice absente ce matin. C'est alors qu'elle comprit ce qui se passait. Cet inconnu au bout du fil, un régisseur qui devait inventer des histoires en permanence l'avait persuadé de l'énormité de ses déclarations, il n'y avait plus de Lune. Pragmatique, elle raccrocha, au moins ce n'était pas la Terre qui s'était volatilisée, et ça ne l'empêcherait pas de tourner, ça n'allait pas changer sa vie, encore moins ses habitudes. Elle n'avait jamais été sur la Lune, ne comptait pas y aller de sitôt, ça ne changerait vraiment rien. Mais, il y avait un mais, sans savoir lequel, une alarme s'était déclenchée quelque part dans son cerveau. Mais oui ! Thomas qui devait atterrir sur la Lune ! Il devait poser son pied sur l'astre lunaire pour devenir le porte-drapeau du village, de la région et du pays. Elle avait déjà perdu tragiquement un neveu, il ne manquerait plus que Thomas disparaisse aussi. Leur famille était peut-être maudite, l'espace d'un instant, elle se sentit soulagée de n'avoir pas eu d'enfant. On s'inquiète trop pour eux, ils ne sont que source de soucis et… non, elle devait arrêter de se mentir, elle aurait rêvé d'avoir un enfant ou deux, mais n'avait jamais trouvé de géniteur. Elle avait pensé un moment à faire un enfant toute seule, mais abandonné l'idée. Peut-être dans une grande ville, plus anonyme, mais ici, tout le monde se connaissait, tout se savait, et elle n'aurait pas supporté les commérages. Téléphone en main, elle composait le numéro de Christian. Louane et Erwan, les deux petits amoureux de sa classe entrèrent ensemble dans le bureau et demandèrent tout excités des explications sur cette histoire de Lune digne d'un super jeu vidéo.

7 – Réunion familiale

Michèle, tête basse, contrariée par l'arrivée inopinée de son mari s'approchait doucement de la maison. La journée ne pouvait pas plus mal commencer. Son amant était préoccupé par la possibilité d'un incident sur la fusée de son fils, cette peur réveillait les souvenirs douloureux de la perte de son Naël. Du coup, elle avait été complètement invisible pour Christian ce matin, ces derniers temps, il semblait se détacher, et la nouvelle d'un drame n'arrangerait pas ses affaires. Elle se sentait mal en pensant à son fils disparu, son mari la surprenait chez son frère, et son amant voulait sûrement la quitter. André l'attendait, immobile, les bras croisés sur la poitrine, la mâchoire serrée, les yeux plissés. Son langage corporel indiquait qu'il était prêt au combat. Quand elle fut assez proche pour se dire bonjour, il remarqua tout de suite qu'elle était maquillée. Elle avançait les yeux dans le vide, perdue, coupable sans la moindre hésitation.

« Tu es au courant pour la Lune et Thomas, mon chéri ? » Elle ne lui laissa pas le temps de répondre.

« Thomas a disparu, comme notre Naël, ton frère n'a aucune nouvelle, il m'a appelé ce matin très tôt. Tu imagines son calvaire ? Il vit ce que nous avons vécu il y a dix ans. Il a appelé tôt ce matin, et je suis allé lui apporter mon soutien ».

Toute la colère d'André se dissipa en une seconde. Il regardait sa femme, empathique, il s'était imaginé le pire, une trahison de son épouse, il aurait été le cocu du village, quel idiot ! Lui aussi devrait soutenir son frère. Il ne pensait plus ni à la marée ni à la Lune. Penaud, il aurait voulu l'enlacer, mais depuis longtemps, il ne savait plus comment agir de la bonne manière avec son épouse devenue au fil du temps une inconnue. Si seulement, il pouvait partir sur une île déserte avec Monica Palmy, tout recommencer ailleurs. Oublier tout, repartir pour un nouveau départ. À cet instant, il envia la Lune.

« Je vais aller le voir ! Il doit être terriblement angoissé ».

Michelle ne s'attendait pas à cette réponse. Depuis qu'ils avaient entamé leur relation, Christian et André ne s'étaient pas parlé. Prétextant une brouille quelconque, le grand frère n'osait plus croiser le regard du mari de sa maîtresse. Comment allait-il réagir ?

Sur le pas de la porte, il attendait que son frère vienne ouvrir. La maison de Christian était en bien meilleur état que la sienne. Aucune fissure sur les murs, pas de mousse sur les tuiles, les volets fraîchement repeints, la sonnette d'entrée semblait neuve. Sa maison ressemblait à une ruine comparée à celle de son frère. Il ne pouvait s'empêcher de tout comparer avec son aîné, un comportement qu'il n'avait pas du tout avec sa sœur. Il entendit les bribes d'une conversation téléphonique, à travers la porte : « … Oui merci, Nathalie, à tout à l'heure ».

— Bonjour Christian, je peux entrer ?

Il ne répondit pas et le serra fortement dans ses bras, ses yeux se remplirent de larme. La scène ne dura que quelques instants mais sembla durer une éternité pour André qui ressentait cet instant de faiblesse comme une grande victoire. L'étreinte terminée ils se regardèrent en silence, comme s'ils se jaugeaient, regardant leurs changements physiques de ces trois dernières années. Un léger malaise qui se dissipa lorsque Christian reprit la parole sur un ton presque jovial :

« Entre, je vais préparer du café. Nathalie arrive aussi, ils viennent de fermer l'école ».

L'intérieur était aussi propre que l'extérieur de la maison. André sentit une odeur familière, comme un parfum de femme, mais n'y prêta pas attention. Tous les trois ensemble, ce n'était pas arrivé depuis l'enterrement de maman. Pourquoi fallait-il toujours un drame pour se retrouver ?

« Tu remercieras Michèle, sa venue impromptue ce matin m'a beaucoup touché, dès qu'elle a su pour la disparition de Tommy, elle est venue m'apporter son soutien. Mais tu n'es pas à la pêche ? »

« Il n'y a pas que ton fils qui a disparu, la Lune, et la marée également, c'est incroyable, ce matin le bateau était simplement posé. La marée est descendue mais n'est pas remontée ! »

Le téléphone sonna à nouveau, Christian se précipita, et machinalement il mit le haut-parleur.

« Bonjour Monsieur LeGuen, Dick Bendort à l'appareil, je suis l'assistant de madame Jacqueline Monfort j'appelle depuis Kourou… »

« Oui, je sais très bien qui vous êtes, avez-vous des nouvelles de mon fils ? »

« Pour l'instant, nous ne pouvons rien expliquer, mais nous avons une bonne nouvelle, c'est que la fusée n'a pas explosé, rien n'indique qu'un incident se soit produit. Nous faisons tout ce qui est en notre pouvoir pour rétablir le contact, mais Thomas est un de nos meilleurs spationautes, tout comme le reste de l'équipage, ils sont entraînés pour faire face à n'importe quelle situation. Je dois vous laisser, on vous tient au courant dès que nous avons des informations supplémentaires ».

« Allo, allo ? Il a raccroché ce con ! Il fait comme si tout va bien ! Une fusée, ça ne disparaît pas comme ça ! Et la Lune encore moins, mais qu'est-ce que c'est que ce monde. Cela fait 7 heures qu'ils sont sans nouvelle ces abrutis, et on ne doit pas s'inquiéter, mon cul oui ! »

Christian laisse exploser sa rage en tapant du poing sur la table. Il ressent un manque cruel, son cœur est amputé d'une partie de lui-même, il lève les yeux vers son frère, immobile. Lui aussi a vécu cette épreuve, c'était sûrement pire car André était avec Naël lorsqu'il est tombé à l'eau. Il serait prêt à se jeter dans l'espace pour retrouver son fils. Il pensa à la mère de Tommy, Clarisse devait être en vacances à Marrakech, elle ne l'avait pas encore appelé et ne devait pas être au courant. Il attendrait d'avoir des nouvelles avant de la contacter.

Nathalie arriva sur son vélo électrique, les deux frères eurent la même vision de leur petite sœur sur son premier tricycle. Elle était téméraire et n'avait jamais voulu les petites roues latérales, malgré une belle chute et un coude écorché, elle était remontée sous les yeux de leur père fier d'avoir une fille qu'il surnommait la dure à cuir. Drôle d'expression. Le soir venu, elle voulait dormir avec le vélo dans sa chambre. Entre l'aîné et ses réussites scolaires et, la petite dernière emplie de joie de vivre, André n'avait jamais vraiment trouvé sa place. Elle n'était qu'un accident, mais était devenue la favorite. Christian ne s'en est pas rendu compte, André, lui, se sentait rejeté.

« Alors les garçons, il y a des nouvelles ? Tout le monde est paniqué au village, non pas pour la Lune mais par cette marée basse. J'ai croisé le réalisateur du film qui faisait une tête ! On avait l'impression qu'il avait le mal de mer de ne pas la voir. Qu'est-ce qu'on va faire si ça reste comme ça pour toujours ? Et Tommy, on l'a retrouvé ? » Nathalie adoucissait l'atmosphère, sa seule présence apaisait l'ambiance un peu tendue. Elle enleva son casque de vélo laissant apparaître sa belle chevelure rousse, ses taches de rousseur lui donnaient toujours un air juvénile. Elle était radieuse malgré les circonstances de voir ses deux frères réunis. André réalisa que le temps n'avait que peu d'effet sur sa sœur, Christian pourrait presque être son père.

Ils se retournèrent tous les trois surpris par le bruit d'un moteur en surrégime. Une voiture de sport passait à toute allure, semblant fuir quelque chose d'invisible. Elle devait rouler à plus de 130 km à l'heure. André crut reconnaître la belle Monica Palmy. Si seulement il pouvait courir vers son propre véhicule pour s'enfuir avec elle.

Les heures suivantes, la fratrie aborde de nombreux sujets superficiels comme la météo déréglée, la hausse du coût de la vie, le manque de moyen dans l'éducation, un peu de politique. Trois ans qu'ils ne s'étaient pas retrouvés ensemble à la même table. Il y avait beaucoup de sujets à rattraper. Ils semblaient ne pas vouloir parler de Thomas ni de la lune. Pas un mot non plus sur la brouille entre Christian et André, ils faisaient comme si de rien n'était, comme si ces trois dernières années n'étaient qu'une parenthèse. Christian prit conscience qu'il devait mettre un terme à sa relation avec sa belle-sœur, elle n'avait que trop duré. Il ne voulait plus mentir. Enfin, Nathalie aborda des thèmes plus profonds sur le sens de la vie, les raisons d'être, la solitude et le manque de ceux qui ne sont plus là.

« On tient tout pour acquis ! » coupa André les yeux humides, « L'air qu'on respire, l'eau, nous pensons que tout est définitif, certain, mais où sont nos certitudes ? Le monde s'écroule, sans faire du complotisme, on n'est plus sûr de rien. La Lune, la marée. Est-on à l'aube d'un bouleversement dont nous ne considérons pas encore la portée ? Mon monde s'est écroulé lorsque Naël est parti, il n'a plus jamais été le même, je ne souhaite cela à personne. Nous ne sommes que de passage, comme tout ce qui nous entoure, nos femmes, nos chiens. »

Christian pose une main ferme sur l'épaule de son petit frère, les rôles s'inversent. C'est l'aîné qui soutient le petit frère, Nathalie trouve la situation cocasse mais ne dit rien.

« Vous rendez-vous compte que si je n'avais pas vu de mes yeux la marée, je n'aurais pas cru un seul instant à la disparition de la

Lune ? » rajoute André qui semble le plus perturbé des trois. On nous prend tellement pour des idiots.

Ils furent intrigués par une activité inhabituelle sur la route. Des camions de production se positionnent devant la maison, le monde ne s'est pas arrêté de tourner pour tout le monde. Un dénommé Hector interrompt ces retrouvailles. Il vient demander à Christian s'ils peuvent utiliser les extérieurs de sa maison aujourd'hui pour quelques heures. Il avait signé un contrat pour l'exploitation d'images mais pensait que ce devrait être la semaine suivante.

« Il y a eu des changements dans le programme, si ça ne vous dérange pas, nous allons tourner aujourd'hui, indiquait cet Hector sur un ton affirmatif. Vous êtes au courant pour la marée ? On ne peut pas tourner la scène au port, elle est remplacée par celle d'une dispute entre Mike et Hanna, et ça se passe devant chez vous ».

« Hanna ? l'interrompit André. C'est le rôle joué par Monica ? »

« Oui, c'est ça, dès qu'on lui met la main dessus, on pourra tourner la scène. On ne l'a pas vu de la matinée, elle est peut-être partie sur la Lune ? » s'exclama-t-il en souriant, sans se rendre compte de la portée de ses mots.

André sourit, Christian soupira, le ventre noué, Nathalie trouvait cet énergumène culotté, comme si son tournage était la seule chose importante à ses yeux. Elle l'avait déjà vu pour la demande de figuration des enfants de l'école, et trouvé intéressant, son côté extravagant avec cette moustache qu'on ne porte plus, ses habits excentriques, il était différent. S'il lui avait proposé d'aller boire un verre, elle n'aurait pas refusé. Aujourd'hui, il n'était qu'exaspérant, elle n'avait envie de l'envoyer se faire cuire un œuf. Si le soleil s'était éteint, il aurait sûrement cherché à tourner les scènes de nuit faisant comme si de rien n'était.

8 – Mais où était passée la Lune ?

À Kourou, George a été transporté à l'hôpital. Il aurait été victime d'un accident cérébral, Jacqueline a vieilli de dix ans en douze heures. Elle a beaucoup de mal à réfléchir, et se sent seule, avec qui peut-elle partager ses doutes et ses craintes ? Elle espère que George va se remettre, et sourit en réalisant qu'elle est plus inquiète pour son ami que pour tous les évènements incroyables qui sont en train de se produire. Elle se demande si chaque individu sur Terre pense d'abord à ses propres soucis plutôt qu'à cette hallucinante disparition. La planète entière attend des réponses mais personne ne comprend l'impossible et qu'est-ce que ça changera dans leur vie ? Est-ce que nous allons disparaître comme les dinosaures, l'eau des océans va-t-elle tourner comme celle de sa piscine sans les courants et marées ? Et Thomas, Ariane ou peuvent-ils bien être ? Son esprit scientifique, toutes ses études, ses mémoires, rien ne l'avait préparé à une réalité sans Lune. Il devait y avoir une faille, après avoir parlé à plusieurs sommités, elle n'était pas plus avancée. Il n'y avait aucune explication logique. Elle allait se réveiller d'un mauvais rêve, ne boirait plus une goutte de ce Merlot qu'elle avait pris la veille. Affligée, à bout de force, elle se tourna vers son équipe. Ils étaient tous désespérés, au fond du trou.

« Kourou, Kourou, procédure d'alunissage en route ».

La voix de Thomas sembla irréelle, avait-elle rêvé ? Alors que tout le monde était amorphe, résigné, ils levèrent les yeux en même temps vers l'écran de contrôle. Ariane 12 et la Lune étaient réapparues comme par miracle, elle ne comprenait rien à ce tour de passe-passe. Comme si elle se réveillait d'un mauvais rêve, elle cria :

« Thomas, Thomas, c'est toi ? » en serrant si fort le micro qu'elle en avait mal aux mains.

« Vérifications ok, rétrofusées ok, tout est parfait, alunissage dans quatre minutes. »

« Mais Thomas ?! Où étiez-vous ? » En posant la question, elle regarde tous les paramètres de la fusée. Aucune anomalie, elle fronce les sourcils en regardant les horloges de l'appareil et celles du centre de commande : PM, AM, il y a une différence de douze heures entre la base et l'Ariane 12. Douze heures, c'est exactement le temps ou la Lune et la fusée ont disparu.

« Trois minutes, ça y est on voit bien les cratères, tout est ok. »

« Houston sur la 3 Jacqueline », interrompit Dick.

« Prends le message », dis-leur que tout à l'air redevenu normal, on ne comprend pas, notre fusée se pose, je les rappelle dès que je peux.

Le portable d'André sonna. Une amie de la capitainerie l'appelait pour le prévenir que la marée était en train de remonter, comme par miracle, tout avait l'air d'être redevenu normal. Il pourrait sortir avec le bateau d'ici une heure. Au moment où il raccrochait, c'est celui de son frère qui émettait une sonnerie d'appel.

— Dick Bendort à l'appareil, monsieur LeGuen, êtes-vous devant votre télé, ils retransmettent les images en direct de votre fils sur la lune. Il va bien, nous ne sommes pas en mesure d'expliquer ce qui s'est passé, mais il va bien. Christian laissa tomber son portable et se jeta sur la télécommande.

« Comme en 1969, l'homme repose un pied sur la Lune, c'est d'autant plus incroyable qu'elle avait disparu pendant 12 heures. Les premiers échos de spécialistes parlent d'une faille temporelle, d'un problème espace-temps mais tout est rentré dans l'ordre. Je vous laisse avec les images Thomas LeGuen, il a ouvert le sas, il s'apprête à devenir le premier français à poser le pied sur la Lune, nous sommes en communication avec le spationaute, Thomas, ici Laura Tambaum, c'est à vous :

— Bonjour la Terre, c'est incroyable, c'est un petit pas pour l'homme, mais un grand bond pour les Bretons. J'avais promis de dire cette phrase pour mon père. La mission se déroule parfaitement bien. Nous allons prélever quelques échantillons, envoyer des robots sur la face cachée qui pourront collecter des informations inédites. Il semblerait qu'il se soit passé quelque chose d'incompréhensible sur Terre, on nous a parlé de la disparition de la lune et de notre fusée. L'équipage ne s'est aperçu de rien d'anormal, notre trajectoire, les paramètres de la fusée, tout s'est déroulé comme prévu. Nous vérifierons les données de nos ordinateurs au retour mais nous n'avons rien à signaler d'exceptionnel.

Retour à nos studios, bravo à l'équipage d'Ariane 12, bravo à Thomas, nous suivrons le retour de la fusée avec un intérêt décuplé. Je laisse la parole à notre spécialiste Jean-Michel Vachelet.

— Merci Laura, tout d'abord bravo à l'équipage d'Ariane 12. Bon, en ce qui concerne ce que nous avons pris pour une disparition, elle n'était perçue que de notre point de vue, un peu comme une hallucination collective. Il s'est produit une distorsion du continuum espace-temps ayant des effets non négligeables sur le déroulement du temps et sur la perception que nous avons eue, la Lune et la fusée ont toujours été là mais ailleurs, c'est un phénomène qui se produit régulièrement, mais jamais encore avec la Lune.

— Oui, Jean-Michel, mais la marée arrêtée la coupa Laura, ce n'était pas une hallucination quand même.

— Écoutez Laura, c'est assez complexe, et simple à la fois, prenez un œuf… »

Christian éteint le poste. Nathalie lui saute au cou, la joie est palpable, l'atmosphère s'est détendue d'un coup. « C'est un miracle, merci, mon Dieu », s'exclame la petite sœur. Seul André ne semble pas partager la joie d'un retour à la normale, il semble tracassé.

« Sur cette très bonne nouvelle, je vais prendre congé, je dois aller voir mon bateau ». Il prend son manteau, embrasse son frère, puis sa sœur, lui dit à voix basse qu'ils vont remettre le repas de ce soir à une date ultérieure.

Sur le chemin du retour, il croise l'équipe de production qui s'affaire telle une fourmilière, ça bouge dans tous les sens. Il cherche Monica Palmy du regard sans succès. Il entre chez lui déterminé. Michèle est en train de feuilleter un album de photo de famille Naël court sur la plage avec un maillot de bain d'une autre époque. Elle tient une loupe dans la main qu'elle lève en voyant son époux rentrer. Placé devant son œil, celui-ci a l'air disproportionné. La radio est allumée sur France Info, elle sourit. André s'apprêtait à parler de son neveu lorsqu'il respire le parfum qu'il a offert à Mimi à Noël. Il s'était étonné de cette demande de cadeau, elle qui ne se parfumait jamais. C'était la même odeur que chez son frère. Tout se bousculait dans sa tête : « Il m'a appelé ce matin », « sa venue impromptue ». Il se servit un verre de calvados qu'il but cul sec, puis un deuxième sous les yeux médusés de Mimi.

Cette putain de menteuse me regarde comme si de rien n'était pense-t-il. Elle a recommencé ! Des rumeurs sur son infidélité s'étaient propagées dans le village dès leur mariage, mais il faisait semblant de ne rien entendre. Il avale un troisième verre. Il se sent comme une cocotte-minute prête à exploser, sous pression depuis trop longtemps, il a envie de la secouer, de lui faire mal. Du fond de sa mémoire il entend Naël « Laisse-moi tranquille, je ne veux plus jamais venir pêcher avec toi, tu m'emmerdes, j'en ai marre de cette vie pourrie, et d'ailleurs, tu n'as rien à me dire, tu n'es même pas mon père » André commença à pleurer. Il but un autre calva, la bouteille était presque vide « Maman ne te supporte pas non plus, pourquoi crois-tu qu'elle n'est jamais à la maison ? Elle me l'a dit, mon père, il s'appelle Martin, il a une maison de vacances vers le phare, elle fait toujours des ménages chez lui quand il vient et se fait sauter par la même occasion. Je vais le rejoindre à Paris ». Ensuite, il se voit comme possédé lui donner un coup de rame, un seul petit coup innocent, juste pour le faire taire. Touché en plein visage, déséquilibré, il était tombé par-dessus bord, inconscient. Un simple accident, André l'a regardé couler à pic, incapable de réagir, de bouger. Anesthésié par les révélations de son fils, par sa propre réaction et cette violence qu'il voulait contre sa femme et non pas son enfant, il avait hurlé Noooonnnn. Lorsqu'il reprit ses esprits, Naël avait disparu.

André revit le drame, ressent les mêmes haut-le-cœur qu'à l'époque, il a envie de vomir, vomir cette haine contre celle qui a gâché sa vie. Naël était son fils. À ce moment-là douleur envahit tout son être, il se fout qu'elle couche ou non avec son frère. Rien n'est sa faute, il se persuade de son innocence, elle est coupable du meurtre de son fils, la sentence est la peine de mort. Michèle regarde son mari sans intérêt jusqu'à ce qu'il décroche le fusil de chasse depuis le mur de la cuisine. Incrédule, elle le voit armer le calibre 12 chargé de deux cartouches. Tout va trop vite, elle ouvre de grands yeux perplexes ne comprend pas ce qu'il lui dit :

« Tu vas rejoindre la Lune, salope, tu vas disparaître toi aussi ! »

Le coup est parti sans hésitation, André a visé le cœur, mais les plombs ont arrosé tout le corps. Michèle tombe lourdement au sol, immobile. Il s'attendait à des soubresauts comme à la télévision, mais rien, le corps de sa femme immobile gisait sur le sol. Ça n'avait pas été difficile, il regrettait de ne pas l'avoir fait dix ans plutôt. Il posa la crosse du fusil sur le sol, cala le canon sous son menton, se contorsionna pour avoir accès à la détente et sans une hésitation pressa légèrement.

9 – Retour à la normale

Cinq jours plus tard, Christian atterrissait à l'aéroport de Cayenne. Il avait besoin de voir son fils et de s'éloigner du village. Après le dramatique accident survenu chez son frère – la police avait parlé d'un accident de chasse – il était heureux de s'éloigner, il avait besoin de changer d'air. L'enterrement avait eu lieu très rapidement, il avait pris le train aussitôt après les funérailles pour la capitale et l'aéroport Charles de Gaulle. La thèse d'un accident ne le satisfaisait pas mais il avait peur d'une autre vérité. Michèle lui manquerait, mais il était tellement content que son fils soit saint et sauf, qu'il vit ce miracle comme un signe : on ne peut pas tout avoir dans la vie. Il venait juste de retrouver André pour le perdre aussitôt. Toute la vie de son frère ressemblait à une tragédie, il avait été témoin impuissant du mal être du petit Dédé depuis sa naissance, d'un mauvais mariage, d'un drame dont on ne se remet pas, et d'une fin terrible. Il devrait être plus présent pour sa petite sœur à l'avenir.

Il aurait voulu que Nathalie l'accompagne mais elle avait rendez-vous avec les réalisateurs du film en tournage. Hector et Bertrand remplaçaient l'actrice principale, Monica avait démissionné et prenait sa retraite cinématographique sans plus d'explication. Les assurances de la production exigeaient la reprise du tournage sans délai. Nathalie pourrait reprendre le rôle de Hanna, elles avaient le même âge, et ses dons d'actrice de théâtre lors de ses jeunes années pourraient servir. L'acteur principal Gaspard semblait ravit par la nouvelle, il avait un petit faible pour la maîtresse d'école et poussait Bertrand pour l'engager. Nathalie était excitée comme une jeune fille à l'idée de passer des essais. Elle penserait à autre chose que la mort de son frère et de sa belle-sœur. Avec son optimisme de tous les jours, elle imaginait qu'ils avaient rejoint leur fils au paradis. Tant pis pour des vacances en Guyane, elle visiterait une autre fois.

Jacqueline, pas encore remise de toutes ces émotions, reçut Christian avec tous les égards dus au père d'un héros. Son fils devrait passer des batteries de tests avant de pouvoir retrouver ses proches. Elle se ferait un plaisir de lui faire visiter le centre spatial et ses alentours. Elle avait besoin de souffler un peu, se changer les idées. Pourquoi pas faire un peu de tourisme, elle méritait un peu de temps pour penser à autre chose que cette disparition inexplicable. Elle n'imaginait pas que douze heures de stress, d'une telle intensité auraient pu autant la bouleverser. Ce n'était rien comparé à George, toujours hospitalisé, il garderait sûrement des séquelles, son épouse était arrivée de la capitale pour se porter à son chevet, elle avait l'air gentille, mais du coup, elle n'osait plus aller le visiter.

Les échanges avec la fusée n'avaient pas permis d'éclaircir les évènements toujours incompréhensibles de leur disparition pendant douze heures. Différents scénarios peu convaincants furent évoqués. La distorsion du continuum espace-temps revenait régulièrement dans les débats mais Jacqueline savait bien que ce phénomène de faille temporelle n'était qu'un phénomène purement spéculatif, utilisé par des auteurs de science-fiction en manque d'inspiration. D'hypothèses en conjonctures ce fut pourtant la thèse acceptée comme officielle. Une faille, comme si le temps s'était mis en pause pour la Lune et la fusée, mais avait continué pour le reste du monde.

La Lune tournait autour de la Terre, les marées avaient repris leurs allées et venues suivant le programme établi par les prévisions de spécialistes. Rapidement, le monde oublia cette surprenante disparition, le sujet de discussion fut remplacé par des préoccupations plus proches de chacun. Tout redevenait normal, comme s'ils avaient été spectateurs d'un épisode d'une série fantastique. Quelques scientifiques alarmistes continuèrent à faire des recherches, mais ils étaient automatiquement discrédités. Les réseaux sociaux, les médias avaient reçu le même mot d'ordre : ça n'est pas arrivé, une propagande digne de la grande Russie avec un matraquage médiatique sans précédent. À force de répéter que cette disparition n'avait été qu'une illusion, l'idée était majoritairement acceptée. Jacqueline accepta une belle retraite et comme d'autres signa des documents officiels où elle s'engageait à ne pas parler de cet évènement. La Lune aurait pu être cachée, des instruments auraient été défectueux, toutes les excuses étaient bonnes pour ne pas chercher d'explication plausible. La Lune disparue devint une légende urbaine inventée de toute part et les sceptiques devinrent majoritaires. Elle est un satellite de la Terre, en rotation synchronisée, montrant constamment la même face, tout le monde le sait. C'est une vérité qui ne demande aucune vérification. Elle n'a jamais disparu. Jamais.

Mon vélo fait la gueule

Lorsque j'ai sorti mon vélo de la remise cet après-midi, j'ai tout de suite su que quelque chose n'allait pas.

Il couinait un peu, avait l'air raplapla. Un rapide dépoussiérage, un peu de graisse sur la chaîne, je gonfle légèrement les roues et le voilà prêt.

Dès les premiers tours de roue, mes suppositions s'avèrent exactes, mon vélo fait la gueule. Malgré le faux plat, il roule à une allure inhabituelle, n'avance pas, le passage du petit au grand plateau s'opère difficilement. Je contrôle la vitesse sur ma montre connectée, elle aussi a l'air déréglée, les chiffres sont consternants. J'inspecte les patins de frein qui doivent toucher les jantes, mais l'espace est suffisant, aucun frottement à l'horizon. Notre sortie s'assombrit face à de médiocres performances. Rapidement, un besoin de ravitaillement se fait sentir, lorsque j'essaie de boire un peu, la gourde reste coincée dans le porte bidon. Rien ne va. C'est alors que je comprends… 3 mois que je l'ai laissé rangé, seul dans le noir. Je me justifie comme je le peux, j'essaie de lui expliquer que j'ai été opéré du tibia, je n'avais pas le choix, je n'étais pas autorisé à jouer avec lui avant la consolidation de l'os. Je serais prêt à produire un certificat médical pour prouver la véracité de mes dires : interdiction totale quelques semaines de la pratique du sport. Il ne m'écoute pas, me reprochant l'avoir délaissé pour la télé et le canapé. Et cette fois d'après lui, je n'ai pas l'excuse du confinement. Ce n'est pas la première fois que je l'abandonne ainsi. Il a aussi eu peur que je le laisse pour un autre, plus jeune, plus léger ou pire un vélo électrique. Comme si j'allais me laisser influencer par les diktats du poids ou des nouvelles technologies. Mais non, je n'avais pas d'autre choix que de terminer ma convalescence avant de le retrouver. Il semble alors plus véloce, il a repris du poil de la bête, l'air heureux, les kilomètres défilent sous ses roues revigorées, les paysages, les cours d'eau, on croise un troupeau de moutons attentifs à notre passage, ils semblent rire en nous voyant passer. Une légère brise nous pousse vers une vitesse plus conforme à nos habitudes. C'est alors que nous sommes dépassés par un peloton de huit ou neuf vélos avec des équipiers tous plus beaux les uns des autres, des combinaisons fluorescentes en accord avec leur machine leur donnent un air professionnel. Je ressens la jalousie qu'éprouve mon partenaire, il me fait comprendre que lui aussi pourrait me laisser pour un sportif plus affûté, partir avec un roi de la grimpette, se met à rêver du mont Ventoux, du col du grand Colombier ou de l'Alpe d'Huez. Je ne peux pas accélérer pour accrocher ce peloton qui s'éloigne inexorablement, mes quadriceps me brûlent, mon cœur s'emballe, je n'ose pas regarder mon moniteur de fréquence cardiaque. C'est alors que j'essaie de me lever pour me mettre en position de la danseuse, mais mes jambes me rappellent à l'ordre. Celle qui a été opérée le trimestre dernier semble fébrile, elle ne répond pas à mes injonctions d'accélération. Rien à faire, je laisse le groupe s'éloigner. Autre reproche de mon camarade de jeu : j'aurais dû faire plus attention à mes snacks devant les interminables séries de Netflix. Bon d'accord j'ai pris un peu de poids, 4-5 kilos mais avec son aide, je vais vite les reperdre. Et, Michael Jordan, est-ce que son ballon de basket lui fait la gueule quand il le laisse quelques jours, est-ce que la voiture de Lewis Hamilton boude lorsqu'il la néglige ? J'ai entendu dire que certaines raquettes de tennis se cachent lorsqu'elles ne sont pas souvent utilisées, du coup les joueurs en ont plusieurs.

Allez, arrête de bouder, sinon je me remets à la course à pied. Comment ça mes genoux aussi sont fâchés ?! Et eux parce que je les ai trop utilisés ! Faut savoir, trop ou pas assez ?! Je m'y perds, d'ailleurs je suis ou là ? Chacun restant sur ses positions, le retour se fait en silence. Le vélo ne me fait pas le coup de la panne, du déraillement ou de la crevaison. De retour à la maison, je suis tout de même heureux de ma sortie, 20 kilomètres en 58 minutes. Ces retrouvailles se sont dans l'ensemble bien passées malgré la mauvaise humeur de mon camarade. Si demain je n'ai pas trop de courbatures, je viendrai te faire coucou pour une petite sortie. On va s'y remettre comme à la bonne époque. Mais, alors que je le rentre dans l'étroite remise, j'entends mon paddle sangloter dans son sac de rangement.

Mon Père

Ce matin, papa est mort. Mais peut-être n'était-ce pas mon père. Sur son lit de mort, la veille de passer l'arme à gauche, il n'a pas pu s'empêcher de libérer sa conscience, en me parlant d'un terrible secret qui allait bouleverser mes certitudes. Mais pourquoi ? Ne pouvait-il pas garder cela pour lui ? Avait-il peur d'être jugé par quelqu'un là-haut ? Il se devait de dire la vérité, quel égoïste, il n'a vraiment pensé qu'à lui sur ce coup-là. Mais peut-être a-t-il juste déliré ? Je suis bouleversé par ce qui m'arrive, d'ailleurs je ne suis pas certain de comprendre.

Je m'appelle Jesse Garon McArthur, je suis né le 14 octobre 1973 à Honolulu sur l'île d'Ohau. Une des îles paradisiaques d'Hawaï. Un de mes grands-oncles est le Général Douglas MacArthur qui joua un rôle prépondérant sur le Pacifique lors de la Seconde Guerre mondiale. Aujourd'hui, on visualise les séries Magnum P. I. ou Hawaï police d'État quand on pense à ces magnifiques îles, aux surfeurs, aux belles plages et cocotiers, mais le 7 décembre 1941 elles furent le théâtre de l'anéantissement de la flotte du Pacifique de l'United States Navy. Cette attaque sournoise au nom de code « Tora Tora Tora » a vu 353 avions japonais lâcher des tonnes de bombes détruisant le fameux cuirassé USS Arizona, des croiseurs, des destroyers, des centaines d'avions, faisant plus de mille victimes et provoquant l'entrée des États-Unis dans la Seconde Guerre mondiale. Le Général Douglas n'était pas présent, mais son cousin, mon grand-père était basé à Pearl Harbour ce jour-là, il fut gravement blessé lorsqu'une bombe a détruit son avion. Entre 8 et 10 h du matin, les Japonais avaient anéanti Pearl

Harbour. Aucun pilote n'a eu le temps de décoller pour une contre-offensive aérienne, et l'aérodrome fut complètement détruit. Par chance, aucun porte-avions n'était dans la rade. L'Amérique entra en guerre. Mon grand-père n'eut pas l'occasion de combattre, il décéda de ses blessures quelques semaines après l'attaque, laissant un jeune fils orphelin.

Dans mes aïeux, il n'y a quasiment que des soldats, certains ont même combattu durant la guerre de Sécession.

Mon père John a fait le Vietnam, comme béret vert et pilote de B 52, lui aussi larguant à son tour des tonnes de bombes en Asie entre 1968 et 1973. Les rôles étaient inversés avec son paternel, il les larguait et ne les recevait pas ! Il avait épousé ma mère Marianna l'année de son départ au combat car elle était enceinte de leur premier enfant. À son retour, il quitta soudainement l'armée pour devenir chauffeur de bus et rester plus près de sa famille. Mais il avait l'armée dans le sang, et participa à l'élaboration du musée de Pearl Harbour. Il servit de guide volontaire aux touristes curieux venant faire des selfies avec l'histoire jusqu'à ce que sa santé ne se dégrade subitement. Il était apprécié de par son savoir sur l'attaque et des anecdotes qu'il avait collecté des survivants qui pour certains étaient des amis de son père. Les pourboires étaient souvent généreux, mais il les reversait toujours aux comités de soutien des anciens combattants.

Mon frère Paul s'engagea dès qu'il put dans l'armée pour la plus grande fierté de notre père. Son premier fait d'armes fut lors de la guerre du Golfe avec l'opération Tempête du désert pour libérer le Koweït. Les membres de son bataillon, la 24e division d'infanterie mécanisée des États-Unis reçut d'ailleurs une médaille pour des faits de bravoure sur une offensive de la Coalition non loin de Bassora sur l'autoroute de la mort en mars 1991, détruisant toutes les unités de l'armée irakienne qui se repliaient. Il retourne en Irak en 2003, participe à la chute de Bagdad, et fait partie du groupe des forces spéciales qui arrêtèrent Saddam Hussein à la fin de cette même année. Un véritable héros, servant son pays avec honneur. Il est aujourd'hui haut gradé et même s'il n'est plus sur le terrain, il s'occupe de nos gars en Afghanistan.

C'est ma vie, entouré de soldats, de héros, de militaires. Et moi dans tout ça… aucun atome crochu avec l'uniforme, au grand dam de mon père. J'ai un grand respect pour mes aînés, je suis fier d'eux, mais rien ne m'attire dans l'armée. J'ai plutôt l'âme d'un artiste, un peu comme ma mère qui eut son heure de gloire au milieu des années » 60 en jouant quelques seconds rôles à Hollywood. C'est d'ailleurs lors de la production d'un film tourné à Hawaï en 1966 qu'elle rencontra mon père qui tomba immédiatement sous son charme. Elle était d'une beauté envoûtante, une très belle femme.

Je me suis tout de suite senti différent du reste de la famille, il m'arrivait même de penser que j'étais adopté, et le départ de ma mère n'a pas arrangé les choses. Elle était entrée en dépression au milieu de l'année 1977, je n'avais que quatre ans. Nos îles paradisiaques n'étaient pas assez bien pour elle, qui ne rêvait que de retourner à Los Angeles. Mon père accepta le divorce mais obtint notre garde sans que cela ne semble ennuyer ma mère le moins du monde. Éduqué par mon père, j'aurais dû suivre ses traces ou celles de mon frère, mais je n'étais pas du tout motivé par une carrière militaire, le sport ne m'intéressait pas non plus sauf à surfer de temps en temps. Je me sentais un peu comme le vilain petit canard de la famille, différent. Par contre, je dessinais bien, je jouais de la guitare sur la plage en chantonnant pour draguer les filles et j'ai même fait quelques concerts car je chantais pas mal, mais mon père m'interdit de continuer dans cette voie, il ne voulait pas que je devienne un saltimbanque, un beatnik ou pire un hippie. Je me suis senti obligé de l'écouter, il s'occupait seul de mon frère et moi depuis le départ de notre mère qu'on voyait de moins en moins, jusqu'à ne plus la voir du tout, je me sentais redevable et ne voulais pas le contrarier. J'ai donc posé ma guitare et mon surf et je suis allé travailler à l'aéroport d'Honolulu. Après une vingtaine d'années à m'occuper des avions, j'occupe désormais le poste de sous-directeur du Daniel K. Inouye International Airport, du nom de cet homme politique américain d'ascendance japonaise qui fut sénateur d'Hawaï pendant près de cinquante ans. Un comble qui aurait sûrement amusé Yamamoto le commandant en chef de la flotte aéronavale de Pearl Harbour.

Je suis marié depuis un quart de siècle avec la même épouse que j'aime presque comme au premier jour, j'ai eu des jumeaux adorables, dont le garçon vient de s'engager dans l'armée.

J'ai donc une très belle vie, si on excepte ma relation avec ma mère, deux super enfants, une femme aimante, un labrador, un bon boulot, une maison sur la plage, et la santé bien sûr. J'avais une très belle vie jusqu'à hier ou mon père m'a appris qu'il n'était pas celui qu'il disait. Je ne comprenais pas tout de suite, ou je n'étais pas sûr de voir ou il voulait en venir. Il m'avoua qu'il n'était pas mon père biologique, que ce n'était pas possible car il était en mission au Cambodge lors de ma conception. Ma mère aurait eu un amant, un acteur avec lequel elle avait tourné le film *Paradise Hawaiin Style*. Cet acteur devait se fiancer, donc leur histoire n'aurait pas dû aller plus loin, mais ils ont continué à se voir épisodiquement malgré leur mariage et celui de son acteur dont il n'arrivait pas à dire le nom, comme pour le rendre inexistant. Ses paroles étaient décousues, la morphine qu'il recevait devait le faire délirer, pourtant ses incroyables révélations tenaient la route, rien n'était impossible.

Mon père m'affirma qu'il n'était pas au courant que ma mère avait une double vie, il ne l'aurait jamais accepté. L'amant en question était revenu en janvier 1973 pour un concert et avait fêté ça avec ma mère qui tomba enceinte de moi ! Quelle histoire abracadabrante, à bientôt cinquante ans, j'apprenais que mon père ne serait pas mon véritable père, quelle idiotie ! Et ma mère m'avait abandonné en sachant tout. Une version qui ne tenait pas la route, surtout parce qu'elle me déplaisait. Comment vivre dans le mensonge autant d'années et pourquoi inventer une telle histoire ? C'était impossible, pourquoi m'aurait-elle abandonné à celui qui n'était même pas mon père ? J'étais dans le déni le plus total, je n'en croyais rien.

Je m'appelle Jesse Garon McArthur, et John est mon père, un père mourant qui délirait. Avant de fermer les yeux, il m'indiqua que ma mère avait choisi mes prénoms Jesse Garon, qui étaient ceux du frère jumeau mort-né de mon père biologique. Mon « véritable » père biologique aurait voulu divorcer deux mois avant ma naissance pour se mettre avec ma mère, il voulait m'élever. Mais, mon père John a menacé de faire une folie si sa femme le quittait. Du coup, elle est restée, mais n'était plus que l'ombre d'elle-même, malheureuse à mourir. Mon géniteur aurait aussi sombré dans la dépression et fait deux surdoses de barbituriques suite à une consommation excessive de médicaments, il a passé la fin de l'année 1973 à l'hôpital. Sa vie n'a plus jamais été la même. Il serait venu me voir plusieurs fois, déguisé, jusqu'à sa mort sans que John ne soit au courant, j'avais d'ailleurs une photo de lui ou il était déguisé en père Noël, j'étais assis sur ses genoux. Il serait décédé de chagrin en 1977 et Marianna est partie. Sa vie s'est arrêtée en même temps que celle de son véritable amour.

Ma mère n'avait jamais aimé son mari, mais ce père nous adorait mon frère et moi. Il avait un code d'honneur : famille, patrie. Hors de question de voir un blanc-bec lui prendre ce qui lui appartenait. Il m'indiqua qu'il n'avait jamais regretté, que j'étais malgré tout son fils et ferma les yeux. C'était hier soir. Ce matin, il rendait son dernier souffle. Son vieux cœur ne pouvant plus assurer son rôle vital.

Je n'avais pas fermé l'œil de la nuit essayant de contacter ma mère sans réussite, et prévenant mon frère que notre père n'en avait plus pour longtemps. Il prit le premier avion depuis Washington D.C. mais n'arriva pas à temps pour dire au revoir à notre père. J'étais resté au chevet jusqu'au dernier instant, espérant entendre encore le son de sa voix, l'écouter m'affirmer qu'il m'avait fait une mauvaise blague, qu'il était mon père. Mais il ne rouvrirait plus jamais la bouche.

Et il ne m'avait même pas donné le nom de mon soi-disant père biologique, que des sornettes !

Je pleure mon père, je suis seul à côté de lui, une infirmière est venue éteindre les machines. Je ne veux pas partir tant que mon frère n'arrive pas. Je ne peux pas le laisser seul. Je suis comme dans un état second, et tout à coup un éclair me traverse l'esprit. Je suis né le 14 octobre 1973, je calcule rapidement octobre moins neuf mois, on est le 14 janvier 1973, j'ouvre Safari sur mon portable, je vais sur Google pour voir qui est venu faire un concert à Hawaï à cette date.

Non, ce n'est pas possible !

Et je repense à une photo de ma mère dans la banlieue de Memphis, aux airs qu'elle me chantonnait quand j'étais enfant pour m'endormir, à cet héritage incroyable qu'elle avait reçu d'un oncle perdu l'année suivant la mort de son amant. Je repense à mon goût pour la chanson, ma voix… mon père… mon père, c'était…

Le mariage

Near, far, wherever you are
I believe that the heart does go on
Once more, you open the door
And you're here in my heart
And my heart will go on and on

James Horner et Will Jennings, *My Heart Will Go On*

Mais, c'est Jack Dawson sur mon canapé !? Il est partiellement caché par la grande toile posée sur le chevalet, trop concentré à me dessiner pour me regarder. J'ai hâte de voir son croquis. Il a l'air d'avoir à peine dix-huit ans le beau Léo, cet air juvénile est à croquer. Il est à quelques mètres de moi, je peux presque le toucher. Je suis de retour en 1997, je crois bien que j'ai vu le film douze fois. Je m'imaginais à la place de Rose, moi aussi j'étais coincé dans une vie qui ne me convenait pas. Je n'étais pas allé jusqu'à faire une tentative de suicide, mais l'idée m'était passée par la tête. Je me souviens par cœur de ce dialogue du film qui me touchait particulièrement : « *Je n'aime plus le monde dans lequel je vis. Et tous les gens autour de moi… et l'inertie de mon existence qui se dérobe sous mes pas, sans que je puisse l'en empêcher. J'ai l'horrible impression d'être dans une pièce pleine de monde et j'ai beau hurler comme une folle, il n'y a personne qui se soucie de moi* ».

« Camille, tu veux un sucre dans ton café ? »

George Clooney nous interrompt dans un parfait français. Toujours impeccable avec son costume sûrement dessiné par un grand couturier italien. Encore plus craquant qu'au cinéma avec ce sourire qui ferait fondre des neiges éternelles. Le beau George me prépare un café, normale, *who else* ? Il doit être en train de préparer un casse, le vol de mon cœur. Il l'a déjà subtilisé sans que je ne m'en rende compte mais je suis une victime consentante. Je m'imagine à ses côtés sur un Riva à Venise ou sur le lac de Côme.

Je n'ai pas le temps de lui répondre, à côté, je vois le cul rebondit d'un beau blond. Le genre de gars qui pourrait faire une publicité pour des shampoings, même chauve, on lui achèterait du démêlant. J'ai le souffle coupé. Il se retourne comme au ralenti et je vois derrière son tablier de cuisine Brad Pitt, un couteau à la main en train d'éplucher des légumes. Il est complètement nu sous ces quelques centimètres de tissus. C'est le beau Brad de vingt-cinq ans, celui de Thelma et Louise, il n'a pas encore une ride, un corps musclé, pas un poil de gras, des veines apparentes qu'on a envie de délicatement caresser, sa bouche inviterait n'importe qui normalement constitué à avoir envie de lui faire l'amour pendant des heures, impossible de lui résister. Il était cascadeur dans son dernier film, je me rappelle : Cliff Booth, il cassait la gueule à Bruce Lee, j'aurais tant aimé le voir se battre, et je ferais n'importe quelle acrobatie avec lui.

Derrière lui, dans mon jardin, Johnny Depp, sauvage, une pelle à la main plante des fleurs, des lys blancs, mes préférées. Ses yeux cerclés de noirs sont d'une rare puissance, je pourrais facilement m'encanailler avec ce pirate, mais je m'attarde sur ses tatouages de bad boy, il a l'air bien plus canaille que les autres.

Jack laisse tomber son crayon, il est dérangé par un énergumène faisant des claquettes l'autre côté de la cuisine. Le grand Hugh Jackman s'entraîne à quelques pas de danse qui me rappellent le film The Greatest showman, une chorégraphie qu'il maîtrise et qu'il apprend à un autre australien, le super héros Thor, Chris quelque chose. Je ne sais plus où donner de la tête, je vais avoir un orgasme cérébral. Hugh me fixe droit dans les yeux, comme par magie, il s'est transformé en Wolverine, sexy avec son débardeur blanc, les muscles saillants. Et ce n'est pas fini, arrive sur son vélo l'acteur du Mentalist avec son parfum Dior envoûtant des kilomètres à la ronde. Une voiture de course se gare devant la baie vitrée, Ryan Gosling et Bradley Cooper descendent et se dirigent vers moi à côté d'eux descend d'une Aston Martin rutilante, un homme en costard, je reconnais Bond, James Bond, son regard puissant me fait fondre, je ne réponds plus de rien. Tous me regardent, ils ont envie de moi, me dévorent des yeux, se rapprochent, vont-ils me passer dessus tous à la fois ou chacun leur tour, si c'est à moi de décider, je ne sais pas celui que je préfère. Je suis nu au milieu de la pièce, quand j'entends frapper à la porte, sans que je réponde, Paul entre dans la pièce :

« Hey, Camille, Camille, tu rêves ou quoi ? T'es même pas rasé, pas habillé !? Dépêche-toi tu ne vas pas faire attendre Sophie quand même ! Ce serait un comble, c'est plutôt à la mariée de faire attendre son futur époux ! Tu n'aurais quand même pas des doutes de dernières minutes ? Sophie est la femme idéale… »

« La femme… Oui… »

Le mari radin

C'est un magnifique matin de printemps, les cerisiers sont en fleur, le bourdonnement des abeilles rend le jardin vivant. Louise qui s'inquiétait pour la pollinisation est rassurée, la récolte de cerises devrait être bonne cette année. Il fait doux pour cette heure, elle va installer la table dehors. Après quarante-cinq ans de mariage, Louise est toujours une épouse dévouée, comme elle l'a toujours été pour son mari.

Elle sort les viennoiseries du four, l'odeur du pain au chocolat embaume la cuisine. Son estomac lui fait signe qu'il est prêt, elle ressent l'envie de croquer dedans sans attendre. Les oranges sont pressées, et deux cafés attendent d'être bus.

Louise appelle son mari « c'est près, mon chéri ! Tu viens dehors ? J'ai tout installé, il fait vraiment bon ce matin, tu peux même prendre tes lunettes de soleil et ton chapeau. »

Bernard avance doucement, toujours en pyjama. C'est une journée importante mais il ne se rappelle pas pourquoi. Arrivé à la table, il sourit, il a de la chance d'avoir Louise, il se réveille avec plaisir tous les matins à côté d'elle comme si c'était le premier jour. Elle est fraîche, toujours de bonne humeur, gentille, et elle vient de lui préparer son petit déjeuner préféré.

Ils s'assoient ensemble, Bernard prend le journal local. On dit que ce n'est pas poli de lire à table, mais ni lui ni Louise ne s'inquiètent de ce que l'on dit, ils le lisent d'ailleurs à tour de rôle ou en même temps il prend les pages du sport tandis qu'elle lit les pages locales ou fait les mots croisés et les sudokus. Ils ont eu la bonne idée de s'abonner et d'être livrés avant leur réveil, ainsi ils ont leur petit rituel de lecture tous les matins.

« On est déjà vendredi 16 avril », s'exclame Bernard, le Montpellier Hérault Sport Club joue ce soir un match qui semble capital pour la qualification aux places européennes, il ne veut pas le manquer.

« Oui, et pas n'importe quel vendredi », répond Louise. Bernard réfléchit à la phrase de sa femme, elle s'attend à ce qu'il sache à quoi elle pense. Non, il ne trouve pas.

Faisant semblant de ne pas comprendre, Louise avec un grand sourire plein d'amour lui dit avec joie que c'est son anniversaire. Bernard avait oublié ! C'est vrai qu'il n'est pas fort pour les dates. Mais en plus, il a un vilain défaut, il est très économe pour de pas dire radin, un vrai grippe-sou. Il ne dépense rien, son compte en banque déborde, mais c'est plus fort que lui. Donc, oublier l'anniversaire de sa femme, c'est économiser un peu.

Il se sent obligé de mettre son côté pingre en sourdine une fois par an au moins, pour cette date spéciale. Il doit faire un effort pour Louise, et puis ce n'est qu'une fois par an.

« On a déjà discuté de ce restaurant que je rêve de découvrir depuis longtemps, et puis de cette petite robe à manche courte au motif fleuri », continue de lui dire Louise.

Évidemment, Bernard ne va pas contredire sa femme, il ne peut rien lui refuser en cette fameuse date, et en plus elle n'en demande pas trop. Il va l'emmener au restaurant et lui offrir la petite tenue dont elle a tant envie. Au diable l'avarice pour l'anniversaire de Louise.

Le petit déjeuner se prolonge dans la bonne humeur, puis une fois la table débarrassée et la vaisselle rangée, Louise se prépare à passer une journée spéciale. Un peu de maquillage n'est pas de trop pour effacer les années qui s'accumulent sur son visage. Dans la tête, elle a toujours vingt ans, mais le miroir n'indique pas la même chose.

Le couple passe un après-midi merveilleux à se promener dans la grande ville, c'est toujours une surprise pour Bernard qui préfère sa campagne. Intérieurement, il a eu du mal à sortir son porte-monnaie, mais n'en a rien laissé apparaître devant sa Louise qui semble tellement heureuse. C'est un jour exceptionnel, aujourd'hui il se laisse un peu aller.

D'ailleurs au fond de lui Bernard sait qu'il est un peu trop radin, il ne se souvient plus d'où cette manie lui vient, s'il a toujours été comme ça, *« un sou c'est un sou »,* lui répétait sa grand-mère, cela venait sûrement d'elle. Ce n'est pas un défaut, mais plutôt une qualité d'être économe. Et puis il ne se souvient pas que sa femme ne se soit jamais plainte.

Louise passe une fantastique journée, Bernard est plein d'attentions à son égard, il lui offre un beau bouquet de fleurs alors qu'il y en avait déjà de belles dans le jardin, le restaurant, les cadeaux, elle se couche heureuse d'avoir passé une merveilleuse journée d'anniversaire. Au moment où elle s'endort, le sourire sur les lèvres, et pense : vivement demain.

Le lendemain matin, elle se lève de bonne humeur, cela doit faire près d'un an que tous les matins sont joyeux. Elle prépare un petit déjeuner identique à celui de la veille, la météo n'est pas aussi clémente, ils vont donc le prendre à l'intérieur. Bernard se lève et hume la bonne odeur du café, dans le journal, il apprend avec plaisir que son équipe de foot, celle de Montpellier a battu le PSG 3 but à 2, c'est un exploit. Il est encore plus content et Louise a aussi un grand sourire, c'est étrange, pense-t-il, je ne savais pas que le foot la rendait heureuse !

Louise, comme lisant dans ses pensées, lui répond que sa bonne humeur n'a rien avoir avec le foot mais, plutôt avec la date du samedi 17 avril, et oui c'est son anniversaire aujourd'hui, elle est tellement heureuse car Bernard lui a promis de l'emmener dans un nouveau restaurant à Palavas les Flots et de lui offrir un nouveau téléphone portable….

Cela fait un an, en effet que c'est son anniversaire tous les jours, Bernard souffre d'Alzheimer et oublie tout ou presque, il n'a pas oublié qu'il est d'une avarice maladive, pendant quarante-cinq ans, il n'a jamais dépensé plus que le strict nécessaire. Il faisait une exception une fois par an pour l'anniversaire de Louise. Elle ne s'était jamais plainte, mais souffrait tout de même un peu de la pingrerie de son mari. Elle ne voulait pas le heurter alors elle s'est privée de tout pour ne pas l'irriter toute sa vie. Aujourd'hui, l'heure de la revanche a sonné pense-t-elle malicieusement. Ils ont assez d'argent dans leur compte en banque pour vivre 3 vies, elle ne fait rien de mal, et se rattrape. Cet Alzheimer qui lui faisait si peur a finalement eu du bon. Le seul inconvénient est qu'elle vieillit beaucoup, elle fête aujourd'hui son 400e anniversaire, et puis sa balance est un peu fâchée, elle prend du poids depuis qu'elle mange un gâteau d'anniversaire tous les jours.

Le manoir

Quelle ne fut pas ma surprise lorsque je reçus un appel du cabinet Boyer *Law Firm*. L'assistante d'un avocat me proposait un rendez-vous à ma convenance, cela concernait des papiers à signer pour l'héritage de ma mère. Sa disparition ne m'avait pas bouleversé, nous nous étions perdues de vue quelque temps après ma naissance. Ma mère était un mystère, tout comme son patrimoine. D'aussi loin que je puisse me souvenir, je n'avais jamais été proche de ma génitrice. De pensionnat en école privée, j'avais toujours été loin d'elle. Vinrent les premiers petits amis, et dès qu'on me posait des questions sur mes parents, je changeais de sujet, je me considérais comme une orpheline. Du sentiment d'abandon initial, j'avais puisé dans cette démission maternelle une force d'indépendance. Je n'aurais besoin de personne. Sarah « ma mère » avait bien essayé de se rapprocher lorsque j'obtins mon diplôme de l'UCLA, mais c'était trop tard, je n'avais plus besoin d'elle. *Self made woman* avec un bachelor de cinéma en poche, je respectais mes principes de ne pas m'accrocher à qui que ce soit.

Je me préparais comme pour un rendez-vous galant, c'était la première fois que je rencontrais un avocat. J'avais coupé mes cheveux longs pour une coupe au carré, déposé sur ma peau une légère couche de fond de teint et de maquillage, j'avais passé une chemise blanche repassée. L'image que renvoyait mon miroir ne me ressemblait pas. C'était presque un relooking complet, j'avais l'air d'une femme et non plus d'une éternelle adolescente. À trente ans, certains barmans me demandaient toujours une pièce d'identité pour consommer de l'alcool. Une telle transformation cachait sûrement un mal être que je n'osais appeler ainsi.

« Bonjour Madame Carmon, je m'appelle Doug Moore, vous pouvez m'appeler Doogy, puis-je vous appeler Sonia ? Je suis en charge de la succession de votre mère, si vous voulez bien me suivre dans mon bureau, voulez-vous un café ? »

Avant que je ne réponde, il en commandait deux à son assistant. Ce présomptueux personnage résumait à lui seul l'ensemble de mes connaissances, grossier, superficiel, et inutile. Doogy, ça me fit tout de suite penser à un chien, d'ailleurs cet avocat ressemblait à un Saint Bernard, des yeux tristes, des joues pendantes touchaient presque son nœud papillon qui remplaçait le baril de rhum. Ce bonhomme n'allait pas me sauver d'une avalanche, il haletait entre deux phrases, comme à bout de souffle, et son embonpoint le serrait dans un costume devenu trop petit. C'est lui qui avait besoin d'être sauvé. Il devrait faire attention à sa santé s'il ne voulait pas rapidement rejoindre ma mère.

« Je vais être bref, votre mère vous laisse une maison à Silverlake, c'est dans l'Orégon au-dessus de Portland. Je vais vous donner l'adresse exacte avec le titre de propriété. Vous héritez également de cinquante-trois mille dollars qui vous seront transférés dès que vous aurez signé ces papiers. » Je restais sans voix. La belle somme d'argent m'importait peu, mais une maison dans l'Orégon, c'était une sacrée surprise.

Sur la route du retour dans ma banlieue de Thousand Oaks, coincé dans les fameux embouteillages de Los Angeles avec une moyenne de dix kilomètres à l'heure, mes pensées étaient, elles, en excès de vitesse. J'étais entre deux tournages, je pouvais travailler le prochain script depuis n'importe quel endroit, je n'avais rien à présenter avant quelques semaines… l'Orégon, connais pas… un road trip… la maison de ma mère… c'est ou l'Orégon ?

De retour dans mon petit appartement, j'ouvrais mon ordinateur portable et regardais l'itinéraire. Bonne nouvelle, c'était sur la côte ouest, il me suffisait de prendre une seule route la Highway 5 Nord pendant une vingtaine d'heures pour arriver à l'adresse de cette maison qui était maintenant la mienne. Sans hésiter, j'avais décidé de partir dès le surlendemain.

Les premiers kilomètres n'indiquaient pas encore que nous partions hors des sentiers battus. Ma petite Chevrolet Aveo que j'appelais Avy n'avait jamais quitté la région de Los Angeles, j'avais fait contrôler ses niveaux d'huile, de liquide de refroidissement, la pression des pneus, elle devait se douter que nous partions pour une aventure, mais comme d'habitude n'était pas trop bavarde. Elle était habituée à mes monologues, ne se plaignait jamais de mes jérémiades et ne m'avait jamais fait le coup de la panne. Après avoir visionné un reportage sur un Français loufoque qui jurait que son vélo lui parlait, moi aussi je conversais avec mon véhicule !

L'éloignement de Los Angeles s'accompagnait de la disparition des embouteillages, nous avalions les kilomètres facilement. J'avais toujours plaint les chauffeurs routiers mais revenais sur mon jugement, c'était finalement agréable de voir défiler le paysage. Les panneaux s'enchaînaient : San Francisco, Sacramento, et bientôt celui de changement d'État, je quittais la Californie après douze heures de conduite. Je ressentais une fatigue inhabituelle, les reins douloureux, mon attention baissait, je devais trouver un endroit ou me reposer et continuerai le lendemain. La ville de Medford offrait son lot de motels, je choisissais le Holiday Inn, car il avait une piscine, je ferai quelques longueurs pour détendre mon dos avant d'aller me coucher.

Le restaurant de l'hôtel était exactement comme on pouvait s'y attendre : quelconque. Le serveur me regarda comme une bête étrange lorsqu'il prit ma commande, pas de bière, pas de viande, ni de frites, j'imaginais que le cuisinier allait aussi faire une crise cardiaque. Je pris un saumon accompagné de riz et un verre de chardonnays qui me monta directement à la tête. L'idée d'aller nager disparut aussitôt. Je regardais l'itinéraire du lendemain, il n'y aurait que huit ou neuf heures de route à faire. Je passerai par la ville de Salem, ce qui me rappela un de mes premiers scripts où j'avais travaillé sur l'histoire des sorcières de Salem.

À la fin du dix-septième siècle, quelques jeunes filles, dont Abigaïl Williams, accusaient des concitoyens de les avoir envoûtées et d'être des sorciers, alliés de Satan. Elle avait travaillé près de six mois sur la remise au goût du jour de cette légende, pour une superproduction à gros budget. Encore inconnue à l'époque, elle n'était pas enthousiaste à travailler sur un conte fantastique, trop cartésienne pour se laisser bercer par des histoires d'ensorceleuses ou de fantômes, mais il fallait bien manger et payer les factures. C'est pourtant grâce à ces sorcières qu'elle s'était ouvert les portes de Hollywood. La ville de Salem de son histoire était sur la côte Est, au-dessus de Boston, dans le Massachusetts, rien à voir avec l'Orégon.

Je commandais un deuxième verre de vin pour oublier la fadeur de ce repas. Son effet fut encore plus radical que le premier, et si le marchand de sable existait, il s'invitait à ma table.

Quelques pas sur un parking désert plus tard, je me retrouvais devant la chambre 102. Avy allait dormir sur le parking devant la porte d'entrée. La douche attendrait le lendemain. Il ne faisait pas très chaud, je me couchais impatiente de découvrir la maison de ma mère, pour la première fois, j'avais envie de la connaître.

Après un petit-déjeuner inclus, je réglais les 79 dollars de la chambre. C'était beaucoup moins cher qu'à Los Angeles, j'eus la même réflexion en faisant le plein d'essence et en achetant quelques provisions avant d'arriver à destination. Il y avait des arbres à perte de vue, la couleur verte dominait, c'était beaucoup moins sec qu'en Californie. Je quittais le Highway 5 pour le Spirit Lake Highway, l'autoroute de l'esprit du lac. Silver Lake était un village composé essentiellement d'un *caravan parc*, d'un pub, d'un magasin de pêche vendant les esturgeons, poissons chats, saumons et crabes et autres espèces vivants dans le lac et d'une petite marina. Il y avait une île habitée au milieu du lac avec une quinzaine de maisons. Je ne m'imaginais pas un instant habiter là, mais de quoi pouvaient bien vivre les locaux, ou alors ils étaient tous retraités ? C'était un bled paumé, il ne devait pas y avoir grand-chose à faire, il fallait juste espérer avoir de bonnes connexions internet pour s'empiffrer de séries ou alors être un écrivain solitaire. L'adresse indiquée pour la maison de ma mère m'envoyait sur un chemin en terre, au bout de nulle part. Le passage devenait de plus en plus étroit, quelques branches basses risquaient d'abîmer la peinture d'Avy. Ce n'était pas entretenu, j'avais l'impression d'arriver à la fin du monde, dans un cul-de-sac, enfin je découvris la maison. Imposante, on aurait dit un petit château, plutôt un manoir, deux étages en plus du rez-de-chaussée, du lierre montait le long de murs fissurés. La peinture blanche de la façade était écaillée. De hautes herbes entouraient les chemins d'accès. Tout laissait penser à une maison abandonnée, mais heureusement pas à une maison hantée. Cet héritage imprévu m'attirait. Entouré d'une forêt de sapins, de cèdres d'Alaska et d'épicéas, je découvrais le lac à l'arrière de la maison. Désorientée par le chemin à travers la densité des arbres et le pensais plus loin.

Je poussais une lourde porte d'entrée qui n'était pas fermée à clé. Des toiles d'araignées encombraient le passage, de la poussière recouvrait les sols et des draps blancs posés sur des meubles invisibles ressemblaient à des fantômes immobiles. Je ne pouvais pas imaginer ma mère vivant seule dans cette demeure. Elle aurait pu accueillir une famille nombreuse avec ses quatre chambres à coucher, trois salles de bains et son séjour qui avait sûrement été prévu pour de grandes fêtes. Un couple, dont les quatre ou cinq enfants joueraient dans les longs couloirs de cette bâtisse, organiserait de somptueuses réceptions, des domestiques préparant le déjeuner, les jardiniers taillant les haies d'arbustes avec des formes originales.

Je ne connaissais pas ma mère, mais je savais qu'elle louait un appartement dans le New Jersey, elle ne m'avait jamais parlé de cet endroit, pourquoi ne l'avait-elle pas vendu tout simplement ? Depuis combien de temps ce lieu était vide, des milliers de questions se bousculaient dans mon esprit, mais je devais d'abord vérifier s'il y avait de l'eau et de l'électricité. Je trouvais facilement le local contenant les fusibles et comme par miracle, tout fonctionnait encore. Il y avait également de l'eau aux robinets, pas d'eau chaude mais de l'eau claire et non pas couleur orange rouille comme j'aurais imaginé.

J'étais prête à camper quelques jours dans cette maison, à enquêter sur le passé de ma mère et faire un point sur ma vie et les directions que j'allais donner à mon futur.

En sortant de la grande bâtisse pour récupérer quelques affaires dans la voiture, je fus surprise par une silhouette à côté d'Avy. Un petit cri d'étonnement s'échappa par réflexe plus que par une véritable peur. C'était un vieux monsieur, habillé avec un costume sombre à gilet, un chapeau feutré laissant dépasser quelques cheveux blancs, il semblait sorti des années 60' et aurait été un figurant parfait pour un film aux côtés de Kennedy ou de Martin Luther King.

Il s'approcha lentement, sa manière de marcher tout en douceur, ses petits yeux malicieux et ses rides inspiraient tout de suite la confiance. Il se présenta comme Paul, habitant la demeure voisine, il avait été gardien de ce manoir, homme à tout faire, il y a bien longtemps. Surpris de voir passer une voiture, sa curiosité l'avait poussé à venir à ma rencontre.

Paul proposa son aide si j'avais besoin de quoi que ce soit, il serait heureux de rendre service. Sa présence fut tout de suite rassurante dans cet endroit isolé. Habitué des lieux, il me fit faire le tour de la propriété. Je vis un cerf passer entre des arbustes à quelques mètres de nous. Une vision magique pour quelqu'un qui vient de la ville. La forêt était grandiose, des séquoias nous entouraient comme une muraille de protection. À côté d'un espace dégagé bien que colonisé par des broussailles, mon guide m'expliqua que c'était un potager. Deux vieilles citernes avaient été installées pour récupérer l'eau de pluie, un enclos endommagé ainsi qu'une cabane abandonnée servait de poulailler. À l'époque on ne pensait pas à l'écologie, on avait de la jugeote et on aimait bien être auto suffisant.

J'avais hérité d'un bel endroit, mais qui n'avait pas été habité depuis bien longtemps, indiqua Paul, il y avait eu quelques locataires, mais plus personne depuis trois ou quatre ans. Ce mot d'héritage me fit frissonner. Ma mère venait de mourir. Elle me léguait cet endroit sorti de nulle part. Ça faisait beaucoup de choses en peu de temps à assimiler. Et maintenant, cet inconnu qui veut m'aider. À Los Angeles, je me serais méfiée, mais peut-être, Paul avait connu ma mère ? Il me semblait trop tôt pour lui demander, je venais à peine de le rencontrer et pourtant j'étais prête à faire confiance à ce vieux monsieur. Moi, qui n'avais besoin de personne, ne voulais pas d'attache, je ressentais comme une connexion avec cet endroit.

Ma mère, pas très causante n'avait jamais parlé de mon père, ce dernier l'avait abandonné avant ma naissance, c'était donc ma seule famille si on peut parler d'elle ainsi. Je mettrais ma main à couper qu'elle n'avait jamais lu de manuel pour savoir comment être une bonne mère, genre *Maman pour les nulles.* Une chose est certaine : elle n'avait pas la fibre maternelle. J'étais quasiment seule si on fait abstraction de ma meilleure amie, ma voiture Avy, je n'avais ni frère ni sœur, toujours pas mariée, sans enfant, un boulot parfois intense suivi de périodes d'attente pour qu'on m'appelle sur un nouveau projet. J'avais depuis deux ans un petit ami, mais je n'étais pas sûr de Grégoire, et le fait d'avoir refusé d'emménager avec lui, et de n'avoir aucun projet commun montrait que je ne pensais pas que c'était l'homme de ma vie. Je n'avais rien à lui reprocher mais je n'avais pas cette étincelle qu'on retrouve dans les comédies romantiques sur lesquelles j'avais travaillé. Je devrais me résoudre à avouer qu'il n'était qu'une présence par défaut pour combler les absences de mon existence. C'était peut-être simplement ça, un couple. Cet héritage était peut-être une échappatoire, une excuse pour m'éloigner de lui, ne pas répondre à ses demandes pressantes. J'allais me concentrer sur mes priorités, ce que je voulais vraiment. Je n'avais plus de grands-parents, plus ma mère au-dessus de moi, personne en dessous.

Tout à mes pensées, je divaguais, peu attentive à la suite de la visite avec Paul qui s'avérait être d'une gentillesse à toute épreuve. Lors de cette première soirée, il m'aida à installer un lit dans une chambre qui pourrait devenir la mienne et proposa de préparer « un petit quelque chose » pour se restaurer. Personne ne l'attendait, il semblait heureux d'avoir un peu de compagnie et rapporta de chez lui un ragoût de lapin avec des haricots blancs. Une intuition m'avait fait acheter un petit réchaud de camping et une bouteille de gaz au cas où. J'avais également apporté deux bouteilles de vin français que nous avons bu lors de cette première soirée. Désinhibée après le troisième verre, je parlais comme à un confident : de ma mère qui ne me manquait pas, de mon petit ami insignifiant et d'autres problèmes de la vie. Étrangement, je n'avais aucune de réserve avec ce vieux monsieur. Il écoutait beaucoup, ne me coupait que pour demander des précisions et semblait vraiment intéressé. Il aurait été un très bon thérapeute pensais-je. Je ne me rappelle plus à quelle heure nous nous sommes quittés, mais il me promit de revenir au petit matin.

Ma première nuit au manoir fut assez étrange. Malgré de la poussière, une odeur de renfermé, et un lit inhabituel, je m'endormais rapidement dans mon sac de couchage, sûrement aidée par l'alcool dans mes veines. Je rêvais de ma mère jeune qui me ressemblait comme deux gouttes d'eau, de mon père, il était beau, avait un visage familier. Ils étaient heureux, elle portait une longue robe de gala, lui un costume d'apparat, des tenues de soirée digne des années folles, ils riaient, dansaient dans l'immense pièce principale, virevoltaient. Changement de décor, ils sont dans la grande chambre, murmurent des mots d'amour, parlent du prénom d'un enfant à venir fille Sonia pour une fille, Thomas pour un fils. Je fus comme transportée dans un passé, ou je n'étais pas née. Ce rêve avait l'air tellement réel. Au réveil, j'eus le tournis, envahie de sentiments partagés entre mélancolie, espoir, regrets, frustration, curiosité, un trop plein d'émotions qui risquait de déborder.

En m'approchant de la cuisine, je m'attendais à voir Paul mais évidemment, il n'était pas là. Il n'y avait pas non plus de machine à café ni de bouilloire, alors je fis chauffer de l'eau dans une vieille casserole. La vue qu'offrait la fenêtre sur le lac était incroyable, des arbres laissaient tomber leurs feuilles mortes tapisser la surface de l'eau. Je restais comme hypnotisée par ce spectacle qui valait tous les programmes télé du monde.

C'est alors que Paul apparut naturellement comme s'il faisait partie du décor. Une cafetière à la main qu'il présenta comme un cadeau de bienvenue. Il nous prépara une tasse de café et s'assit silencieusement à côté de moi, le regard perdu devant ce lac. Je lui parlais de ma nuit et de mon rêve. Le temps s'est arrêté, je n'étais pas certaine de parler de mon rêve ou d'inventer une vie imaginaire à mes parents ou j'aurais projeté mes espérances. Je devais être plus intéressante qu'une série car Paul ne se lassait pas, il était d'une bienveillance étonnante, soudainement, un voile de tristesse s'empara de moi, je ressentais un manque gigantesque, un bonheur disparu. Sans raison, je pensais à Grégoire qui ne servait à rien, je pris la décision de le quitter. Il n'avait pas plus de place dans ma vie que tous ces souvenirs que je me créais.

Je ne comprenais pas ce qui se passait en moi, comme si je me libérais d'un poids mais sans savoir lequel. Je continuais de parler de mes parents imaginaires à Paul, avec l'envie de lui poser des questions, il devait forcément les avoir connus. Mais face à la peur de briser ce rêve, je n'osais toujours pas. J'inventais des souvenirs d'un bonheur disparu. Paul semblait se nourrir de mes récits, aussi heureux de les écouter que moi de les raconter. Par moment, je voyais ses yeux s'humidifier, il était sensible, mes histoires lui rappelaient peut-être un passé révolu, lui aussi avait été jeune, amoureux, plein de projets. Il se décida à parler mais pour me poser des questions sur ma vie, comme un vieil oncle qui se rattraperait après une longue absence. Je me suis dévoilée sans filtre, le résumé de ma vie tenait en quelques mots : seule, forte, indépendante, libre, je n'avais pas grand-chose à dire. Alors il me posait des questions sur mes goûts littéraires, mon plat préféré, les études, les anciens petits amis, le sport, mon travail.

C'était incroyable, en vingt-quatre heures, je m'étais senti plus proche de cet homme que de n'importe qui. J'appréciais sa compagnie, son écoute, il semblait, franc, sincère, était comme un amarrage dans mon existence à la dérive, dans ma vie sans ancrage. S'il n'avait pas été si âgé, il aurait pu être un compagnon idéal, il avait dû être un bel homme plus jeune. Trop contente qu'on s'intéresse à moi – un côté narcissique que je ne connaissais pas, je ne me rendais pas compte que notre discussion ressemblait à un monologue. Lorsque je posais une question, il ne répondait pas, il les retournait et je me contentais de ses tours de passe-passe. Je ne savais pas grand-chose de sa vie, sauf qu'il connaissait ce manoir depuis une trentaine d'années. Au fil de notre conversation, des souvenirs profondément enterrés remontaient à la surface, il perçait une carapace jusque-là indestructible, je me fissurais de toute part, j'allais imploser et pourtant ça me faisait du bien. C'était sûrement un magicien, un sorcier ou un prêtre, on lui ferait toutes les confessions. Quand il me demanda si j'avais des regrets, et je ne pus retenir mes larmes, j'explosais :

« Ma naissance est un regret ! Mon père m'a abandonné comme une moins que rien ! Vous vous en rendez compte ? Votre géniteur, celui qui vous a créé ne veut pas de vous, comment voulez-vous que quelqu'un vous aime après ça ? »

Paul semblait bouleversé par mon histoire, il me serra dans ses bras frêles et pourtant si rassurants. Il sortit un mouchoir pour sécher mes larmes. Tremblante, de la morve au nez, je recouvrais son costume de mes sanglots qui les absorbait comme un buvard. J'avais oublié toute décence, je m'abandonnais dans les bras de ce vieux monsieur à l'odeur de naphtaline. Un premier contact physique puissant, bouleversant, une connexion surnaturelle.

« Si seulement je pouvais lui dire à quel point il m'a manqué, j'aurais tant voulu lui parler… »

Paul me caressa les cheveux d'une manière étrange, dans un réflexe absurde, je le repousse, une alarme intérieure s'est déclenchée, il n'y a rien de sexuel mais les mises en garde répétées et toutes les affaires sordides récentes m'ont conditionné à faire attention. Je suis une cocotte-minute sous pression maximale, prête à exploser, des signaux contradictoires clignotent, complètement déboussolé, je ne suis plus lucide. La situation est anormale depuis le début, mais je n'arrive pas à mettre le doigt sur ce qui ne va pas. Une colère immense menace de me faire perdre pied, j'ai l'impression d'être sur des montagnes russes, c'est plus que je ne peux en supporter. Des frissons s'emparent de tout mon corps, des hauts le cœur, je ne sais plus où je suis, je suis avalée dans un tourbillon. Un blanc, et je retourne dans un passé douloureux, j'ai six ou sept ans, je suis une petite fille abandonnée devant les grilles d'un pensionnat, seule, terrifiée. Une voix masculine surgie de nulle part me dit de ne pas m'inquiéter, je suis forte, très forte. Je me retourne, certaine que c'est mon père qui est venu me chercher mais il n'y a personne. Cette voix…

On klaxonne à l'entrée du manoir. Ce bruit strident me ramène à la réalité je me retourne et aperçois une voiture de police. Un policier qui devrait être à la retraite, Dick Doban d'après son badge se présente, on l'a prévenu d'une activité inhabituelle dans cette propriété, il fait une tournée d'inspection car l'endroit est désert depuis un bon moment. Après quelques explications sur cet héritage, il me souhaite la bienvenue.

Dick me donne sa carte avec le numéro du bureau du shérif. Il me prévient comme si j'allais rester m'installer pour de bon, que l'hiver est rude ici, humide et qu'être seule pouvait être un peu dangereux, surtout vu l'état du manoir.

Lorsque j'indiquais à Dick que je n'étais pas seule, le voisin Paul était très prévenant avec moi il parut surpris. « Paul ? Quel Paul ? » Dick ne connaissait pas de Paul vivant ici, il n'y avait pas de voisin à moins d'une dizaine de kilomètres. Je me retournais pour lui présenter mais je ne le voyais plus, il avait dû partir dans la cuisine après mon étrange réaction. Pendant que je lui expliquais que ce Paul fut gardien de la propriété, il appelait le poste avec sa radio grésillante et demandait quelques informations. Personne ne connaissait de Paul. Par contre, il m'informa que le titre de propriété était toujours répertorié au nom de Sarah et Paul Carmon. Sarah Carmon était ma mère, mais ce Paul…

Dick se renseigna sur ce Paul Carmon, et relaya les informations obtenues : ce monsieur s'était noyé dans le lac derrière le manoir alors qu'il essayait de sauver sa femme enceinte tombée d'une barque. Un drame presque oublié, que la communauté cachait pour ne pas faire fuir les touristes. La maison avait été louée quelque temps et ensuite restée vide. La veuve, Sarah, n'était, à sa connaissance, jamais revenue sur les lieux de la tragédie. Il ne travaillait pas encore pour les forces de l'ordre à cette époque et vivait dans un autre État.

J'ai failli m'évanouir, ce n'était pas possible.

« Madame, madame, vous allez bien ? » demanda l'officier.

Je courrais vers la cuisine sans répondre, j'appelais Paul, mais n'entendais que le silence, je le cherchais dans le manoir, dans le jardin, mais il n'était nulle part. Je criais de toutes mes forces mais personne ne répondait. Je n'avais pas rêvé, j'en étais persuadé. Je venais de vivre les meilleurs moments de ma vie. Et tout ça n'était qu'une illusion.

L'officier Dick Doban gêné par ma réaction ne savait pas quoi faire, il m'entendait appeler un homme mort depuis près de trente ans, comme une folle échappée d'un asile « Madame, voulez-vous que j'appelle une aide médicale ? » Il m'imaginait chercher un fantôme.

Pourquoi ma mère ne m'avait jamais parlé de mon père, j'avais toujours cru qu'il m'avait abandonné, en fait il m'avait sauvé, pourquoi n'avait-elle rien dit ? Je sentais encore sa présence, mais je ne le voyais plus. « Tu es forte Sonia, très forte, et on t'aime ». C'était la voix de Paul, mon père. *On t'aime ?* Ça veut dire qu'il est avec ma mère désormais ?

Toujours planté devant moi Dick essayait de comprendre, ce vieux célibataire n'avait jamais été très doué avec les femmes. Il avait remarqué la plaque de la Chevrolet venant de Californie, un état ou le cannabis et d'autres drogues étaient légaux, la nouvelle habitante du manoir devait être en pleine crise de délire.

« Madame, vous êtes très pâle, je vais appeler un docteur ».

« Excusez-moi officier, non tout va bien, pour la première fois de ma vie, tout va très bien, excusez-moi pour mon attitude, cette maison me rappelle de douloureux souvenirs ».

Sonia semblait reprendre ses esprits, les effets des substances qu'elle avait sûrement prises devaient s'estomper pensa Dick rassuré. « Je vous laisse madame, je repasserai demain après-midi, vous avez mon numéro, si jamais vous avez besoin, n'hésitez pas à appeler ».

La jeune femme regarda la voiture de police s'éloigner, puis retourna dans la cuisine avec l'infime espoir de retrouver Paul, mais à sa place, elle découvrit un album photo qu'elle n'avait jamais vu posé sur la table. Il était rempli de photos certaines en couleur, d'autres en noir et blanc de sa mère avec Paul, jeunes tous les deux. Quelques larmes coulèrent encore sur ses joues, des larmes de bonheur cette fois. Elle ressortit le mouchoir de sa poche, un mouchoir aux initiales PC, le mouchoir que Paul Carmon, son père venait de lui donner. Elle n'avait pas rêvé.

Grande sécheresse

William est persuadé que l'enfer est arrivé sur Terre. Il entend l'appel de la mort de plus en plus pressant. Aucune solution à l'horizon, pas d'espoir, seul l'instinct de survie l'empêche de basculer dans l'autre monde. La gorge sèche, complètement déshydraté, il sait qu'il ne lui reste plus longtemps à vivre. D'horribles cloques pullulent sur tous ses membres, il a l'impression d'être dans un four. La chaleur est intenable, inhumaine, il bout, la température de son corps doit atteindre les limites de ce que ses fonctions vitales peuvent accepter. Lorsqu'on s'apprête à mourir, on voit sa vie défiler devant les yeux, pour William, c'est un rapide résumé des dernières catastrophes qui vagabondent dans son esprit, sûrement avant son dernier souffle.

Le trou de la couche d'ozone ne retenait plus les gouttelettes d'eau en suspension, ainsi les évaporations terrestres s'étaient échappées de notre atmosphère. Comme une fuite, l'eau s'était vidée vers l'extérieure. En seulement quelques mois, les températures avaient grimpé vers des sommets jamais atteints, les niveaux des mers et océans avaient baissé, leurs eaux s'étaient acidifiées comme la mer morte, tuant toute faune aquatique, et rendant leur désalinisation impossible. Notre belle planète se transformait en un désert aride, les fleuves s'asséchaient, les sources ne donnaient plus rien, les lacs après s'être transformés en marres faisaient partis d'un passé révolu. Le peu d'eau restant contenait des taux de pollution inimaginable. Les dernières plantes mourraient desséchées comme les hommes.

La langue sèche et lourde William fixe le soleil jusqu'à se brûler les yeux. Il n'est pas seul dans son agonie, riches, pauvres, on arrivait à la fin de l'espèce humaine, de toute vie sur cette terre. Tout le monde était logé à la même enseigne, dans le même bateau, un bateau sans mer, échoué sur le sable. Il se vit tel un poisson sorti de l'eau, mourir d'asphyxie, c'était horrible. Le calvaire était interminable, peut-être devrait-il simplement abréger ses souffrances, se donner la mort. Il avait été marin-pêcheur dans une autre vie, savait parfaitement faire un nœud coulissant, il n'aurait aucune difficulté à se pendre. Il fixe une corde qui semble l'appeler, s'en approche, la caresse doucement.

« À boire… un peu d'eau, s'il vous plaît, donnez-moi un peu d'eau ». William parle à sa corde, use inutilement sa salive. Dans ce qui est sans doute un délire, il voit Tintin et le capitaine Haddock traverser un désert à dos de chameau, ils sont à la recherche du crabe aux pinces d'or, eux aussi avaient failli mourir de soif, racornis et desséchés, eux aussi hallucinaient, mais alors que tout semblait terminé, au détour d'une dune était apparu une oasis, ils avaient été sauvés. Il reprit ses esprits, on n'était pas dans une bande dessinée, on était dans un désert plus vrai que nature, pas de miracle, pas de solution. C'est fou ce que la déshydratation infligeait à son organisme.

Les plus prévoyants, ceux qu'on pensait fous, les prêcheurs d'apocalypse avaient fait des réserves dans des citernes, des bouteilles en plastique ou autres récipients hermétiques. Ils se cachaient désormais de peur d'être débusqués, ils vivaient dans la terreur d'être massacrés pour leur trésor. Ils regrettaient d'avoir eu raison. L'eau valait désormais plus cher que l'or. Les plus favorisés creusaient dans l'espoir de trouver des rivières souterraines, des sources, ils vivaient sous terre comme des rats. La moindre nouvelle de découverte d'une flaque était jalousement gardée. Elle créait des émeutes, des massacres, dans un monde chaotique ou des corps desséchés se mouvaient au ralenti. William était athée, mais était prêt à prier n'importe quel Dieu pour avoir ne serait-ce qu'une gorgée d'eau. D'ailleurs finalement n'était-ce pas un Dieu qui se vengeait de la décadence de l'humanité ? Si c'est ça, il n'est pas vraiment sympa leur Dieu, il laisserait crever les oiseaux, les animaux, les plantes, ils n'y étaient pour rien eux ! Il divaguait encore.

Mourir de soif, c'est une mort lente, archaïque et cruelle. Il a toujours la corde dans la main, elle semble douce comparée à sa peau desséchée qui ressemble à du caoutchouc pestilentiel. Son pouls ralentit, la tension artérielle baisse, de puissants maux de tête encombrent sa boîte crânienne, des crampes figent chaque membre de son corps. Un vrai supplice, le coma n'est plus loin. « J'ai soif, j'ai soif ». Il regarda la corde.

« Non, non ça ne peut pas se terminer comme ça, dit-il à voix haute et il se répondit à lui-même, ça y est, il délirait. Vas-y William, vas-y ».

Mû par une force incroyable, il se lève péniblement, fixe la corde autour d'une poutre, monte sur un tabouret, passe la corde autour de son cou ferme les yeux et compte, à trois, il allait en finir à sa manière, ce serait son choix, la soif ne lui volerait pas sa mort.

« Un, deux… » Il se prend comme une douche sur la tête ! Il rouvre les yeux et se rend compte que tout cela n'était qu'un cauchemar, rien n'était vrai, il est sauvé ! De l'eau, de l'eau partout, c'était un miracle. Quel soulagement ! Ce rêve plus vrai que nature, épouvantable, le fit frissonner.

Il reprend doucement ses esprits toujours absorbé par cette sécheresse épouvantable, et se rend compte que la douche qui l'avait tiré de sa torpeur était toujours là, bien réelle cette fois. De l'eau coule du plafond et suinte des murs. Il a froid, grelotte, entouré de liquide, son lit flotte dans l'appartement. Il est détrempé. Ses mains sont fripées par l'humidité, des sillons se dessinent sur sa peau, laissant couler des ruissellements d'eau froide. Il se rappelle le dérèglement climatique, la montée des eaux, la fonte des glaciers, les pluies incessantes, il n'y avait plus de terre, tout était immergé, la plupart des hommes étaient morts noyés. Son rêve était l'exact opposé de ce qui se passait réellement. Par la fenêtre, il voit de l'eau, trop d'eau, partout, de l'eau à perte de vue, des nuages gris, de la pluie épaisse. Il n'y a plus d'espoir. Il ne veut pas se laisser aspirer dans un abysse sans fin, mais ne voit aucune solution. William vivait au 18e étage et dernier étage de son immeuble, mais l'eau avait désormais atteint son niveau, elle continuait à monter inexorablement. Les tremblements de son corps troublent sa vision, il pourrait se laisser dériver, et couler comme tant de ses comparses pourtant, il cherche encore une issue. Il veut choisir sa fin, ne pas se laisser mourir comme les autres, partir dans l'abîme lui est inconcevable. C'est alors qu'il vit une corde flotter, la même que dans son rêve, finalement c'était peut-être un rêve prémonitoire. Il leva les yeux au plafond, la hauteur devrait être suffisante.

Il arrêta de penser, s'avança vers la corde et la saisit.

Cloué au sol

Toute sa vie a tourné autour du ciel, des grands voyages, de l'aventure vers l'inconnu, la découverte de nouveaux horizons, c'était sa raison d'être. Pourtant, cela venait de s'arrêter avec cette fichu pandémie, Sydney était cloué au sol, vivement que ça se termine qu'il puisse redécoller. Plus de touristes, plus de voyageurs, il se retrouvait au chômage technique.

Voler, il n'y avait que ça qui compte. Dès la plus tendre enfance, Sydney ne se voyait pas faire autre chose. Il aurait pu être cascadeur et faire des loopings lors de meeting aériens ou tourner dans des acrobaties spectaculaires des films d'action. Il aurait pu s'engager dans l'armée de l'air, être un héros de combats héroïques contre des ennemis imaginaires, ses combats aériens seraient racontés dans les écoles. D'ailleurs, Top Gun était son film préféré, il se serait bien entendu avec Maverick, le meilleur pilote interprété par Tom Cruise. Il l'avait d'ailleurs croisé un jour, il voyageait en première classe et il avait l'air vraiment sympa. Parmi les autres personnages qu'il aurait aimé rencontrer, on trouve Howard Hughes, Roland Garros ou Charles Lindbergh, l'aigle solitaire entré dans la légende en devenant le premier pilote à relier, New York à Paris en 1927.

Sydney en aurait eu à raconter avec ceux-là, mais ils étaient morts avant sa naissance.

Il aurait pu aussi livrer le courrier, connaissait l'histoire de l'aéropostale par cœur. Antoine de Saint-Exupéry était son auteur préféré non pas pour *Le petit Prince*, mais pour *Vol de nuit* son livre de chevet. Dès qu'il avait lu le premier roman de l'auteur *L'aviateur* il avait lu tous les ouvrages d'une de ses idoles.

La médecine aurait aussi pu être son domaine, s'il était né en Australie au siècle dernier. Qantas, la première compagnie d'aviation australienne était au départ la Royal Flying Doctor Service of Australia, ils avaient des avions-ambulance qui desservaient les zones difficiles d'accès dans l'Outback. Il aurait transporté des docteurs et des malades !

Mais il avait fait ce qu'il préfère, transporter des voyageurs : l'Argentine, le Canada, la Thaïlande, l'Australie, la Chine, il avait été partout. Témoins de couchers de soleil inimaginables, il était bien dans le ciel. Aucune routine dans sa vie : un nouveau plan de vol, de nouvelles aventures, il était toujours partant, les décalages horaires ne lui faisaient pas peur, le coup de pompe non plus, toujours partant, l'entre-deux vols n'était qu'une longue attente. .

Jamais, il n'avait eu peur, ni de l'incident technique, ni des conditions météorologiques qui en auraient inquiété plus d'un. Il avait eu quelques soucis mais jamais rien de grave, essuyé des orages, des tempêtes, mais ça l'avait amusé bien que ses passagers ne soient pas rassurés. Une tentative de détournement ? Des terroristes ? Il y avait pensé mais il aurait su gérer, il en était certain.

Les seules inquiétudes pouvaient concerner une grève, indépendantes de sa volonté bien sûr, qui l'aurait empêché d'exercer son métier : les aiguilleurs du ciel avaient déjà fait le coup, sans contrôleur aérien, impossible de voler, quelle blague. Ou alors la peur d'un volcan en éruption comme l'Eyjafjallajökull en Islande qui en 2010 avait causé des milliers d'annulations de vols à travers l'Europe, en raison de ses immenses nuages de cendres envoyés dans l'atmosphère. Bien sûr, il se souvenait du 11 septembre 2001 quelques années avant qu'il commence à travailler. Tous les avions avaient été cloués au sol pendant quelques heures, personne n'était autorisé à décoller. Ironiquement, c'était plus le fait d'arrêter de voler qui le chagrinait plutôt que de finir dans une tour.

Cette fois, ça faisait plus d'un an qu'il n'avait pas volé, c'était trop long, il n'allait pas pouvoir le supporter plus longtemps. Il imaginait même le pire : ne plus jamais se retrouver sur une piste de décollage.

Ne plus savoir prendre son envol, être dépassé, trop vieux pour reprendre, complètement rouillé. Voler c'était plus qu'une passion, c'était sa vie.

Dans son hangar, Sydney se tourna vers Joe, l'hélico, et lui demanda les dernières nouvelles, « alors, on en est où ? On va bientôt pouvoir redécoller ? »

Et Joe répondit un peu gêné à son copain Sydney le majestueux A380 d'Airbus : « les nouvelles ne sont pas bonnes, il paraît que non seulement tu n'auras plus de frères et sœurs mais en plus, tu te fais vieux, t'es trop gros, obsolète. J'ai entendu dire par la technique qu'un désossement était dans l'air. Mais de toute façon, le virus est toujours présent, il n'y a pas beaucoup d'avions qui ont la chance de voler ».

« Quoi ? Désossé, démonté pièce par pièce pour être recyclé en machine à laver ou en casserole ? Plutôt finir dans un musée, comme le Concorde, mais non je ne veux pas terminer comme ça, même ça, ce serait un calvaire, ma vie s'est d'être dans les nuages. »

Sydney prit alors une décision irrémédiable, il savait qu'il n'y aurait pas de retour possible en arrière. Aucun de ses amis n'avait jamais osé. Il savait que c'était strictement interdit, mais il allait le faire. En dépit de toutes les règles, il ne voyait aucune autre solution.

Joe surpris cria « Mais qu'est-ce que tu fais ? Non ! Non ! Tu n'as pas le droit ? C'est impossible ! »

Sydney venait de mettre tous ses systèmes de navigation, en route, il allumait ses moteurs et avança vers la sortie du hangar le plus discrètement possible.

« Je n'en peux plus Joe, il faut que j'y aille, à un de ces jours, on se reverra là-haut. »

Sydney tourna vers la piste de décollage, ne répondit pas aux appels de la tour de contrôle, mit les gaz, relâcha les freins, et dans un bruit familier mais qu'il n'avait pas entendu depuis des mois, décolla et s'envola pour toujours, il était heureux.

D'ailleurs, cher lecteur, posez votre bouquin, vous entendez ce bruit de moteur là-haut ? C'est peut-être Sydney qui passe au-dessus de vous en ce moment dans le ciel.

Chez le Psy

Sophie referma la porte du cabinet, bien installée, elle regarda la pendule, c'était parti pour une session d'une heure, elle ferma les yeux et laissa vaguer ses pensées dans un océan de reproches destinés à son mari.

Je n'en peux plus, je n'en peux plus, toujours la même chose, il m'énerve, jamais content. Je suis comme une cocote minute, je vais exploser ! Il pense qu'à me sauter, il est sympa juste le soir au coucher, chaque fois qu'il veut baiser. Mais qu'est-ce qu'il croit ? Qu'il appuie sur un bouton et hop je me mets en mode super maîtresse, super chaude, je me transforme en bête de sexe, juste comme ça ! Avec les sous-vêtements sexy, le maquillage et les accessoires ? Je suis crevé moi le soir avec mon boulot, la maison et tout le reste. Et puis ça fait 20 ans qu'on est ensemble, j'en ai marre, c'est tout le temps la même chose, la routine dans ce qu'il y a de plus barbant. Il connaît une position, en 4 minutes c'est réglé et après il ronfle.

Il a pris du bide, il est plus tout jeune non plus, y a arnaque, c'est pas pour ça que j'ai signé il y a vingt ans. Il est comme périmé, des fois il ne sent pas bon. Parce que côté hygiène, je ne vais même pas commencer, faudrait une séance entière !

Un mari c'est comme une bagnole, il devrait y avoir des reprises, on devrait pouvoir prendre un modèle plus récent de temps en temps, le mien, il ne marche même plus comme il faut, il lui arrive de faire le coup de la panne, d'avoir des dératés, il n'est plus sous garanti et n'a aucune option. Et je ne parle pas du hors-piste, si on veut un peu d'aventure, faut se lever tôt. Il avait des qualités et des défauts, les qualités ont toutes disparu, les défauts ont augmenté sans s'arrêter, ça n'aurait pas pu être le contraire ? Je me rappelle le curé qui disait avec son petit sourire : pour le meilleur et pour le pire, quelle arnaque ! Bien sûr, il a fait vœu de célibat, il ne peut pas savoir. Dans « le meilleur et le pire », il y a aussi le meilleur, mais il semble s'être perdu en route.

La preuve, il était toujours partant pour un petit week-end romantique, aujourd'hui c'est canapé, télé et quand est ce qu'on mange ? Il n'a que ça dans la tête quand ce n'est pas me sauter. La bouffe ! Y croit que ça se fait tout seul la cuisine !? La dernière fois qu'il a fait à manger, c'était un McDo, t'y crois ça ! Si jamais j'ai le malheur de me plaindre, il n'écoute rien, il est bouché quand ça l'arrange. Lui il fait ce qu'il veut quand il veut, rien à foutre des autres. Il oublie tout : anniversaire, fêtes, même les repas avec sa famille, c'est moi qui dois lui rappeler ! Je me tape la belle-famille et il s'en fout, je dois être complètement masochiste en fait. Et, j'oubliais, il perd tout, tout le temps : ses clés, la liste des courses, ses affaires de travail, même sa bite, il la perdrait si elle n'était pas attachée à son corps !

Ding… la petite horloge sonne déjà la fin de l'entretien. Sophie décroise les jambes, ouvre les yeux, et se retourne vers son patient.

Mr Paul (nous avons changé le prénom pour la confidentialité du patient et de secrets médicaux) regarde sa docteur Sophie et la remercie pour son écoute. Ça lui a fait vraiment du bien de parler de ses problèmes de travail, il est tellement stressé en ce moment avec ce nouveau projet de construction.

« Très bien, très bien Mr Paul, vous progressez, il faut relativisez, vous savez, ce n'est pas si grave, à la semaine prochaine », dit Sophie avec un ton empli de compassion.

Après avoir encaissé son client, euh, pardon son patient, Sophie réfléchit, ne sachant pas quoi écrire sur son calepin : « Névrosé…, cela doit être cela, je suppose – et pensa : – je devrais un peu écouter mes patients quand même, allez au suivant, tiens mon fils vient de m'envoyer un texto, mon fils, qui n'est pas mieux que son père ! Qu'est-ce qu'il veut encore ?! »

Elle ne veut pas de moi…

Je l'attends.

Je l'attends depuis que je suis née, tout le monde y a droit. Pourquoi pas moi ? Je suis lasse de l'attendre. Certains l'ont rencontré plutôt que d'autres, je l'ai croisé plusieurs fois au détour d'une route ou d'une ornière sans issue et pourtant, elle se refuse à moi et je suis fatiguée d'attendre.

Mon mari m'a quitté pour elle, il m'a abandonné sans prévenir, du jour au lendemain, ça a été un choc, elle l'a préféré à ma petite personne. Il ne m'a pas prévenu, rien ne laissait présager qu'il me quitte comme il l'a fait pour cette garce. Elle vous prend ce que vous avez de plus cher au monde, votre bonheur, alors lorsqu'elle vient pour vous, c'est comme une délivrance, un aboutissement.

L'attente est une torture, je la sens roder, elle s'immisce en moi tous les jours un peu plus mais se refuse, un pas en avant, deux en arrière, comme pour un tango argentin. Je suis prête à la provoquer, je pourrais la convoquer, la faire venir à moi, les moyens sont multiples. J'ai déjà essayé, je dois l'avouer. Tout de suite après le départ d'Yvan mais elle ne s'est pas montrée, je ne devais pas être assez déterminée, j'ai échoué pas assez convaincue.

Au début, je n'y pensais pas, j'ai grandi dans une famille heureuse, avec des parents modèles, je suis la cadette d'une fratrie de cinq frères et sœurs, nous avons tous réussi professionnellement, des mariages, des divorces, des enfants, quelques déménagements, des changements de carrières, de grands bonheurs et de petits chagrins, rien d'insolite. Ma voix exceptionnelle m'a ouvert les portes du show-business, je suis une chanteuse à succès et j'inclus souvent dans mes textes des clins d'œil à celle qui ne veut pas de moi. Il a fallu trouver sa place mais je pense y être arrivée. Je me vois sur une image d'Épinal, tout n'est pas idyllique mais pas loin, aucune nécessité de gratter, sous la surface aucune moisissure.

Et puis un jour ou l'autre, on y est confronté, avec un animal de compagnie ou un grand-parent, pour moi c'était Ronron, le matou, notre chat de gouttière, il a disparu le jour de mes huit ans, quel cadeau d'anniversaire. Les premiers questionnements sont arrivés. Ensuite, un arrière-grand-père à peine connu, mais tout cela semble loin, on n'y prête pas attention. Je dois avouer que je n'y pensais pas beaucoup même si elle se rapprochait au fil des années qui passaient.

Enfin, après avoir fait le tour du cadran des milliers de fois, on se dit que c'est sûrement bientôt son tour, elle se rapproche fatalement, c'est dans la nature des choses et pourtant, elle n'arrive toujours pas.

La question de l'après se pose, le grand mystère inexpliqué ne me tracasse pas trop, je suis assez curieuse, mais je recevrai la réponse comme une surprise, bonne ou mauvaise, je le saurai bientôt, j'espère.

Parce qu'un jour, je crois, juste après le départ d'Yvan, elle m'a obsédé, j'en ai parlé avec mon frère préféré Jimmy mais comme à son habitude il a tourné la conversation en dérision et c'est gentiment moqué, c'était sa façon de me réconforter, il voulait que je pense à autre chose. Il m'a pris dans ses bras, j'avais alors l'impression d'être à nouveau une petite fille sans soucis. On a rigolé et vidé une bouteille de Sancerre avec du foie gras. Je n'ai pas pu approfondir le sujet, après qu'il m'a resservi plusieurs fois, mes idées n'étaient plus claires. À peine était-il parti que je me suis vu convoquer la rebelle qui m'oublie depuis un certain temps, mais j'ai pensé à Jimmy, il pourrait mal le prendre si je partais avec elle juste après son départ. Je ne serai plus là pour l'entendre se plaindre mais je ne voulais pas lui infliger cela, ou peut-être n'est ce qu'une excuse pour la repousser un peu plus, comme dirait Gainsbarre : *« Je t'aime, moi non plus ».* En fait, je ne savais pas ce que je voulais vraiment. Jimmy m'a tout de même ouvert l'esprit avec de nouvelles perspectives : l'alcool ! C'est un formidable médicament qui rend l'attente moins difficile.

J'ai demandé conseil à des professionnels, mais j'ai l'impression d'avoir à faire à des charlatans incompétents, avec des théories classiques ou abracadabrantes, ils veulent vous aider à coup de pilules magiques. Mais justement, ces cachets, si on ne respecte pas le dosage prescrit, peuvent nous aider à aller mieux beaucoup plus vite. Demandez à Marilyn ou à Michaël…

Les prévisions météorologiques étaient exactes. Le temps se gâte, il fait lourd, soudainement le ciel se met à pleurer, je suis entourée de cumulus gris enragés, le vent du Nord les pousse vers ma direction, comme pour un bouquet final, l'orage se rapproche, c'est bientôt l'apothéose.

S'annonce-t-elle grandiloquente ? Veut-elle faire des effets de style, marquer le coup ? Elle arrive avec les formes, je suis prête, comme je l'ai dit, je l'ai toujours été, dès le début, elle ne me fait pas peur, au contraire, je suis impatiente. Les feuilles des peupliers volent autour de moi, me frappent au visage, elles annoncent ma visiteuse. Je suis dans ma maison de campagne, entourée de champs, et d'arbres, seule, un bel endroit pour la rencontrer. Depuis que je la souhaite, j'espère qu'elle viendra enfin à moi, je n'aurais pas à attendre plus longtemps. Le tonnerre gronde, les éclairs frappent de plus en plus dans des fracas assourdissants, c'est une véritable tempête qui est venue me chercher, je me sens soulagée, enfin ! Je ne me suis jamais sentie aussi vivante face aux éléments déchaînés, tous les pores de ma peau ressentent des sensations incompréhensibles. Je la sens se rapprocher, elle, qui ne veut pas de moi, a sûrement changé d'avis.

Je ferme les yeux, respire profondément, aucune lumière blanche à l'horizon, pourtant je suis prête. Les flashs des éclairs de l'orage traversent mes paupières, tout s'emballe, je la vois elle est là pour moi, me regarde dans les yeux fermés, d'une pâleur spectrale, elle rit hystériquement et, comme pour un rendez-vous manqué repart en me laissant seule face à mon désespoir.

J'ai l'impression de l'avoir frôlé de près cette fois, mais pourquoi ne veut-elle pas de moi ?

Demain, c'est mon anniversaire, je vais avoir vingt-sept ans, et je pense que cette année, c'est la bonne, je n'aurais pas à attendre bien plus longtemps, j'en suis certaine. Vingt-sept ans, c'est un bon âge pour mourir.

Le choix

Il est six heures du matin mais elles sont déjà toutes réveillées, n'ayant pas fermé l'œil de la nuit, elles attendent impatiemment que lui aussi se lève. Lui c'est Marc, un quadragénaire comme tant d'autres. Bonne situation, une vie saine et équilibrée, mais surtout bien remplie. Un emploi du temps de ministre : le travail, le sport, les copains, de temps en temps une petite amie, le temps défile à toute allure mais il ne s'en rend pas compte.

Elles patientent espérant être l'élue de la journée. Elles désirent toutes être choisies pour passer la journée à ses côtés. Trop nombreuses, une seule aura la chance d'être l'élue, il n'en sort qu'une à la fois. Toutes espèrent prendre l'air aujourd'hui et l'accompagner, elles discutent de la possible journée de Marc :

« Il ira courir ce matin avant d'aller travailler donc c'est moi qu'il choisira, je suis la compagne idéale, je fais attention à lui, je le motive, et surtout il ne peut pas se passer de moi, il me regarde tout le temps. Je vais sortir la première j'en suis certaine. »

Toutes se regardent un peu jalouses, elle doit avoir raison, quasiment tous les matins Marc pratique un sport qu'elles n'aiment pas sauf une : la course à pied, et il part avec elle pendant près d'une heure. La chanceuse. Mais dès qu'il rentre, il prend sa douche et la laisse tomber comme une vieille chaussette, fini pour elle, il n'y pensera plus de toute la journée.

Quel est le reste de son programme ?

« Je crois qu'il a des rendez-vous en extérieur, et il va devoir conduire, donc c'est sûrement moi qu'il choisira ensuite. Je suis plus efficace que sa secrétaire, je me souviens de tout son programme de la journée, je suis sa véritable assistante, avec moi aucun oubli, un agenda parfait, aucun retard, je lui rappellerai tous ses rendez-vous, je ne le laisse jamais tomber. »

« Tu n'as pas tort, la coupe une autre, mais ses rendez-vous, c'est avec de nouveaux clients ? Avec des collègues ? Parce qu'effectivement, tu fais l'affaire, mais suivant les rendez-vous il préfère impressionner et me choisir plutôt que de se trimballer son assistante. Moi je suis vraiment classe, avec moi à ses côtés, il montre sa réussite, tout le monde qui a l'œil se rend compte que Marc a réussi, certains l'envient, je suis assez exclusive tu sais ? »

« Ce sont peut-être aussi des rendez-vous décontractés ? Dans ce cas, c'est moi qu'il choisira, je suis fun, rigolote, j'apporte toujours ma bonne humeur, il prend toujours plaisir à être avec moi. Un seul regard et il sourit, il est de bonne humeur, et puis j'étais la première, ne l'oubliez pas. C'est grâce à sa passion pour moi qu'il en a voulu d'autres. Je ne lui suffisais plus c'est vrai, besoin de changement, d'aller voir ailleurs, ce n'est qu'un homme après tout, la fidélité n'est pas inscrite dans ses gènes. Mais il ne m'a pas oublié et quand il veut passer du bon temps c'est moi qu'il prend. »

« Moi, je pense que ce soir il va voir une fille, et pour montrer qu'il a bon goût, il me choisira, il aime parler de moi et m'exhiber, ainsi, la demoiselle va se rendre compte qu'il n'est pas n'importe qui. Elle pourrait rentrer à la maison et il pourrait nous la présenter à toutes, vous savez ? »

« Ça va être un choix difficile ce matin ! Mais c'est toujours pareil : une chanceuse et les autres qui attendent, comptent les heures, les minutes et les secondes, attendent qu'il revienne. Le temps est long quand il n'est pas là. »

Le vieux réveil sonne 6 h 15. Marc se réveille mange une banane, prend un café, une douche, enfile ses baskets, sa tenue de jogging et à 6 h 30 pile le voilà à la porte de sa maison. Il sort mais n'a choisi personne. Toutes se regardent ahuries, ce n'est pas possible, c'est déjà difficile de ne pas être choisi mais si en plus, il ne prend personne, c'est la fin du monde !

Elles entendent la clé dans la serrure, Marc revient, l'espoir renaît, il les avait oubliées simplement, mais jamais il ne sortirait seul sans l'une d'elles. Il s'approche, leurs cœurs battent de plus en plus fort. Il entre dans la chambre les regarde toutes et en choisit une : la sportive évidement.

Il a choisi la montre Garmin, comme prévu, comme tous les matins elle va passer une bonne heure à son poignet. Mais les autres savent qu'à son retour il la rincera et la déposera pour en choisir une autre. L'Apple Watch ? Sa Rolex, la Tag Heuer, sa première swatch ou la petite dernière ? Elles adorent changer d'air, découvrir le monde, voir ce qui se passe dehors. Sortir un peu de la routine, arrêter de tourner en rond. On dit que le temps passe vite, mais pour elles, il s'écoule lentement. Alors elles espèrent que Marc fera le bon choix aujourd'hui, qu'elle sera l'élue. Les autres attendront, et compteront les heures en attendant d'être choisies.

Le baratineur

Le trait d'eye-liner déposé délicatement sur ses paupières n'avait pas pour but de cacher quelques imperfections, il dessinait des yeux de biche, prolongeait son regard perçant. Estelle s'appêtait comme pour un rendez-vous galant. Cette mise en valeur qu'Anthony trouvait ringarde, imaginée d'après un magazine de mode des années 1960 ne l'enthousiasmait guère. La coiffure, le maquillage, le style vestimentaire, tout lui rappelait de vieilles photos en noir et blanc de sa grand-mère. Ce soir, Estelle ne se préparait pas pour son mari, mais pour ce fameux Babar qu'ils allaient enfin rencontrer. Anthony n'était pas emballé par ce dîner, il serait encore en retard. Depuis une dizaine d'années qu'ils étaient ensemble, elle s'était habituée à ses petits défauts, mais son manque de ponctualité l'exaspérait au plus haut point, spécialement ce soir. Alex et Sylvie les avaient invités pour leur présenter à ce fameux personnage, un homme assez incroyable. Sa copine Sylvie lui parlait de Babar comme d'un homme exceptionnel, un compteur hors pair, un peu fantasque avec lequel ils allaient passer une bonne soirée, ils ne s'ennuieraient pas.

Anthony finissait sa comptabilité sur un tableau Excel peu coopératif, entrait des chiffres et notes de frais à la vitesse d'un escargot qui aurait tiré le frein à main. Il pouvait finir plus tard, mais faisait durer. Il n'avait pas le même enthousiasme que sa compagne à rencontrer cet homme, une pointe de jalousie était née dès que Sylvie avait parlé de ce Babar. C'était puéril, il le savait, mais ne pouvait s'empêcher de le trouver antipathique avant même de l'avoir rencontré. Estelle trépignait d'impatience, mais quand Anthony éteint l'ordinateur, il se dirigea pour prendre une douche. C'était l'heure où ils auraient dû arriver chez leurs amis, ils n'étaient qu'à 15 minutes en voiture mais il faudrait trouver une place de parking et s'il y avait des embouteillages, ils seraient encore plus en retard. Estelle envoya un texto à sa copine pour la prévenir qu'ils auraient une demi-heure de retard. Elle était méthodique, aimait planifier et contrôler : rendez-vous à 20 h, ça veut dire 15 minutes de trajet, 10 pour se garer, 30 minutes pour se préparer et plus ou moins 15 de battements. Prête depuis 19 h 30, dès lors attendait Anthony, elle se vengerait au retour de la soirée quand il aurait envie de lui monter dessus. Elle aussi le ferait attendre.

Anthony sort de la douche quand Estelle reçoit le texto réponse de son amie. « OK no problemo, mais tu loupes, Babar est déjà arrivé et on est MDR, il a commencé à nous raconter des histoires. Elle hausse les épaules et crie pour qu'il l'entende dans la salle de bain, alors Tony, t'as pas fini de t'astiquer le poireau ? Je pars sans toi, tu me rejoindras. »

Ils arrivèrent chez leurs amis avec seulement une demi-heure de retard, Sylvie avait les larmes aux yeux, mais cela provenait d'un fou rire, Babar venait de raconter une histoire désopilante.

« Entrez, entrez, je vais vous présenter » et pendant qu'Alex apportait les boissons, les retardataires faisaient la connaissance du fameux personnage. Avec son tact légendaire, Anthony lui demanda si c'était son vrai prénom, et d'où il venait. Le seul Babar qu'il connaissait était l'éléphant de son enfance, un personnage de fiction à qui arrivaient de nombreuses péripéties imaginaires.

Babar sûrement habitué à ce genre de question à la limite du sarcasme répondit du tac au tac : « Mon véritable nom est Bond, James Bond, mais je suis en mission en ce moment, donc je garde le nom de ma couverture : Babar ».

Estelle fut instantanément sous le charme de l'invité de marque, sa répartie laissait entrevoir un savoir parler qui la séduisait autant que ses atouts physiques, c'était un bel homme grand, musclé, élégant, charismatique, vraiment classe. Au premier coup d'œil, elle en aurait bien fait son quatre-heures bien que ce ne soit pas dans ses habitudes d'avoir des pensées grivoises.

Ces premiers échanges annonçaient la couleur de la soirée et il enchaîna sur le fait qu'il était d'ici et d'ailleurs, qu'il vivait le plus souvent à l'étranger mais était originaire du Val-de-Marne, de Saint-Maur des Fossé exactement. Son père Jo était chauffeur de taxi et il l'accompagnait souvent, connaissait Paris et sa banlieue comme sa poche, il était donc originaire d'ici.

« Jo le taxi ? » Elle est rigolote celle-là s'exclama Anthony sur un ton assez vif, piqué par l'attention que sa copine portait au nouvel ami.

« C'est vrai ! Surtout qu'une fois, il conduisait une jeune cliente a un casting, il lui raconta sa vie et lui dit que ça ferait une super chanson, et devinez quoi, elle l'a fait, la toute jeune Vanessa ! » Tout le monde s'esclaffa mais Anthony riait jaune, et Babar ajouta qu'un autre jour son père avait conduit une Maman distinguée et son jeune fils Jordy, il avait philosophé sur la dure vie d'être un bébé, il avait imité son père en expliquant qu'il lui arrivait de bégayer « Dur-dur d'être un bébé ». Estelle faillit s'étrangler en avalant son cocktail de travers. La soirée allait être très longue pour Anthony, mais son épouse était subjuguée par leur nouvelle connaissance

« Alors comme ça, vous êtes agent secret Babar, c'était votre rêve d'être espion depuis la plus tendre enfance, depuis que vous aviez une dure vie de bébé ? » demanda Anthony sur le ton de la moquerie.

« Ah non pas du tout, quand j'avais 8 ans je voulais être inventeur, j'adore inventer et pour aider mon père, je voulais créer un téléphone sans fil qui ferait aussi ordinateur avec les plans de villes et avec des jeux, des films et des musiques dedans, parce que sa radio tombait tout le temps en panne et qu'il ratait des clients. Souvent, il se perdait, et il s'ennuyait entre deux courses, comme ça avec un seul appareil tous les problèmes seraient réglés. J'ai dessiné des plans, cherché si c'était techniquement possible, j'ai tout détaillé et quand je suis allé voir ma maîtresse d'école pour lui demander conseil, elle a pris toutes mes recherches et les a envoyées à un de ses amis américains, mais comme elle a déménagé rapidement après je n'ai plus eu de nouvelles. Ensuite quand ma mère nous a quittés, mon père était vraiment triste et solitaire. Il passait tout son temps dans son taxi et n'avait pas vraiment le temps d'avoir de vrais amis ou de rencontrer une nouvelle compagne. J'ai voulu inventer un site de découverte et des réseaux où on pourrait se rencontrer virtuellement avant de se voir en vrai. C'était comme un club où on aurait dit ce qu'on aimait et on pourrait rencontrer ceux qui aiment la même chose que nous. J'en ai parlé au lycée mais mon copain Marc, celui qui allait toujours en vacances à New York parce qu'il avait de la famille aux USA, et un cousin avec le même nom que lui mais avec un K et pas un C, il m'a dit que mon idée était foireuse, donc j'ai abandonné.

J'ai aussi inventé quelques gadgets qui ont attiré l'œil des autorités – il paraît que certains étaient assez dangereux – et c'est comme ça que j'ai été recruté par les services secrets, comme ingénieur. Ils m'ont testé sur plein de choses et j'avais l'air assez bon, physiquement aussi j'étais pas mal, ils m'ont même envoyé aux premiers jeux mondiaux militaires en 1995 à Rome. J'étais en tête du marathon quant au passage du Colisée j'ai vu un sac vraiment suspect, je me suis alors arrêté et quand j'ai vu que c'était une bombe, j'ai pris le sac sans réfléchir et couru vers le Tibre pour le jeter dedans, la bombe a explosé dans l'eau, il n'y a pas eu de victime, mais j'ai arrêté la course… ». La présence de Babar, sa gestuelle pendant qu'il se racontait emplissait la pièce d'une énergie débordante, son charisme faisait l'effet d'un soleil aux deux filles qui avaient presque besoin de lunettes de soleil tant elles étaient éblouies, leurs partenaires avaient l'air tout petit à côté, et prenaient ombrage.

« T'es un peu comme Forest Gump », le coupa Anthony sur un ton moqueur.

« Il me fait plutôt penser à Belmondo dans ce film où il est écrivain et invente des histoires incroyables, il le faisait pour draguer Jacqueline Bisset, il s'inventait une vie… » dit Alex.

« Le magnifique, j'adore ce film », s'exclamèrent en cœur Estelle et Sylvie. Pas vexé du tout par les deux garçons, Babar continua.

« Et c'est comme ça que je suis entré au service actif. Le début a été le mieux, ils ont des pilules qui permettent d'améliorer nos capacités de manière fulgurante : en peu de temps, avec des cours d'arts martiaux, j'étais aussi bon que le Karaté Kid. En boxe, je n'aurais pas eu peur d'aller combattre Mike Tyson ou Rocky Balboa, d'ailleurs en parlant de Rocky, j'ai rencontré Sylvester Stallone pour ma première mission. Les services avaient repéré un trafiquant de drogue international qui blanchissait son argent en produisant des films. J'ai donc infiltré l'équipe de tournage du film Daylight, le film catastrophe dans un tunnel ou Sylvester Stallone avait le rôle d'un chauffeur de Taxi. Mon scénario – j'avais un peu embelli l'histoire de mon père – avait été accepté… »

« Attends, attends, l'interrompit Anthony, t'es en train de nous dire que t'as écrit le scénario de Daylight !? »

« Je n'étais pas tout seul, les services secrets m'avaient adjoint une équipe pour bosser dessus, mais c'était la parfaite couverture. J'étais en permanence sur le plateau avec le producteur mafieux. Du coup, je suis aussi devenu la doublure de Sylvester, le réalisateur m'a repéré et quand le cascadeur prévu s'est blessé, un Cliff quelque chose, je l'ai remplacé. Avec Sly, on s'est tout de suite bien entendu, et nous sommes restés bons amis, j'étais d'ailleurs le témoin de son mariage avec Jennifer, il ne savait pas comment me remercier pour l'avoir poussé à demander la main de sa nouvelle copine. Aujourd'hui, il me fait un peu la gueule, son divorce va lui coûter un max ! Mais bon, sans moi, il n'aurait pas ses trois jolies filles ».

Tous écoutaient, médusés, incrédules ou sous le charme. Même les garçons ne trouvaient rien à redire.

« Tu vois il raconte bien », chuchota Sylvie à Estelle.

« Mais j'en étais où… ah oui ! Les cours théoriques à l'académie des agents étaient très intéressants, j'ai appris plein de choses, on nous donne des cas pratiques à étudier et on a les réponses qui sont pourtant classifiées top secret défense, on apprend plein de trucs, tenez par exemple Kennedy, par contre vous le garderez pour vous, n'allez pas le répéter :

Donc JFK, qui l'a assassiné à Dallas le 22 novembre 1963 ? Vous pouvez chercher et chercher, personne ne l'a assassiné ! Il s'est suicidé : il était très malade, le dos, les infections, la maladie d'Adisson, il ne lui restait pas longtemps, sa vie n'était que douleur et son calvaire était intenable. Il organisa son suicide pensant que l'opinion bouleversée élirait alors son frère pour lui succéder. Machiavélique, mais surtout il savait que son frère une fois élu couvrirait toutes ses arnaques et ferait garder le silence à toutes ses maîtresses comme il l'avait fait avec Marylin. Le suicide organisé, une des balles fut même tirée par Jacky qui était la maîtresse de Bobby-Robert le frère de John –. Ironiquement, elle le fit avec grand plaisir tant elle détestait son mari infidèle et pénible au possible, elle le détestait mais était obligée de jouer l'épouse parfaite. C'est elle qui a tiré la fameuse balle avec l'angle impossible. »

Silence à la table, les quatre amis le regardaient bouche bée sans avoir touché à l'entrée apportée par Sylvie, la salade de tomate mozzarella était moins appétissante que les révélations de Babar.

« Le cas Roswell, vous vous souvenez de cette soucoupe volante au Nouveau-Mexique en 1947 ? Le petit Alien était en fait venu en repérage pour une invasion, c'était un éclaireur en mission mais lorsqu'il a entendu quelques discussions d'humains il est mort péniblement, sa race étant allergique à la connerie, il a eu le temps de prévenir ses amis que cette planète ne pourrait pas servir de terre d'accueil, il faudrait trouver une autre planète, ou trouver un vaccin contre la stupidité, et alors ils pourraient revenir. Il n'a pas eu le temps de repartir, il est mort avant.

Tiens un autre cas d'étude, la catastrophe de Tchernobyl, ce n'était pas un accident, les Russes au bord du gouffre avaient perdu la guerre froide, acculés, ruinés, sans espoir, face à la honte de leur échec ont préféré faire péter la planète : plutôt tous crever que laisser le capitalisme l'emporter sur les cendres du communisme. Ils ont voulu détruire délibérément le monde entier. L'explosion de tous les réacteurs était prévue et aurait dû anéantir le monde entier. Mais un petit jeune du KGB, un certain Vladimir Vladimirovitch, plus connu sous le nom de Poutine a empêché le bon déroulement des opérations et a réussi à limiter la catastrophe. Quel héros celui-là aussi ! Bon, on ne peut plus dire ça avec la suite. Un peu comme Pétain, héros un jour, zéro le lendemain, il faut faire attention à ce qu'on dit aujourd'hui si on ne veut pas friser l'incident diplomatique.

Pareil pour les tours jumelles, le 11 septembre 2001, les avions, ce n'était pas Ben Laden, ni les talibans… c'était… »

« Bon, ça suffit toutes ces inepties », s'exclama Anthony en fixant Estelle qui regardait Babar comme hypnotisée, cette naïve buvait les paroles de ce baratineur et était sous le charme.

« Mais c'est qu'il serait jaloux, le taquina Sylvie, laisse Babar tranquille, il est captivant ! »

« Merci, merci, tiens je pourrais aussi vous raconter l'histoire ou je devais partir dans l'espace mais j'ai laissé ma place à Thomas Pesquier, il en mourrait d'envie, c'était lui ou moi, je lui ai laissé la place je n'étais pas trop emballé. Ou alors mieux, je pourrais vous parler de mon chef d'œuvre j'ai créé avec mon équipe une machine pour voyager non pas dans le temps mais dans la vie après la mort. J'ai inventé la machine pour aller voir nos disparus, on peut les retrouver là où ils sont après leur mort, je reviens tout juste d'une île aux chanteurs, dans un bar Johnny Hallyday discutait avec Amy Winehouse. »

« De mieux en mieux ? Mais tu carbures à quoi ? LSD ? Cocaïne ? Meth? » Anthony se leva de sa chaise il en avait assez, prêt à bondir sur Babar pour lui casser la gueule, il voulait lui fermer sa grande bouche de charlatan.

Babar leva doucement le bras pointa le doigt vers Anthony et ferma les yeux en faisant baisser doucement l'index. Anthony se calma d'un coup et se rassit tranquillement sans bouger ni ouvrir la bouche. Babar reprit :

« On a aussi développé un programme de télépathie subjective ou l'on arrive à persuader n'importe qui, juste par la force mentale à faire ce que l'on veut qu'ils fassent. On n'en est qu'au début du programme, mais on a peur des conséquences, on nous ne voudrait pas être pris des mutants doués de capacités surhumaines, imaginez la révolte des simples mortels ! »

Estelle rougit « tu m'étonnes, n'importe quel malade pourrait faire croire à n'importe quelle fille qu'elle a envie de se faire sauter par lui ! » Mentalement, elle se visualisait forcée de coucher avec Babar ; les détails étaient plus vrais que nature – ça serait génial –.

Personne n'avait touché aux poissons, riz et légumes qui étaient maintenant froids. Anthony s'était calmé, il écoutait maintenant tranquillement les paroles de notre conteur.

Babar continua toute la soirée à parler de différents sujets : l'extinction des dinosaures, la vie extraterrestre, le trésor perdu de l'Atlantide, la vérité sur Jésus, sur celle du naufrage du Titanic, de Michael Jackson qui n'était pas vraiment mort, de la disparition d'Elvis kidnappé par une nymphomane, de son fils caché, etc., etc.

Estelle était conquise, elle alla aider sa copine dans la cuisine pour préparer le dessert.

« Il est génial ton Babar, est-ce qu'il a une femme ? Je n'ai pas osé lui demander Anthony aurait fait une crise ! En tout cas s'il en a une, elle ne doit pas s'ennuyer, avec tout ce qu'il invente comme histoires, le temps doit passer vite, tu l'imagines au lit : il te fait croire qu'il est Brad Pitt ou George Clooney et hop tu t'y crois, tu te retrouves au septième ciel en moins de deux, ou alors quand tu vas faire les courses au supermarché et dans ta Clio il te fait passer pour une championne de Formule 1. Non en fait ça doit être épuisant, comment savoir quand il serait sérieux, à force d'entendre ses bobards tu ne saurais jamais quand il te dit quelque chose de vrai et qu'il n'est pas en train de baratiner ».

Depuis la pièce principale, Babar les informa qu'il était désolé mais qu'il devait partir, une mission urgente l'appelait, des terroristes menaçaient de faire sauter la tour Eiffel.

« Oh non pas déjà », répondit Anthony.

Alors qu'Estelle et Sylvie retournèrent dans la pièce principale et virent Babar le baratineur mettre un drôle de casque futuriste sur la tête – elles pensèrent à Daft Punk en même temps –, d'ailleurs… c'était peut-être lui aussi Daft Punk ?

« Je suis désolé les filles, je dois y aller » il enfila un étrange blouson, appuya sur un bouton de la veste qui se mit à clignoter, des petites bonbonnes sortirent des poches, il prit une télécommande dans la main – un système de navigation sophistiqué –, décolla par la fenêtre et s'envola depuis le cinquième étage de l'appartement d'Alex et Sylvie « Merci pour le repas, à la prochaine », dit-il avant de partir.

Silence total, stupéfaction. Les quatre amis restèrent sans voix, « mais, mais… Tout était vrai ? »

Babar s'envola avec une vitesse incroyable, il devait aller sauver la tour Eiffel, il aurait sûrement de nouvelles histoires à raconter la prochaine fois !

S'il est libre, je l'invite à manger à la maison le week-end prochain, pensa Estelle, Anthony sera à un stage de plongée, il ne sera pas là… »

Le gang des pères Noël

♫ Last Christmas, I gave you my heart, But the very next day, you gave it away, This year, to save me ♫

« Tu peux changer la station, s'il te plaît ? »

♫ Make my wish come true, All I want for Christmas is you… ♫

« Oh non pas encore ! Je n'en peux plus de Mariah Carey, elle me donne des envies de meurtre. Éteins la radio, si tu changes de station et qu'on tombe sur Rudolf the rednose, je ne réponds plus de rien. »

« Tu dis ça chaque année Ken, tu ne veux pas changer de disque toi aussi ? Et qui n'a pas mis de déodorant ? Ça schlingue grave, c'est toi, Tiny ? Je ne vais pas ouvrir la fenêtre avec ce froid. Ça pique les oreilles mais ça pique le nez aussi. »

« Je voudrais bien t'y voir avec ce déguisement, il fait une chaleur là-dedans, et la fausse barbe et le bonnet, j'étouffe ! Je n'ai jamais autant sué de ma vie. » « Je te signale que nous avons tous le même accoutrement, ce qui nous diffère c'est la fréquence ou on prend des douches. »

« Bon les gars, on arrête les gamineries, on se concentre sur la mission. Concentration ! On n'a pas intérêt à foirer, et on n'a qu'une seule chance. »

Il ne restait plus que quelques kilomètres à nos quatre malfaiteurs pour arriver à la maison d'arrêt de Nice. Mise en service en 1887, cette prison reçoit théoriquement un maximum de 364 détenus mais comme presque partout en France, on constate une surpopulation carcérale importante. Elle est surchargée avec près de 100 prisonniers supplémentaires. En temps normal, les gardiens ne sont pas en nombre suffisant pour assurer la surveillance, leur effectif est seulement prévu pour le cadre légal et aucun poste additionnel n'a été rajouté pour encadrer l'augmentation des détenus. Les statistiques annoncent fièrement 2,6 détenus par surveillants, mais la réalité sur le terrain est tout autre, un seul surveillant a souvent en charge une coursive accueillant une centaine de détenus. À la veille de Noël, entre les vacances, et les différents arrêts maladie c'est donc un personnel en sous-effectif flagrant qui assure la garde de la prison de Nice.

Al, Ken, Tiny et Snowball n'ont pas choisi de faire leur coup au hasard, mais il est impératif qu'ils fassent sortir le chef de leur bande, Nicolas de toute urgence. Cela fait presque un an qu'il est détenu prisonnier suite à un malencontreux quiproquo. Alors qu'il s'était introduit dans la maison d'un député, ce dernier a eu la bonne idée de faire un peu trop d'exercice en chambre et de succomber à une crise cardiaque. Nicolas, voyant la maîtresse affolée courir en négligé et criant à toute voix, s'est précipité dans la chambre pour faire un massage cardiaque au pauvre homme. Cette dernière en état de choc n'a pas appelé le Samu mais la police et a pris la poudre d'escampette sans demander son reste. Elle a disparu sans laisser de trace. Lorsque les forces de l'ordre ont pénétré dans la villa cossue du politicien défonçant la porte ouverte, ils ont trouvé Nicolas s'acharnant – d'après leurs termes – sur l'homme nu qui ne respirait déjà plus depuis un long moment. Il fut plaqué au sol sans ménagement, menotté et conduit au poste. Un avocat commis d'office qu'on surnommerait facilement d'incapable n'a rien fait pour la défense de Nicolas. Toutes les déclarations de l'accusé ont été prises pour des élucubrations sans queue ni tête, les autorités incompétentes sont allées jusqu'à demander une expertise psychiatrique, alors qu'évidemment ce sont eux les fous. L'épouse officielle du défunt a rejeté la possibilité que son feu mari ait pu avoir une maîtresse ou une aventure. Personne n'a questionné la dame sur les raisons de son absence le soir de Noël auprès de son mari, alors que normalement les fêtes de fin d'années se passent en famille ou tout du moins en couple. La veuve joyeuse était à l'étranger lors de l'incident, sirotant des cocktails au bord d'une piscine avec son professeur de tennis. Elle pleure encore aujourd'hui sur le tas d'or hérité grâce à la généreuse assurance vie de son défunt mari. Il semble que la notoriété du couple a joué dans la décision de la sentence. Nicolas a été condamné à une lourde peine de prison ferme. Vive la France, quand on porte assistance à une personne en danger, on se retrouve coffré. Il s'est retrouvé au mauvais endroit au mauvais moment.

« Bon, Snowball, tu es attendu à l'entrée de l'enceinte pénitentiaire pour 14 h précise. Ton déguisement de père Noël est parfait, tu vas être fouillé et contrôlé au détecteur de métaux. On va te demander les papiers administratifs pour ta visite. Tout est en règle, on a fait ça bien. Les gardiens vont sûrement vérifier les boîtes mais je ne pense pas qu'ils s'amusent à dépiauter 500 bonbons en chocolat, d'ailleurs, tu dois jouer ton rôle à fond, et leur en offrir également. Ils vont t'accompagner dans la cour extérieure pour la distribution des friandises. Ne sois pas intimidé ou effrayé par les détenus. Lorsque tu repères Nicolas, tu déclenches quelques petits pétards pour nous prévenir. Al et Tiny passent alors à l'action, ils vont détourner l'attention des surveillants en se présentant à l'entrée, déguisés en père Noël avec des chocolats à offrir. Ils ont aussi des autorisations, on doit faire croire qu'il y a eu une erreur quelque part et plusieurs sociétés se sont retrouvées avec la même mission. Cette petite diversion devrait te permettre d'échanger ton déguisement avec Nicolas. Tu dois être le plus discret possible. Nicolas termine tranquillement la distribution et ressort libre comme l'air à ta place. La hotte dans laquelle se trouvent les boîtes de chocolats est en réalité la sienne, tu vas te cacher dedans pour ressortir. Vous nous retrouvez avec les deux autres à la voiture et on file vers la liberté. Un plan simple, qui doit se dérouler sans accroc. Tu as toute notre confiance, tu vas assurer, tout va aller comme sur des roulettes. Et puis on ne va pas faire un hold-up quand même, on fait ça pour la bonne cause, on va libérer une place de prison. »

Snowball, les yeux grands ouverts, ainsi que les oreilles faut-il espérer, semble entendre le plan pour la première fois. « Et pourquoi ce n'est pas moi qui conduis la voiture ? J'aurais préféré être le chauffeur, rouler à fond la caisse, j'imagine déjà les courses poursuites pour échapper aux forces de l'ordre si nous étions démasqués ! Et je n'aime pas me déguiser en père Noël, j'ai l'air ridicule ».

Les quatre amis ainsi que le reste de la famille ont assuré la continuité de l'entreprise pendant l'absence du boss, tout est prêt pour le retour attendu de celui qui dirige habituellement en laissant peu de marge de manœuvre à ses associés. Il n'a jamais vraiment délégué, dirigeant quasiment tout d'une main de fer. Mais cette fois ils ont fait du bon boulot et tout est prêt pour leur prochain coup, d'ailleurs le jour approche et ils savent que malgré toute la meilleure volonté, ils ne peuvent y arriver sans leur chef. Ken surnommé par lui-même Ken sait-tout-faire a pris le leadership pendant son absence mais même si tout le monde est conscient de sa bonne volonté, ce n'est pas sa place. Aucune guerre d'égo n'est apparue, tout le monde avait le même but : trouver un plan pour faire sortir Nicolas et en attendant, assurer les affaires courantes. C'est ce dernier qui conduit le véhicule au grand désespoir de Snowball, lorsque la voiture se met à toussoter. Façon de parler ou plutôt d'écrire, car en réalité le moteur a des ratés, il ne tousse pas. La carburation n'est plus optimale pour une simple raison : le manque de carburant, autrement dit la panne d'essence.

« Mais ce n'est pas possible ! » s'exclament Al et Tiny en même temps, les deux compères assis à l'arrière n'ont pas vu le voyant de la jauge s'allumer, et Snowball de rajouter : « avec moi au volant ça ne serait jamais arrivé ». Ken-sait-tout-faire, penaud, va devoir changer son surnom, ce sera Ken-sait-tout-faire-sauf-vérifier-le-niveau-du-carburant. Alors que le véhicule avance toujours doucement sur son erre, il pense instantanément au timing de leur opération en cours. Ils sont à douze kilomètres et trois cent vingt-quatre mètres de la porte d'entrée du centre pénitencier ou est retenu Nicolas. Il est 12 h 32. En courant à 10 km/h, ils peuvent encore être dans les temps, mais il faut aussi porter les chocolats, la hotte, mais une fois Nicolas sorti, comment feront-ils alors pour s'éloigner de la prison ? Et quatre gars déguisés en père Noël courant dans la ville se feraient sûrement remarquer alors qu'ils devraient plutôt faire profil bas. Le brouhaha provenant des complaintes de la banquette arrière empêche Ken de se concentrer pleinement mais, après une bonne dizaine de minutes de querelle à quatre voix. Snowball demande le silence. Les trois amis interloqués par le ton solennel du rigolo de service se taisent et le regardent. « Bon, les gars, on se calme, et on tourne doucement la tête à droite, j'ai une surprise pour vous ». Tiny assis à l'arrière gauche tempête. Ce n'est pas le moment de faire des surprises Snow ! On joue gros aujourd'hui… il est coupé par Al qui s'écrit : « mais quels benêts, ce n'est pas possible, on est en panne devant une station-service ». Et voilà nos pieds nickelés poussant le véhicule jusqu'à la pompe. Alors que Tiny s'empare de l'embout vert sans-plomb 95-E-10, Snowball l'arrête brusquement, « c'est un diesel, il faut mettre du gazole, mais tu le fais exprès, tu ne veux pas qu'il sorte ou quoi ? » Une fois les 60 litres passés de la pompe au réservoir, l'addition s'élève à 120 euros. Ken n'ayant pas pris d'argent demande à Al d'aller payer, mais ce dernier n'a pas pris de monnaie. Tiny et Snowball regardent leurs pieds en secouant la tête de désespoir, eux non plus n'ont pas un centime en poche. « Mais ce n'est pas croyable ! Qui est-ce qui m'a mis une bande d'incompétents pareil, on va se retrouver avec Nicolas plus rapidement que prévu pour vol d'essence. Allez, montez doucement tous les trois dans le véhicule, je vais faire semblant d'aller payer et me retourner rapidement, on va se sauver sans payer ». « Tu rigoles Ken, on ne va pas faire ça ? C'est illégal ! » « As-tu une meilleure idée Snowball ? Et avec ce qu'on s'apprête à faire, ce simple oubli de paiement n'est qu'une goutte d'eau dans un océan d'actions prohibées par les lois de ce pays ».

Alors qu'il fait demi-tour, Ken sent une main lui attraper le manteau, il imagine déjà le pire, on l'arrête pour vol qualifié de filouterie, condamnable de six mois d'emprisonnement. Il se retourne doucement mais ne voit personne, il baisse les yeux et aperçoit un petit garçon qui lui sourit : « Eh monsieur le père Noël qu'est-ce que tu fais ici ? Tu ne devrais pas être en train de préparer les cadeaux ? J'ai été très sage tu sais, tu pourras m'apporter le camion des policiers avec les sirènes, je t'ai mis une photo sur ma lettre, mais il n'y avait pas le son sur l'image ». « Théo ! Théo ! Qu'est-ce que tu fais ? Laisse le monsieur tranquille ». « J'arrive maman, bon père Noël, t'oublie pas les sirènes, à demain soir ».

Un camion de police, c'est un signe, il faudra faire plus attention désormais ! Ken s'élance vers la voiture et nous offre un départ arrêté à la Lewis Hamilton, dans la mesure des performances du Monospace loué pour l'occasion zéro à cinquante kilomètres à l'heure en 17 secondes. Son cœur s'est emballé tout comme le moteur car dans la précipitation, il a oublié de changer de vitesse, il est toujours en première. Snowball ne peut s'empêcher de rire. « Mais Ken, ce n'est pas une automatique, c'est toi le chauffeur, vraiment ? Je propose qu'on échange les rôles ». Dans la panique générale, il vient de griller un feu rouge sans même s'en rendre compte. Comble de malchance, quelques secondes plus tard, la sirène et les lumières d'une puissante moto de la gendarmerie dans son rétroviseur se rapprochent rapidement. Arrivé à sa hauteur, le gendarme lui fait signe de s'arrêter sur le côté de la route.

« Ce n'est pas possible Ken, on va t'appeler Ken-sait-rien-faire ». Al et Tiny sont consternés. Le motard demande au conducteur de baisser la vitre, mais elle ne descend pas, Ken s'acharne sur la poignée qui ne lui obéit pas. En voyant l'accoutrement des quatre contrevenants, le gendarme imagine qu'un déguisement de clown serait plus adéquat que celui de père Noël. C'est la période des fêtes, il a prévu d'être indulgent, mais lorsque le conducteur ouvre brusquement la voiture le déséquilibrant – la portière poussant son guidon – et le faisant tomber sur le côté, ses bonnes intentions disparaissent instantanément. Ken se précipite pour aider à relever le motard coincé sous sa moto, l'idée de se sauver lui est passé par la tête mais il n'a pas voulu rajouter d'infraction à son casier déjà bien chargé. Délit de fuite, il n'a pas encore celle-là à sa collection. Al et Tiny veulent également aider à relever la moto, mais la chaussée étant humide, les deux pères Noël glissent et se retrouvent sur les fesses dans une chute digne de Buster Keaton. Le gendarme toujours immobilisé ne peut s'empêcher de rigoler de cette mésaventure et retrouve un peu de clémence dans son jugement face à ces maladroits. Après quelques instants de désorganisation complète des quatre pères Noël, la moto est soulevée et le gendarme sur ses jambes. Ken bégaie, il se confond en excuse, s'emmêlant les pinceaux dans ses explications. S'il avait eu une toile, on aurait eu le droit à un tableau non pas d'un maître de l'abstrait mais d'un enfant de six ans. Malgré le flou total du récit du chauffard, le gendarme pensant d'abord à lui faire passer un alcotest a tout de même cru comprendre que les compères sont en route pour la prison pour une bonne cause. Il se ravise et dans un élan de mansuétude inspiré par cette période de fêtes préfère accompagner le véhicule jusqu'à la prison, leur évitant d'autres péripéties contrevenant au Code de la route, il va leur servir d'escorte. Rejoint par trois collègues, trop heureux de poser leur radar et d'aider plutôt que de verbaliser, le convoi avance vers la prison sous l'œil amusé d'automobilistes : quatre pères Noël dans un monospace derrière des motards, tout part en sucette ! Les habitudes disparaissent, les rennes ont été remplacés par des poulets et le traîneau par une voiture toute moche. Mais où va le monde ?

Arrivés devant l'enceinte de l'établissement pénitentiaire à 13 h 52, Al, Ken, Tiny et Snowball poussent un grand ouf de soulagement, ils sont dans les temps. Les gendarmes s'éloignent après avoir accompli leur bonne action de la journée, non sans avoir donné quelques recommandations de conduite à Ken-sait-pas-très-bien-conduire.

C'est bientôt le moment de se présenter à l'entrée de la prison, quelques flocons de neige se mettent à tomber, Snowball devient tout blanc. « J'ai les boules, ça sent le sapin notre affaire, je ne veux plus y aller, et il neige en plus ! Nous sommes sur la Côte d'Azur et il neige, on nous avait parlé du réchauffement climatique de la planète, c'est quoi ce bazar, je n'étais déjà pas chaud, mais là c'est le pompon ». Il semble se liquéfier à l'instant critique, le jour J à l'heure H, il n'a pas les tripes qu'il faut pour ce genre d'opération, quelques cristaux liquides coulent de ses yeux sur ses joues froides. Al dans un élan de générosité se propose de le remplacer, de prendre tous les risques à sa place. Tiny l'accompagne d'un ton solennel comme s'il allait risquer sa vie « non, moi, c'est bon, je veux bien y aller, je suis prêt à me sacrifier pour Nicolas ». « OK, les gars, je dois me rattraper, je vais faire le premier père Noël », annonce fièrement Ken-peut-faire le-Père-Noël. Comme galvanisé par ses compagnons Snowball se reprend, bombe le torse et annonce fièrement dans un improbable retournement de situation qu'il est prêt à finalement à prendre tous les risques pour libérer Nicolas. Il va le faire. Nos quatre compères se chamailleraient presque pour savoir qui va y aller. 13 h 58 et 30 secondes, Snowball quitte la voiture et avance vers sa destinée, il n'a que quelques pas à faire, il se concentre sur tous les détails du plan de libération. Un coup de klaxon le fait sursauter, il se retourne et voit ses trois complices avec la hotte emplie des boîtes de chocolat. Comment a-t-il pu oublier ? Décidément, il n'est pas dans son assiette, toujours chamboulé par le rôle qu'il doit jouer. Sa vie n'a pas été de tout repos cette année, une avalanche de catastrophes s'est abattue sur son monde depuis l'arrestation de Nicolas, et la pression se fait sentir. « Je vais y arriver, je vais y arriver, je… » « Bon Snowball, tu la prends cette hotte ou quoi ». « J'en ai marre de me faire enguirlander, c'est bon, lâchez-moi la grappe de houx ! » « OK, mais ressaisis-toi, tu ressembles à un père Noël qui a bu trop de lait de poule mal dosé et imbibé de rhum. Ta barbe est de travers, la ceinture à l'envers, tu as boutonné mardi avec mercredi, tu le fais exprès ou quoi ? » Il attrape le sac, ajuste les deux sangles et vient sonner à la prison à 14 h pile. Un gardien le laisse entrer dans un premier sas ou ses autorisations sont vérifiées. Les contrôles administratifs terminés, il est légèrement fouillé, et la hotte est contrôlée. Tout est en ordre. Il offre un chocolat au brigadier Thomas. Ce dernier ne se fait pas prier et en demande un deuxième mais au lait, il est tombé sur un chocolat noir trop amer à son goût et préfère un peu plus de sucre. « Il ne faut pas trop en manger officier Thomas, gare à la crise de foie, ça serait dommage la veille de Noël ». Snowball a pris son rôle au sérieux et prend une voix posée et généreuse pour prodiguer ses conseils, digne d'un père Noël s'exprimant face à un petit garçon. Il ne manque que l'OhOhOh à la fin de sa phrase. Il avance ensuite dans un hall, passe une grille de sécurité, et se retrouve dans cet univers carcéral inconnu. Il observe des cellules vides, il semble que les prisonniers soient tous dans la cour pour la promenade digestive. Déambulant dans le couloir sinistre, la couleur rouge coquelicot de son déguisement dénotait avec l'ambiance générale de la prison. Le personnel de service faisait grise-mine contaminé par ce triste lieu, où déçu d'être les élus choisis par la poisse pour être de garde à une telle date. Et la suite des évènements n'arrangerait rien lorsqu'on les traiterait d'incompétents suite à la disparition incompréhensible du prisonnier Nicolas. Une triste pensée lui parcourt alors l'esprit à l'idée des infirmières, pompiers, éboueurs, et de toutes les personnes qui travaillaient à cette date où nous devrions être en famille à célébrer la magie de Noël, nous retrouver dans la joie autour d'un sapin décoré, d'une table emplit de mets dégustés une fois l'an, de redécouvrir l'enfant qui est en nous à l'ouverture des cadeaux, une image d'Épinal synonyme de bonheur. Eh bien non, pas de bol, ils vont passer Noël en prison et n'ont même pas été condamnés ! Bon, notre bande et Nicolas aussi travailleront à Noël, mais c'est une autre histoire. Deux gardes prennent le relais de Thomas pour l'accompagner à l'extérieur, Snowball plonge sa main droite dans le long manteau rouge, il touche de petites boulettes de papiers qui sont en réalité des pétards, ça le rassure un peu. Il va enfin revoir Nicolas, encore quelques instants d'attente pendant que le chef de la sécurité annonce aux prisonniers à travers un haut-parleur une surprise pour cette veille de Noël. Une porte s'ouvre et la voix du speaker est remplacée par un chant de Noël :

♫ We wish you a merry Christmas, We wish you a merry Christmas, We wish you a merry Christmas, And a happy New Year ♫.

Snowball est accueilli comme une Rockstar, il se retrouve sous de puissants projecteurs, la lumière l'aveugle, il ne voit plus rien, il est applaudi, sifflé, les cris des détenus couvrent désormais la musique, il croit entendre quelques injures « ON VEUT LA MÈRE NOËL, rien à foutre du gros plein de soupe ! », éblouit par la forte lumière des spots braqués sur lui, il ne distingue personne, des formes se rapprochent. Les gardiens l'ont laissé dans l'arène, avec des fauves déchaînés, les prisonniers s'approchent avec des têtes patibulaires, des visages qu'on n'a pas envie de croiser à la veille de Noël, et pourtant les premiers doux comme des agneaux demandent gentiment leur sucrerie et se mettent en file indienne. Des matons auparavant invisibles sont bien présents encadrant les prisonniers.

Alors qu'une centaine de chocolats ont été distribués et que Snowball commence à s'inquiéter, Nicolas apparaît comme par miracle. Il semble différent, il a minci, sa barbe est plus longue, la couleur blanche a viré au gris, et son uniforme ne lui va pas du tout, mais c'est bien lui. Il a tout de suite reconnu Snowball malgré son déguisement. Suivant le plan, ce dernier plonge la main dans sa poche pour actionner les pétards, Tiny et Al devraient bientôt offrir une diversion, mais au lieu de les jeter par terre, il empoigne trop fortement les petites boules blanches. Les pétards sous la forte pression explosent entre les doigts de Snowball engendrant un rictus de douleur sur son visage, les témoins de la scène prennent ses grimaces pour un jeu d'acteur et rigolent autour de lui. Il reçoit comme une faible décharge électrique remontant jusqu'à l'épaule. Ses gants l'ont protégé de toute brûlure mais il s'en veut. Le bruit semble avoir été assez fort, mais entre la musique et les cris des prisonniers, il n'est pas certain qu'on l'aura entendu à l'extérieur de l'enceinte pénitentiaire. Autour de lui, tout le monde pense à un tour de magie, excepté Nicolas qui connaît la maladresse légendaire de Snowball. Il s'approche du faux père Noël pour prendre son chocolat quand un mouvement de foule le déséquilibre. Deux autres personnes se sont invitées à la distribution, il croit reconnaître Al et Tiny sans en être certain, les nouveaux arrivants ont fait tomber leur sac et renversé tout leur chocolat qui roule dans la cour de la prison. Un mouvement de foule s'en suit, les prisonniers se jetant sur les chocolats au sol. Snowball jette son bonnet à Nicolas, envoie tout le déguisement et se retrouve en slip avant de se jeter dans la hotte. De là, il envoie les deux bottes qu'il a oublié de donner. La neige s'est amplifiée, elle tombe fortement et accapare également l'attention des gardiens et prisonniers qui commencent à faire des boules de neige et les lancent comme lorsqu'ils étaient des enfants. Tout le monde a oublié l'endroit de privation des libertés ou ils se trouvent. Ça rigole comme jamais, l'esprit de Noël semble s'être invité dans ce lieu improbable. Nicolas a compris le stratagème et récupère les habits qu'il connaît bien, ils sont plus grands que dans ses souvenirs mais les enfile en un clin d'œil. Du fond de la hotte, il entend Snowball l'informer que la distribution terminée, il doit se diriger vers la sortie Est. Thomas le gardien l'attend pour l'escorter jusqu'à la porte de la liberté. Il devrait garder quelques chocolats au lait pour l'amadouer, et Ken-sait-presque-tout-faire les attends dehors.

Nicolas a l'impression d'avoir bu la potion magique du druide Panoramix, il se sent vivant pour la première fois depuis près d'un an. Les haut-parleurs passent désormais la version anglaise de vive le vent d'hiver :

♫ Oh jingle bells, jingle bells, jingle all the way, Oh, what fun it is to ride, in a one horse open sleigh ♫.

Alors que la plus grande bataille de boule de neige jamais engagée continue dans des fous rires hystériques, Nicolas se présente face à Thomas, ce dernier attend de faire sortir le visiteur avec impatiente pour se joindre à ses collègues et participer à la fête blanche. Il ne remarque pas que le père Noël sortant est un peu plus maigre que celui entré, jette un coup d'œil rapide dans la hotte mais n'y voit rien. Il engloutit d'un seul coup les deux nouveaux chocolats offerts et ouvre la dernière porte à Nicolas qui se retrouve libre.

Une petite larme coule le long de la joue de Ken lorsqu'il aperçoit le grand chef, le plan a réussi. Nicolas saute dans la voiture, Snowball bondit hors de la hotte « Il fait chaud là-dedans et ça sent le renfermé ». Quelques instants plus tard, Al et Tiny sortent également de la prison, mouillés jusqu'aux os, de la neige leur sortant par les oreilles. Une fois dans la voiture les quatre compères ne peuvent s'empêcher de pleurer de joie, une chorale de grands bébés dont les larmes emplissent l'habitacle du véhicule. « Allons les enfants, reprenez-vous, le niveau d'eau monte dans la voiture, si vous continuez vous allez noyer le moteur ! Et nous avons du pain sur la planche. Nous devons nous mettre immédiatement au travail, il n'y a pas une seconde à perdre » « ne t'inquiète pas, nous ne sommes que le 23 » « tu as oublié les faisceaux horaires ? On est déjà le 24 en Nouvelle-Zélande ! Est-ce que le traîneau a été révisé ? Et Tornade, Danseuse, Furie et les autres ont fait le plein de carottes ? Je pose énormément de questions alors qu'habituellement j'apporte les réponses, mais ne vous inquiétez pas tout va bien se passer. »

Le monospace avance tranquillement jusqu'au hangar loué lors de la préparation de l'évasion. Aucune péripétie ne vient bousculer la bonne marche de cette fin d'opération. Personne ne les suit, l'alarme n'a peut-être pas été donnée. À l'ouverture de l'entrepôt, tout est prêt : le traîneau rutilant, les rennes, semblant sourire à la vue de celui qu'ils vont conduire toute la nuit, et les cadeaux à distribuer, les listes et adresse, il ne manque rien. Comme si ces derniers mois n'avaient pas existé, Nicolas retrouve ses habitudes, et ses fidèles compagnons. Il est prêt au décollage.

Al, Tiny, Ken et Snowball ont réussi, Noël est sauvé.

« Merci, les amis, on se retrouve dans quelques heures à la maison tous ensemble pour une grande fête de retrouvailles, le devoir m'appelle, je suis fier de vous, de tout ce que vous avez fait pour que cette année encore Noël soit une réussite ».

Après une dernière caresse sur le museau de Tornade, l'heure du départ a sonné. Le traîneau s'élève doucement, personne n'a aperçu le passager clandestin caché derrière la hotte et qui déjà plonge la main dedans pour récupérer un cadeau. Avant de disparaître dans le ciel, Snowball reconnaît le père fouettard, ce dernier a également une liste, celle des enfants pas sages. Alors que le traîneau s'éloigne, Nicolas, trop préoccupé à conduire ses rennes n'a pas réalisé la présence de son vieil ennemi, au loin, nos quatre compères le voient jeter des cadeaux à l'arrière du traîneau.

Ken-sait-presque-tout-faire décrète alors que leur mission n'est pas terminée, ils doivent prévenir Nicolas, sinon il manquera des jouets lors de la distribution. « Un pour tous, tous pour un, s'écrie Snowball, nous sommes les mousquetaires du père Noël, allons l'aider ! Mais qu'allons-nous faire… ? »

Le coup de foudre

Emilie a eu un véritable coup de foudre. Ce n'est pas son premier mais celui-là s'annonce des plus prometteurs. Il a tout pour plaire, elle s'est déjà renseignée sur lui et n'est pas du tout déçue lors de leur première rencontre elle se laisse séduire.

Le premier soir ensemble, Emilie ne va pas beaucoup dormir et le lendemain à peine réveillée, elle ne veut pas le quitter, mais elle doit aller travailler, la journée va être longue, mais elle pourra penser à lui et compter les heures qui les séparent. Elle rentre le soir, et se jette sur lui, il n'a pas bougé et l'attendait également.

Elle le caresse, le touche délicatement et c'est parti pour une autre nuit avec peu de sommeil. Elle s'arrête à peine pour manger et aller travailler, mais chaque moment de séparation est un déchirement. Après une semaine, elle a l'impression de tout savoir sur lui, son monde, son entourage, son histoire. Il peut être romanesque, aventureux, drôle ou triste, un peu trop coquin, il n'a que des qualités. Il est au top ! Il faut dire que le précédent était assez nul.

Elle en parle à tout le monde, surtout ses proches copines, elles vont l'adorer, Émilie en mettrait sa main à couper. Lisa est jalouse cela fait bien longtemps qu'elle n'a pas fait une telle rencontre alors avec un clin d'œil Emilie lui dit que si elle est bien sage elle lui prêtera. Lisa lui répond « c'est ça oui, et tu ne nous l'as pas amené ? Tu le caches ? » Émilie rougit mais ne pense déjà qu'à lui.

Les soirées s'enchaînent avec la même passion.

Mais après 2 semaines à passer tout son temps libre avec lui, elle commence à sentir un pincement au cœur, elle sait que leur relation ne pourra pas durer, elle se rend compte qu'elle arrive au bout. Elle espère une suite mais c'est peu probable, elle aimerait prolonger le plaisir, mais ce n'est plus possible. Emilie adorait son monde mais ça y est ça se termine. Elle regrette d'avoir été aussi vite. On pourrait tout recommencer au début, elle le sait, peut-être dans le futur mais pour l'instant elle préfère arrêter là. Chacune de ces relations a une fin, on ne peut y échapper.

Elle continue à penser à lui encore, à en parler avec les copines et du coup, Lisa lui prend.

Et puis Emilie ne va pas tergiverser trop longtemps, elle fait rapidement son deuil, elle sort, veut passer à autre chose, il n'est pas le seul sur terre, de bonnes surprises l'attendent, elle prend une direction qu'elle connaît bien, celle de son libraire.

En entrant dans la petite boutique son cœur papillonne.

« Bonjour Blaise, comment ça va, as-tu des nouveautés, quelque chose à me proposer ? Le dernier était super, j'ai adoré cette saga, 900 pages étaient trop courtes ».

Alors son libraire lui propose deux titres, elle en choisit un au hasard, le quatrième de couverture parle de l'histoire d'un vieux monsieur Alfred, un grand indécis, elle le prend et s'apprête à avoir un nouveau coup de foudre, ou au moins passer un bon moment.

Elle rentre chez elle, se prépare une tasse de thé et ouvre son nouveau livre, prête pour un nouveau coup de foudre.

Le Co quoi ?

— Allez Michou, ressert moi un demi !

— Vas-y doucement Dédé, il n'est que 10 h 30, c'est déjà ton troisième, t'attends pas Roger et Polo ?

— Tiens en parlant du loup, ils arrivent, mets-en 3

— Oh, les gars, vous avez vu les dernières infos sur cette nouvelle maladie, le truc chinetoque ?

— Ben alors Dédé, tu fais même pas la bise, t'embrayes direct sur ton nouveau Truc…

— Noooon, on n'a pu le droit de se faire la bise et truc, truc… Ça s'appelle Comid ou Corid, non Codive, vous allez voir les gars ça va être énorme, ils sont forts les bridés ils vont faire comme avec leur téléphone et leurs merdes en plastique ils vont en foutre partout. On va être envahi avec leur virus.

— Mais qu'est-ce que tu racontes, c'est juste une petite maladie car ces sauvages bouffent des chauves-souris, des rats, et plein d'autres trucs bizarres, je crois que ça vient du pangolin, un genre de gros rat, c'est normal qu'ils chopent des gastros, ils n'enlèvent pas les poils et le mangent cru, mais t'inquiètes, ça va rester chez eux, tant que tu ne manges pas des bestioles bizarres t'a rien à craindre.

— Mais il paraît qu'il y a des malades aussi en Italie, ils mangent trop de pizzas au chat, eux ?

— Oui mais y a pas de risques chez nous, la fille de la météo a dit que ça s'arrêtait à la frontière.

— Mais arrêtes, tu ne te rappelles pas Tchernodébile ? Là aussi on ne risquait rien ! On va tous être patraque, déjà là, on s'inquiète. Tu vas voir que c'est un coup pour vendre des médocs, c'est une magouille de l'industrie pharmaceutique, ils fabriquent des maladies pour vendre leur antidote, ils vont se gaver. Ils vont nous bassiner avec la recherche, et comme par magie ils vont nous trouver un vaccin en moins de deux, il faudra prendre un abonnement et avoir une injection tous les mois, et hop on passe à la caisse.

— Impossible il faut plus de 10 ans pour faire un vaccin, regarde, ils n'ont pas encore trouvé pour le sida, tu me diras les tapettes y s'en foutent.

— T'es vraiment marrant, parce que quand tu parles de la recherche, moi je dis « les chercheurs qui cherchent on en trouve, mais des chercheurs qui trouvent on en cherche » donc ce n'est pas demain la veille qu'ils nous trouveraient un remède. Trop drôle ! Ça marche pas ton histoire de virus/vaccin…

— Allez Michou sert nous une autre tournée, y fait soif avec ses histoires de Cocodive.

— Je te jure ça va être gros cette histoire, à la télé on ne parle que de ça, tout le monde est devenu spécialiste des virus : « c'est grave, ce n'est pas grave, met un masque, met pas de masque, lave-toi, fais ci, fais ça », ils se sont tous trouvé une nouvelle vocation : nous foutre la trouille. Genre on va tous mourir ! Ah les cons !

T'as raison, j'ai même reconnu Patrick Sébastien déguisé sur un plateau, comme quand il avait fait l'émission des caméras cachées. Il faisait croire qu'il était un grand professeur de Marseille et expliquait que comme la grippe ça allait partir tout seul, pas d'inquiétude ! Fallait juste boire de la Javel ou prendre un truc anti-moustique. Il m'a bien fait marrer.

— Si jamais ça arrivait pour de vrai, ils nous diraient de mettre des masques ou des casques comme les Raft Punk, les chanteurs robots, on serait en combinaison pour ne pas attraper un truc invisible. Moi je suis comme Saint-Thomas, je crois que ce que je bois. Remarque, avec les politiciens qui géreraient ces problèmes, ça irait bien ah ah ah. On n'a pas un ministre de la Santé qui était ministre de la Culture juste avant ? Ou le contraire ? Bref ; un nouveau rhume, allez, vous me prendrez 3 pages des Misérables de Victor Hugo – pas le générique – matin, midi et soir et vous irez beaucoup mieux.

— Mais c'est que t'es marrant ce matin t'as mangé du clown ou quoi, les politiciens, tous des écrivains ratés qui nous racontent des bobards en permanence, si t'écrivais leur discours dans un livre, il y aurait tellement d'inepties et de mensonges que même tes fesses n'en voudraient pas pour se torcher !

— Et les gars, je suis sérieux moi, j'y crois au cobide, même si c'est bidon, y pourraient nous faire croire à un machin vraiment grave, genre mortel de chez mortel, nous imposer des lois, nous interdire de sortir sous peine de tomber malade, on resterait enfermé chez nous comme en prison. Sauf qu'n'y aurait pas besoin de gardien on se garderait tout seul.

— Un ? Comme les boches nous ont fait en 40' ?

— T'as raison on aurait le droit de sortir un minimum mais pas après une certaine heure : y aurait couvre-feu, ou il nous faudrait un papier, une autorisation spéciale, t'es vacciné t'as une étoile, t'es pas vacciné t'as pas d'étoile, tu ne sors pas. À la guerre comme à la guerre !

— Ouais, on serait tous prisonniers comme des couillons, plus de voiture, plus d'avion, plus rien, on fait plus rien, plus de vacances, tiens, Michou y fermerait même ton bar ! Les cinés, les librairies, aussi et les salles de gym, ils fermeraient tout. Eux évidemment là-haut, les gros pontes ils continueraient à s'éclater comme avant.

— N'importe quoi, tu me diras toi y a que pour les bars que ça t'emmerderait, la dernière fois que t'as été au ciné c'était pour voir le grand bleu, tu nous en parles encore, la librairie, tu sais pas lire et la salle de muscu, tu trouverais à travailler ton « Six Pack Stomach » avec la Kronenbourg, ça fait longtemps que tes carrés de chocolat ont fondu, t'es plutôt Nutella avec ta carrure de Bibendum Michelin, c'est juste pour reluquer les petites jeunettes que tu serais emmerdé !

— Oh Michou… T'as chopé le Crovid ou quoi ? Tu ne vois pas qu'les verres sont vides ? J't'ai foutu les chocottes quand j'ai dit qu'on fermerait ton bar ? Une autre binouze pour tout le monde… C'est moi qui régale aujourd'hui j'ai touché le chômage.

— Tiens en parlant de chômage, alors avec ce que tu dis, on resterait chez nous, on travaillerait plus, on serait tous au chômage ?

— Pourquoi ça t'inquiète t'as jamais travaillé toi de toute façon ? Ahaha.

— Oui, mais non, mais, tu travaillerais quand même depuis chez toi, comme ça le boss y fait un max d'économie plus de bureau, plus de frais, t'es chez toi comme un con avec bobone dans les pattes, les gamins qui hurlent et toi tu fais le kéké sur ton ordi, t'as plus qu'un rêve c'est de retourner travailler et lui dire merci. En plus le patron y va licencier un max, dès qu'il va se rendre compte qu'il n'a pas besoin de toi, il va te remplacer par une machine et hop, te dégager ni vu ni connu.

— Ouais mais ça marche pas ton truc, par ce que ton boss, y perd des sous aussi.

— Mais non t'as rien compris, y sont malins là-haut quand c'est pour eux, ils fileraient des aides aux chefs, les entreprises toucheraient des millions même des milliards d'aide et nous, on dirait rien, par ce que là, ils nous feraient croire que c'est pour la bonne cause, il faut sauver les entreprises et les grosses bagnoles des patrons, ils nous prendraient vraiment pour des cons.

— Putain, Polo, t'as bu ma bière ? Michou une autre tournée.

— Et les minots, ils leur fermeraient les écoles, comme ça les gamins, y deviendraient encore plus bêtes ! Et les profs tranquilles comme d'hab, ils seraient en vacances toute l'année Ahahaha.

— Et ça durerait combien de temps ton truc ?

— Tant qu'ils veulent ! Tu sais si ça marche ils nous mettraient un autre virus, d'autres médicaments, ils pourraient continuer indéfiniment, j'ai même entendu que les amerloques nous mettraient des puces dans les vaccins et ils vérifieraient nos déplacements, sauraient tout sur nous, nos données et pourraient même nous contrôler.

— Et qu'est-ce qu'ils feraient avec toi, Dédé, ils appuieraient sur un bouton et te feraient courir à poil dans ton jardin devant tes tomates pour les faire rougir ?

— De toute façon, ce sont des conneries, tout ça pour que leur plan machiavélique fonctionne il faudrait que tous les pays soient d'accord les uns avec les autres. Tu les vois se mettre tous d'accord ?

— Moi j'te dis qu'ils préparent quelque chose de gros avec ce truc, plus gros que l'arrière-train de ta Jacqueline.

— Allez Michou une dernière tournée pour la route, il va falloir que je rentre il est déjà 11 h, tiens d'ailleurs j'trouve plus mes clés de voiture.

— Attends, attends tu t'en vas là, on n'a pas fini, on n'a pas encore trouvé la solution avec le Coride.

— Mais t'inquiète pas, mon Roger, la semaine prochaine, ce sera fini, on va passer à autre chose, y aura un accident nucléaire, une catastrophe pétrolière, des attentats, un volcan qui bloque tous les avions, une comète, le retour des dinosaures ils savent plus quoi inventer pour vendre leurs salades.

— Comment tu dis déjà Torride ?

— Non, COVID…

— Ahahahahaha, en plus c'est un nom nul.

Pendant que les deux premiers comparses s'éloignent, Polo va payer et remercie Michou de leur servir en cachette des bières sans alcool. Il n'en pouvait plus de ces conversations sans queue ni tête, avec ses deux comparses alcoolisés. Évidemment, Polo n'en avait rien dit à Roger et Dédé.

— De rien mon Polo et t'as raison parce que si vous picoliez vous pourriez dire des conneries !

La fin des patrons

Jean-Michel était heureux, il était le symbole de la victoire. Le syndicaliste par excellence avec sa tignasse de cheveux négligés et sa grosse moustache, un style vestimentaire sorti directement d'Emmaüs. Il était presque une caricature de ce que l'on attendait de lui, un cliché. Ancien communiste, altermondialiste, écologiste d'extrême gauche, ancien gilet jaune, mais protestataire de toujours. Il voulait la peau de tous ces salauds de bourgeois capitalistes, son but : la fin des patrons. Et il venait d'y arriver.

Sans Révolution, sans protestation, sans guerre. Aucune victime à déplorer dans son camp. Simplement grâce à ses ancêtres de 1789, qui avaient tout préparé dans La Déclaration des droits de l'homme et du citoyen. Jean-Michel et ses camarades avaient utilisé la loi et la Constitution, c'était simple. Ça avait été un long processus mais ils y étaient arrivés. C'était normal après tout, car ils avaient raison. Liberté, égalité, fraternité sont les fondements de la France.

La fraternité a été abandonnée il y a bien longtemps. Les régimes de sécurité sociale, les Assedic, les allocations familiales, les aides aux logements et autres prestations ne sont qu'un écran de fumée pour les plus nantis qui sous prétexte de redistribuer quelques miettes, se donnent bonne figure. Ils maintiennent artificiellement les travailleurs en vie sous perfusion en les faisant passer pour des profiteurs. Elle est belle leur fraternité. On a une grosse partie de la population sous assistance vitale pendant que ceux qui les y ont mis se dorent la pilule dans l'opulence.

Égalité, la règle est simple, elle indique que nous sommes tous égaux en droit. Là encore, on s'est perdu en route. Que vous soyez puissant ou misérable, l'égalité n'est pas la même. Coluche résumait bien la situation dans ses sketches : le chômeur, et les autres. Jean-Michel adorait Coluche, il aurait dû être Président mais ils l'ont assassiné, c'était sa véritable idole. Jean-Michel était par ailleurs le président des restos du cœur de sa région. Mais là, on revient sur la fraternité. L'égalité, un bien grand mot, mais la réalité était tout autre.

Liberté, c'est là-dessus que Michel et ses camarades ont trouvé la faille. La liberté est une loi fondamentale. Or un travailleur est privé de cette liberté lorsqu'il se subordonne à son patron. Il n'est plus libre de ses mouvements, il exécute des tâches qu'on lui ordonne de faire, il est à nouveau réduit en esclavage !

En échange, évidemment on lui donne quelques misérables compensations, il faut qu'il survive, pour revenir travailler, sinon comment pourrait – il revenir enrichir son patron. Mais le constat est simple. Il est privé de cette loi fondamentale qu'est la Liberté.

C'est cet argument qui a mis fin au capitalisme, et à la fin des patrons. Le système a été démantelé et tout le monde est devenu indépendant. Fini les privations de liberté par le travail. C'était simple, les différentes Cours et administrations judiciaires n'ont rien pu faire d'autre qu'abroger tous les contrats de travail et d'interdire la subordination d'un employé à son employeur. Chacun travaillait pour soi dans le plus beau et le meilleur des mondes. Plus de chefs, plus d'ordre, l'Égalité pour tout le monde.

Ils ont même été plus loin, ils ont abrogé la propriété privée, comment pourrait-on associer la privation d'utiliser un objet à tout le monde au profit d'un seul individu ? Impossible, le partage, l'union, ce sont les nouvelles valeurs. On va créer des organismes de location, finit les achats et la consommation.

Michel a gagné le combat, enfin il va pouvoir se reposer. Chacun fait ce qu'il veut, il est libre. Un nouveau monde, rempli de perspective. Mao, Lénine, beaucoup auraient été fiers de lui. Le droit à la paresse a remplacé la valeur travail, les anciens salariés ont retrouvé une dignité trop longtemps spolié par ces esclavagistes ! La création d'allocations supplémentaires a permis à tous de vivre dignement, de retrouver un sens à leur vie. La liberté n'a pas de prix.

Mais tout ne se passe pas comme prévu. Michel ne comprend pas que certains en profitent pour commettre des délits, les vols, les attaques personnelles se multiplient. Ça n'était pas prévu, pourquoi voler puisqu'il n'y a plus de propriété, ce serait-il trompé sur la nature humaine ? Il n'y a plus la méchante police pour imposer l'ordre, normalement il n'y en avait plus besoin, et en plus elle n'aurait pas pu prendre ses directives des préfets, ils ont été renvoyés. Qui aurait dit aux policiers quoi faire ?

Rapidement, l'économie s'effondre, comme une cascade de dominos, les uns après les autres tous les secteurs ne produisent plus. Comment fabriquer une voiture tout seul ? De l'électricité ? Un téléphone ? Et comment produire à manger dans sa maison ? C'est la fin des innovations, personne ne crée plus rien, quel est l'intérêt ? Qu'on fasse quelque chose ou rien du tout, cela ne change pas, et puis ce n'est pas grave, on est tous libres et égaux dans la médiocrité.

Michel a nivelé le niveau mais par le bas. Comment les pauvres ne se sont pas élevés ? Ce sont les plus nantis qui ont tout perdu mais au profit de personne. Consternant Michel aurait-il eu tout faux ?

Il tombe gravement malade, il est alité dans un lit – qu'il va devoir partager dans quelques heures, ce n'est pas son lit, mais celui de la communauté – Michel décline rapidement. Il n'y a plus d'hôpitaux, plus de médicaments. Son petit-fils Lucas vient à son chevet faire ses adieux. « Merci pépé, merci vraiment pour tous tes combats, pour un monde plus juste et plus équitable, je te remercie de me laisser le monde tel qu'il est, quel héritage, tu peux partir en paix, tu as accompli ce que tu étais venu faire… » Lucas, 22 ans, 1m77, 42 kg, ne finit pas sa phrase, il tombe avant son grand-père, mort de faim.

Alors Michel avant de fermer les yeux une dernière fois se demande s'il n'aurait pas été un peu trop loin, s'il n'aurait pas dû mettre un peu d'eau dans son vin. Accepter quelques compromis, ne pas être aussi excessif. Tout ça pour ça ? Mais non au fond de lui, il sait qu'il avait raison. Un jour, il sera célébré, il aura sa statue, on reconnaîtra sa vision. Il meurt seul : libre, égaux aux autres dans le dénuement le plus total et dans la fraternité… mais où sont tous ses camarades ?

Has Been

Après une belle success-story, le public aime la déchéance. Que ceux qui sont en haut tombent et s'écrasent. Plus la chute est vertigineuse, plus c'est jouissif, on ne peut pas s'empêcher de détester ceux qu'on a aimés. Les exemples sont nombreux d'idoles qu'on va brûler quelques instants seulement après les avoir idolâtrés. Jeanne d'Arc en est un exemple flagrant mais elle n'est pas la seule. Prenez ce cycliste surhumain multiple vainqueur du tour de France rattrapé par le dopage et banni à vie, ce capitaine d'industrie milliardaire admiré, jeté en prison comme un malpropre, cette starlette icône de la téléréalité qui finit dans la drogue et l'obésité, ces producteurs tout puissants qui finissent au fond d'une prison après avoir violé des dizaines d'actrices, ces chanteurs qui aiment tripoter de jeunes personnes et voient leurs carrières brisées, ou encore ces couples d'acteurs parfaits qui se déchirent devant les tribunaux lors de divorce ou l'on apprend que leur vie rêvée n'était en réalité qu'un cauchemar. On pourrait continuer la liste presque infiniment. L'histoire d'Icare est un classique : à vouloir monter trop haut, on se brûle les ailes. La célébrité est comme un soleil, elle envoie dans la lumière mais peut être nocive à haute dose, d'où le dicton : pour vivre heureux, vivons cacher. Ce qui est remarquable, c'est qu'on prend autant de plaisir à critiquer ces gloires déchues qu'à les admirer et les envier. Ses stars « ont été » mais ne sont plus. Pas simplement ringardisées ou dépassées mais en plus vilipendées pour des fautes supposées. Elles sont présumées coupables par l'opinion dès la moindre suspicion de faute, et c'est bien connu, il n'y a pas de fumée sans feu. Derrière cette merveilleuse personne se cache sûrement un monstre. L'image officielle, celle qu'on montre au public, n'est qu'une façade. La rumeur court plus vite que la vérité. Morain Gray, le célèbre écrivain en a fait l'expérience lorsqu'il fut supplanté par la nouvelle égérie du monde littéraire, l'énigmatique Donovan Filler.

Morain a connu un succès incroyable dès son premier roman. Un style nouveau, direct, une fluidité de lecture rendant accessible à tous des tournures de phrases travaillées, des fulgurances à chaque page. Le roman avait pour thème un sujet d'actualité et intemporel : l'écologie face à l'avidité des humains, une histoire de protection des éléphants face à la cupidité de braconniers. Tous les lecteurs se sont sentis concernés, immergés dans la lecture, fascinés par les destins des protagonistes. Les qualificatifs pour décrire le livre étaient unanimes : un chef-d'œuvre. Rapidement en tête des ventes, le livre devient un best-seller avant d'être adapté au cinéma. La richesse et la célébrité s'invitent dans la vie de Morain sans qu'il n'ait rien demandé. Son second roman inspiré par ses relations avec ses parents obtient le prix Goncourt, avec des ventes incroyables. Son nom est connu de tous en France et son aura dépasse l'hexagone, il est traduit en plus d'une trentaine de langues. Adulé, il reçoit la Légion d'honneur, courtisé par les médias, il ne laisse pas non plus les femmes indifférentes et compile les conquêtes comme les bons mots. Pendant une décennie, il enchaîne les romans avec succès. Dénonçant à travers ses œuvres les injustices parfois sur un ton caustique lorsqu'il critique le racisme, sur un ton humoristique pour signifier l'ostracisme dont sont victimes les personnes âgées, ou dans l'émotion lorsqu'il décrit des guerres inutiles. Il touche son audience à chaque fois en plein cœur. Le plus difficile quand on arrive en haut, c'est d'y rester écrit-il un jour, mais il enchaîne les succès avec une insolence qui rend jaloux tous les autres écrivains de sa génération. Il s'illustre également avec ses pièces de théâtre, ainsi qu'avec les adaptations cinématographiques quasiment automatiques de ses romans. Sa vie privée est aussi digne d'une belle histoire lorsqu'il se marie avec une magnifique actrice américaine et qu'un fils naît quelques mois plus tard. Tout est parfait dans le meilleur des mondes pour cet auteur à succès.

Sa vie va alors connaître quelques soubresauts lorsque sa compagne le trompe avec un cow-boy notoire lors du tournage d'un western, et qu'elle se retrouve dépassée par des engagements publics contre les mauvais traitements infligés aux gens de couleur. L'infidélité de son épouse n'était qu'une passade due à l'éloignement et sera réglée lors d'un duel mémorable avec l'acteur. Mais la cause dont elle s'est entichée a attiré l'attention du FBI qui surveille des activistes trop véhéments et propage de fausses informations sur son compte. Enceinte d'une petite fille, des rumeurs d'enfant noir à naître plongent la belle dans une dépression accompagnée d'une consommation d'alcool trop importante pour son frêle petit corps. Manipulée par les groupes qu'elle soutenait et qui essaient de la dépouiller financièrement, la tragédie arrive lorsqu'elle perd la petite fille à la naissance. Elle ne s'en remet pas et commet l'irréparable peu de temps après. Sans occulter la peine de Morain, la presse commence à lui tirer dessus à boulets rouges, rien de mieux qu'un petit scandale pour vendre du papier : serait-il responsable des déboires et du suicide de sa défunte épouse ?

Morain est fataliste, ce qui devait arriver, est arrivé. Il a aimé son épouse plus que tout au monde, mais c'était sûrement son destin de mourir jeune et belle comme Marylin Monroe ou James Dean. Sa peine est compensée par le fait d'avoir partagé la vie de cette étoile filante. La vieillesse n'est pas une belle chose, c'est une maladie dont on ne guérit pas a-t-il écrit dans un roman ou son corps le lâchait face à une jeune compagne enthousiaste. Pudique, il gardera sa tristesse sans s'étaler face aux yeux du monde et va se plonger dans l'écriture. Son public le perçoit alors comme un homme sans cœur, simplement parce qu'il ne dévoile pas ses émotions. Les médias vont alors s'engouffrer dans cette brèche, accusant l'écrivain de trop travailler et de n'avoir pas été à l'écoute du mal être de son épouse. Ils soupçonnent que les mots, les phrases ne viennent plus comme avant, il aurait délaissé son épouse pour sa carrière. Les premières critiques arrivent également sans prévenir « Morain s'est encroûté, il ne se renouvelle pas ». Une autre affection frappe l'auteur qui imagine ses lecteurs acheter ses œuvres par habitude, sur son nom et pas son talent, simplement poser ses livres dans leur bibliothèque pour faire bien, sans même les lire. Morain développe peu à peu une paranoïa et n'écrit plus, pour disparaître complètement de la vie publique. Cela ne calme pas ses nouveaux détracteurs, des médisants continuent à colporter des informations sur sa culpabilité d'où son impossibilité à écrire. Des éditorialistes en mal d'inspiration ou de véritables journalistes n'hésitent pas à dénigrer régulièrement l'écrivain qui n'écrit plus. D'autant plus qu'un nouvel écrivain, Donovan Filler supplante en qualité les meilleurs ouvrages de Morain. Son roman sur une prostituée juive sortie d'Auschwitz est puissant, il obtient le prix Goncourt avec ce premier ouvrage, on parle de lui comme du nouveau Morain Gray. Une rivalité est mise en scène avec ce jeune loup très discret qui ne veut pas apparaître aux yeux du public, il préfère préserver son intimité. L'auteur est K.O. debout, largement terrassé par son challenger. Donovan ne donne pas d'interview, laissant son agent récupérer les prix et distinctions mais aussi répondre aux questions des médias. Morain de son côté refuse de répondre aux invectives de la presse ou de la télévision, il demande à ce qu'on le laisse tranquille, il aspire à une vie loin des lumières. Les commentaires de pseudo journalistes sont de plus en plus virulents : Morain est jaloux, aigri, et rongé par la culpabilité. Il ne publie plus rien jusqu'à sa mort et ne répond pas aux moqueries de ses semblables. Lui le dieu de l'écriture comme il a été surnommé est l'homme du passé, un has been. Il a été Victor Hugo, Émile Zola, Honoré de Balzac, il n'est plus rien, seules restent les pages de ses romans et de vilaines histoires sur les raisons du suicide de son épouse. Certains passages de ses livres sont étudiés à la loupe par des réécriveurs d'histoire : il se cachait des significations misogynes derrière ces lignes, cet homme n'aimait pas les femmes, il ne devrait plus être étudié à l'école.

Les éloges sont dithyrambiques pour la nouvelle star Donovan Filler, le mystère entourant l'auteur surdoué amplifie son aura. Il publie des œuvres révolutionnaires et va enfin apparaître sur la scène publique après la publication de son cinquième ouvrage lors d'un salon littéraire où il doit signer ses ouvrages. Les télévisions, les journaux ont pris date, l'effervescence médiatique est à la hauteur de l'évènement. Sur un ton condescendant, Morain Gray est questionné sur une possible rencontre avec son pseudo rival. Cela fait désormais cinq ans qu'il n'a plus rien écrit, on se moque de lui comme d'un écrivain qui a perdu sa plume, victime d'un syndrome de la page blanche, dépassé par plus fort que lui, impuissant face à la jeunesse comme il l'avait si bien écrit dans le passé. Voudra-t-il rencontrer celui qui l'a remplacé dans le cœur des lecteurs ? Des commentaires sur sa responsabilité dans la mort de son épouse ressurgissent à chaque interview. Des groupes féministes véhéments protestent contre son éventuelle venue, il devrait être au purgatoire des tueurs, responsable et coupable du meurtre de sa femme. Il n'a rien à se reprocher, il sait que son épouse a été trahie par ceux qu'elle aidait, dénigrée par des groupes qui avaient peur de son implication, discréditée aux yeux du public, victime collatérale de l'organisation du renseignement américain. Morain avait voulu la faire hospitaliser pour la soigner contre ses crises de démences dues aux prises de médicaments et à sa consommation d'alcool mais chaque fois qu'il allait faire le nécessaire, les menaces de suicide de son épouse s'il tentait de la faire interner l'avait découragé. La perte de leur fille avait été le drame de trop, il n'avait rien pu faire pour l'empêcher de sombrer. Aujourd'hui, il semble faire profil bas, résigné et ne se déplacera pas.

Donovan Filler ressemble à Gary Cooper, l'acteur américain, 1m90 pour 85 kg, un regard perçant avec de grands yeux bleus, des cheveux blonds gominés vers l'arrière et son costume rétro en font presque un clone de la star hollywoodienne. Sa carrure athlétique le fait plus ressembler à un top model qu'à un acharné du stylo. Il déclenche l'hystérie parmi les fans, personne ne s'attendait à découvrir un Apollon derrière cet écrivain. La sécurité du salon est dépassée, les stocks de ses livres sont dévalisés, les files d'attente pour sa dédicace font des kilomètres. On se croirait à un concert d'un groupe de boys band avec des midinettes écervelées. Aucun écrivain n'a jamais déchaîné les passions comme ce Donovan. Lors de la séance de dédicaces, il s'amuse à truffer de fautes d'orthographe les petits mots qu'il inscrit sur les premières pages de ses romans, les signatures s'enchaînent à un rythme effréné face à des groupies qui gloussent face à l'idole. Il n'est pas avare de sourire mais refuse de répondre aux questions ou interviews de la presse. Personne ne s'attendait à un tel personnage, on imaginait un petit monsieur avec des dents jaunies par la cigarette, une calvitie prononcée, de grosses lunettes, un chandail délavé, il se cachait car son physique serait un frein à la promotion de ses livres, le stéréotype de l'écrivain. Comme quoi, il ne faut pas se fier aux apparences. Malgré son apparition, le charismatique Donovan Filler demeure une énigme pour de nombreux observateurs qui n'ont pourtant pas hésité à le porter au firmament des auteurs. Des journalistes d'investigation intrigués tentent de découvrir le parcours de ce Donovan mais ils se rendent compte que ce n'est qu'un pseudonyme, certainement un alias comme c'est courant dans le monde de l'écriture. Face au silence de l'éditeur, ils restent sans réponse sur le phénomène Donovan Filler. Ce dernier disparaît des flashs des photographes aussi rapidement qu'il y est entré, semblant préférer l'ombre à la lumière. À peine le Salon du livre terminé, il se fait à nouveau discret pour ne pas dire invisible. Ça ne l'empêche pas de continuer d'écrire avec une qualité sans commune mesure de ses contemporains. D'essais aux témoignages, de romans fictionnels à la poésie, son genre littéraire est inclassable mais toujours plébiscité.

Tous n'ont pas tourné le dos à Morain Gray, on ne veut pas s'afficher publiquement avec lui on ne se vante pas de le connaître mais certaines amitiés ne disparaissent pas complètement, c'est le cas pour Barnet Rivodt. Le célèbre critique littéraire inquiet de ne plus arriver à joindre son ami malgré les nombreux messages laissés sur sa messagerie téléphonique se décide à passer le voir pour prendre des nouvelles et lui demander si par hasard il ne s'est pas remis au travail. Lorsque Barnet arrive à la propriété de son ami, les grilles sont ouvertes alors que d'habitude, Morain protège son intimité, et ne veut pas être dérangé par n'importe qui. Il roule jusqu'à l'entrée de la grande maison, sonne à la porte, mais personne ne répond. La porte n'est pas verrouillée, il entre dans le hall en appelant son ami :

« Morain ? Morain ? C'est Barnet, Barnet Rivolt ! Tu es là ? » Il entend quelques bruits de pas mais personne ne répond.

Il connaît bien l'endroit pour y être venu de nombreuses fois, il avait interviewé l'écrivain dans cette belle demeure juste après son acquisition à l'occasion de la sortie d'un nouveau livre. Il s'avance vers le salon et s'apprête à entrer dans le bureau où Morain doit être assoupi lorsque sa curiosité est piquée par des feuillets posés sur la petite table de style Napoléon. Il reconnaît l'écriture manuscrite de Morain, c'est une bonne nouvelle, il a dû se remettre à écrire. Une soudaine angoisse l'envahit, un mauvais pressentiment lorsqu'il remarque une étrange odeur de poudre venant du bureau. Barnet attrape quelques feuilles « Madame Rose recevait son troisième client de la journée, il n'était que 9 h 30… » il réajuste ses lunettes, lit le passage une seconde fois et n'en croit pas ses yeux, il s'agit de passages de La vie derrière soit, le Goncourt de Donovan Filler. Il prend d'autres feuilles et lit des passages de Petit-Calin, Alias, L'angoisse de la Reine Cléopâtre, tous les succès de Donovan ! Toutes ces pages griffonnées par Morain avec cette écriture si facilement reconnaissable. Ce n'est pas possible, mais alors Morain est Donovan ? Sans comprendre complètement ce qu'il vient de découvrir, il aperçoit une ordonnance destinée à Morain et ne peut s'empêcher de la parcourir. Le ciel lui tombe sur la tête pour la deuxième fois en quelques secondes, il réalise que son ami est condamné par un cancer du pancréas. Il vient de redécouvrir que son écrivain préféré ne s'est jamais arrêté d'écrire mais s'apprête à le perdre définitivement. Il bondit alors vers le bureau, ouvre la porte rapidement et malgré la faible luminosité due aux rideaux fermés trouve Morain affalé sur son siège. Il allume et découvre la tête à moitié désintégrée par la balle d'un Smith & Wesson de calibre 38, le revolver muni d'un silencieux est posé au sol, le sang n'est pas encore coagulé. La scène est horrible et restera gravée dans sa mémoire jusqu'à la fin de ses jours, plus terrible que n'importe quelle mort lue dans des thrillers à couper le souffle. Barnet se souvient de Morain qui avait dit en rigolant lors d'une interview qu'il ne serait jamais vieux « plutôt mourir ! J'ai fait un pacte avec le monsieur là-haut, vous voyez de qui je parle ? » Il a un haut-le-cœur, et ne peut s'empêcher de vomir son petit déjeuner. Il s'approche du téléphone pour appeler la police lorsqu'il voit une note du défunt tapée à la machine à écrire : « Je pars rejoindre celle qui est morte à cause de moi, je n'ai eu que ce que je mérite, je n'étais qu'un monstre ». Incrédule, sans réfléchir, Barnet déchire la note et tape à nouveau « j'étais condamné, ma mort n'a rien à voir avec Jeanne Esberg ». Il ne veut pas que la mémoire de son ami ne soit à nouveau abîmée, lui qui aimait tant sa femme ce n'est pas possible. Il devait avoir perdu la tête avant de se la faire sauter. Ce ne peut pas être Morain qui a écrit ce mot. Il arrive enfin à téléphoner aux forces de l'ordre, et explique la situation. Barnet part attendre dans la cuisine se servir un verre d'eau, il s'écarte de la scène macabre pour reprendre ses émotions. Il n'entend pas la femme cachée derrière les rideaux du bureau s'éclipser discrètement par la fenêtre. Personne ne saura jamais que Morain Gray a été assassiné par une féministe extrémiste. La police après quelques constatations d'usage conclut à un suicide. La note écrite sur une machine à écrire alors que Morain écrivait toujours à la main, se suicider avec un silencieux, le rendez-vous avec son notaire pour changer son testament après la découverte que sa dernière petite amie était une féministe radicale et qu'elle le manipulait n'ont pas éveillé le moindre soupçon ni l'ouverture d'une enquête plus approfondit sur les causes de la mort de l'écrivain déchu. De plus, Morain venait de terminer : Vie et mort de Donovan Filler où il s'apprêtait à dénoncer la supercherie de son pseudonyme. L'ouvrage sortira à titre posthume et rencontrera un grand succès. De nombreux commentateurs littéraires diront qu'ils savaient que les deux auteurs étaient une seule et même personne. La vie et la mort de Morain Gray auraient fait une belle histoire digne des meilleurs romans, car rien n'est plus beau que le come-back d'un has been.

Remerciements

Je remercie sincèrement mon vélo sans qui ce livre ne serait pas là aujourd'hui. Je lui dois la genèse de ces nouvelles. Sans une franche engueulade qui m'a inspiré *Mon vélo fait la gueule*, rien n'aurait été possible. Merci à mes premiers lecteurs : ma famille (en espérant qu'il y en ait d'autres), à ma femme Victoria que je devrais peut-être qualifié de co-auteur, à Lilly et Louis-Pierre, mes enfants que j'ai forcés à me lire et qui ne sont plus à jour avec leurs séries télé, à ma mère et mon père qui ont corrigé mes fautes d'orthographe (s'il y en a encore, c'est de leur faute) et aux amis qui m'ont encouragé, avec une mention spéciale à *Tonton* Francis qui a mis dans mes mains *Le K* de Dino Buzatti. Merci aux mauvais écrivains qui m'ont poussé à me dire : s'ils publient, pourquoi pas moi ? Mais surtout un grand merci à tous les autres, source d'inspiration inépuisable et aux libraires qui conseillent les lecteurs. Blaise, tu te reconnaîtras. Je ne remercie pas Raphaël qui m'a inspiré *Un mauvais moment à passer*, j'aurais préféré boire une bière avec toi, plutôt que d'écrire cette nouvelle. Merci encore à ma femme Victoria (je me répète mais elle est derrière avec un couteau) pour tout son soutien pendant l'élaboration de ces nouvelles. Et un grand merci à tous mes lecteurs, si vous êtes assez nombreux, il y aura d'autres nouvelles à venir. Ça y est, c'est terminé pour les remerciements, vous pouvez retourner à vos écrans.

Table des matières

Imprimé en France
Achevé d'imprimer en novembre 2022
Dépôt légal : septembre 2022

Pour

Le Lys Bleu Éditions
40, rue du Louvre
75001 Paris